文學研究叢書・古典詩學叢刊

中唐詩境說研究

劉衛林　著

孫昌武教授序

　　中國古代學術統攝在經學之中。這是秦漢以來中國大一統專制政治體制之下經學作為統治意識形態的總體形勢決定的。也正因此，正如中國古代缺少系統的政治學、經濟學等等學術著作一樣，反映文學創作實踐的文學思想、文學理論也基本淹沒在經學、史學以及其它各體作品之中，沒能形成嚴整、系統的理論形態（劉勰的《文心雕龍》、鍾嶸的《詩品》可說是「例外」）。唐代是中國詩歌創作發展的黃金時代，名家輩出，名作如林。當時人從理論上對這巨大成就也必然要進行總結、闡述，而其重要部分包含在被概稱為「詩格」一類著作裏。這是輯錄有關詩人、詩歌創作等等短評、札記、雜感之類的書。從現代學術角度講，它們概念欠清晰，判斷欠嚴謹，形態瑣碎，不成體系。但這類著作的價值是不可低估的，特別是在缺乏系統理論著作的情況下。後人了解、探討唐代文學思想，這些著作乃是重要資料。就詩歌理論而言，中唐詩僧皎然所著《詩式》為代表的這類詩格著作以「境」論詩，乃是唐代詩歌創作實踐的理論總結，也是唐代文學理論的重要建樹，對後世文學創作和文學思想均造成相當大的影響。劉衛林教授的這部《中唐詩境說研究》即是探討這一課題最新的、也是具有理論總結意義的研究成果。

　　這部《中唐詩境說研究》是劉衛林教授的博士論文，一九九九年完成並呈交審查，得到評審專家的一致好評。在直到如今的二十年間，劉教授不斷地修訂、充實，如今終於付梓，呈獻在讀者面前。人們比喻寫作優秀學術論著需要「十年磨一劍」。劉教授這部書已經「磨」了兩個十年。這中間體現的刻苦治學、精益求精的精神是值得

贊許的。而這種精神正是成就這部書的學術價值的可靠保證。

劉教授這部論「詩境」的書的內容，也是它的特點，借用韓愈在《原道》一文裏的提法，集中體現了其中的「求端」、「訊末」功夫。

所謂「求端」，就是著者追源溯流，仔細發掘、梳理了「境」、「境界」、「詩境」等以及與之相聯繫的「取境」、「造境」、「緣境」等概念的來源、發展狀況，它們的意義，它們的內涵、外延，它們在詩歌創作中的運用等。為了弄清這些概念的本來面目，劉教授遍尋儒、佛、道典籍，特別是注意到佛典，包括翻譯經典和唐代各宗派佛教的相關材料。眾所周知，佛家的思想理論特別深入於人的主觀心性理論的探討，而這個方面正與詩人創作的主觀心態直接關聯，又是中國傳統學術多所忽略的。正如博士論文評審委員的評語所指出的：「（論文寫作）方法上從詞義沿革入手，證以歷代典籍中相關語句，儒道佛經籍均有所徵引，尤以釋典為大宗，網羅周密，析義入微。」同樣眾所周知，研治佛學，名相是入門的、也是十分煩難的一關。當年章士釗注解柳宗元文，柳集中釋教碑兩卷十一篇，以他的學識廣博僅注釋四篇而止，可見治佛學的艱難。而劉教授這部書論「詩境」正以援引釋氏之說為多，從而有力地論證了「詩境」觀念乃是中土傳統思想與外來佛教教理相容攝的產物。實則也說明了唐代詩歌創作實踐及其理論總結的巨大成就乃是魏晉以來中外文化交流的成果。這樣，劉教授對於與「詩境」相關概念的「求端」功夫奠定了他闡釋「詩境」理論的堅實基礎。

所謂「訊末」，是指對於「詩境」理論的發展、應用以及歷史上的作用、影響等進一步闡述、分析、評價。劉教授這部著作詳細揭示「詩境」說的豐富內容及其重大實踐意義和理論價值。這些又涉及詩歌創作實踐中詩人主觀意識與外物的辯證關係、創作者的主觀能動性等重大理論課題。這部著作從而論證在中國古代文學重現實、重倫理、重教化的相當凝固的傳統中，「詩境」說乃是文學思想乃至一般

思想學術的具有突破意義的新發展，對於詩歌創作理論乃至一般的文學思想提供了許多新的內容。只可惜宋代理學興起，這種具有重大意義的觀念、思想沒有充分得以發揮。這則是題外的話了。

本人和劉教授相識二十餘年，可以說是「忘年之交」，從他的人品和學識中獲益良多。他為人篤實，淡於名利，專心學術，孜孜以研究學問、讀書作文為務。這部著作是他的心血凝結而成的學術成果。博士論文通過後，他婉拒友人早日出書的再三勸請，擱置二十餘年，不斷精心修訂，可見他對學術的恭敬謹重之心。僅就這一點而言，在時下普遍的浮躁夸飾的學術風氣中就是十分難得、值得寶貴的。相信這部書的面世必將讓相關學術領域研究獲益；也相信以劉教授學術上的風華正茂之年，兼之能不斷的精進努力，取得更多、更大學術成果可期。

謹在此表達對這部《中唐詩境說研究》出版的為賀、為祝之意！

二〇一八年九月一日

楊明教授序

　　劉衛林先生的大著《中唐詩境說研究》即將出版，令人欣喜。相信此書一出，定將大有益于中國古代文學理論之研究。

　　所謂中唐詩境說，是指中唐時期以「境」闡發詩人構思時的心識作用的種種言論。這些言論在詩學史上確實很值得注意。我國古人論詩，本來總是說「言志」、「緣情」，認為詩歌的本質、功用，就在于抒發內心的情思。他們也看到語言文辭描寫外物的功能，因此有「體物」、「形似」等說法，但那主要是指賦而言，正如陸機《文賦》所概括的，「詩緣情而綺靡，賦體物而瀏亮」。南朝時劉勰、鍾嶸雖已論及詩歌之「極貌以寫物」、「形狀寫物」，但在他們心目中，畢竟還不曾將描繪外部世界視作詩的本質的、不可缺的要素。中唐時期以「境」論詩者卻不一樣了。《文鏡秘府論》所引王氏（王昌齡）論文，強調詩人構思必須「深穿其境」，從而做到「心中了見」物象，並且在構思過程中須「以境昭之」，若「境思不來」，則詩不可作。這便是認為不深切體會外境則無詩，充分顯示出對于外境的重視。皎然《詩式》同樣如此，強調「取境」，強調透過構思，使得「萬象不能藏其巧」。還有其他一些論者，如權德輿、劉禹錫等人，也都強調「境」字。可知在中唐之時，人們關於詩的觀念，已經發生了重大的變化。這在詩學史上應該是值得重視的一個關捩，影響及於後世不小。例如成為論者口實的王國維的「意境」說，其所以重要，也就在于將作品視為對于外境的再現。因為要再現外境，所以強調「能觀」；「能觀」可謂就相當於「深穿其境」、「心中了見」。聯繫起來看，中唐詩境說的意義，不難窺見。再有，如戴叔倫所言詩家之景「可望而不可置于眉睫

之前」，劉禹錫所言「境生于象外」，可以說都已概括了詩歌的一項特質，即詩所描寫的境界，在言語之外別有一番韻味。晚唐司空圖更據以概括為「象外之象，景外之景」、「味外之旨」。那也頗為重要，因為那正是我國詩學中富有特色的內容，也是近世今人所謂「意境」的一個要素。

正由於中唐詩境說之重要，它成為學界的熱門話題。但是眾說紛紜，莫衷一是。首先，究竟怎樣的言說才具有「詩境說」的資格？是不是凡是以「境」字論詩便算是詩境說？還有，中唐人們論詩時所說的「緣境」、「取境」、「造境」等，究竟是什麼意思？它們相互之間有怎樣的關係？再有，學者們都注意到，中唐時的以「境」論詩，與佛教有關，那麼，究竟有怎樣的關係？許多問題，雖然討論的文章、專著不在少數，但讀者還是有不知所從、甚至治絲益棼之感。而這些問題若得不到較好的解決，則對中唐詩境說就難以作進一步深入的探究。劉衛林先生的這本書，正是為了解決這些問題而作，並且作出了令人滿意的回答。

讀了劉先生此書，依筆者粗淺的理解，感到其最大特點，在於非常注意概念、用語的準確釋讀，尤其是以佛家思想解釋那些概念，精當不易，令人信服。劉先生對於佛家典籍之精熟，了解之透徹，實在令筆者佩服。他認為，欲正確理解中唐詩境說中的一些用語，既要從其論詩的語境出發，結合上下文加以揣摩，又必須探索考究其來源，了解其本來意義，方不至於郢書燕說。這是很全面的看法。須知那些概念、用語，中唐的作者們在使用時并未對其內涵加以說明，其出現的頻率也並不高，因此我們若單就上下文語境進行揣摩，往往各有各的理解，實在不容易得出準確的結論。在這樣的情況之下，把握其來源、本義便愈顯重要。中唐時期詩既普及，佛學亦流行。言詩境者，有的本身是僧人，有的頗受佛學浸漬，甚或與僧人交往論詩。故探討其用語之本源，不能不求之於佛家典籍。劉先生此書在這方面作了大量工作，極顯特色。即如「境」字，便從先秦、兩漢，經六朝以迄隋

唐，旁涉儒、玄、佛諸家，尤其是結合佛學在華流傳的歷史，觀察、分析其含義之變化，乃指出六朝佛教已有將「境」專用於心識，甚至專指六識所取對象的用法，於是使得該詞原先的使用範圍收狹，詞義因而改變；更兼其時佛教力倡「境由心現」之理論，於是對「境」的理解進一步局限於與心識有關的範疇之內，以心識所取、所分別之對象為「境」，甚至以為「境」不過是心識活動的一種現象而已。此種「境」的「心化」現象，至隋唐時，因《楞伽經》與唯識學的影響，乃愈益普遍。玄奘弟子普光《俱舍論記》云：「彼心等對境之時，有影像現，據此義邊名為能緣，境名所緣。」詩家言「境」與佛家的關係，在劉先生的考論之下，昭然若揭。讀者執此以觀上述王氏論詩所謂「深穿其境」、「心中了見」，以及皎然所謂「詩情緣境發」、「緣境不盡曰情」，便有深一層的體會。除「境」、「緣境」外，「取境」、「造境」、「作用」、「作意」以至「定」、「慧」、「淨慮」等用語，劉先生都結合佛典，闡明其義。針對學界某些歧說誤解，指出「取境」與「緣境」意思相同；又指出中唐所謂「造境」，不同於王國維《人間詞話》之「造境」。「作用」、「作意」，一般泛泛地解釋為構思，固然也不為錯；而劉先生舉佛家語加以闡釋，「由有思故令心於境有動作用」，「作動於心，令心數數緣外諸境，名為作意」，我們便知唐人其實是在佛學影響之下，以此類語詞表述構思時的「緣境」、「取境」，亦即對於外境的體察、想象。凡此類論述，均原原本本，頗具有說服力。

　　總之，本書不僅對中唐詩境說的內容、影響等作了中肯的論述，更使讀者明白，某種文學觀念之形成及其特點，實與哲學、宗教等思想理論具有密切關係。讀者不僅能從書中獲得相關的知識，還能獲得有關研究方法的有益啟示。筆者有幸先睹為快，亟願略述觀感，推薦于讀者；雖以學養有限，所言不免粗疏，但相信讀者披卷鑽研，必將滿載而歸。

二〇一八年九月于滬上欣然齋

黃繼持教授論評

　　此文細論中唐詩境說，著重其與佛學之關係，頗多前人未發之蘊，具見功力與慧識。方法上從詞義沿革入手，證以歷代典籍中相關語句，儒道佛經籍均有所徵引，尤以釋典為大宗，網羅周密，析義入微。其言「境」也，不以後出之「境界」說混同於中唐之「詩境」說，所言遂焦點明確，畛域分明。其溯源也，佛理上承於玄學；其橫披也，經史借理於釋家。皆於「境」義之拓張，大有關係。論文能細論之，既澄清概念之所提出，復能追縱詞義之歷時演變，所言遂能突破近世學人之比附西方美學之常習。蓋能深入佛藏，廣事句稽；佛書浩瀚，義理玄奧，論文引說，大旨恰切。偶或可議，尚見勞勩。此論文又一特點，在其能多與當今內地學者「對話」，而不因循苟同；往往點出竅要，更上一境。有所商榷，必廣徵細說，不避煩瑣。其論中唐詩境也，既循時序以見史，更釋理念以明法。其釋理也，或異中見同（如以「緣境」并歸「取境」），或參考他藝（如以畫論闡「造境」），均見為學之才力與膽識。論文材料豐富，勝義層出，推求有序，理路明晰，行文綿密，下筆微嫌繁重，稍欠韻致，要不失為學者之文。其所論述，於中國古代文學理論史之研究，貢獻不小。

目次

孫昌武教授序 …………………………………………………… 1

楊明教授序 ……………………………………………………… 5

黃繼持教授論評 ………………………………………………… 1

第一章　導論 …………………………………………………… 1

　第一節　中唐詩境說研究概況 ……………………………… 1

　第二節　研究方法與取向 …………………………………… 11

　　一　名義的界定 …………………………………………… 12

　　二　研究範圍的界定 ……………………………………… 13

　　三　研究方法說明 ………………………………………… 17

第二章　原境──境概念的源出及其嬗變 ………………… 21

　第一節　先秦及兩漢文獻中所見境一詞詞義及其嬗變 …… 21

　第二節　六朝以來境一詞詞義的沿革 ……………………… 33

　　一　六朝文獻中所見境一詞詞義及其用法 ……………… 33

　　二　六朝佛教對境一詞的吸納及其特殊用法 …………… 38

　　　（一）六朝佛教對境一詞的吸納及其與

　　　　　　魏晉玄學之關係 ………………………………… 38

　　　（二）六朝佛教與境一詞詞義的轉變 ………………… 45

　　　（三）唯識學傳播與境一詞詞義的心化 ……………… 58

第三節　隋唐之際境一詞詞義的變化及其運用‥‥‥‥‥‥ 60

　　一　隋唐境一詞詞義變化與大乘起信論‥‥‥‥‥‥ 61

　　二　玄奘等新譯與境一詞詞義的擴充‥‥‥‥‥‥‥ 71

第三章　唐代對於境觀念的普遍重視及廣泛使用‥‥‥ 79

第一節　唐代經史學家對於境觀念的吸納與運用‥‥‥‥‥ 79

　　一　唐代經學家對佛教境觀念的吸納與運用‥‥‥‥ 79

　　二　唐代史學家對佛教境觀念的吸納與運用‥‥‥‥ 82

　　三　儒學對境觀念的吸納與創作中心物關係的詮釋 85

第二節　唐代道家與道教對於境觀念的吸納與運用‥‥‥‥ 88

　　一　唐代道家與道教諸家對境觀念的理解與發揮‥ 88

　　二　唐代道家與道教理論發展與境觀念的吸納

　　　　與運用‥‥‥‥‥‥‥‥‥‥‥‥‥‥‥‥‥‥ 95

第三節　唐代佛教對於境觀念的普遍重視及廣泛使用‥‥‥ 97

　　一　唯識宗對於境觀念的闡釋與運用‥‥‥‥‥‥‥ 98

　　二　華嚴宗對於境觀念的闡釋與運用‥‥‥‥‥‥ 100

　　三　禪宗對於境觀念的闡釋與運用‥‥‥‥‥‥‥ 103

　　四　三論宗對於境觀念的闡釋與運用‥‥‥‥‥‥ 107

　　五　天台宗對於境觀念的闡釋與運用‥‥‥‥‥‥ 108

　　六　律宗對於境觀念的闡釋與運用‥‥‥‥‥‥‥ 110

第四節　唐代儒釋道三教思想與境觀念的流布‥‥‥‥‥ 111

第四章　中唐詩境說的形成‥‥‥‥‥‥‥‥‥‥‥‥ 115

第一節　中唐之先的以境論藝與文學範疇中境的運用‥‥ 115

　　一　漢魏六朝以來的以境論藝‥‥‥‥‥‥‥‥‥ 115

　　二　初盛唐以來文學領域中境一詞的運用‥‥‥‥ 119

第二節　中唐詩境說的出現 ················· 125

　一　詩境說的提出 ··················· 128

　二　中唐之際的以境論詩 ············· 133

第五章　中唐詩境說的取境之說 ················· 151

第一節　對於詩境構成方式的理解與商榷 ········· 151

　一　以往學者對詩境構成方式的不同理解 ········· 152

　二　對以往學者詩境說詮釋的商榷 ············· 160

第二節　取境一詞涵義辨析 ················· 163

　一　緣境釋義 ··················· 164

　二　取境釋義 ··················· 168

第三節　中唐詩境說的取境之道 ············· 172

　一　取境與精思 ··················· 174

　二　冥搜於物象 ··················· 180

　三　作用與取境 ··················· 186

　四　因定而得境 ··················· 200

第六章　中唐詩境說的造境之說 ················· 229

第一節　對中唐詩境說造境概念的理解與商榷 ········· 229

　一　以往學者對造境概念的理解與詮釋 ········· 229

　二　對以往學者造境說詮釋的商榷 ········· 231

第二節　造境一詞涵義辨析 ················· 237

　一　造境釋義 ··················· 237

　二　造境與取境之別 ··············· 240

第三節　中唐詩境說的造境之道 ············· 242

　一　境生於象外 ··················· 242

二　造境與狂才 ……………………………………… 256

三　造境與返照心源 ………………………………… 259

四　造境與詩之變 …………………………………… 263

第七章　結論 ……………………………………………… 269

一　中唐詩境說對傳統文學創作理論的意義與貢獻 ……… 269

二　中唐詩境說對傳統文學創作理論的影響 ……………… 280

參考文獻 ……………………………………………………… 287

後記 ………………………………………………………… 321

第一章

導論

第一節　中唐詩境說研究概況

　　唐代（西元618-907年）詩歌理論發展達到高度的水平，中唐（西元766-835年）[1] 時候的詩歌理論，不但內容豐富兼且論述深入，而又多具備條理體系。這段期間可說是唐代詩論最發達而又成就最突出的時期。[2] 在這時期當中出現大量以「境」概念探討詩歌創作的文學論述，對於詩歌的創作構思過程、詩歌藝術境界的創造，甚至在作品中對於詩歌藝術境界的表現等問題，都有著頗為深入的討論。以往對於中唐時候這種以「境」論詩的文學論述，大多歸入到文學上的「意境」理論之中，不少學者即以「意境說」[3] 或「意境論」[4] 稱之。

　　對出現於中唐時候以「境」的概念論述詩歌創作，尤其集中探討詩境問題的這種文學論述，雖然現時不乏對這方面展開研究的有關論

1　有關中唐年份劃分方法，本文參照羅聯添：〈隋唐文學理論的發展與演變〉一文所論，依據楊士弘《唐音》分法。羅聯添：《唐代文學論集》（臺北市：臺灣學生書局，1989年），〈隋唐文學理論的發展與演變〉，上冊，頁189、222。

2　參見王運熙、楊明：《隋唐五代文學批評史》（上海市：上海古籍出版社，1994年10月），第2編，〈唐代中期的文學批評〉，頁171、182-183。

3　如葉朗於《中國美學史大綱》中即謂「意境說」誕生於唐代，並見於王昌齡、皎然、劉禹錫等人論著之中。王達津在〈權德輿與中唐詩的「意境」說〉一文中，亦以權德輿與戴叔倫、皎然、劉禹錫等詩論都和意境說相關。葉朗：《中國美學史大綱》（上海市：上海人民出版社，1985年），頁264-267。王達津：〈權德輿與中唐詩的「意境」說〉，載《光明日報》，1985年1月1日，〈文學遺產〉，第668期。

4　黃景進即以「唐代意境論」稱見於《文鏡秘府論》內注有「王氏論文云」涉「境」概念的文論，及皎然等有關「境」的論述。黃景進：〈唐代意境論初探〉，載淡江大學編：《文學與美學》（臺北市：文史哲出版社，1991年），第2集，頁143-167。

著，然而事實上在研究上述這種專門探討詩境問題的詩歌理論時，目前仍然面對著以下兩個亟待解決的問題：一方面是必須面對界定研究對象的問題；而另一方面，同時又必須面對在研究上述詩論時所出現在理解上或詮釋上的問題。

關於上述這兩方面的問題，首先需要面對的是必須先界定研究的對象，而其中所最先要解決的又在於對上述詩論在名義上應該如何界定的問題。正如上文所述，以往多將上述詩論歸入到文學上的「意境」理論之內，但問題就在於，以「意境說」或「意境論」稱出現於中唐時候的這套以「境」論詩的理論，是否會與一直以來學術界稱王國維（西元1877-1927年）所提出的「意境說」兩者在名義上有所混淆？事實上現時學術界對於上述兩種時代相隔懸遠的文藝理論，由於同樣都涉及到「境」、「境界」甚至「意境」等用語，所以往往直接將兩者的性質等同起來。不少學者在闡述王國維的「意境說」或「境界說」時，在追溯文學觀念源出的問題上，大多指王氏之說其實源於中唐時候這種以「境」論詩的文學理論。[5]

除了上溯之外，也有學者以下推的方式，說明王國維「意境說」與中唐這套詩論彼此間的關係。現時學者論文學上「意境」問題時，多有以為「意境」之說始見於唐時王昌齡（西元698-約757年）、皎然（西元720-798？年）、劉禹錫（西元772-842年）等人詩論，發展至王國維「意境說」是為集其大成。[6] 在一脈相承的觀點下，[7] 於是有

---

5 如曾敏之在〈「境界」一探〉中論王國維「境界」之說，便上追到皎然《詩式》「取境」之說，並謂「『境界』之說，並不是王國維獨創，只是前人以『境界』論詩，王國維則以之論詞，區別在此。」曾敏之：〈「境界」一探〉，載姚柯夫編：《人間詞話及評論匯編》（北京市：書目文獻出版社，1983年），頁224-225。

6 持這種見解的學者不少，如陳洪〈意境——藝術中的心理場現象〉及劉大楓〈意境辨說〉內皆以為「意境」之說始自大曆、貞元間托名王昌齡《詩格》及皎然詩論，而集大成於王國維之「意境說」。陳洪：〈意境——藝術中的心理場現象〉；劉大楓：〈意境辨說〉，兩篇均載南開大學古典文學教研室編：《意境縱橫探》（天津市：南開大學出版社，1986年），頁23-36、50-51。

7 如藍華增論皎然「取境」之說，便提出「境」即「意境」，又指出「我國詩歌理論

學者甚至以王國維「意境說」的論點，去解釋中唐時這套以「境」論詩的文學理論。[8] 不過事實上王國維的「意境說」本深受西方美學思想所影響，[9] 與上述中唐以「境」論詩的這種文學理論持論本不盡相同，[10] 倘若兩者俱以「意境說」或「意境論」稱之的話，恐怕便會更易於將兩種文學理論混為一談。

　　另一方面又因為現時學術界對於「意境」一詞的理解，至今仍未有一致的看法，[11] 既然對於「意境」這概念在理解上還存在一定的分歧，那麼用「意境說」或「意境論」稱中唐時候上述的這套詩論，又會否因此做成理解上的分歧，而在詮釋上述詩論時引起種種不必要的爭議？除此之外，在中唐時這套以「境」論詩的文學理論當中，本來就有「意境」一詞。《吟窗雜錄》所收題為王昌齡《詩格》之內「詩有三境」之說中，其中便有「意境」一條：

　　以意境說為核心，從皎然到王國維，一千餘年間，已經形成了一套完整的詩的美學。」正以中唐時皎然等所倡詩境說與王國維「意境說」兩者一脈相承。藍華增：〈皎然《詩式》論取「境」〉，載中國古代文學理論學會編：《古代文學理論研究》（上海市：上海古籍出版社，1980年），第2輯，頁203-204。

8　如陳良運即以王國維「意境說」中的「造境」觀念，闡釋皎然所提出的「造境」之說。陳良運：《中國詩學批評史》（南昌市：江西人民出版社，1995年），頁224-225。

9　黃保真於《中國文學理論史》內論王國維「境界說」，即指出其說深受西方美學思想影響，尤其「造境」與「寫境」以「理想」與「寫實」分的說法，黃氏即指出「所據以立論的基礎是叔本華的美學。」黃保真等：《中國文學理論史》（北京市：北京出版社，1991年），第5冊，第4章，〈辛亥革命前後的文學理論〉，頁282-295。

10　王國維論境界，將詩人筆下的境分為「造境」與「寫境」兩類，又分別屬於「理想」與「寫實」兩派，並指出「能寫真景物、真感情，謂之有境界，否則謂之無境界」。王氏境界說既以能否寫真景物、真感情來區分境界之有無，而非六識所取所緣而有之境，可見其說本有別於來自佛教思想之中唐以「境」論詩之說。詳見本文第六章第二節〈造境一詞涵義辨析〉內有關論述。

11　胡經之在《文藝美學》中論藝術意境，便指出對「意境」的詮釋和理解，一直眾說紛紜，迄今尚無定論。篇中並列舉出現時學術界對於「意境」的六種不同詮釋，以見目前對於「意境」一詞在理解上的意見分歧。胡經之：《文藝美學》（北京市：北京大學出版社，1989年），第8章，〈藝術意境：藝術本體的深層結構〉，頁237。

> 一曰物境、二曰情境、三曰意境。物境一：欲為山水詩，則張
> 泉石雲峰之境，極麗絕秀者，神之於心，處身於境，視境於
> 心，瑩然掌中，然後用思，了然境象，故得形似。情境二：娛
> 樂愁怨，皆張於意，而處於身，然後馳思，深得其情。意境
> 三：亦張之於意，而思之於心，則得其真矣。[12]

則與所謂「意境說」或「意境論」者，在名義上就更加容易做成混
淆。[13] 以此之故是否應該採用「意境說」或「意境論」名義，加諸中
唐時候這種專門探討詩境問題的詩歌理論之上，相信便是個頗值得斟
酌的問題。

　　除了如上述提到在界定研究對象的問題時，需要面對在名義上應
如何界定上述詩論的問題外；同時還需要進一步面對的，便是在研究
這種專門探討詩境問題的詩歌理論時，應該如何去界定研究範圍的
問題。現時學術界對於所謂唐代「意境說」或「意境論」的研究，一
般來說包括的範圍頗為廣泛。除了包括中唐時候的皎然、劉禹錫及權
德輿等人有關詩境的論述之外，又多包括中唐之先的張說（西元667-
731年）[14]、王昌齡[15]、殷璠（生卒不詳，玄宗〔西元712-756年〕時

12　《吟窗雜錄》卷四載題為王昌齡《詩格》「詩有三境」條，據張伯偉編：《全唐五代詩
　　格校考》（西安市：陝西人民教育出版社，1996年），王昌齡《詩格》卷中，頁149。

13　范寧在〈關於境界說〉一文中即指出「意境」一詞最初出現於王昌齡《詩格》，又
　　謂「意境只是境界的一種而已」，所以不能將「意境」與「境」或「境界」等同。
　　范寧：〈關於境界說〉，載姚柯夫編：《人間詞話及評論匯編》（北京市：書目文獻出
　　版社，1983年），頁376-378。

14　陳良運即指出唐代以「境」說詩者始於張說，又舉張氏「五音繁雜，出無聲之境」
　　一句，證明其說「可視為王昌齡『詩有三境』說的雛形。」陳良運：《中國詩學批
　　評史》（南昌市：江西人民出版社，1995年7月），第9章，〈標誌詩歌藝術走向成熟
　　的詩「境」說〉，頁215。

15　如禹克坤論中國詩學中「意境」理論，便指出「把『境』這一術語運用到論詩的，
　　首推盛唐詩人王昌齡。」禹克坤：《中國詩歌的審美境界》（北京市：中國廣播電視
　　出版社，1992年），頁76-77。

人）[16]、高仲武（生卒不詳，德宗〔西元780-805年〕時人）[17] 等人；至於中唐以後，又包括了晚唐時候的司空圖（西元837-908年）在內[18]。

若將上述所提到的各種有關說法，都列入唐代「意境說」或「意境論」研究範圍的話，那麼這種以「境」論詩的文學理論，除了主要涉及到中唐時候皎然等人有關詩境的論述之外，同時又包括了初唐[19]、盛唐與晚唐三個時期的文學理論，則上述這種詩論所涉及的範圍其實頗為廣泛，從時間上來說可謂橫跨著整個唐代。然而這種出現於唐代專門探討詩境問題的詩歌理論，是否應該包括如此廣泛的研究範圍，事實上大有可以商榷的餘地。像上述提到張說、殷璠與高仲武等人，其中涉及到所謂唐代的詩境理論的有關言論，尤其諸人筆下所用「境」一詞的概念，是否可以與中唐皎然等論述詩境問題時所用「境」的概念劃上等號，仍然是個頗值得斟酌的問題。

其次是有關王昌齡與司空圖對於詩境問題的論述，一直以來論者用以說明王昌齡有關持論，所據材料為《文鏡秘府論》所錄「王氏論文云」等各項文字，及《吟窗雜錄》卷四所載題為王昌齡的《詩

---

16 如林衡勛在《中國藝術意境論》中指出「意境（境）概念的運用，在盛唐應不是孤立的理論現象，除了王昌齡外，應還有他人，至少就應有比王氏後些的殷璠。殷氏在《河嶽英靈集》中評王維詩時說過：『一字一句，皆出常境』。『出常境』也就是意境。」林衡勛：《中國藝術意境論》（烏魯木齊市：新疆大學出版社，1993年），第4章，〈意境理論系統的初構〉，頁305。

17 張晧在《中國美學範疇與傳統文化》中便將高仲武評李季蘭詩「蓋五言之佳境」，與殷璠、皎然及權德輿等人有關詩境的持論並列，一併視為藝術家所創造的審美境界。張晧：《中國美學範疇與傳統文化》（武漢市：湖北教育出版社，1996年），第12章，〈境：神之域〉，頁230。

18 如周裕鍇論唐代意境理論的形成，便以為司空圖承接王昌齡、皎然意境理論，而且「進一步完善了中唐以來的意境理論」。周裕鍇：《中國禪宗與詩歌》（上海市：上海人民出版社，1992年），第4章，〈空靈的意境追求〉，頁128、135-139。

19 張說自武后至玄宗時出仕，其人雖由初唐而至於盛唐，但一般文學批評論著多歸入初唐文論家之列。參見王運熙、楊明：《隋唐五代文學批評史》（上海市：上海古籍出版社，1994年），第1編，〈隋和初唐的文學批評〉，頁125。

格》；而司空圖詩論則主要依據《二十四詩品》所述，並加上集內與
人論詩文字。雖然上述文獻材料中所提到「境」的概念，與中唐時皎
然等人論述詩境問題時所用概念頗為一致，不過關鍵在於採用上述有
關王昌齡與司空圖詩論的文獻材料論證時，又是否必須先要確定研究
材料本身是否可靠，然後方可一概而論？傳世所見舊題王昌齡撰的
《詩格》，明時許學夷（1563-1633）於《詩源辯體》中已指其屬於偽
撰，許氏於《詩源辯體》卷三十五內論此云：

> 世傳上官儀、李嶠、王昌齡各有《詩格》，昌齡又有《詩中密
> 旨》，白居易有《金針集》，又有《文苑詩格》，賈島有《二南
> 密旨》，淺稚卑鄙，俱屬偽撰。予曩時各有辯論，以今觀之，
> 不直一笑。蓋當時上官儀、李嶠、王昌齡、白居易俱有盛名，
> 而賈島為詩，晚唐人亦多慕之，故偽撰者託之耳。[20]

除以內容淺稚卑鄙見疑於許氏之外，其後《四庫全書總目提要》亦斥
其出於偽託。《四庫全書總目提要》於司空圖《詩品》條下便云：

> 唐人詩格傳於世者，王昌齡、杜甫、賈島諸書，率皆依託。[21]

又於《吟窗雜錄》條下云：

> 前列諸家詩話，惟鍾嶸《詩品》為有據，而刪削失真。其餘如
> 李嶠、王昌齡、皎然、賈島、齊己、白居易、李商隱諸家之

---

20 許學夷著，杜維沫校點：《詩源辯體》（北京市：人民文學出版社，1998年2月），卷
　 35，〈總論〉，頁333。
21 永瑢等撰：《四庫全書總目》（北京市：中華書局影印浙江杭州本，1983年），卷
　 195，集部詩文評類，《詩品》條，頁1780。

書，率出依託，鄙倍如出一手。[22]

四庫館臣以上論《吟窗雜錄》內所收題為王昌齡《詩格》，即以為出
於依託。另一方面雖然《文鏡秘府論》所錄「王氏論文云」材料，現
時不少學者以為當出於王昌齡詩論，不過這些論述與王昌齡本人關係
如何，事實上至今學術界仍未有一致的定論。[23] 至於一直以來被認為
屬於司空圖所撰的《二十四詩品》，[24] 現時亦有學者對此提出質疑。[25]

---

22 永瑢等撰：《四庫全書總目》，卷195，集部詩文評類，《吟窗雜錄》條，頁1798。

23 自羅根澤提出《文鏡秘府論》地卷「論體勢」及南卷「論文意」內有關「王氏論文
　云」材料，皆疑為真本王昌齡《詩格》殘存後（其說見《中國文學批評史》，上海
　市：上海古籍出版社，1984年，第4篇，頁30），至今學者對此有以下幾種不同意
　見：有學者認為《文鏡秘府論》所錄確為王昌齡本人所撰《詩格》，傅璇琮、李珍
　華〈談王昌齡的《詩格》〉（載傅璇琮：《唐詩論學叢稿》，哈爾濱市：黑龍江人民出
　版社，1992年，頁83-110）；王運熙、楊明：《隋唐五代文學批評史》；張伯偉：《全
　唐五代詩格校考》（西安市：陝西人民教育出版社，1996年，頁124-125）等都持上
　述論點。亦有學者否定出於王昌齡本人所撰，羅宗強於《隋唐五代文學思想史》
　（上海市：上海古籍出版社，1986年）中，指今本《詩格》有稱王昌齡詩為「古詩
　云」者，故必非王氏本人之作，《文鏡秘府論》所錄與之多同，故亦非王氏之作，
　當為貞元初人偽託作品。另外又有學者以為雖非王昌齡本人所撰，但理論實出於王
　氏。王夢鷗在〈王昌齡生平及其詩論〉（載《古典文學論探索》，臺北市：正中書
　局，1984年，頁259-294）一文中，則以為出於當時問詩法於王昌齡之訪客所錄，而
　後彙集成編。

24 《四庫全書總目提要》於司空圖《詩品》條下論唐人詩格多出依託，但以為《詩
　品》（即《二十四詩品》）「惟此一編，真出圖手」，以為確屬司空圖所撰。永瑢等
　撰：《四庫全書總目》（北京市：中華書局影印浙江杭州本，1983年），卷195，集部
　詩文評類，《詩品》條，頁1780。

25 陳尚君、汪涌豪於一九九四年發表〈司空圖《二十四詩品》辨偽〉一文，提出《二
　十四詩品》不過出於明末人據懷悅《詩家一指》而偽造，決非司空圖所作的說法。
　其說至今一直引起學術界頗大爭議，贊同與反對者均眾多。陳尚君、汪涌豪：〈司
　空圖《二十四詩品》辨偽〉，載國家古籍整理出版規劃小組編：《中國古籍研究》
　（上海市：上海古籍出版社，1996年），第1卷，頁39-73。有關上述論爭具體情況參
　見陳尚君：〈《二十四詩品》辨偽追記答疑〉，載蔣寅、張伯偉編：《中國詩學》（南
　京市：南京大學出版社，1997年），第5輯，頁48-56。

既然研究王昌齡與司空圖詩論所依據的主要文獻材料大部分都有可疑之處，那麼是否可以據此說明唐代詩境理論，並從而置二人之說於所謂唐代「意境說」之列，相信亦是個頗值得商榷的問題。

正如上文所述在研究上述詩論時，同時又必須面對在理解上或詮釋上所出現的問題。事實上在上文所提到在界定研究對象名義及範圍時所出現的問題，往往就源於在理解或詮釋上述詩論時有所偏差而引致。像以上提到所謂唐代的詩境理論涵蓋面在論者筆下變得愈加廣泛的問題，原因便在於論者對於這種詩論內「境」一詞的具體涵義，往往並未真正掌握，因而未能分辨「境」一詞在不同用法下的詞義差別，於是舉凡筆下提到「境」字的，都成為所謂唐代詩境理論的一部分。結果自然是愈往後發現提及「境」一詞的有關論述便愈多，而令上述詩論所牽涉的範圍也不斷擴大。最近就有學者將提到一句「多有入佳境」的杜確（生卒不詳，代宗時〔西元763-779年〕人），亦置於論述詩境問題的作者之列。[26] 若以此推論的話，則《世說新語》亦有「漸至佳境」之說[27]，又是否當列入這套詩論之內？故此若能真正掌握這套詩論中所涉及概念的具體涵義的話，相信上述問題當不致出現。

現時學者在研究這種出現於唐代專門探討詩境問題的詩歌理論時，對於其中如：「境」、「意境」、「取境」、「緣境」及「造境」等有關概念的詮釋，一般來說有以下的三種做法：

第一種是直接從研究資料的原文或者根據上下文的推論，而判斷有關用語或概念的涵義。這種做法的好處是所得出的判斷，不至於太過偏離原文意思；但缺點卻在於往往受文獻材料的局限，未必能深入了解有關概念的具體涵義。像皎然《詩式》論「取境」，其中有「詩

26 見孟二冬：《中唐詩歌之開拓與新變》（北京市：北京大學出版社，1998年9月），第4章，〈詩思與佛性玄心的融合〉，頁209-210。

27 劉義慶撰，劉孝標注，余嘉錫箋證：《世說新語箋證》（北京市：中華書局，1983年），下卷下，〈排調〉，頁819。

人之思初發」之說，論者每據此謂「取境」即文學上所講的構思立意。[28] 這種依文意推論的做法，固然好處在於總不至與原意過分脫節，然而若要深入而明確地闡述概念本身意思的話，這種做法卻未必能起到重大的作用。像上述本於「詩人之思初發」之說，而以構思立意說明「取境」的推斷，固然未可謂這一詮釋有誤，但問題在於這一解釋僅限於說明「取境」的範疇或性質，而未能進一步指出其中的具體意義。在上述問題中，「取境」一詞原屬佛教常見用語，既然見之於精通佛理的詩僧筆下，便理應考慮更從詞彙或概念源出上追溯本義，以求進一步掌握其中具體意思。是否可以僅憑著文意上的判斷來闡明上述概念，恐怕是個尚待商榷的問題。

　　另一種做法是徹底追溯上述詩論中的概念或用語的出處，從語源及本義上推求其中涵義。[29] 這種做法的好處是能清楚準確地掌握概念本身涵義，可以明確辨別不同用法下的各種詞義，從而得以深入說明有關概念的具體意思。然而這種做法的好處雖多，但其中所遇上的困難亦可謂極大。由於這套詩論的基本概念——「境」，以至其中「緣境」、「取境」、「造境」、「作用」、「作意」、「量」等概念，都與佛教思想有極為密切的關係，甚至上述所舉出的這些詞語，大部分本來就屬於佛教名相，所以若要真正掌握上述這些概念的話，就非要先對佛教名相甚至佛教思想有一定的認識不可——這亦是此一做法的最大困難所在。現時就有專從佛教思想上追溯語源，以佛學名相闡釋唐時這套詩論的學者。[30] 不過如上所述，要掌握佛教各種不同名相的確實意義

28　成復旺即據《詩式》上述資料推論「『取境』是指一般文章學上所講的構思、立意。」成復旺：《神與物游》（北京市：中國人民大學出版社，1989年），頁164-165。

29　如范寧：〈關於境界說〉，載姚柯夫編：《人間詞話及評論匯編》（北京市：書目文獻出版社，1983年），頁366-380。即從語源上考索「境」概念的本義，從而說明詩境問題。

30　如孫昌武：〈佛的境界與詩的境界〉，載南開大學古典文學教研室編：《意境縱橫探》（天津市：南開大學出版社，1986年），頁1-18。即專從佛教思想及用語角度，闡釋皎然等人以境論詩之說。

是極為困難的事，像闡釋上述詩論概念時，有學者就以佛教思想中涵義有別的「因緣」概念去解釋「緣境」一詞的涵義，[31] 這一詮釋有所偏差的問題，相信便是在上述困難下所產生的結果。

最後一種做法是吸納甚至套用其他概念或理論，去詮釋唐代的這種詩論中的概念。這種做法在現時研究上述以「境」論詩的文學理論時頗為常見，有學者便以王國維「意境說」中的「造境」概念，來說明皎然筆下所提出的「造境」之說。[32] 更有不少學者以現時所謂情景交融的「意境」觀念，去說明王昌齡、皎然等人所提出的詩境概念。[33] 這種做法的好處是詮釋材料可以從已有相關理論研究方面信手拈來，然而最大的缺點則是容易做成在理解上的偏差。正如上文所提到，以王國維深受西方思想觀念影響的「造境」之說，解釋皎然「造境」概念固然於理不合；至於以所謂情景交融的「意境」觀念，詮釋唐代這種詩歌理論中有關詩境概念的做法，就更加值得商榷。在情景交融的詮釋下，魏晉六朝以來所有與情景交融觀念有關的文學理論，便與唐代的這種詩境理論都成為一脈相通；[34] 另一方面由於涉及情景交融觀念的文學理論歷來都存在，於是唐代時這種以「境」論詩的理

---

31 林衡勛在《中國藝術意境論》第四章〈意境理論系統的初構〉內，在闡釋皎然《詩式》及詩中所用「緣境」一詞時，便指出「這裏雖然體現了傳統的天人合一思想的影響，但主要的則是佛教因緣和合理論的指導。」便將「緣境」一詞內，原屬攀緣、緣慮之義的「緣」，理解為「因緣」一詞內作緣助義之「緣」。見林衡勛：《中國藝術意境論》（烏魯木齊市：新疆大學出版社，1993年），頁307。

32 見陳良運：《中國詩學批評史》（南昌市：江西人民出版社，1995年），第9章，〈標誌詩歌藝術走向成熟的詩「境」說〉，頁225。

33 以這種方式理解中唐詩境說的學者頗多，較明顯的如周裕鍇：《中國禪宗與詩歌》（上海市：上海人民出版社，1992年），第4章，〈空靈的意境追求〉，頁128-129。孟二冬：《中唐詩歌之開拓與新變》（北京市：北京大學出版社，1998年），第4章，〈詩思與佛性玄心的融合〉，頁191。均從情景交融的「意境」觀念出發，說明皎然等人詩論中「境」的概念。

34 見孟二冬：《中唐詩歌之開拓與新變》（北京市：北京大學出版社，1998年9月），第4章，〈詩思與佛性玄心的融合〉，頁191-200。

論，便變成不過屬於數千年來「意境」論的其中一個環節。[35] 以上這種詮釋不但因此未能突顯這套詩論的特色，而且倘若成立的話，則是相對於其後的「意境」觀念而言，唐代的這種詩論便成為不過是「意境」理論初期的見解。有學者便因此指這時期的「意境」理論仍然十分幼稚，甚至流於膚淺可笑。[36] 若究其原委的話，之所以會有上述這種論調，其實在於論者往往以先有的一套理論加諸研究對象本身，在吸納其他概念或理論後，再套用到未必相等的詩論上並以此詮釋，於是便做成以上在理解方面的各種偏差。

第二節　研究方法與取向

正如上文所述這種主要見於中唐時候，以「境」的概念論述詩歌創作又集中探討詩境問題的文學理論，對詩歌創作構思過程與詩歌藝術境界的創造，以至在作品中對詩歌藝術境界的表現等問題，都有相當深入的探討。這種專門探討詩境問題的詩歌理論，事實上對於六朝以來的文學創作理論既有所承傳而又有所發展開拓；對於中唐以後的詩歌理論、詩歌風格及詩歌創作方式都有巨大的影響。然而在研究上述這種深具特色的詩歌理論時，一方面是現時仍然需要面對著上述所提到極待解決的種種問題，以至令這種詩論無論在確立名義或釐定研究範圍的問題上，往往未能有一明確的界定；另一方面是在文獻考訂與研究材料的運用方面，對於有關詩「境」的問題，也有許多可以商

---

35 曾祖蔭論中國古代文藝美學範疇，闢有專章論意境，即以先秦至魏晉為孕育期；唐宋為提出和形成期；明清至近代為深入發展期。曾祖蔭：《中國古代文藝美學範疇》（臺北市：文津出版社，1987年8月），第5章，頁266。

36 成復旺即以「意境」經宋元明清發展，到王國維才作理論上總結，以此論定唐代中期境界論誕生時其說十分幼稚，而且皎然等雖用「境」一詞，但未能正確掌握「境」的含義，其說膚淺可笑。成復旺：《神與物游》（北京市：中國人民大學出版社，1989年），第3章，〈緣心感物（下）〉，頁163-166。

權甚至值得存疑的地方；而且最重要的是對於這種詩論的研究，目前仍然存在著不少在理解上或詮釋上的偏差。

上述所提到的種種在界定或詮釋研究對象時的困難，都是在研究這種專門探討詩境問題的詩論時，所必須面對而且又有待設法解決的問題。本文針對以上所述的兩方面問題，會採用以下的研究方法：

一　名義的界定

就界定名義的問題上，如上所述在廣泛參考眾說，並考慮目前研究所面對各種相關問題後，本文對於這種主要見於中唐時候，以「境」概念論述詩歌創作，並集中探討詩境問題的文學理論，決定不採納現時普遍使用的「意境說」或「意境論」等名稱，而改用「詩境說」稱上述這種專門探討詩境問題的詩歌理論。原因一方面就在於以「意境說」或「意境論」稱這種詩論的話，易於因此而做成概念上的混淆。正如上文所述，「意境」一詞既然本身具備一定的涵義，若以此稱上述詩論的話，便意味著這套出現於唐代針對詩境問題的理論屬於「意境」理論範疇內的一部分，以致在詮釋有關概念時，易於運用現有「意境」理論的概念去加諸這套詩論之上。而且亦正如上文所提到，在唐代這種專門探討詩境問題的詩歌理論之中，本有「意境」一詞。正因其義既有別於後世的「意境」概念，而其中所謂「意境」者，又不過屬於探討詩境問題時所涉及種種概念的其中一種，若稱之為「意境說」或「意境論」的話，亦容易做成概念上的混淆。何況對於「意境」的詮釋和理解，現時仍然未有一致的定論；加上「意境說」一詞，以往又專用於稱王國維所提出的文學理論，故此為免造成在概念上的混淆起見，本文在論述唐代這種專門探討詩境問題的詩歌理論時，並不採用「意境說」或「意境論」的名義稱上述詩論。

另一方面本文之所以採用「詩境說」稱上述詩論，除了可以避免

沿用「意境說」或「意境論」名義，得以藉此擺脫「意境」理論的影響，而直接針對上述這種詩論本身之外；最主要的原因就在於上述這種詩論，本來就是專門探討詩境問題的一套文學理論，採用「詩境說」的話，便更能突出這種詩論的特色，以至在名義上可以更明確地反映這種詩論所針對的問題所在。兼且「意境」一詞，包括範圍可以極為廣泛，既可以用於詩詞等文藝方面，亦可用於書畫，甚至園林建築等各種不同藝術表現方面，若採用「詩境說」的話，就更能緊扣上述這種專門針對詩歌創作藝術的文學理論。從這種詩論所針對文學體裁的角度來說，比起「意境說」或「意境論」的名稱，採用「詩境說」的話，可謂更能切合上述這套詩論的特色。

二　研究範圍的界定

在研究範圍的界定方面，本文將研究範圍確定在中唐時期。原因在於目前對於這種專門探討詩境問題的文學理論所包括的範圍，一般來說包涵得相當廣泛，不過事實上正如上文所論，其中多有未必真正涉及針對詩境問題的材料在內。如張說的「五音繁雜，出無聲之境」[37]；殷璠的「皆出常境」[38]；高仲武的「未到此境」、「蓋五言之佳境也」及「數年間稍入詩境」，[39] 雖然上述各例中在論詩時都提到「境」一詞，然而其中「境」的意思，不過指範疇或闔域而已，[40] 和「詩境說」所針對關乎詩歌創作構思與創造詩歌藝術境界的詩境，事

---

37 張說：〈洛州張司馬集序〉，董誥等編：《全唐文》（北京市：中華書局，1983年11月），卷225，頁2275。

38 殷璠：《河嶽英靈集》，載傳璇琮主編：《唐人選唐詩新編》（西安市：陝西人民教育出版社，1996年），頁128。

39 高仲武：《中興間氣集》，載傳璇琮主編：《唐人選唐詩新編》，頁472、506、512。

40 詳見本文第四章第一節〈中唐之先的以境論藝與文學範疇中境的運用〉，對張說、殷璠及高仲武上述各條資料說明。

實上彼此所指的並不一致。張說等人在論詩時提到「境」,雖然亦可謂「以境論詩」,然而卻與中唐時這種專門探討詩境問題的詩論有明確的區別。正因「境」一詞本有多種不同的解釋及用法,而中唐之先以境論詩甚至以境論藝的說法極多,若不加細分一律列入這種專門探討詩境問題的詩論研究範圍之中的話,結果只會做成研究焦點模糊不清。由於張說、殷璠及高仲武,甚至中唐時杜確論詩時所提到「境」的概念,有別於「詩境說」所探討關乎詩歌創作構思時心識作用的詩境概念,故此除將張說、殷璠、高仲武及杜確等都剔除在「詩境說」範圍之外,其餘凡屬於上述提到僅為以境論詩或以境論藝,而實質上無關於探討詩境問題的論述,本文俱從其中運用「境」的概念上區以別之,概不列入「詩境說」研究範圍之內。

就確定研究範圍的所屬年代來說,現時可以確定的是出現於唐代的這種專門探討詩境問題的「詩境說」,集中見於中唐時候皎然、權德輿、劉禹錫等人筆下。除此之外,以往論者又多將盛唐時王昌齡與晚唐司空圖兩人詩論,與上述中唐皎然等人有關詩境的論述相提並論。正如上文所述,對於王昌齡詩論的真偽問題一直以來都極富爭議。目前可供研究採用的所謂王昌齡詩論,除《文鏡秘府論》內題為「王氏論文云」資料之外,在《吟窗雜錄》等專門輯錄詩格的著作當中,亦有收錄題為王昌齡撰的《詩格》與《詩中密旨》。《詩中密旨》其為偽託,學者間已多有論述。[41] 至於《文鏡秘府論》所錄題為「王氏論文云」詩論,雖然正如上文提到現時不少學者都相信確為盛唐時王昌齡所撰《詩格》持論,不過事實上正如興膳宏所指出的,無論如何至今仍未發現絕對證據足以證明《文鏡秘府論》所錄確為王昌齡所撰《詩格》原本。[42] 尤其《文鏡秘府論》所錄「王氏論文云」的有關詩論,

---

41 參張伯偉:《全唐五代詩格校考》(西安市:陝西人民教育出版社,1996年7月),〈舊題王昌齡撰《詩格》解題〉,頁123-125。

42 興膳宏〈王昌齡的創作論〉,載吉林教育出版社編譯:《日本學者中國文學研究譯叢》(長春市:吉林教育出版社,1990年),第5輯,頁165。

其中所引資料竟有見於王昌齡身後的作品，[43] 則是否可以謂這些詩論即屬王昌齡所撰，似乎尚有待於進一步的考證才可確定。然而《文鏡秘府論》所錄皆為日僧空海（西元774-835年）於中唐時所輯集文論，是以上述題為「王氏論文云」有關詩境問題的論述，雖然未能確定是否屬於王昌齡本人所撰，但其說見於中唐時候則可以肯定，故此本文將《文鏡秘府論》所錄上述詩論，置於中唐時期之列，並以「王氏詩論」稱之。

此外傳世所見題為王昌齡撰的《詩格》，以《吟窗雜錄》所載為例，其中有引王昌齡詩而竟稱之為「古詩」者，[44] 可見亦未必出自盛唐時王昌齡本人之手。不過傳世題為王昌齡撰《詩格》中，所論內容及文字多有與《文鏡秘府論》所錄王氏詩論相合之處，[45] 尤其「詩有三境」與「詩有三格」之說，其中「用思」、「生思」、「放安神思」及心中見境如「瑩然掌中」等概念，與《文鏡秘府論》所錄王氏詩論在內容上或用語方面都頗見一致，[46] 因《文鏡秘府論》於近世始得見於中土，宋明以來流傳已久題為王昌齡撰《詩格》無由抄襲，[47] 故知其與撰於中唐時的《文鏡秘府論》所錄王氏詩論有一定的關係，因此本文在論述「詩境說」時，取其中「詩有三境」與「詩有三格」之說，與《文鏡秘府論》所錄王氏詩論對照，藉以發明「詩境說」內所探討的有關詩境的各種問題。

至於司空圖詩論方面，以往說明司空圖詩論與「意境說」關係

---

43 參王夢鷗：〈王昌齡生平及其詩論〉，載《古典文學論探索》（臺北市：正中書局，1984年2月），頁283-284。

44 詳羅宗強：《隋唐五代文學思想史》（上海市：上海古籍出版社，1986年），第5章，〈轉折時期文學思想（下）〉，頁177-178。

45 詳吳鳳梅：〈王昌齡詩格之研究〉（政治大學碩士論文，1979年），頁40-52。

46 詳本文第五章第三節〈中唐詩境說的取境之道〉論述。

47 參黃景進：〈唐代意境論初探〉，載淡江大學編：《文學與美學》（臺北市：文史哲出版社，1991年），第2集，頁146。

時，多以《二十四詩品》及集內有關論詩文字作為根據。但正如上文所述，一方面因為《二十四詩品》真偽莫辨；另一方面集內論詩而涉及詩境問題的材料，主要有〈與極浦書〉中引戴叔倫「詩家之景，如藍田日暖，良玉生煙，可望而不可置於眉睫之前也」之說，而有「象外之象，景外之景」的說法；[48] 及〈與王駕評詩〉的「思與境偕，乃詩家之所尚者」。[49] 雖然司空圖「象外之象，景外之景」的說法，可以連繫到劉禹錫所提出「境生於象外」[50] 的見解，但是否司空圖本人見解，抑或屬於所引戴叔倫之說，似乎尚有可以斟酌的餘地。[51] 而且就文集所見，司空圖上述涉及詩境問題的持論，亦深受著中唐時皎然、戴叔倫及劉禹錫等有關詩境論述的影響。如〈與極浦書〉中論詩的觀念，便是祖述戴叔倫之說，又可能有劉禹錫「境生於象外」的詩境觀念在內。至於〈與王駕評詩〉中稱詩家所尚在於「思與境偕」之說，亦不過指出詩思當與境交融而已。對於詩歌創作構思過程中心境關係的剖析，大抵同於蘇軾（1037-1101）所提出的「境與意會」，[52] 或者王國維所提出的「意與境渾」[53] 等說法。上述這種境思交融的見解，可說是在前人詩境觀念影響下而有的看法，當以之納入受「中唐詩境說」影響諸家之列，而未必足以和中唐時皎然、劉禹錫等人所提

---

48 司空圖：《司空表聖文集》，《四部叢刊初編》縮印本（上海市：商務印書館，1936年），卷1，〈與王駕評詩〉，頁8下。

49 同上，卷3，〈與極浦書〉，頁15下。

50 劉禹錫撰，瞿蛻園箋證：《劉禹錫集箋證》（上海市：上海古籍出版社，1989年10月），卷19，〈董氏武陵集紀〉，頁516。

51 王達津在〈權德輿與中唐詩的「意境」說〉一文中，即以為「象外之象，景外之景，豈容易可談哉」一段，皆為戴叔倫的詩論。王達津：〈權德輿與中唐詩的「意境」說〉，載《光明日報》，1985年1月1日，〈文學遺產〉，第668期。

52 蘇軾著，孔凡禮點校：《蘇軾文集》（北京市：中華書局，1986年3月），卷67，〈題淵明飲酒詩後〉，頁2090。

53 王國維著，徐調孚注，王幼安校訂：《人間詞話》（北京市：人民文學出版，1960年），〈附錄〉，頁256。

出專門深入探討詩境問題的「詩境說」相提並論。

　　以上從文獻考訂與研究材料選取的角度，說明由於未能證明傳世所謂王昌齡詩論確為王昌齡本人所撰，所以僅定現時所見《文鏡秘府論》所錄王氏詩論，及與此相關的舊題王昌齡撰《詩格》，為中唐時期有關「詩境說」的詩論。另一方面又因司空圖集內所見有關詩境的說法，多屬祖述中唐「詩境說」的見解，故此將之歸入受「詩境說」影響之列。所以對出現於唐代這一「詩境說」的所屬時代，本文界定為中唐時期，而以「中唐詩境說」稱之。至於「中唐詩境說」的研究範圍，除了包括上文所提到的皎然、戴叔倫、權德輿與劉禹錫等人之外，中唐時候集中探討詩境問題的，同時尚有一班處於江東地區的文士，其中包括：劉商（生卒不詳，開元至大曆〔西元713-779年〕時人）、李華（約西元715-774年）、孟郊（西元751-814年）、梁肅（西元753-793年）、武元衡（西元758-815年）、呂溫（西元772-811年）與白居易（西元772-846年）等人，[54] 都分別提出對於詩歌創作中有關詩境問題的論述，諸人所述可以相互補充發明，是以均列入「中唐詩境說」的研究範圍之內。

三　研究方法說明

　　正因要研究中唐時這種專門探討詩境問題的詩論的話，首先要解決的是界定研究對象名義與研究範圍的問題，為避免如上述所提出在研究「中唐詩境說」時所出現的各種偏差，是以在研究方法上本文並不以現時普遍採用所謂情景交融的「意境」理論去剖析「中唐詩境說」；亦不吸納如王國維「意境說」或「境界說」中「造境」等已有的文藝觀念，去詮釋或闡述這種詩論。正如上文所提到，除了在界定

---

54 詳本文第四章第二節〈中唐詩境說的出現〉論述。

研究對象名義及研究範圍時，必須先對「中唐詩境說」其中概念能確實掌握之外；要闡明上述這種詩論的具體內容與意義的話，亦必須先對「中唐詩境說」所涉及的概念能夠深入地了解。以此之故，本文除直接從有關「中唐詩境說」的文獻資料上，推斷其中用語及概念的涵義之外，同時亦設法追溯「中唐詩境說」內所涉及的概念或用語的出處，藉著對語源及本義的探索嘗試尋求其中確實涵義。從直接對研究資料原始文獻的掌握與分析，及對「中唐詩境說」其中語彙及所牽涉概念在語源及本義上的追溯，本文希望藉此得以掌握「中唐詩境說」內的有關概念，由此說明「中唐詩境說」出現的有關背景，從闡釋這一詩論的來源及發展中，析述從玄學到佛學「境」的觀念如何影響於詩境之說，及其所以出現於中唐的原因。並能闡明這套詩論的具體內容，以至「中唐詩境說」在詩學理論上的各種特點，並且進而剖析其中涉及詩歌創作構思過程中有關心境問題的各種論述，及有關詩歌藝術境界的創造理論，甚至有關詩歌藝術境界在作品中的表現等問題。

具體而言，本文自詞義沿革入手，尤其透過對「中唐詩境說」最重要的概念──「境」一詞涵義的追溯，從先秦兩漢文獻中廣泛考索「境」一詞詞義，探求「境」一詞的源出與詞義的嬗變；再進而考察六朝以來「境」一詞詞義的沿革，從六朝文獻中所見「境」一詞詞義及其用法入手，追溯「境」的概念於魏晉玄學內意義，及佛教對此之吸納。更進一步是從佛學上「境」一詞詞義之變化，考見隋唐之際「境」的概念在佛學觀念上的轉化及運用情況。除自經史及佛學文獻上考察語源及本義，以至詞義的沿革變化，藉以說明歷來「境」的概念在不同範疇下的各種意義，及自先秦兩漢至六朝隋唐而下，其意義上的流變，藉以說明「境」概念於玄學及佛學上之涵義與用法之外；本文又從考察唐初至中唐之際經史學家、道家、道教，以至佛教對於「境」觀念的詮釋及使用，闡明「境」的概念如何自宗教與哲學範疇內，於中唐時漸次進入到書法、音樂、繪畫、園林建築與文學等藝術

領域之中，並吸納到詩學理論內而最終成為詩境之說，由此彰明「中唐詩境說」的形成原因與過程。

此外本文又針對「中唐詩境說」中的重要概念，對其中於論詩時所大量採用的「緣境」、「取境」、「造境」、「得境」、「作用」、「作意」、「冥搜」、「詩之變」及「量」等術語，分別從佛學及詩學上加以考察，對「中唐詩境說」內的取境之說與造境之說，從魏晉玄學與隋唐以來道家及佛教思想，甚至文藝創作觀念上，剖析「中唐詩境說」對詩歌創作過程中，有關心識與詩境關係的具體說明與創作上的各方面要求，從而闡明在「中唐詩境說」內與此有關的各種詩境問題。

本文從追溯詞義沿革入手，一方面冀能澄清研究對象有關概念的涵義及研究範圍等問題，另一方面又自經史及儒釋道等各方面的經籍文獻上追溯相關理論與觀念，藉以清楚闡釋「中唐詩境說」理論的源出、特質以至具體要求所在。本文於論證過程中，既全面考慮以往學者所提出的相關研究，也力求從文獻中推尋本義與具體面貌，復參證於不同性質與範疇內的理論或觀念，以期能對「中唐詩境說」內所提出的各種詩學理念得以明確掌握，從而闡明上述這種主要見於中唐之際，既深具特色又能承上啟下的詩論的具體內容與旨趣，並藉以彰顯其於傳統詩學上的重大意義所在。

第二章
原境──境概念的源出及其嬗變

　　正因研究中唐詩境說的關鍵在於對研究對象的理解，尤其是須先解決其中最重要概念「境」一詞涵義的詮釋問題，是以本章先從「境」一詞詞義的沿革入手，考察自先秦兩漢至六朝文獻，以至六朝至隋唐佛教經典中所見「境」一詞詞義及其用法，從文獻上考索其先「境」一詞的源出，與歷來在使用上所見詞義的引申變化，由此說明「境」一詞出現於文獻中情況，以至從本義到引申義的嬗變過程；亦以此闡明透過魏晉玄學影響，令「境」一詞之特殊用法吸納到佛教之中，並受佛教教義影響而形成中唐詩境說內「境」的概念。

第一節　先秦及兩漢文獻中所見境一詞詞義及其嬗變

　　「境」一詞大抵要到春秋以後才見之於典籍。今日所見先秦典籍當中，九經之內僅有「竟」字，而未見「境」字。[1]「竟」即「境」的本字。許慎（西元30-124年）《說文解字》音部，於「竟」字下釋

1　考諸阮元校刻《十三經注疏》（北京市：中華書局影印世界書局縮印阮元刻本，1980年）所收九經之內，僅於《毛詩・小雅・車攻》中見一「境」字；香港中文大學中國文化研究所編《先秦兩漢古籍逐字索引叢刊》，其中《毛詩逐字索引》（香港：商務印書館，1995年）內收「境」字一例，亦同為此條。案此條見於〈小雅・車攻〉毛傳內，原文為「復文武之境土」。其中「境」字，《四部叢刊初編》縮印本（上海市：商務印書館，1936年）影印瞿氏藏宋巾箱本作「竟」；而無論宋本抑阮刻本，其下所附陸德明《經典釋文》注音，均作「竟音境」，可證其原先必為「竟」字，作「境」者當為後世所改耳。

云：「樂曲盡為竟。」[2] 又釋「章」字：「樂竟為一章。」[3] 案「竟」字從「音」從「人」，許慎「樂曲盡為竟」的解釋，當為「竟」字的本義。後來在使用上有單取其中「盡」之義的，揚雄（西元前53年-18年）《方言》內便載：

> 緪、莛，竟也。秦晉或曰緪，或曰竟，楚曰莛。[4]

另外劉熙（生卒不詳，東漢末桓靈時〔西元132-189年〕人）《釋名·釋天》內釋「景」字時便稱：

> 景，竟也。所照處有竟限也。[5]

兩者對「竟」字的詞義理解，都是取其「盡」的意思。此外「竟」字這一「盡」的意義，又有專用於指地域上而言的，於是就引申出疆界的意義。張揖（生卒不詳，魏明帝太和年間〔西元227-232年〕博士）《廣雅》卷四上〈釋詁〉內釋「竟」和「疆」等字義時便謂：

> 疆、繹、困、苦、終、竟、死，窮也。[6]

如張揖所稱，「竟」字和「疆」字都是「窮」的意思，因其涵義相

---

2 許慎著，段玉裁注：《說文解字注》（上海市：上海古籍出版社：1981年），3篇上，頁102。

3 同上。

4 揚雄撰，錢繹箋疏：《方言箋疏》，載《爾雅·廣雅·方言·釋名——清疏四種合刊》（上海市：上海古籍出版社，1989年8月），卷6，頁878。

5 劉熙撰，王先謙疏證：《釋名疏證補》，載《爾雅·廣雅·方言·釋名——清疏四種合刊》（上海市：上海古籍出版社，1989年8月），卷3上，頁1007。

6 張揖撰，王念孫疏證：《廣雅疏證》，載《爾雅·廣雅·方言·釋名——清疏四種合刊》（上海市：上海古籍出版社，1989年8月），卷4上，頁451。

通，故可為互訓。王念孫（1744-1832）《廣雅疏證》釋此條云：

> 疆之言竟也，〈豳風・七月〉篇「萬壽無疆」《毛傳》云：
> 「疆，竟也。」[7]

便是以「竟」解釋「疆」的意思。《廣雅》卷三上〈釋詁〉又載：

> 擷、挺、挺、楥、遂、疆、界、畍、畢、終、猝，竟也。[8]

王念孫對此疏證謂：

> 此條「竟」字有二義：擷、挺、挺、楥、遂、畢、終、猝，為
> 究竟之「竟」；疆、界、畍，為邊竟之「竟」。邊竟之「竟」，
> 亦取究竟之義也。[9]

其中的「竟」字，都和「疆」、「界」等同義。王念孫清楚分別出
「竟」字於此具有「究竟之竟」與「邊竟之竟」兩種意思，又指出
「邊竟之竟，亦取究竟之義也」，亦即與「疆」、「界」等涵義相通而
專指「邊竟」的「竟」字字義，不過亦取「究竟」之義而有。王氏所
謂「竟」字有「究竟」之意者，其實即從「竟」字「樂曲盡為竟」的
本義引申而來。《說文解字》田部在「界」字之下，許慎解釋為：
「界，竟也。」[10] 段玉裁（1735-1815）《說文解字注》釋云：

7　同上。

8　同上，卷3上，頁412。

9　同上。

10　許慎著，段玉裁注：《說文解字注》（上海市：上海古籍出版社：1981年），13篇下，
　　頁696。

樂曲盡為「竟」，引申為凡邊竟之偁。[11]

段氏又於音部「竟」字之下釋云：

> 曲之所止也。引伸之凡事之所止，土地之所止皆曰「竟」。《毛傳》曰：「疆，竟也。」[12]

上述王念孫的「邊竟之『竟』，亦取究竟之義也」，與段玉裁的「樂曲盡為『竟』，引申為凡邊竟之偁」二說，適可相互補充以說明「竟」字字義變化。「竟」字涵義的演變，可概括之表示如下：

樂曲盡 ⟶ 究 竟 ⟶ 邊 竟

「竟」字從「音」從「人」，許慎從字形結構上立說，而有「樂曲盡為竟」解釋，可信當屬「竟」字本義，然而現今所見早期的先秦典籍中，「竟」字以本義出現的甚為罕見；[13] 而取「究竟」這一引申義的則仍可見諸早期文獻當中。以十三經內所見為例，如《毛詩·大雅·瞻卬》的「譖始竟背」[14] 一句，鄭箋釋云：「竟，猶終也。」[15] 又《禮記·儒行》內的「身可危也，而志不可奪也，雖危起居，竟信其志」，孔疏：「竟，終也。」[16] 可證其中的「竟」字，都作「終」解，

---

11 同上。

12 同上，3篇上，頁102。

13 「竟」字「樂曲盡為竟」的本義見於《說文解字》，許慎有「五經無雙」之稱，其說應有所本，然而未舉例證，後世注解諸家，段玉裁最號淹博，亦未能舉出與此相關之例證，故知此義於傳世文獻中，當較為少見也。

14 鄭玄注，孔穎達等疏證：《毛詩正義》，《十三經注疏》（北京市：中華書局影印世界書局縮印阮元刻本，1980年），上冊，卷18，頁578。

15 同上。

16 鄭玄注，孔穎達等疏證：《禮記正義》，《十三經注疏》，下冊，卷59，頁1670。

然而俱與樂章無關，所以均為引申後取「究竟」意思的「竟」字。不過，這種用法仍屬少數。在先秦典籍中，使用得最多的是取「邊竟」意義的「竟」字。如：

> 《周禮・掌固》「凡國都之竟」、「及歸，送之于竟。」[17] 鄭注：「竟，界也。」[18]
>
> 《儀禮・聘禮》「若過邦至于竟」、「未入竟」。[19] 鄭注：「謂於所聘之國竟也。」[20]
>
> 《禮記・曲禮上》「入竟而問禁」[21]，孔疏：「竟，界首也。」[22]
>
> 《左傳》襄公八年「待於二竟」[23]，杜預注：「二竟，晉楚界上。」[24]
>
> 《左傳》哀公八年「武城人或有因於吳竟田焉」[25]，杜預注：「僑田吳界」。[26]
>
> 《公羊傳》襄公十九年「以漷為竟也。何言乎以漷為竟？」[27] 何休注：「以漷為竟，漷移入邾婁界。」[28]
>
> 《穀梁傳》隱公元年「聘弓、鍭矢不出竟場，束脩之肉不行竟中。」[29] 楊士勛疏：「竟，是疆界之名。」[30]

---

17 鄭玄注，賈公彥等疏證：《周禮注疏》，《十三經注疏》，上冊，卷30，頁844。

18 同上。

19 鄭玄注，賈公彥等疏證：《儀禮注疏》，《十三經注疏》，上冊，卷19，頁1048。

20 同上。

21 鄭玄注，孔穎達等疏證：《禮記正義》，《十三經注疏》，上冊，卷3，頁1251。

22 同上。

23 杜預注，孔穎達等疏證：《春秋左傳正義》，《十三經注疏》，下冊，卷30，頁1939。

24 同上。

25 同上，卷58，頁2164。

26 同上。

27 何休注，徐彥等疏證：《春秋公羊傳注疏》，《十三經注疏》，下冊，卷20，頁2308。

28 同上。

29 范寧注，楊士勛等疏證：《春秋穀梁傳注疏》，《十三經注疏》，下冊，卷1，頁2366。

30 同上。

《穀梁傳》昭公元年「叔弓帥師疆鄆田——疆之為言，猶竟也。」[31] 范寧集解：「為之境界」[32]，楊士勛疏：「以師正其界」[33]。

以上所舉見之於先秦文獻的「竟」字，證諸各家注疏，可知都解作「疆」或「界」之意，也就是段玉裁所說「邊竟」這一解釋。

雖然正如王念孫所說，「竟」字「邊竟」的意思，不過從「究竟」的意思引申而有，然而從文獻所見，「竟」字上述的兩種用法，曾經一度並存用於經典之內。以此之故，大抵為了區分「竟」字這兩種用法，所以後來又出現了加上「土」旁，用於表示疆界的「境」字，以別於原先用作表示究竟的「竟」字。段玉裁在注釋《說文解字》田部「界，竟也」一句時，便指出：

竟，俗本作「境」，今正。[34]

段氏又於《說文解字》音部「竟」字之下注明：

俗別製「境」字，非。[35]

段氏之所以指「境」為俗字，相信即因「境」字並不見於許慎《說文解字》原文之內，僅收錄於徐鉉（西元916-991年）校定本《說文解

---

31 同上。

32 同上。

33 同上。

34 許慎著，段玉裁注：《說文解字注》（上海市：上海古籍出版社：1981年），13篇下，頁696。

35 同上，3篇上，頁102。

字》卷十三下土部的新附字中。徐鉉於「境」字下釋云：

> 境，疆也。從土，竟聲。經典通用「竟」，居領切。[36]

又鄭珍（1806-1864）《說文新附考》釋「境」字：

> 今經典中「竟」字多俗改，唯《禮記》通是「竟」，他經則
> 「境」、「竟」雜出。《說文》界、畍等注今亦改竟加土。謂之
> 竟者，封疆之界究竟於此也。高睎修《周公禮殿碑》、《張平子
> 碑》並有「境」，是漢世字。[37]

鄭珍經典中「境」、「竟」雜出之說，其實唐時陸德明（約西元550-
630年）已指出。《經典釋文》卷二十一〈春秋公羊音義〉隱公二年
「踰竟」下釋「竟」字云：

> 音境。今本多即作「境」字。[38]

又卷二十二〈春秋穀梁音義〉隱公元年「出竟」下釋「竟」字云：

> 音境。本或作「境」。[39]

---

36 許慎著，徐鉉校定：《說文解字》，《四部叢刊初編》縮印本（上海市：商務印書
　　館，1936年），第5冊，卷13下，頁118。

37 鄭珍：《說文新附考》，轉引自黃侃：《說文新附考原》，《說文箋識四種》（上海市：
　　上海古籍出版社，1983年），頁345。

38 陸德明：《經典釋文》（北京市：中華書局影印徐乾學通志堂經解本，1983年），卷
　　21，頁306。

39 同上，卷22，頁325。

對於「境」字的出現問題，王先謙（1842-1918）《釋名疏證補》在
《釋名‧釋天》「景，竟也。所照處有竟限也」之下云：

> 吳校本「竟」作「境」，……畢沅云：「俗書『竟』字加土傍，
> 非也。」成蓉鏡云：……玫永和四年所立《張平子碑》：「自涉
> 境以經於諸邑」，初平五年所立《周公禮殿記》：「節符典境」，
> 皆有「境」字，是漢季此字已通行。成國撰《釋名》作
> 「境」，當是依俗為之。[40]

則較鄭珍「是漢世字」推論，更為具體明確。「永和」與「初平」，分
別為東漢順帝（西元126-144年）與獻帝（西元189-220年）年號，故
王先謙有「是漢季此字已通行」之說。不過倘依其所論推求，則
「境」字之使用，至少可上推至立〈張平子碑〉之永和四年（西元
129年）。以東漢國祚二百餘年計，則其時當為東漢中葉，而非東漢季
世。王先謙漢季通行之說，相信出於「境」字不見於《爾雅》、《方
言》與《說文解字》中，而僅見於《釋名》之內，以作者劉熙為東漢
末人，是以王氏以「漢季」屬之。

　　然而若考諸典籍，「境」字的出現應更在漢代以前。在傳世文獻
之中，「境」字最早見之於戰國時期的典籍之內。諸如：

> 《孟子》卷二上〈梁惠王下〉「臣始至於境，問國之大禁，然
> 後敢入。」[41] 及「四境之內不治，則如之何？」[42]
> 《孟子》卷三上〈公孫丑上〉「雞鳴狗吠相聞，而達乎四

---

40 劉熙撰，王先謙疏證：《釋名疏證補》，載《爾雅‧廣雅‧方言‧釋名——清疏四種
　　合刊》（上海市：上海古籍出版社，1989年8月），卷3上，頁1007。

41 《孟子》（《四部叢刊初編》縮印本），第3冊，卷2上，頁13。

42 同上，頁16。

境。」[43]

《莊子》卷四〈胠篋〉「足跡接乎諸侯之境。」[44]

《荀子》卷四〈儒效〉「慎潰氏踰境而徙。」[45]

《荀子》卷六〈富國〉「入其境，其田疇穢，都邑露。」[46] 及「境內之聚也。」[47]

《荀子》卷八〈君道〉「近者境內」，[48] 及「境內之事。」[49]

《韓非子》卷一〈存韓〉「闞兵於境上而未名所之。」[50]

《韓非子》卷二〈有度〉「燕襄王以河為境，以薊為國。」[51]

《韓非子》卷九〈內儲說上〉「臣雖問境內之人。」[52]

《孫子》卷十一〈九地篇〉「去國越境而師者。」[53]

《商君書》卷一〈墾令〉「五民者不生於境內。」[54]，〈農戰〉「今境內之民」[55]，「今境內之民及處官爵者」[56]，「故其境內之民。」[57]

《商君書》卷一〈去強〉「金一兩生於境內，金一兩死於境外。國好生金於境內，……國好生粟於境內，……境內倉口之

43 同上，卷3上，頁22。

44 《南華真經》（《四部叢刊初編》縮印本），第31冊，卷4，頁78。

45 《荀子》（《四部叢刊初編》縮印本），第18冊，卷4，頁40。

46 同上，卷6，頁69。

47 同上，頁71。

48 同上，卷8，頁91。

49 同上。

50 《韓非子》（《四部叢刊初編》縮印本），第20冊，卷1，頁5。

51 同上，卷2，頁7。

52 同上，卷9，頁46。

53 《孫子集注》（《四部叢刊初編》縮印本），第20冊，卷11，頁155。

54 《商子》（《四部叢刊初編》縮印本），第20冊，卷1，頁2。

55 同上，頁4。

56 同上。

57 同上，頁5。

數。」[58]

《國語》卷四〈魯語上〉「外臣之言不越境。」[59]

《戰國策》卷三〈秦策〉「楚使者景鯉在秦，從秦王與魏王遇於境。」[60]

《呂氏春秋》卷七〈懷寵〉「故兵入於敵之境。」[61]

《呂氏春秋》卷二十四〈贊能〉「至齊境。」[62]

就以上所引各例可見，「境」字大量出現於戰國以後文獻當中。雖然其中不乏存在偽託成書，以至後人校刊時用俗字妄改正字的可能，不過倘若以其先九經等文獻，皆多用「竟」字而少見「境」字的現象；與此際文獻之內「境」字廣泛出現的情況加以對照的話，[63] 可以推測由「竟」字加「土」旁而成「境」的這一俗字，極可能於戰國之際經已出現。

值得注意的是，此時文獻之內，往往「竟」和「境」兩字並用。這一現象於《莊子》、《荀子》及《韓非子》等書中均可得見。尤其於《荀子》一書中，至有「竟」、「境」二字，同時見於上下文的情況出現：

其**竟**關之政盡察，是亂國已。入其**境**，其田疇穢、都邑露，是貪主已。[64]

---

58 同上，頁7。

59 《國語》(《四部叢刊初編》縮印本)，第15冊，卷4，頁39。

60 《戰國策》(《四部叢刊初編》縮印本)，第15冊，卷3，頁32。

61 《呂氏春秋》(《四部叢刊初編》縮印本)，第24冊，卷7，頁43。

62 同上，卷24，頁172。

63 如《韓非子》一書內，「境」字即出現三十餘次之多。

64 《荀子》(《四部叢刊初編》縮印本)，第18冊，卷6，頁69。

楊倞於「竟」字之下注：「竟與境同」，[65] 故知唐人所見已然如此。由於「竟」、「境」二字並用於同一段文字之內，所以未必可用後人以俗字校改去解釋這一現象；加以其他同期文獻中不乏二字並用的例子（如《韓非子》一書中即「竟」與「境」並用，詳見下文所述），所以可由此推論，其時或為「境」字方始通用，尚未完全取代原先作疆界解的「竟」字，以故兩者同時並行，而有上述情況出現。

若從詞義上加以考察的話，自以上例子之內即可見，此際「境」字大量見諸文獻之內，像上述「四境」、「踰境」、「境內」、「境上」、「越境」、「諸侯之境」等例，「境」一詞的詞義都指邊疆國界──換言之，作為「竟」的俗字，加上「土」旁的「境」字，即專門用於表示原先在「竟」字多種不同涵義之中，與土地有關的疆界這一意思。從成書於戰國後期的《韓非子》一書中，「境」字凡三十餘見皆作邊疆解；而「竟」字僅解作「終」（如〈內儲說上〉「竟不得見」[66]）的現象推斷，「竟」字和「境」字在用法上的區分，可能到戰國後期已漸見顯著。

此外從用例上可見，如上文所述，戰國時「竟」和「境」二字普遍雜用，然而無論寫作「竟」或「境」，除了原先用於指具體客觀存在的疆界之外，此際又引申到用於指抽象存在的事物。如《莊子》內〈逍遙遊〉「辯乎榮辱之竟」，[67] 及〈秋水〉「且夫知不知是非之竟」，[68] 其中「竟」字的用法，即與以往邊疆國界的解釋不盡一致。「榮辱」與「是非」都並非實體，只不過存在於思想或意識之中，可見其時「竟」或「境」一詞的詞義，經已不限於實指具體事物之上，而是擴大到兼指抽象事物方面。

---

65 楊倞注附於《荀子》一書中。《荀子》（《四部叢刊初編》縮印本），第18冊，卷6，頁69。

66 《韓非子》（《四部叢刊初編》縮印本），第20冊，卷9，頁47。

67 郭象注，成玄英疏：《南華真經》（《四部叢刊初編》縮印本），第31冊，卷1，頁6。

68 同上，卷6，頁127。

　　到了漢代，「境」字的使用更為廣泛。漢初的《韓詩外傳》即屢見「境」字，如卷四云：

　　　　齊桓公伐山戎，其道過燕，燕君送之出境。桓公問管仲曰：
　　　　「諸侯相送固出境乎？」管仲曰：「非天子不出境。」[69]

在以上一段簡短記述中，「境」字即三見。此外，出現於兩漢典籍中作邊界解的「竟」字，在數量上可說是遠較先秦文獻中所見少得多。其中主要原因，相信是基於前代文獻中的「竟」字，至此往往以「境」字代替。就如上文提到《禮記》中「入竟而問禁」之禮，其中的「竟」字，在《大戴禮記》中即作「境」[70]。又如《公羊傳》中「出竟有可以安社稷、利國家者」[71]一句中的「竟」字，在《春秋繁露》中引用即逕寫為「境」。[72]可見漢代「境」字廣為通行，以至漸次取代原先作疆界解的「竟」字。

　　至於「境」字詞義擴大，用於指抽象事物方面，這一用法到漢代時尤為普遍，如《淮南子》之內便有：

　　　　〈原道訓〉「夫心者，五藏之主也。所以制使四支，流行血
　　　　氣，馳騁于是非之境，而出入于百事之門戶者也。」[73]
　　　　〈俶真訓〉「定于死生之境，而通于榮辱之理。」[74]
　　　　〈脩務訓〉「觀始卒之端，見無外之境。」[75]

---

69 《韓詩外傳》（《四部叢刊初編》縮印本），第4冊，卷4，頁33。

70 《大戴禮記》（《四部叢刊初編》縮印本），第4冊，卷5，〈曾子制言下〉，頁28。原文作「自境及郊問禁」。

71 何休注，徐彥等疏證：《春秋公羊傳注疏》，《十三經注疏》，下冊，卷8，頁2236。

72 《春秋繁露》（《四部叢刊初編》縮印本），第4冊，卷3，〈精華〉，頁18。

73 《淮南子》（《四部叢刊初編》縮印本），第24冊，卷1，頁7。

74 同上，卷2，頁14。

75 同上，卷19，頁147。

以上例子中所見「境」一詞，顯然都非用於實指。就以其中所提到的「是非之境」為例，原文即明確指出其為一心所馳騁之處，足以證明這裏所提出的「境」，與上文所述《莊子》為「知」所知的「是非之竟」，同樣並非具體客觀存在的事物，不過為存在於心智之間的抽象思維或意識而已。

第二節　六朝以來境一詞詞義的沿革

六朝時候「境」一詞的詞義，除了沿用以往邊疆國界的解釋之外，在詞義解釋及使用範圍方面，此際又產生了不少的變化，其中尤以受佛教思想的影響，以致對「境」一詞的詞義注入了新的概念一節最為重要。這種轉變對後世形成「境」的概念，甚至中唐詩境說理論的建立都有十分直接的影響。這一變化可分別從以下兩方面來說明：

一　六朝文獻中所見境一詞詞義及其用法

就文獻所見，六朝時「竟」、「境」二字用法，基本上劃分得較為明確。以《文選》為例，「竟」字與「境」字在用法上有明顯的差別，其中「竟」字一無例外地再無作疆域國界解者。固然「境」字疆界的解釋出於沿用以往詞義而有，不過「境」字詞義又從疆界之意，逐漸引申到指疆界以內所屬的領域。在六朝以前領域屬土這一意思每用「境內」、「境域」或「境土」表示。[76] 六朝之際，「境」字往往引

---

76 《莊子·秋水》「願以境內累矣」；《後漢書·虞詡傳》「若棄其境域」；《後漢書·東夷傳》「以境土廣遠，復分領東七縣。」又《穀梁傳》隱公元年「束脩之肉不行竟中」，所謂「不行竟中」者，「竟」指有一定範圍之領域，而非指國界甚為明確，則或為「竟」字最早可考見作領域屬土解之例證。然而此條恐有誤，因《禮記·檀弓上》稱「古之大夫，束脩之問不出竟」，則「竟」字仍指邊境國界也。

申指疆界以內屬地。梁朝顧野王（西元519-581年）《玉篇》卷二收「境」字，注云：「羈影切，界也。」[77] 雖仍從舊說釋「境」字，然而事實上其時「境」字解釋，已不限於邊境國界之義。西晉劉琨（西元270-318年）〈勸進表〉「內以固圉境之情」[78]，「境」即「境內」之意[79]，也就是指領地而言。梁慧皎（西元約497-約554年）《高僧傳》卷二「傾境士庶」，[80] 卷三「可以此文還示天竺僧，亦可示此境僧也。」[81] 其中「境」字均指整個國土而言。胡吉宣於《玉篇校釋》中釋「境」字時指出：「本謂邊界為竟，後乃舉竟以賅封域之全。」[82] 正可說明「境」一詞詞義從疆界之意，逐漸引申到指疆界以內所屬領域的演變經過。

與之同時，「境」又從屬土之義引申為泛指地域或處所之意。如東晉孫綽（西元314-371年）〈遊天台山賦〉的「卒踐無人之境」[83]，其中的「境」字，即不得以疆界解。張銑於此句之下注：「終至無人之處」[84]，以「處」訓「境」，可證其中「境」一詞，當解作處所或區域。陶潛（西元365-427年）〈乙巳歲三月為建威參軍使都經錢溪〉

---

77 顧野王：《大廣益會玉篇》（北京市：中華書局影印張氏澤存堂本，1987年），卷2，土部，頁8。

78 蕭統編，李善注：《文選》（北京市：中華書局影印胡刻家重刻宋刊本，1977年），中冊，卷37，頁529。

79 《文選》李善注釋此句即引《莊子》「方二千餘里，闔四境之內。」明「闔境」一詞出處。蕭統編，李善注：《文選》（北京市：中華書局影印胡刻家重刻宋刊本，1977年），中冊，卷37，頁529。

80 慧皎著，湯用彤校注：《高僧傳》（北京市：中華書局，1992年），頁72。

81 同上，頁109。

82 胡吉宣：《玉篇校釋》（上海市：上海古籍出版社，1989年），卷2，土部，頁223。

83 蕭統編，李善注：《文選》（北京市：中華書局影印胡刻家重刻宋刊本，1977年），上冊，卷11，頁163。

84 蕭統編，呂延濟等注：《六臣註文選》（《四部叢刊初編》縮印本），第100冊，卷11，頁208。

「我不踐斯境」[85]，「境」字即指錢溪一帶地域所在。又〈飲酒二十首〉其五「結廬在人境」[86]，「人境」即人寰，「境」亦作地域處所解。其餘如任昉〈厲吏人講學詩〉「踐境渴師臣」[87]，蕭統〈鍾山解講詩〉「重茲遊勝境」[88] 等，其中「境」一詞，均作地域或處所解。

除了從屬土之意，引申為泛指地域所在之外，「境」一詞同時又普遍引申到指地域以外一些抽象事物之上。如宋劉義慶（西元403-444年）《世說新語》下卷〈排調〉「漸至佳境」，[89] 其中「境」字亦可作「處」解。又梁任昉（西元460-508年）〈王文憲集序〉「斯固通人之所包，非虛明之絕境。」[90] 劉良注：「虛明，心也；絕，遠也。」[91] 則「虛明之絕境」者，指心中絕遠之所在。至如梁劉孝標（西元458-522年）《辯命論》「榮辱之境，獨曰由人。」[92] 《文選》張銑注，以「榮辱之間」[93] 釋「榮辱之境」。「境」字作「之間」解，則亦當為處所、所在之意。顯然上述例子中所用「境」一詞，除了不作疆界解之外，即使同樣表示處所之意，卻都離開了本來與土地有關的含義，詞義上僅取處所或所在之意而已。

六朝以來文獻中「境」字大量出現，其所取意義往往即為上述引申為泛指處所的這一涵義。正如上文所述，《莊子》及《淮南子》內已出現「榮辱之竟」、「是非之境」、「死生之境」及「無外之境」等「境」字的虛指用法。到六朝之際，「境」字的這一特別用法更為多

---

85 陶潛撰，李公煥箋注：《箋注陶淵明集》（《四部叢刊初編》縮印本），第33冊，卷3，頁27。

86 同上，頁30。

87 逯欽立輯校：《先秦漢魏晉南北朝詩》（北京市：中華書局，1983年），中冊，頁1599。

88 同上，頁1797。

89 余嘉錫：《世說新語箋疏》（北京市：中華書局，1983年），下卷下，頁819。

90 蕭統編，呂延濟等注：《六臣註文選》（《四部叢刊初編》縮印本），卷46，頁876。

91 同上。

92 同上，卷54，頁1009。

93 同上。

見，尤其往往見諸與老莊思想相關的典籍之中。如西晉時郭象（西元？-312年）注《莊子》，筆下便大量出現這一用法的「境」字：

〈南華真經序〉「是以神器獨化於玄冥之境」[94]；
〈逍遙遊〉注「而常遊心於絕冥之境」[95]；
〈齊物論〉注「馳騖於是非之境也」[96]，「則是非之境自泯」[97]；
〈養生主〉注「將馳騖於憂樂之境」[98]；
〈天運〉注「而涉乎無名之境」[99]。

又郭注「境」或作「竟」，蓋注文效《莊子》用語而已。又有：

〈齊物論〉注「則是非之竟無常」[100]，「而聽熒至竟」[101]，「黜闇至竟」[102]；
〈徐無鬼〉注「豈知我之獨化於玄冥之竟哉」[103]；
〈秋水〉注「將奔馳於勝負之竟」[104]；
〈應帝王〉注「必入於無非人之竟矣」[105]；

94　郭象：〈南華真經序〉。郭象注，成玄英疏：《南華真經》（《四部叢刊初編》縮印本），第31冊，卷1，頁1。
95　郭象注，成玄英疏：《南華真經》（《四部叢刊初編》縮印本），第31冊，卷1，頁9。
96　同上，卷1，頁23。
97　同上，卷1，頁25。
98　同上，卷2，頁29。
99　同上，卷5，頁107。
100　同上，卷1，頁22。
101　同上，卷1，頁23。
102　同上，卷1，頁25。
103　同上，卷8，頁180。又此句《續古逸叢書》本「竟」字作「境」。
104　同上，卷6，頁120。
105　同上，卷3，頁62。

〈至樂〉注「而迷困於憂樂之竟矣」[106]。

其中的「則是非之竟無常」，相信承《莊子・秋水》內「是非之竟」一詞而來；而「馳騖於是非之境也」一句，亦大抵取自《淮南子・原道訓》「馳騁于是非之境」而有。然而郭象除了沿用往日道家用語之外，同時又將「境」字這一用法推而廣之。就上述引例所見即有：「至境」、「玄冥之境」、「絕冥之境」、「憂樂之境」、「勝負之境」、「無名之境」及「無非人之境」等以「境」構成的不同用語。在所有這些用語之中，「境」字都不作邊界解。像所謂「憂樂之竟」者，郭象原注謂：

> 則夫有情者，遂自絕於遠曠之域，而迷困於憂樂之竟矣。[107]

又如郭注提及何謂「無非人之竟」：

> 唯以是非為域者也，夫能出於非人之域者，必入於無非人之竟矣。[108]

在以上兩例之中，「竟」字與「域」字均為對文。可見郭象所用「竟」或「境」一詞的涵義，其實與「域」字等同。又〈大宗師〉「而況其卓乎」一句下，郭象注：「況乎卓爾獨化，至於玄冥之竟。」[109] 其中「竟」字用法，都不作疆界解。「玄冥之竟」亦即「玄冥」之處，其中「竟」字正用於虛指。郭象對魏晉玄學深具影響，所

---

106 同上，卷6，頁130。
107 同上。
108 同上，卷3，頁62。
109 同上，卷1，頁52。

提出的「獨化於玄冥之境」說，於其時更可謂獨樹一幟。郭象對《莊子》及《淮南子》中「境」概念的發揮，以至將「境」一詞大量用於「玄冥」、「絕冥」、「無名」等抽象概念之上的做法，除影響於六朝玄學之外，對佛教教義及用語更有直接而巨大的影響。

二　六朝佛教對境一詞的吸納及其特殊用法

　　以下從文獻中考證六朝時佛教流傳之際，其先在翻譯上借用魏晉玄學用語而吸納「境」一詞，到結合本身教義後，將「境」的涵義賦與有別於魏晉玄學的新概念的具體經過，及「境」一詞於六朝佛教觀念上的特殊用法及意義。

（一）六朝佛教對境一詞的吸納及其與魏晉玄學之關係

　　佛教傳入中土，在翻譯名詞之際，每借用中土舊有哲學術語或觀念以比附及解釋其概念，[110] 此即所謂「格義之學」。《高僧傳》卷四竺法雅傳載：

> 雅乃與康法朗等，以經中事數，擬配外書，為生解之例，謂之「格義」。及毘浮、曇相等，亦辯格義，以訓門徒。[111]

而「格義」之「以經中事數，擬配外書」，所謂「外書」者，又以老莊之言為主。[112] 湯用彤《漢魏晉南北朝佛教史》論佛教與玄學合流

---

110 參見任繼愈編：《中國佛教史》（北京市：中國社會科學出版社，1985年11月），第2章，〈東晉十六國時期的北方社會和佛教〉，第4節，〈六家七宗〉，頁207-208、216-217。

111 慧皎著，湯用彤校注：《高僧傳》（北京市：中華書局，1992年10月），頁152。

112 參見許杭生：《三國兩晉玄佛道簡論》（濟南市：齊魯書社，1991年12月），第2編，〈三國兩晉佛教思想〉，頁172。

嘗指出：

> 漢末洛都佛教，有二大系統，至三國時，傳播於南方。一為安
> 世高之禪學，偏於小乘。……二為支讖之《般若》，乃大乘
> 學。[113]

「支讖」即支婁迦讖之簡稱。此兩系統皆以翻譯佛經而影響中土佛學
至巨。湯氏又點出此兩大系統之特色：

> 安世高、康僧會之學說，主養生成神；支讖、支謙之學說，主
> 神與道合。前者與道教相近，上承漢代之佛教，而後者與玄學
> 同流。[114]

兩大系統雖一與道教相近，一則與玄學同流，但均與老莊之說有密切
關係。安世高、康僧會一系，湯氏謂其：

> 僧會《安般》、《法鏡》二序，亦頗襲《老》、《莊》名詞典
> 故。[115]

除安世高、康僧會一系頗襲老、莊名詞典故之外，支讖、支謙一系，
亦於譯經時雜入大量老、莊玄學名詞。湯氏論支讖、支謙之學云：

> 其常用之名辭與重要之觀念，曰佛、曰法身、曰涅槃、曰真

---

113 湯用彤：《漢魏晉南北朝佛教史》（上海市：上海書店，1991年12月），第2分，第6
　　章，〈佛教玄學之濫觴（三國）〉，頁138。
114 同上，頁139。
115 同上。

如、曰空，此與老、莊玄學所有之名辭，如道，如虛無（或本無）者，均指本體。因而互相牽引附合。[116]

故此湯一介論魏晉玄學發展，便指出其時玄學盛行，僧人多以玄學解釋佛教教義，所用方法漸由相比附之「格義」，進而以玄學思辯方法解說佛理。[117]

　　六朝時僧侶多以玄學術語入佛說，其中如東晉時的僧肇（西元384-414年），即以大量援引老、莊之說入佛論而見稱。《續高僧傳》卷四〈玄奘傳〉載「如僧肇著論，盛引老、莊。」於此玄奘（西元602-664年）解釋云：

佛教初開，深文尚擁。老談玄理，微附佛言。肇論所傳，引為聯類。[118]

僧肇《般若無知論》有「獨拔於言象之表，妙契於希夷之境。」[119]其中「希夷」一詞，亦《老子》內用語；此外「妙契於希夷之境」一句，其仿效郭象「獨化於玄冥之境」句式亦甚明顯。這種對玄學術語，以至「境」一詞語義及句式運用的仿效，其實並不始自僧肇。若更上溯，其先即有慧遠（西元334-416年），與僧肇所師承的鳩摩羅什（西元344-413年）等人，二人筆下提到「境」一詞時，便往往攝取上述玄學此一用法。慧遠與鳩摩羅什嘗就佛教教義往復討論，後人將其所論彙輯為《大乘大義章》。[120] 其中載慧遠所問有「如此真法身

---

116 同上，頁144。

117 湯一介：《郭象與魏晉玄學》（武漢市：湖北人民出版社，1983年），頁95。

118 道宣：《續高僧傳》，《佛藏要籍選刊》（上海市：上海古籍出版社，1994年），第12冊，卷4，頁481。

119 僧肇：《肇論》（《佛藏要籍選刊》本），第11冊，頁4。

120 參見任繼愈編：《中國佛教史》（北京市：中國社會科學出版社，1988年），第2

佛，正當獨處於玄廓之境。」[121] 而鳩摩羅什所答，亦有「或有獨處玄廓之境者」。[122] 上述兩位高僧於問答中所論及的「玄廓之境」一詞，與郭象的「玄冥之境」極為接近，可能即將郭象以上說法稍加變化而成；至於所謂「獨處於玄廓之境」者，亦可能沿於郭象《莊子注》中所一再標榜的「獨化於玄冥之境」而有。在玄學盛行，格義成風之際，僧侶攝取玄學術語入佛說固然不足為怪，然而如鳩摩羅什、慧遠、僧肇等，多疾於格義滯文乖本，[123] 至有大規模重譯佛經之舉，而筆下亦不離玄學上用語，亦可見其時玄學對佛教影響之深入。隨著佛教的玄學化，原先老、莊學說內上述提到的這種用於指抽象事物或概念，以至指至道所在的「境」一詞，大抵即於此際透過魏晉玄學的影響而為佛教所吸納。另一方面，這種仿效魏晉玄學上對「境」一詞上述用法的例子，尚可廣泛見之於六朝時與佛教有關文獻之中，例如：

支遁（西元313-366年）

　　不昫冥玄和，栖神不二境。（〈不昫菩薩讚〉）[124]

慧遠（西元334-416年）

　　卷，第6節〈慧遠的佛教思想體系〉，頁676-677。又《大乘大義章》或題為「鳩摩羅什法師大義章」。

121　《鳩摩羅什法師大義章》（《大乘大義章》），《大正新脩大藏經》（臺北市：中華佛教文化館影印日本大正新脩大藏經，1957年），第45卷，諸宗部2，卷上，頁129。

122　同上。

123　《高僧傳》卷二〈鳩摩羅什傳〉謂羅什與僧肇、僧叡等，因「支、竺所出，多滯文格義。」故有重譯之事。《出三藏記集》（北京市：中華書局，1995年），卷15，〈慧遠法師傳〉謂慧遠不滿「支、竺舊義，未窮妙實。」又卷8僧叡〈毗摩羅詰提經義疏序〉亦云「格義迂而乖本」。

124　《廣弘明集》（《佛藏要籍選刊》本），第3冊，卷15，頁953。

或獨發於莫尋之境，或相待於既有之場。(〈佛影銘序〉)[125]

生塗兆於莫尋之境，變化搆於倚伏之場。(〈大智論鈔序〉)[126]

殷晉安（生卒不詳）

倏忽無常境，而名冠遊方者也。(〈文殊像讚序〉)[127]

宗炳（西元375-443年）

是以清心潔情，必妙生英麗之境；濁情滓行，永悖於三塗之
域。(〈明佛論〉)[128]

澄神於泥洹之境。(〈答何衡陽難釋白黑論〉)[129]

朱廣之（生卒不詳）

天足之境既符，俗累之域亦等。(〈疑夷夏論諮顧道士〉)[130]

僧肇（西元384-414年）

本之有境，則五陰永滅；推之無鄉，而幽靈不竭。(《涅槃無名
論》)[131]

---

125 同上，頁954。

126 石峻等編：《中國佛教思想資料選編》（北京市：中華書局，1981年），第1卷，頁94。

127 《廣弘明集》（《佛藏要籍選刊》本），第3冊，卷15，頁955。

128 《弘明集》（《佛藏要籍選刊》本），第3冊，卷2，頁767。

129 同上，卷4，頁777。

130 同上，卷7，頁800。

131 僧肇：《肇論》（《佛藏要籍選刊》本），第11冊，頁8。案此篇或疑非僧肇所作（見

斯乃希夷之境，太玄之鄉。（同上）

有無之境，妄想之域。（同上）

竺道生（西元？-434年）

夫至象無形，至音無聲，希微絕朕思之境，豈有形言哉？
（《妙法蓮花經疏》）[132]

妙絕三界之表，理冥無形之境。（《注維摩詰經》）[133]

既以思欲為原，便不出三界，三界是病之境也。（同上）[134]

寶林（生卒不詳）

中人躊躇於無有之間，下愚驚笑於常迷之境。（〈破魔露布
文〉）[135]

蕭綱（西元503-551年）

斯乃法忍降跡，示現閻浮之境；大權住地，俯應娑婆之域。
（〈禮佛發願文〉）[136]

湯用彤：《漢魏兩晉南北朝佛教史》第10章〈鳩摩羅什及其門下〉「僧肇傳略」一
節），然亦未有定論，是以仍準《肇論》入僧肇名下。詳呂澂：〈中國佛學源流略
講〉，《呂澂佛學論著選集》（濟南市：齊魯書社，1991年7月），卷5，頁2590-2592。

132 石峻等編：《中國佛教思想資料選編》（北京市：中華書局，1981年），第1卷，頁
203。

133 同上，頁205。

134 同上，頁208。

135 《弘明集》（《佛藏要籍選刊》本），第3冊，卷14，頁850。

136 《廣弘明集》（《佛藏要籍選刊》本），第3冊，卷15，頁961。

在上述所舉例子中，如「希夷之境」、「本有之境」、「有無之境」等，
其構詞與《莊子》「是非之竟」、「榮辱之竟」；《淮南子》「死生之
境」、「無外之境」；甚至郭象「玄冥之境」、「無名之境」等均相同。
而其中如「獨發於莫尋之境」、「生塗兆於無始之境」、「驚笑於常迷之
境」、「澄神於泥洹之境」等句子，亦與郭象「獨化於玄冥之境」的句
式雷同。在上述例子之中更可見，「境」一詞多用於「希夷」、「無
常」、「無始」、「無形」、「涅槃」（泥洹）、「不二」等抽象事物或概念
上。這和《莊子》至郭象以來，道家或玄學上對於「境」一詞的使用
和理解，可說是頗為一致的。

此外，如上文所論，郭象注莊所用「境」一詞涵義，實與「域」
或「鄉」等為互訓，以此驗之於上述所舉佛教文獻之中，可見「境」
一詞亦多與「域」或「鄉」等為對文：

（1）與「域」為對文：

英麗之境	三塗之域
天足之境	俗累之域
有無之境	妄想之域
閻浮之境	娑婆之域

（2）與「鄉」為對文：

本之有境	推之無鄉
希夷之境	太玄之鄉

諸人筆下所用「境」字的實在涵義，大抵可藉這種上下文之間的對文
關係協助推求。如以上僧肇《涅槃無名論》內「本之有境」與「推之
無鄉」為對文，由此可推知其中「境」、「鄉」二字意義相同。又如蕭
綱〈禮佛發願文〉中「閻浮之境」既與「娑婆之域」相對，知「境」
亦與「域」同義。六朝佛教文獻中，「境」一詞亦得與「域」、「鄉」

互訓的現象,說明其先佛教所取「境」一詞的涵義,與郭象注莊內所用者本來一致。至於慧遠以「莫尋之境」與「既有之場」對,寶林以「無有之間」對「常迷之境」,更可證「境」字當解作處所、之間──這和郭象注《莊子》所釋「境」為處所或所在之意可謂如出一轍。這正好說明六朝之際,起初「境」一詞為佛教所吸納,在詞義和用法上仍然保存著原先由老、莊或玄學而來的特色。

(二)六朝佛教與境一詞詞義的轉變

六朝佛教對於「境」一詞的理解和運用,除了上述提到直接取自其時所流行的玄學術語之外;另一方面,從文獻中並可考見其時佛教對「境」這詞語,在結合本身教義後,同時又賦予與魏晉玄學有所不同的新概念在內。在提到佛教「境」一詞涵義時,一般學者或佛學工具書所提供的解釋多指「境」即「境界」,又其原本譯作「塵」,如《佛光大辭典》於「境」一條下釋云:

> 梵語 viṣaya,意為感覺作用之區域;或 artha,意為對象;或 gocara,意為心之活動範圍。又譯作「境界」、「塵」。[137]

呂澂於〈百字論釋〉一文中亦提到:

> 論(《百字論》)曰:「五情不取塵。」此中「情」、「塵」,為「根」、「境」舊譯。「情不取塵」,即根不能取境也。[138]

又《佛光大辭典》於「一塵不染」條下釋「塵」云:

---

137 《佛光大辭典》(北京市:書目文獻出社影印臺灣佛光山出版社1989年版,缺年份),第6冊,頁5765。

138 呂澂:〈百字論釋〉,《呂澂佛學論著選集》(濟南市:齊魯書社,1991年7月),卷3,頁1309。

塵（梵 artha 或 viṣaya），新譯作「境」、「境界」；指依六根感覺而緣慮之對象、對境。佛教稱色、聲、香、味、觸、法六者為六根之塵。[139]

據此知「境」或「境界」，俱為「塵」一詞之新譯。所謂「新譯」者，前人將佛經翻譯分為新、舊兩譯，熊十力《佛家名相通釋》「能變」條下釋此云：

> 世稱真諦及其前所出諸譯為舊譯，所談諸義為古學。唐玄奘法師游學印度，歸國而後，弘揚法相唯識，譯書極富，世稱新譯。[140]

所稱「塵」一詞之譯為「境」或「境界」，便與真諦（西元499-569年）等譯師於譯經時所採不同用語有關。《佛光大辭典》於解釋「塵」一詞時便指出：

> 梵語 artha，viṣaya。真諦等舊譯家將之譯作「塵」，新譯作「境」或「境界」。為引起眼、耳、鼻、舌、身、意六根的感覺思惟作用之對象、對境。計有六種，即色、聲、香、味、觸、法，稱之六境、六塵。譯作塵，蓋取色等六境具有染污情識之義。[141]

真諦於梁大同元年（西元546年）來華，其後大量翻譯佛教典籍。然而如上所述，早在真諦以前，「境」一詞已普遍見於南北朝佛教中人

---

139 《佛光大辭典》，第1冊，頁74。
140 熊十力：《佛家名相通釋》（上海市：東方出版中心，1996年），頁124。
141 《佛光大辭典》，第6冊，頁5762-5763。

筆下，所以一般佛學工具書指「塵」為「境」之舊譯的說法，恐其間
尚有不少問題有待解決。佛教中所稱之「塵」，如上文《佛光大辭
典》所言，乃指色、聲、香、味、觸、法等。此可證之於真諦筆下，
真諦所譯《攝大乘論》卷上云：

> 離諸外塵，一向唯識。種種色、聲、香、味、觸，舍林地山
> 等，諸塵如實顯現，此中無一塵是實有。[142]

真諦稱色、聲、香、味、觸等為「諸塵」、「外塵」或「塵」。而色、
聲、香、味、觸此五者，其實即後世所稱的「五境」。玄奘所譯《俱
舍論》，其中釋「境」一詞涵義即謂：

> 言「五境」者，即是眼等五根境界，所謂色、聲、香、味所
> 觸。[143]

故知或言「塵」或言「境」者，不過真諦等舊譯，與玄奘等新譯用語
之別而已。不過值得注意的是，這種專指與根、識有密切關係的
「境」或「境界」等用語，不但見諸玄奘等新譯佛典之中，亦同時見
之於真諦等舊譯經論之內。如上文提到真諦所譯的《攝大乘論》，與
上則引文於同一篇中，在說明唯識無塵之後又謂：

> 此眼等五根所緣境界，一一境界意識能取。[144]

其中真諦於所譯《攝大乘論》內稱「眼等五根所緣境界」，與上文玄

---

142 真諦譯：《攝大乘論》（《佛藏要籍選刊》本），第9冊，卷上，頁889。
143 玄奘譯：《阿毘達磨俱舍論》（《佛藏要籍選刊》本），第8冊，卷1，頁236。
144 真諦譯：《攝大乘論》（《佛藏要籍選刊》本），第9冊，卷上，頁890。

奘所譯《俱舍論》內的「眼等五根境界」用語可謂幾乎一致。真諦所譯《攝大乘論》同一篇內又云:

> 此色相是定心所緣境,……此色相境界,識所顯現。[145]

上一引文作「所緣境界」,此則作「所緣境」;而「色相」之「境」,或得以「色相境界」名之,由此可知真諦筆下「境界」一詞,又可簡稱為「境」。

就以上所見,於同一篇譯文之中,「塵」與「境」、「境界」等竟得以同時見諸同一譯師筆下。真諦精通漢文音義,翻譯態度亦極鄭重;[146] 且其立說以「無塵唯識」教人,[147] 對「塵」一詞以至「境」、「境界」等名相概念及其運用應極清楚,當不至於翻譯時信手拈來,因隨便運用而混淆上述用語。故此六朝時「塵」、「境」及「境界」等用語,在概念上以至用法上,相信彼此之間其實未必完全等同。梁至隋之間淨影寺慧遠(西元523-592年)於所著專門說明佛教教義的《大乘義章》中,曾就「塵」及「境界」之所以同一所指,而立名各異一事予以解釋:

> 能坌名「塵」,坌污心故。然此色等,當法立名,名「六境界」。而言「塵」者,偏對染心以彰名也。良以淨心,多緣理生,染依事起,故偏對染以名「塵」矣。[148]

---

145 同上,頁889。

146 慧愷〈俱舍釋論序〉稱真諦:「精解此土音義,凡所翻譯,不須度語。」又謂其翻譯「於一句之中,循環辯釋,翻覆鄭重,乃得相應。」《大正新脩大藏經》(臺北市:中華佛教文化館影印日本大正新脩大藏經,1957年),第29卷,毘曇部4,頁161。

147 時楊輦即奏稱真諦於嶺表所譯眾部「多明無塵唯識」之旨。事見道宣:《續高僧傳·拘那羅陀傳》(《佛教要籍選刊》本),第12冊,卷1,頁456。

148 〔隋〕慧遠:《大乘義章》,《大正新脩大藏經》(臺北市:中華佛教文化館影印日本大正新脩大藏經,1957年),第44卷,諸宗部一,卷8,頁633。

其中所稱「此色等」者，「此」指上文的「塵」，「色等」即色、聲、香、味、觸、法等簡稱。依慧遠解釋，若當法立名應稱此六事為「六境界」；又因其能污染內心，故倘就其染污之特性而言，則稱其為「塵」。依慧遠之言，「境界」與「塵」俱指色、聲、香、味、觸、法等，分別僅在於從不同角度說明，故立名有異而已。此一解釋，蓋為《佛光大辭典》等「塵」即「境」或「境界」說之所本。然而慧遠上述解釋卻未必合乎事實，因為考諸六朝佛教文獻之中，除了如上文所稱，不乏「塵」與「境界」同時出現的例子之外；更可從用法上考見「塵」與「境」或「境界」，其實所指不一。如菩提流支（生卒不詳，北魏永平初508年至洛陽）在所譯《唯識論》內[149]，就同時用「塵」與「境界」兩個詞語：

> 因彼六根、六塵，生六種識。眼識見色，乃至身識覺觸，無有一法是實見者，乃至無有一法是實覺者。[150]
> 菩薩觀無外六塵，唯有內識，虛妄見有內外根塵，而實無有色等外塵一法可見，乃至實無一觸可覺。[151]

《唯識論》中之「六塵」或「外塵」，顯然為與眼等六根相對而生識的色、聲、香、味、觸及法等。不過《唯識論》內又論及「境界」：

> 以識能取外境界者。[152]

---

149 《大正新脩大藏經》所收《唯識論》原題譯者為「瞿曇般若流支」，但校文云一作「菩提流支」。今據慧愷於真諦譯《大乘唯識論》篇末後序「菩提留支法師先於北翻出《唯識論》」記載，以此為菩提流支所譯。

150 菩提流支譯：《唯識論》，《大正新脩大藏經》（臺北市：中華佛教文化館影印日本大正新脩大藏經，1957年），第31卷，瑜伽部下，頁66-67。

151 同上，頁67。

152 同上。

唯有內識，無外境界。若爾內識為可取為不可取？若可取者，
同色香等外諸境界，若不可取者，則是無法。[153]

則以識所取者為「外境界」，又以「色香等」為「外諸境界」。以此而
論，色、聲、香、味、觸、法等，既是「六塵」，亦是「外境界」。然
而「六塵」與「外境界」之間實有差別。同篇又云：

若彼三界唯是內心，無有身口外境界者。[154]

可見不限於色等六塵，「身口」等亦得以「外境界」稱之。又所謂
「外境界」者，當與文中「內心」相對，除內心之外皆得為「外境
界」。《唯識論》內所述可證此：

若但心識虛妄分別，見外境界，不從色等外境界生眼識等者，
以何義故，如來經中說眼色十二種入？以如來說十二入故，明
知應有色香味等外境界也。[155]

據此知「外境界」者，自心識虛妄分別而現。又於十八界（六識、六
根、六塵）之中除六識以外，其餘十二入（六根、六塵）皆為「外境
界」。同篇又云：

色香味等十二入外諸境界悉是有。[156]

---

153 同上。
154 同上，頁69。
155 同上，頁66。
156 同上。

皆明所謂「外境界」者，包括十二入在內。是以「六塵」或「塵」固可以「境界」名之，然而倘依菩提流支等所譯，六識之外皆為「境界」。「境界」者不過泛指六識所取或所分別對象而已，與專指色、聲、香、味、觸及法等「六塵」自當有別。

　　後世之所以往往將「塵」與「境」或「境界」混為一談，不獨如以上所述由於「塵」本屬「境界」之一，以致論者易將二者等同；實又由於六朝時譯師於翻譯佛經時所用詞彙不一，令後人更易於將兩者加以混同。真諦在重譯上述引用的《唯識論》時，便將菩提流支舊譯的「境」或「境界」一般都改譯之為「塵」。茲將兩者的不同譯法舉例表述如下：

菩提流支所譯《唯識論》	真諦所譯《大乘唯識論》
若但心識虛妄分別見外境界，不從色等外境界生眼識等者，以何義故，如來經中說眼色等十二種入？[157]	若但識似色等塵生，無色等外塵，佛世尊不應說實有色等諸入。[158]
色等境界，眼等不取，是故成我，唯有內識無外境界。[159]	色等五塵，非眼等境界，是故唯識義得成。[160]
眼等內入，取青黃等外諸境界。[161]	此眼等境界及青等類，汝執為塵體。[162]

---

157 同上。

158 真諦譯：《大乘唯識論》，《大正新脩大藏經》（臺北市：中華佛教文化館影印日本大正新脩大藏經，1957年），第31卷，瑜伽部下，頁71。

159 菩提流支譯：《唯識論》，《大正新脩大藏經》（臺北市：中華佛教文化館影印日本大正新脩大藏經，1957年），第31卷，瑜伽部下，頁68。

160 真諦譯：《大乘唯識論》，《大正新脩大藏經》（臺北市：中華佛教文化館影印日本大正新脩大藏經，1957年），第31卷，瑜伽部下，頁72。

161 菩提流支譯：《唯識論》，《大正新脩大藏經》（臺北市：中華佛教文化館影印日本大正新脩大藏經，1957年），第31卷，瑜伽部下，頁68。

162 真諦譯：《大乘唯識論》，《大正新脩大藏經》（臺北市：中華佛教文化館影印日本大正新脩大藏經，1957年），第31卷，瑜伽部下，頁72。

　　對照兩譯可知舊譯「外境界」、「色等外境界」或「色等境界」，真諦將之重新譯為「外塵」、「色等塵」或「色等五塵」，由此可證真諦於譯經時，往往以「塵」一詞取代了舊日所用的「境」或「境界」。

　　值得注意的是，真諦譯經雖以「塵」取代「境」或「境界」，然而正如上文所述，真諦譯文中卻又同時存在大量的「境」及「境界」等用語。像以上提到的「色等五塵，非眼等境界」，及「此眼等境界及青等類，汝執為塵體」等，其中「塵」與「境界」便同時出現於同一句子之內。在真諦所譯這兩段文字之中，所謂「塵」者，從「色等五塵」可證，即指色、聲、香、味、觸等色法。

　　真諦重譯時之所以以「塵」稱之，固然可以用上述慧遠所提出的「偏對染心以彰名」之說去解釋；然而另一方面，這一說法所無法解釋者，實為與此同一句中又同時出現「境界」一詞——若「塵」與「境界」無別，則是譯者自不同角度將同一事重複疊用。以真諦譯經之嚴謹，又豈得會重複累贅及混亂如此？況且自「色等五塵非眼等境界」一句推論，「色等五塵」既非「眼等境界」，則「五塵」顯然與「眼等境界」為二事。

　　六朝佛典中頗不乏類此者，如真諦所譯《攝大乘論》內之「若塵成為境」；[163] 又如《攝大乘論抄》中有「塵是識境」之說，[164] 俱可證「塵」與「境」未能等同為一。若對照於上文所引菩提流支舊譯，真諦所譯「色等五塵，非眼等境界」，即「色等境界，眼等不取」；又真諦的「此眼等境界及青等類，汝執為塵體」，即「眼等內入，取青黃等外諸境界」。比對之下，可見真諦譯文中所加上的「境界」一詞，其實意指眼等六種內入之所取。又在真諦所譯的《轉識論》中，對於「境」一詞便有如下的說明：

---

163 真諦譯：《攝大乘論》（《佛藏要籍選刊》本），第9冊，卷下，頁899。

164 佚名：《攝大乘論抄》，《續大正新脩大藏經》（臺北市：中華佛教文化館影印日本大正新脩大藏經，1957年），第85卷，古逸部，頁1009。

無境可取，識不得生。[165]

故知真諦所譯的「境」，指依根所取而得以生識者。同篇又云：

能分別即是識，所分別即是境。[166]

於此明確界定，由識所取以分別者即為「境」。則「境」或「境界」亦泛指六識所取或所分別對象，本與上文所述菩提流支等舊譯家筆下「境界」一詞所指無異。其中所不同者，大抵在於真諦將色、聲、香、味、觸及法等皆以「塵」名之，令譯文所指更為準確清晰而已。然而據此可知，隋時慧遠《大乘義章》內釋「境」與「塵」之別，不過在於「當法立名」與「偏對染心」——從不同角度立名的說法，固然不足為訓；而後世所謂「境」或「境界」為「塵」一詞新譯之說亦未必妥當。究其實此不過後人見唐時再譯唯識學經典，將「塵」又重譯為「境」或「境界」而有之結論。殊不知真諦之前，「境」或「境界」本與「塵」一詞同時見用於經典譯文之中，因真諦倡「唯識無塵」之說，對「塵」一詞有嚴格界定，遂於譯經時將以往「塵」與「境」混同處細加區別，於是不少舊日譯作「境」或「境界」之處，至此往往改譯為「塵」。到玄奘等大規模譯經，又將真諦所譯「塵」一詞改譯成「境」或「境界」，於是遂有「塵」為舊譯，「境」或「境界」為新譯之說。倘加考察便可知這些說法與事實未必相符。

正如以上分析，無論菩提流支等人譯經或真諦所譯，諸人筆下所用的「境」或「境界」，俱指六識所取或所分別對象。之所以在翻譯時採用「境」或「境界」一詞，大概又與佛教對於六識的理解有關。

165　真諦譯：《轉識論》，《大正新脩大藏經》（臺北市：中華佛教文化館影印日本大正
　　　新脩大藏經，1957年），第31卷，瑜伽部下，頁62。
166　同上。

隋時慧遠《大乘義章》卷三末「八識義」內，論六識取境即云：

> 六識相望，取境各別。[167]

同卷又云：

> 所起六識，依根不同，取境各別。[168]

因依根不同，故六識取境各有區別。此正說明六識所取各有其特定範圍，亦即佛教論六識特性之所謂「境界有對」。僧伽跋摩與慧遠等所譯《雜阿毗曇心論》說明何謂「境界有對」云：

> 境界有對者，如施設經所說，眼與色對，乃至意與法對。[169]

故知色、聲、香、味、觸、法等，所以稱之為「境界」或「境」者，正因其分別與眼、耳、鼻、舌、身、意六根相對而生六識，色等六境為眼等六根所作用範圍而得名。又《俱舍論》卷二論「境界有對」云：

> 境界有對，謂十二界、法界一分諸有境法，於色等境。[170]

圓暉《俱舍論頌疏》釋此段云：

---

167 〔隋〕慧遠：《大乘義章》，《大正新脩大藏經》（臺北市：中華佛教文化館影印日本大正新脩大藏經，1957年），第44卷，諸宗部一，卷3，頁525。
168 同上。
169 僧伽跋摩及慧遠等譯：《雜阿毗曇心論》（《佛藏要籍選刊》本），第8冊，卷1，頁7。
170 玄奘譯：《阿毗達磨俱舍論》（《佛藏要籍選刊》本），第8冊，卷2，頁241。

此十二界，為境所拘，名為有對。[171]

所謂「諸有境法」，指六根、六識十二界各有所屬範圍，即所謂「自境」；而「為境所拘」，則說明六根與六識同時又為各自範圍所局限，不得超越。故此法寶於《俱舍論疏》中釋「境界」一詞便云：

有境之法，於自境上，有見、聞等遊履功能，名為境界。[172]

從上述「有境」、「自境」及「境界有對」的說明中，得知「境」或「境界」既指所屬範圍，又包涵受範圍拘限之意。由此可見佛教在譯經時所採用「境」或「境界」的涵義，其實並未離開以往「境」一詞原先領域或域限的詞義範疇。故此丁福保《佛學大辭典》釋「境界」一詞即云：

Viṣaya 自家勢力所及之境土。又我得之果報界域，謂之境界。《無量壽經》上曰：「比丘白佛，斯義弘深，非我境界。」《入楞伽經》九曰：「我棄內證智，妄覺非境界。」[173]

丁氏舉出經中用例，證「境界」一詞為「我得之果報界域」，此亦即《佛光大辭典》釋「境」之另一解：

分限之義。如佛與眾生，凡與聖，各因其所知所覺之程度不

---

171 圓暉疏：《俱舍論頌疏》，《大正新脩大藏經》（臺北市：中華佛教文化館影印日本大正新脩大藏經，1957年），第41卷，論疏部2，卷2，頁826。

172 法寶疏：《俱舍論疏》，《大正新脩大藏經》（臺北市：中華佛教文化館影印日本大正新脩大藏經，1957年），第41卷，論疏部2，卷2，頁495。

173 丁福保：《佛學大辭典》（北京市：文物出版社影印丁氏刊本，1984年1月），頁1247。

同，而有分限差別。[174]

《佛光大辭典》「分限」的解釋，指「程度不同而有分限差別」，與丁
福保「界域」的解釋可說相通。「境界」的這一用法，在佛典中甚為
普遍。如宋譯《楞伽經》卷四「說如來境界，非聲聞、緣覺及外道境
界。」[175] 即同此用法。在《楞伽經》這段文字之下又云：「（正智
者）不墮一切外道、聲聞、緣覺之地。」[176] 以此與上文對照，即明
聲聞、緣覺及外道等所至界域或程度，可以稱之為「境界」，亦可以
稱之為「地」。「地」者，《俱舍論》卷四釋之云：

地，謂行處。若此是彼所行處，即說此為彼法地。[177]

可知「所行處」稱之為「地」，亦即「境」或「境界」。從「境界」與
「地」相通的用例，得以說明《佛光大辭典》佛與眾生「所知所覺之
程度不同」，以及丁福保「我得之果報界域」這涵義，不過從「自家
勢力所及之境土」的意思引申而來。又丁氏《佛學大辭典》釋「境」
一詞云：

心之所遊履攀緣者謂之境。如色為眼識所遊履，謂之色境，乃
至法為意識所遊履，謂之法境。[178]

「心之所遊履攀緣者謂之境」的解釋，其實亦不過上文釋「境界」一
詞為「自家勢力所及之境土」的發揮而已。丁氏所云蓋本於上文所述

174　《佛光大辭典》，第6冊，頁5765。

175　求那跋陀羅譯：《楞伽經》（《佛藏要籍選刊》本），第5冊，卷4，頁1114。

176　同上，頁1115。

177　玄奘譯：《阿毘達磨俱舍論》（《佛藏要籍選刊》本），第8冊，卷1，頁235。

178　丁福保：《佛學大辭典》（北京市：文物出版社影印丁氏刊本，1984年1月），頁1247。

法寶《俱舍論疏》內「有境之法於自境上，有見、聞等遊履功能，名
為境界」的疏釋。法寶「有境之法於自境上」及「有見、聞等遊履功
能，名為境界」的說明，當即分別為丁氏「自家勢力所及之境土」與
「心之所遊履攀緣者謂之境」之所本。以此而論，則佛學中所訓釋
「境」或「境界」的涵義，事實上與先秦以來「境」一詞本解作界
域、領土的原意並無牴觸。而且上述這種對「境」或「境界」詞義的
解釋和用法，與老莊學說或魏晉玄學內，對「境」一詞的理解和運用
似乎更為接近。無論《淮南子》的「馳騁于是非之境」，或是郭象所
提到的「馳騖於憂樂之境」與「奔馳於勝負之境」，在老、莊學說中
或是玄學家筆下，「境」皆為一可供遊歷又具一定範圍之封域──這
與上文佛教中以「境」或「境界」為心識之「所行處」，甚至「境
界」為「於自境上有見、聞等遊履功能」的定義，都可說是極為接
近。郭象所提出的「遊心於絕冥之境」說法，與佛學上以「境」為心
所遊履之處，因而強調境與心識關係的主張尤其易於拍合。是以六朝
時佛經翻譯中所採用的「境」或「境界」等詞語，相信亦擷取自魏晉
玄學所用術語而有。

　　不過，正如上文所論，六朝佛教除了直接吸收玄學術語內「境」
一詞以為己用之外；另一方面，又對這詞語賦與深具佛教教義色彩的
新概念在內。上述提到佛教內以為諸識所取或所行處的「境」或「境
界」一詞，雖然其本義不出先秦「境」為封域，或魏晉玄學「境」用
於指精神或思維層次所在之意，然而六朝時佛教這種將「境」或「境
界」專用於心識，甚至專指六識所取對象的用法，將原先「境」一詞
的使用範圍收窄，令「境」的詞義因而改變。更兼其時佛教又大力倡
導「境由心現」的理論，對「境」理解為不過屬於心識活動現象之
一，使「境」的概念進一步局限於與心識有關的範疇之內──以上這
種種對「境」一詞詞義上或使用上所賦予的新內涵，顯然與其先魏晉
玄學上所用「境」的概念又有所不同。

（三）唯識學傳播與境一詞詞義的心化

　　關於佛學上對「境」一詞所做成以上的這些轉變，其實又與唯識學理論在六朝時的大規模翻譯和廣泛傳播有密切的關係。雖然如上文所述，「境」或「境界」一詞普遍見於六朝時佛教文獻之中，然而倘加細分，即可見早期如支遁、鳩摩羅什、慧遠、僧肇等人，筆下所用「境」一詞，大抵不過沿用玄學上同一哲學術語而已。上文嘗引述鳩摩羅什與慧遠共論佛教教義，以「玄廓之境」稱真法身佛所在一事，足證其先佛教在玄學影響下，往往採用魏晉玄學上「境」這一詞語來表達佛教義理。兩晉之際般若學盛行於一時，六家七宗之說立論雖殊，然而深受玄學影響則一，因而此際如鳩摩羅什、慧遠、僧肇等一班圍繞著般若學問題加以探討的僧侶，在翻譯及論述佛教義理時所用的「境」一詞，自然與玄學思想緊密相扣。兩晉之後，到劉宋時求那跋陀羅（西元394-468年）譯出結合如來藏與唯識阿賴耶識思想的《楞伽經》，於是又出現以「境界」專指心識對象的用法，及提出境由心現的主張，其中如：

> 如眼識一切諸根微塵毛孔俱生，隨次境界生亦復如是，譬如明鏡現眾色像。大慧，猶如猛風吹大海水，外境界風飄蕩心海，識浪不斷。[179]
> 意、意識等念念有七，因不實妄想，取諸境界種種形處計著名相，不覺自心所現色相。[180]
> 彼心意、意識，自心所現自性境界。[181]
> 自心現境界。[182]

---

179 求那跋陀羅譯：《楞伽經》（《佛藏要籍選刊》本），第5冊，卷1，頁1088。
180 同上，卷4，頁1114。
181 同上，頁1088。
182 同上，頁1084。

可見其中的「境界」或「外境界」皆不離作用於心識；而種種境界的
生成，亦不過出於一心所現而已。《楞伽經》內有關「境界」的這些
見解，在後來菩提流支等所譯出的《唯識論》中，便有更具體及廣泛
的論述。菩提流支所譯《唯識論》內，開篇即謂其論以「唯識無境
界」立義，[183] 是以論中屢言「唯有內心，無外境界」[184]；及「唯有
內識，無外境界」[185]，從而發揮「唯是內心虛妄分別，見有色等外諸
境界」[186] 之旨。又因其概稱六塵為「境界」，是以「境界」一詞或又
專指色、聲、香、味、觸、法六事，並且往往與六根及六識得以同時
相提並論。到稍後真諦重譯《唯識論》，雖將色等六塵自「境」或
「境界」中區別出來，然而如前文所論，真諦以識所取者為「境」，
所譯《大乘唯識論》內多有「色等入各各是眼識等境」之說，[187] 亦
強調境與識之間不可分割的關係。除此之外，真諦又大量翻譯《無相
思塵論》、《解捲論》、《轉識論》、《顯識論》等唯識學經典，對於識與
境的關係有深入的介紹。正如以上所述，真諦譯出大量與唯識學有關
經典，對於六朝以來「境」一詞詞義及使用上來說，最大的意義在於
確立了「境」與「識」彼此之間的關係，如《轉識論》中所指出的：

　　一一識中，皆具能、所。能分別即是識，所分別即是境。……
　　所即為境，能即為識。[188]

---

183 菩提流支譯：《唯識論》，《大正新脩大藏經》（臺北市：中華佛教文化館影印日本
　　大正新脩大藏經，1957年），第31卷，瑜伽部下，頁64。

184 同上，頁66。

185 同上。

186 同上。

187 真諦譯：《大乘唯識論》，《大正新脩大藏經》（臺北市：中華佛教文化館影印日本
　　大正新脩大藏經，1957年），第31卷，瑜伽部下，頁72。

188 真諦譯：《轉識論》，《大正新脩大藏經》（臺北市：中華佛教文化館影印日本大正
　　新脩大藏經，1957年），第31卷，瑜伽部下，頁62。

便清楚界定「識」所分別者為「境」。此外，在真諦譯出的唯識學經典之中，又明確地提出「無境可取，識不得生」及「離識之外無別境」的主張。[189] 正因自兩晉以後，這種「離識無境」的學說日益普及，令以往玄學上以至般若學上，原先廣泛用於有無、榮辱、是非、憂樂、勝負等哲學思辨上的「境」一詞，從此成為佛學上用以說明心識問題的專門術語。倘若對照於秦漢以來「境」一詞詞義本無涉於心識的話，六朝佛學的這種賦與「境」或「境界」上述專指與心識相關涉，甚至僅為心識所現生的解釋，可說是對「境」一詞的心化。從原先指具體的土地領域，到佛學上專門用於指心識所行及遊履所在，最終又變成屬於心識現象的詞義變化，「境」一詞這種涵義上的心化取向，其實又有賴將「境」用於抽象概念上的魏晉玄學為之中介。隨著《楞伽經》與唯識學分別對後世佛學產生巨大而深遠的影響，上述提到「境」一詞的這種心化現象，到隋唐之世變得更趨普遍，不但隋唐時佛教徒提及「境」時往往不離心識，影響所及甚至令一般人亦心境並提。上述對「境」的這種理解和用法，直至隋唐以後仍相沿未替。倘若追本溯源的話，恐怕不能否認這一現象其實與六朝以來唯識學的傳播有著極為密切的關係。

第三節　隋唐之際境一詞詞義的變化及其運用

　　隋唐之際「境」一詞詞義及使用上的最大變化，相信一方面在於此際佛學上逐漸將「境」一詞的詞義理解為等同於「塵」；另一方面又在於譯師翻譯佛經時，將先前譯為「塵」的地方又改譯為「境」。這兩方面所帶來的影響，令隋唐以來佛學上所使用的「境」這用語，同時又附加上「塵」一詞本身所具備的種種涵義。

---

189 同上。

一　隋唐境一詞詞義變化與大乘起信論

自真諦譯經，將先前譯作「境」或「境界」處多改譯為「塵」之後，到隋代時佛學上往往將「境」或「境界」與「塵」一詞等同，如上文所述的淨影寺慧遠，於所撰《大乘義章》中即明確指出「塵」與「境界」二者不過立名有別而已：

> 能坌名「塵」，坌污心故。然此色等，當法立名，名「六境界」。而言「塵」者，偏對染心以彰名也。良以淨心，多緣理生，染依事起，故偏對染以名「塵」矣。[190]

依慧遠之說，能坌即名「塵」，因色等六境界能坌污心，故又名之曰「塵」。所謂「塵」者，丁福保《佛教大辭典》釋「塵」為：

> 謂一切世間之事法，染污真性者。四塵、五塵、六塵等。《法界次第》曰：「塵即垢染之義。謂此六塵能染污真性故也。」《大乘義章》八末：「能坌名塵，坌污心故。」[191]

是亦依《大乘義章》等以染污一心或真性之義釋「塵」之得名。若更從梵文上推求，「塵」之梵文為「Rajas」，音譯為「刺闍」。丁福保《佛教大辭典》於「刺闍」條下釋云：

> 又作「囉惹」。Rajas 譯曰「塵」。數論所立自性三德之第二云「刺闍」。塵坌之義，又傍翻為瞋為苦。《唯識述記》一末曰：

---

190 〔隋〕慧遠：《大乘義章》，《大正新脩大藏經》（臺北市：中華佛教文化館影印日本大正新脩大藏經，1957年），第44卷，諸宗部1，卷8，頁633。

191 丁福保：《佛學大辭典》（北京市：文物出版社影印丁氏刊本，1984年1月），頁1235。

「梵云剌闍,此名云微。牛毛塵等,皆名剌闍,亦名塵坌,今取塵義。」《梵語雜名》曰:「塵,梵名度喱、囉惹。」[192]

又《佛光大辭典》釋「塵」之義云:

> 梵語 rajas,巴利語 raja。為顯色之一。……塵意指微細之物質。塵常浮動,且附著於他物而染污之,故喻稱煩惱為塵垢、塵勞、客塵,或俗塵。[193]

準此而論,則「塵」本指微塵,以其具染污之特性,故將能染污真性者稱為「塵」。慧遠之所以以色等六塵即六境界,固然與其先大力提倡「唯識無塵」的真諦不無關係。如上文所提及,真諦譯經時將色、聲、香、味、觸、法等以往譯為「境」或「境界」處改譯為「塵」,然而真諦之所以如此改譯,其實亦有所本。以色、聲、香、味、觸、法等六者為「塵」,即屢見於真諦以前的鳩摩羅什譯經之中。如鳩摩羅什所譯《中論》卷一〈觀六情品〉內云:

> 經中有六情,所謂:「眼耳及鼻舌,身意等六情。此眼等六情,行色等六塵。」此中眼為內情,色為外塵,眼能見色。乃至意為內情,法為外塵,意能知法。[194]

便明確地稱眼等六根(六情)所行之色、聲、香、味、觸及法等六者,為「外塵」或「六塵」。此蓋即真諦譯色等為「塵」之所本。於

---

192 同上,頁852。案:丁氏梵文原誤為「Pajas」,今依《佛光大辭典》「塵」下所標梵文正之。

193 《佛光大辭典》,第6冊,頁5762。

194 鳩摩羅什譯:《中論》(《佛藏要籍選刊》本),第9冊,卷1,頁5-6。

鳩摩羅什所譯《中論》內，卷四〈觀顛倒品〉又提及色等六塵能起諸
煩惱：

> 云何因顛倒起諸煩惱？問曰：色、聲、香、味、觸，及法為六
> 種。如是之六種，是三毒根本。是六入三毒根本，因此六入生
> 淨不淨顛倒，因淨不淨顛倒生貪、恚、癡。[195]

色等六塵之起諸貪、恚、癡等煩惱，於《維摩詰所說經》內亦嘗論及：

> 眼、色為二，若知眼性於色，不貪、不恚、不癡，是名寂滅。
> 如是耳、聲；鼻、香；舌、味；身、觸；意、法為二。[196]

僧肇注此段便云：

> 存於情、塵，故三毒以生；若悟六情性，則於六塵不起三毒。[197]

可見一心顛倒起諸煩惱，其實與六塵有著密切關係。所以鳩摩羅什注
《維摩詰所說經》「菩薩斷除客塵煩惱」一句時即云：

> 心本清淨，無有塵垢，塵垢事會而生於心，為客塵也。[198]

同篇「而起大悲」一句下，僧肇亦注云：

---

195 同上，卷4，頁31。
196 鳩摩羅什、竺道生、僧肇等注：《注維摩詰所說經》（上海市：上海古籍出版社影
　　印民國刊本，1990年），卷8，頁152。
197 同上。
198 同上，卷5，頁109。

心遇外緣，煩惱橫起，故名客塵。[199]

皆以能垢污一心及起諸煩惱者為「塵」。此一解釋及取義，相信亦來
自其時佛學上所流行的「格義」。「塵」一詞本為魏晉玄學上用語，
《老子》內有「和其光，同其塵」之說，王弼（西元226-249年）注
謂：「和光而不污其體，同塵而不渝其真。」[200] 其中「塵」一詞即具
染污真性（「渝其真」）之意。此外《莊子》內又提到「塵」一詞，
〈齊物論〉中「以遊乎塵垢之外」，郭象注便指出：「凡非真性皆塵垢
也」。[201] 可證自王弼至郭象以來，魏晉玄學上本以染污真性者為
「塵」。兩晉之際，鳩摩羅什等翻譯佛經時所用指染污真性的「塵」
一詞，蓋即取之於魏晉玄學。

　　不過正如上文所論，鳩摩羅什等人雖然吸取玄學上具染污真性意
義的「塵」一詞用於佛教，然而其筆下所用的「境」或「境界」，卻
並不包括上述染污的涵義在內。上文提到鳩摩羅什、僧肇、廬山慧遠
等人所採用的「境」一詞，亦來自魏晉玄學用語。如上所述支遁的
「栖神不二境」，以至鳩摩羅什與慧遠所共論的「玄廓之境」，諸人筆
下所提到的「境」一詞，固然未可謂其中有染污真性之意。除此之
外，若從求那跋陀羅所譯《雜阿含經》中，亦可證明其先「境」一詞
未必有染污之意。求那跋陀羅所譯《雜阿含經》內提到「境界」一詞
的便有：

　　或於空地林中樹下，當作是學，內自觀察，思惟心中，自覺有
　　欲想不。若不覺者，當於境界，或於淨相，若愛欲起，違於遠

---

199 同上，頁110。
200 王弼注：《老子道德經注》，樓宇烈校釋：《王弼集校釋》（北京市：中華書局，1980
　　年1月），上冊，上篇，頁11。
201 郭象注，成玄英疏：《南華真經》（《四部叢刊初編》縮印本），第31冊，卷1，頁23。

離。[202]

　　或於空地林中樹下，作是思惟，我內心中為離欲不？是比丘當於境界，或取淨相。[203]

　　在以上例子中所提到關於「境界」一詞處，均與「淨相」相提並論。尤其「當於境界，或取淨相」一句，更可證明於「境界」之中，既可取得淨相，則其別於「塵」之染污真性甚為明確。至於隋時慧遠之所以將二者等同，也許一方面基於南北朝時，譯師往往將其先譯為「塵」的色、聲、香、味、觸、法等，又稱之為「境」或「境界」，以致易於將二者混為一談。除上文所提到菩提流支譯經，將色、聲、香、味、觸、法等稱之為「外境」或「外境界」外；求那跋陀羅所譯《雜阿含經》中亦謂：「於色、聲、香、味、觸、法六境界。」[204] 此外，僧伽跋摩所譯《雜阿毗曇心論》內亦謂：「境界，謂六外界。」[205] 其中的「六外界」即指羅什所譯色等六塵。雖然如上文所論，菩提流支等所用「境」或「境界」之意包涵甚廣，而筆下所指「塵」與「境」義亦未盡等同，然而色、聲、香、味、觸、法等，於經中或稱之為「塵」；或稱之為「境」、「境界」，則自然易生混淆，是以真諦重譯佛經時需將二者加以明確區分，把以往譯為「境」或「境界」，而實即舊日羅什譯為「六塵」的色、聲、香、味、觸、法等又重新譯之為「塵」。

　　另一方面，「境」或「境界」之所以有染污真性之義，相信又與《大乘起信論》（以下簡稱為《起信論》）在隋唐時所起廣泛而深遠的

202　求那跋陀羅譯：《雜阿含經》（上海市：上海古籍出版社影印磧砂藏本，1995年），卷18，頁116。

203　同上。

204　同上，卷13，頁80。

205　僧伽跋摩及慧遠等譯：《雜阿毗曇心論》（《佛藏要籍選刊》本），第8冊，卷1，頁5。

影響有一定關係。就以將「境」與「塵」等同的隋時慧遠而言，所撰
《大乘義章》之中，即大量採用《起信論》的說法。而上述慧遠解釋
色等所以或曰「塵」，或曰「境界」的論述方式，以「當法立名」稱
之為「六境界」；「偏對染心」則名為「塵」，這種從染、淨二心不同
角度以說明同一事的思維模式，亦明顯從《起信論》一心開二門的理
論架構而來。舊題馬鳴撰真諦譯的《起信論》，歷來多疑其出於偽
託。[206] 由於與魏菩提流支所譯《楞伽經》內容及思想較接近，故又
或以其據魏譯《楞伽經》而撰。[207] 雖然《起信論》的真偽及源出等
問題，尚有待於考證，然而其影響隋唐佛教之深，與見解之獨樹一幟
則略無異議。其中對於「境」或「境界」的理解，《起信論》尤其與
以往一般佛學典籍異趣。如宋譯《楞伽經》中，曾以如下譬喻說明
「境界」與心識之間的關係：

> 大慧，猶如猛風吹大海水，外境界風飄蕩心海，識浪不
> 斷。……譬如巨海浪，斯由猛風起，洪波鼓冥壑，無有斷絕
> 時。藏識海常住，境界風所動，種種諸識浪，騰躍而轉生。[208]

可見其中借海水與風浪為喻，說明心識與境界之間的關係。由境界風
生起七識浪的譬喻，並非《楞伽經》所獨有，同一比喻又每見之於其
他佛經之內。[209] 在《起信論》中同樣出現海水與風浪的譬喻：

---

206 詳呂澂〈大乘起信論攷證〉一文對歷來懷疑《起信論》為偽託的各種考據及論辯
綜述。呂澂：〈大乘起信論攷證〉，《呂澂佛學論著選集》（濟南市：齊魯書社，
1991年7月），卷1，頁303-331。

207 詳呂澂〈起信與楞伽〉及〈大乘起信論攷證〉二篇考證。分別見《呂澂佛學論著
選集》（濟南市：齊魯書社，1991年7月），卷1，頁292-302、303-369。

208 求那跋陀羅譯：《楞伽經》（《佛藏要籍選刊》本），第5冊，卷1，頁1088。

209 參見呂澂：〈大乘起信論攷證〉，《呂澂佛學論著選集》（濟南市：齊魯書社，1991
年7月），卷1，頁344-345。

> 如大海水，因風波動，水相風相不相捨離。而水非動性，若風
> 止滅，動相則滅，濕性不壞故。如是眾生自性清淨心，因無明
> 風動。心與無明俱無形相，不相捨離，而心非動性，若無明
> 滅，相續則滅，智性不壞故。[210]

雖然與《楞伽經》比喻極為接近，不過其中最特別的是，《起信論》
中卻並不以「境界」為風，取而代之的竟然為「無明」。對於這一問
題，隋時慧遠在《大乘義章》中曾有所解釋：

> 《楞伽經》中，境界為風；《起信論》中，無明為風。何故如
> 是？此等皆有飄動義故。若復論，無明妄心及與妄境，皆得為
> 風，故《起信論》宣說，無明、妄心、妄境，皆為熏習，熏動
> 真心，即是風義。但彼《論》中，就其根本，說無明風；《楞
> 伽》據末說境界風，皆得無傷。[211]

依慧遠所釋，《起信論》就根本立論，故以「無明」為風；《楞伽經》
據末而言，故以「境界」為風。所以有此結論，實又基於《起信論》
中以為「無明」與「妄境」俱屬於熏習，兩者皆能熏動真心，故都
可謂之為飄蕩心海的風。慧遠這一解釋是否合理，固然尚有商榷餘
地，[212] 不過如此一來，「境界」便變成等同於染法的「無明」。此二
者在《起信論》內皆屬四種熏習法之一，《起信論》對之界定為：

---

210 舊題真諦譯：《大乘起信論》（《佛藏要籍選刊》本），第9冊，頁68。

211 〔隋〕慧遠：《大乘義章》，《大正新脩大藏經》（臺北市：中華佛教文化館影印日
　　本大正新脩大藏經，1957年），第44卷，諸宗部1，卷3，頁533。

212 參呂澂〈大乘起信論玄證〉一文中《起信論》以無明為風之誤一段論證。《呂澂佛
　　學論著選集》（濟南市：齊魯書社，1991年7月），卷1，頁343-345。

> 復次，有四種法，熏習義故。染法、淨法起不斷絕。云何為
> 四？一者淨法，名為真如；二者一切染因，名為無明；三者妄
> 心，名為業識；四者妄境界，所謂六塵。[213]

據此可知「無明」為一切染因，而所謂「妄境界」者，亦即「六
塵」。於是原先不具染污義的「境界」一詞，至是與為一切染因的
「無明」，及起諸顛倒煩惱的「六塵」等同，因而《起信論》中往往
將「六塵」與「境界」合而為一，成為「六塵境界」一詞；[214] 而慧
遠在《大乘義章》中，亦得以將坌污心的「塵」與「境界」等同為
一。自慧遠於《大乘義章》內以塵坌污心與「境界」相提並論後，歷
來涉及「境」一詞解釋的，亦多沿塵坌染污之義去說明其中涵義。如
唐慧琳（生卒不詳，德宗至憲宗間撰《一切經音義》）於《一切經音
義》內釋「塵累」一詞，即謂：「六境汙心，如塵坌人，即係縛不得
出離，故總謂之塵累。」[215] 其中「六境汙心，如塵坌人」的說明，
顯然便基於「境」具塵坌染污之義而來。

　　《起信論》於隋唐之世影響頗大，除以上所述之外，對於盛行於
隋唐之際的天台宗學說更有重大的影響。天台宗典籍中多有本於《起
信論》之說，而上述《起信論》中這種將「境」與「無明」及「六
塵」等同的觀念，更直接影響到天台宗學說的建立。《起信論》的一
大特色是提出「五門」之說，將以往大乘佛教修行的六度改變，把其
中的「禪定」與「般若」兩項合而為「止觀門」，又特別強調止觀並
重的修行方法。[216] 而《起信論》中所重視的「止」和「觀」，事實上

---

213 舊題真諦譯：《大乘起信論》（《佛藏要籍選刊》本），第9冊，頁70。

214 如「離心則無六塵境界」；「六塵境界，畢竟無念。」舊題真諦譯：《大乘起信論》
　　（《佛藏要籍選刊》本），第9冊，頁69及71。

215 慧琳：《一切經音義》（《佛藏要籍選刊》本），第3冊，卷21，頁129。

216 參見潘桂明：《智顗評傳》（南京市：南京大學出版社，1996年），第4章，第3節，
　　〈天台止觀與《大乘起信論》〉，頁156。

都和「境」有密切的關係。《起信論》中對止觀有如下解釋：

> 所言「止」者，謂止一切境界相，隨順奢摩他觀義故。所言
> 「觀」者，謂分別因緣生滅相，隨順毘砵舍那觀義故。[217]

故知「止」者，對象在於「一切境界相」，固然不能離開「境界」；而
「觀」的「分別因緣生滅相」，其中所謂「生滅相」者，亦即無明所
熏習的六塵境界。《起信論》中心理論在於開一心為「真如門」與
「生滅門」二門，二門既不相離，而從生滅門又可即入真如門：

> 復次，顯示從生滅門即入真如門，所謂推求五陰，色之與心，
> 六塵境界，畢竟無念。……若能觀察知心無念，即得隨順入真
> 如門故。[218]

正因由生滅門入真如門在於「觀察知心無念」，而觀心無念又不離於
六塵境界，所以觀六塵境界以至五陰等種種生滅相者，實為由不覺到
覺，自生滅門進入真如門的途徑——此亦即上述「分別因緣生滅相」
的觀法而已。對於「觀」法《起信論》又有以下的說明：

> 修習觀者，當觀一切世間有為之法，無得久停，須臾變壞，一
> 切心行，以是故苦。……應觀世間一切有身，悉皆不淨，種種
> 穢污，無一可樂。如是當念一切眾生，從無始世來，皆因無明
> 所熏習故，令心生滅，已受一切身心大苦。[219]

---

217 舊題真諦譯：《大乘起信論》（《佛藏要籍選刊》本），第9冊，頁74。
218 同上，頁71。
219 同上。

據此可知，所觀的「因緣生滅相」，在於一切世間有為法，而其根本處又在於觀無明熏習令一心生滅。這其實亦即上文所提到《起信論》內海水與風浪之喻中，因眾生自性清淨心為無明風所動，故有因緣生滅之說。如上文所述《起信論》既以「無明」代替「境界」，所以觀此無明熏習令心生滅，其實即觀境界對於心識的作用。至於「止一切境界相」者，原因亦在於「若風止滅，動相則滅」，令無明風止滅而已。這種止觀法門最大的特色，在於強調從觀察無明妄境中悟入菩提之道。[220] 正因《起信論》以為六塵境界皆生於妄心與無明，[221] 是以觀世間一切法，皆集中在於分別其不淨、穢污、無常、變壞及苦之上——這種對境觀心，又專取妄境以觀心，而求證入菩提的止觀法門，對隋唐佛教內的不同宗派，都有一定的影響。其中又以天台宗所受影響尤為深刻，天台宗的實際創始人智顗（西元523-597年）於所撰《四念處》內論天台觀法云：

> 此之觀慧，只觀眾生一念無明心，此心即是法性，為因緣所生，即空即假即中，一心三心，三心一心。此觀亦名一切種智，此境亦名一圓諦。[222]

故知天台證入佛法之所謂「一圓諦」者，即所觀生起一念無明心之境。此外智顗於《摩訶止觀》內又謂：

> 根、塵相對，一念心起，即空即假即中者，若根若塵並是法

---

220 《起信論》云：「若止觀不具，則無能入菩提之道。」舊題真諦譯：《大乘起信論》（《佛藏要籍選刊》本），第9冊，頁75。

221 《起信論》云：「一切法本來唯心，實無於念，而有妄心，不覺起念，見諸境界，故說無明。」舊題真諦譯：《大乘起信論》（《佛藏要籍選刊》本），第9冊，頁71。

222 智顗：《四念處》，載石峻等編《中國佛教思想資料選編》（北京市：中華書局，1983年），第2卷，第1冊，頁122。

界，並是畢竟空，並是如來藏，並是中道。[223]

可見天台宗修行以觀一念無明心為證入佛智（一切種智）之法，而觀此由因緣所生之一念無明心，又必先令根、塵相對，然後始得以觀心，是以天台宗以六根、六塵即中道，而又提倡專門對境修習止觀之法：

> 云何名「對境修止觀」？所言「境」者，謂六塵境：一、眼對色；二、耳對聲；三、鼻對香；四、舌對味；五、身對觸；六、意對法。[224]

這種以塵境為妄，又專對此妄境修習止觀的證道方式，相信即與上文所述《起信論》的止觀修行有直接的關係。天台宗以止觀之學立教，上述對境修止觀這一即妄而真的證道法門，對中唐提倡詩境說的僧人及文士，都有直接而深刻的影響。

二　玄奘等新譯與境一詞詞義的擴充

正如前文所述，至唐時玄奘譯經，又將以往真諦等所用「塵」一詞重譯為「境」或「境界」──此即上文所述一般學者或佛學工具書所指的「境」為「塵」一詞的「新譯」。玄奘之所以將「塵」又重譯為「境」，相信與其重譯佛經時有意糾正舊譯失誤一事有關。如以上所論，其先鳩摩羅什譯經，借取玄學所用「塵」一詞，稱六根所行而

---

223 智顗：《摩訶止觀》，載石峻等編《中國佛教思想資料選編》（北京市：中華書局，1983年），第2卷，第1冊，頁18。

224 智顗：《修習止觀坐禪法要》，載石峻等編《中國佛教思想資料選編》（北京市：中華書局，1983年），第2卷，第1冊，頁98。

能起諸煩惱的色、聲、香、味、觸及法等。雖然中間一度「塵」與
「境」或「境界」等詞，因不同譯師取捨各異而並存於佛典之內，然
而真諦重譯佛經，依鳩摩羅什所譯，再以「塵」一詞指色等諸根所行
對象。真諦倡「唯識無塵」之說，又大量翻譯唯識學經典，是以在玄
奘譯經之前，「塵」可說是唯識學上一極為重要的概念。

　　真諦以「塵」一詞指色、聲、香、味、觸及法等，其說雖本之於
鳩摩羅什，不過事實上鳩摩羅什譯經時所採用，指六根所依的「塵」
一詞，原先在翻譯上本來就存在著一定的問題。正如上述所提到，具
塵坌染污意義的「塵」，其梵文當為「rajas」，巴利文則為「raja」。窺
基（西元632-682年）《成唯識論述記》釋此云：

> 三德者：梵云薩埵，此云有情，亦言勇健，今取勇義；梵云刺
> 闍，此名為微，牛毛塵等皆名刺闍，亦名塵坌，今取塵義；梵
> 云答摩，此名為闇，鈍闇之闇。三德應名：勇、塵、闇也。若
> 傍義翻，舊名染、麤、黑，今云黃、赤、黑。舊名喜、憂、
> 闇，今名貪、嗔、癡。[225]

其中第二項的「刺闍」，即鳩摩羅什、僧肇，甚至隋時慧遠等所指，與
貪、嗔、癡相關具塵坌義的「塵」。然而鳩摩羅什所譯指六情（根）
所行的「塵」一詞，與上述譯自梵文「刺闍」兼作塵坌解的「塵」，
其實兩者所指有別。如鳩摩羅什所譯《中論》內「此眼等六情，行色
等六塵。」[226] 其中「塵」字梵文本為「gocara」，[227] 並非以上具有塵
坌染污義的「rajas」或「raja」。此外真諦譯《俱舍論》內「塵礙者，

---

225 窺基：《成唯識論述記》（上海市：上海古籍出版社影印日本大正藏刊本，1995年），
　　卷1末，頁138。
226 鳩摩羅什譯：《中論》（《佛藏要籍選刊》本），第9冊，卷1，頁5-6。
227 同上，頁6下影印大正藏本所附梵文校文。

眼等諸根，於色等塵。」[228] 其中「塵」字梵文為「viṣaya」[229]，亦非「rajas」或「raja」。同篇又云：「此根、塵復說，十入及十界。」[230]「塵」字梵文也不作「rajas」或「raja」，而為「artha」[231]。從以上所引幾種經論的內容上可見，無論梵文的「gocara」、「viṣaya」或「artha」，都指諸根所行的色、聲、香、味、觸及法等，其涵義本與解作具染污塵坌義的「rajas」不同，若同時皆譯為「塵」，則極易在理解上引起混淆，故此與鳩摩羅什同時的僧伽跋摩與慧遠等人，在所譯《雜阿毗曇心論》中則將「viṣaya」譯為「境界」[232] 而不譯作「塵」，大抵即有意避免這一翻譯上所引起的混亂。不過其後真諦譯經，又依鳩摩羅什所譯，重新以「塵」取代「境」及「境界」，令上述混亂情況依然存在，是以玄奘譯經時又需重行改譯。

　　雖然在翻譯上述佛學用語時，真諦舊譯與玄奘新譯之所以有不同取捨，大概基於真諦側重在漢譯的統一，所以將色等依古譯翻為「塵」，以別於泛指諸識所分別的「境」或「境界」；而玄奘則著眼於梵文與漢文對譯的準確，糾正六朝以來「塵」一詞因受「格義」影響，所做成在漢語字面上的混亂。然而就玄奘將舊日真諦所廣泛使用的「塵」一詞重譯為「境」的問題來說，一般學者或佛學工具書往往

---

228 真諦譯：《阿毘達磨俱舍釋論》，《大正新脩大藏經》（臺北市：中華佛教文化館影印日本大正新脩大藏經，1957年），第29卷，毘曇部4，卷1，頁167。

229 玄奘譯：《阿毘達磨俱舍論》（《佛藏要籍選刊》本），第8冊，卷2，頁241下影印大正藏本所附梵文校文。

230 真諦譯：《阿毘達磨俱舍釋論》，《大正新脩大藏經》（臺北市：中華佛教文化館影印日本大正新脩大藏經，1957年），第29卷，毘曇部4，卷1，頁164。

231 玄奘譯：《阿毘達磨俱舍論》（《佛藏要籍選刊》本），第8冊，頁237下影印大正藏本所附梵文校文。

232 僧伽跋摩及慧遠等譯：《雜阿毗曇心論》（《佛藏要籍選刊》本），第8冊，卷1，頁7。其中所提出的「三種有對」同時又見於《俱舍論》中。「三種有對」內第二種之「境界有對」，玄奘所譯《俱舍論》卷二「境界有對」一詞，大正藏本校文所附梵文作「viṣaya-pratighata」，故知僧伽跋摩等譯「viṣaya」為「境界」。

以為「境」不過為「塵」字的新譯,而少有注意到玄奘之所以將「塵」字重新譯為「境」,主要目的其實在於糾正舊譯失誤的問題。故此前文提到一般學者或佛學工具書所稱「境」一詞為「塵」新譯的說法,往往以為「塵」改譯作「境」不過為同一概念在字面上的更換,事實上玄奘之所以有重譯的必要,就在於兩者概念其實並非等同。正因以往翻譯上所用的「塵」一詞,實際上包涵了多個不同的梵文在內,令原先指由極微所組成能塵坌染污的微塵,與指諸識所行對象的兩種不同概念,由於共用同一漢譯而一直以來每被混為一談。玄奘新譯原意即在將上述不同概念,藉著改變用語而加以清楚區別。

然而玄奘等就此所作出的努力,卻並未能將「境」與「塵」(rajas)的概念自此明確劃分。如上文提到撰於中唐時的慧琳《一切經音義》[233],其中釋「塵累」一詞即謂:「六境汙心,如塵坌人,即係縛不得出離,故總謂之塵累。」[234] 又如宗密(西元780-841年)於《圓覺經略疏》中釋「外境六塵」云:「六皆名塵者,坌汙心識故,約凡夫說也。亦云六境,此通凡聖。」[235] 可見玄奘以後,下遞中、晚唐之時,仍不乏以「剎闍」的塵坌染污義釋「境」一詞者。

除此以外,玄奘等新譯所帶來的影響,便是將以往鳩摩羅什及真諦等所同時見於筆下的「塵」及「境」或「境界」等用語,都一併納入「境」一詞當中。如上所述,鳩摩羅什及真諦等所用「塵」一詞,玄奘等皆譯之為「境」或「境界」;至於真諦等人筆下所稱的「境」或「境界」,玄奘等譯經時將之譯為「所緣」、「所緣境」或「境」。如真諦所譯《俱舍釋論》云:

---

233 景審:〈一切經音義序〉「以建中末年刱製,至元和二祀方就。」載慧琳:《一切經音義》(《佛藏要籍選刊》本),第3冊,頁1。

234 慧琳:《一切經音義》(《佛藏要籍選刊》本),第3冊,卷21,頁129。

235 宗密:《圓覺經略疏》(上海市:上海古籍出版社影印明嘉興續藏經本,1991年),卷上2,頁87。

此心離自性及共有法，餘一切法悉為境界。此剎那心，於第二
剎那心皆成境界。於二剎那中，一切法皆成境界。[236]

玄奘譯《俱舍論》內將此段譯作：

彼除自體及俱有法，餘一切法皆為所緣。如是所除，亦第二念
心所緣境。此二念心，緣一切境無不周遍。[237]

上例中真諦譯作「境界」者，玄奘或譯為「所緣」，或譯為「所緣
境」，或譯為「境」。又同篇真諦所譯有：

此心及心法，或說有依，由依根起故；或說有境，皆能取境
故。[238]

而同一段玄奘譯作：

心、心所，皆名有所依，託所依根故；或名有所緣，取所緣境
故。[239]

亦顯見真諦所用「境」一詞，玄奘等或譯作「所緣」，或譯作「所緣
境」。「所緣」者，玄奘等所譯《俱舍論》釋為：

---

236 真諦譯：《阿毘達磨俱舍釋論》，《大正新脩大藏經》（臺北市：中華佛教文化館影
　　印日本大正新脩大藏經，1957年），第29卷，毘曇部4，卷1，頁170。
237 玄奘譯：《阿毘達磨俱舍論》（《佛藏要籍選刊》本），第8冊，卷1，頁244。
238 真諦譯：《阿毘達磨俱舍釋論》，《大正新脩大藏經》（臺北市：中華佛教文化館影
　　印日本大正新脩大藏經，1957年），第29卷，毘曇部4，卷3，頁180。
239 玄奘譯：《阿毘達磨俱舍論》（《佛藏要籍選刊》本），第8冊，卷4，頁255。

心、心所法執彼而起，彼於心等名為「所緣」。[240]

玄奘譯《俱舍論》之筆受弟子普光，於《俱舍論記》內釋「所緣」一詞時便云：

> 謂彼心等對境之時，有影像現，據此義邊名為「能緣」，境名「所緣」。[241]

故知「所緣」指相對於「能緣」心的「境」。又圓暉《俱舍論頌疏》釋以上《俱舍論》「所緣」一段云：

> 心、心所法，其性劣弱，執境方生，猶如羸人，非杖不起。故色等境，識所攀附，名為「所緣」也。[242]

可見「所緣」者，即「識所攀附」的「色等境」。同卷圓暉又云：「言『所緣』者，色等六境也。」[243] 亦明確點出「所緣」指「色等六境」。然則玄奘等以「所緣」或「所緣境」代替真諦「境」或「境界」，所指的「色等六境」者，其實不過鳩摩羅什及真諦等所稱的「六塵」而已。此外真諦等譯文中的「境」一詞，玄奘等新譯，亦有同以「境」或「境界」名之者。如真諦所譯《俱舍釋論》謂：

---

240 同上，卷2，頁241。

241 普光疏記：《俱舍論記》，《大正新脩大藏經》（臺北市：中華佛教文化館影印日本大正新脩大藏經，1957年），第41卷，論疏部2，卷1末，頁26。

242 圓暉疏：《俱舍論頌疏》，《大正新脩大藏經》（臺北市：中華佛教文化館影印日本大正新脩大藏經，1957年），第41卷，論疏部2，卷2，頁827。

243 同上，頁826。

云何此根於自境相續生，及識於緣緣生，說名有礙？[244]

而玄奘譯《俱舍論》云：

云何眼等於自境界所緣轉時，說名有礙？[245]

可見玄奘等譯文中所用的「境」一詞，實際上同時包括了鳩摩羅什以來至真諦時所用的「塵」與「境」（境界）兩不同概念在內。加上如前文所述，玄奘雖改譯真諦等所用指色等的「塵」為「境」，然而其後「境」一詞仍不脫塵坌染污之義。則玄奘等新譯「塵」為「境」的做法，在客觀上做成「境」一詞詞義在內涵上的擴充——一方面新譯中的「境」一詞，將以往真諦等以為原非等同的二者——專指色等的「塵」，與泛指識所分別的「境」都包涵在內；另一方面，新譯雖旨在區分能塵坌染污的「塵」與色等「六塵」，但事實上改譯「塵」為「境」之後，卻並未改變以往對色等「六境」具塵坌染污特性的觀念。換言之，新譯不但未能將音譯作「刺闍」的「塵」從「境」中區分出，反因改譯而將以往譯家筆下「塵」的複雜概念，引入「境」一詞之內。如上文所引宗密於《圓覺經疏略》內，以為「六境」即「六塵」，又能坌污心識之說，正可說明新譯所帶來的這一問題。

　　後世釋「境」一詞者，每謂其即為「塵」之新譯，具有塵坌染污特性；又謂指色、聲、香、味、觸、法等六者；更可指諸識所行範圍或所分別的對象；且有境域分限之意，[246]「境」一詞之所以得以同

---

244 真諦譯：《阿毘達磨俱舍釋論》，《大正新脩大藏經》（臺北市：中華佛教文化館影印日本大正新脩大藏經，1957年），第29卷，毘曇部4，卷1，頁167。

245 玄奘譯：《阿毘達磨俱舍論》（《佛藏要籍選刊》本），第8冊，卷1，頁241。

246 如《佛光大辭典》內對「境」一詞解釋即同時具此多重不同涵義。《佛光大辭典》，第6冊，頁5765。

時包括多種涵義在內，相信實與唐時玄奘等人改譯「塵」為「境」的
做法便有一定的關係。

第三章
唐代對於境觀念的普遍重視及廣泛使用

　　中唐詩境說的形成，和唐代「境」觀念的普及有著直接的關係。在唐代以前，「境」的觀念廣泛流傳於玄學與佛教思想之中；到了唐代，「境」這觀念的運用，已不局限於佛、道兩教理論闡析範圍之內。從唐代初年開始，「境」的觀念便已普遍流行於儒、釋、道三教之中。這可從三教經典內有關「境」一詞的使用，和對這一觀念的論述，證明以上所述，並從而說明中唐詩境說形成的背景。

第一節　唐代經史學家對於境觀念的吸納與運用

　　唐代「境」概念的普及，令即使標榜以儒學為宗的經史學家筆下，亦不乏以「境」的觀念去解釋儒家經典者，儒學之借助於佛教名相以解經，甚至吸納佛教「境」的觀念以闡釋經典，尤其見於初盛唐之世。以下即分別自經學與史學兩方面說明這一情況。

一　唐代經學家對佛教境觀念的吸納與運用

　　經學家之吸納佛教「境」的觀念闡釋儒家經典，其事於唐初至為普遍，像孔穎達（西元574-648年）於解說《周易正義》內〈繫辭〉上的「可久則賢人之德，可大則賢人之業」大旨時，便有以下的疏釋：

　　　　今云賢人者，聖人則隱跡藏用，事在無境。今云可久可大，則

是離無入有。賢人則事在有境，可久可大，以賢人目之也。[1]

又於〈繫辭〉此句下王弼「德業既成，則入於形器，故以賢人目其德業」注下疏釋謂：

> 初行德業，未成之時，不見其所為，是在於虛無；若德業既成，復被於物，在於有境，是入於形器也。[2]

又於同篇「悔吝者，憂虞之象也。」下疏：

> 其餘元、亨、利、貞，則是吉象之境有四德。[3]

《周易正義》中所提到的「事在無境」、「事在有境」、「在於有境」及「吉象之境」等，其中「境」的用法，與魏晉玄學及般若學上「境」一詞的使用相同。《周易正義》稱元、亨、利、貞四者為「吉象之境」，固然大有仿效魏晉玄學「玄冥之境」、「希夷之境」或「泥洹之境」等用語的意味；至於「事在無境」、「事在有境」與「在於有境」等，其中的「境」字，和上述「吉象之境」一樣，俱用於指抽象事物或概念的所在，其用法和涵義亦與魏晉玄學一致。況且以有、無去說明「境」，本為魏晉玄學及其時深受玄學所影響的佛教思想所有的一大特色。如《肇論》內即屢言「有無之境」[4]，又有「本之有境，則

---

1 孔穎達等疏證：《周易正義》，《十三經注疏》（北京市：中華書局影印世界書局縮印阮元刻本，1980年），上冊，卷7，頁76。
2 同上。
3 同上。
4 如〈答劉遺民書〉「有無之境，邊見所存。」〈涅槃無名論〉「有無之境，妄想之域。」及「有無之境，理無不統。」僧肇：《肇論》，《佛藏要籍選刊》（上海市：上海古籍出版社，1994年），第11冊，頁7、9、10。

五陰永滅；推之無鄉，而幽靈不竭。」[5] 的說法。《周易正義》「事在有境」、「事在無境」等疏釋內「境」一詞的用法，顯然在概念上亦與魏晉玄學及般若學緊扣。孔穎達等所撰《周易正義》推尊王弼注，[6] 是以疏文內提及之「境」，自然亦不離於魏晉玄學的觀念。

　　除在《周易正義》中採用「境」一詞外，孔穎達等在《禮記正義》內，亦同時以「境」的觀念去疏釋《禮記》這部儒家經典。孔氏等在《禮記正義》內〈樂記〉的「樂者，音之所由生也，其本在人心之感於物也」一段下疏云：

> 本，猶初也。物，外境也。言樂初所起，在於人心之感外境也。「是故其哀心感者，其聲噍以殺」者，心既由於外境而變，故有此下六事之不同也。……若外境痛苦，則其心哀。哀感在心，故其聲必噍急而速殺也。……若外境所善，心必歡樂。歡樂在心，故聲必隨而寬緩也。……若外境會合其心，心必喜悅。喜悅在心，故聲必隨而發揚，放散無輒礙也。……若外境見其尊高，心中嚴敬。嚴敬在心，則其聲正直而有廉隅不邪曲也。……若外境親屬死亡，心起愛情，愛情在心，則聲和柔也。……故先代聖人在上，制於正禮正樂以防之，不欲以外境惡事感之。[7]

可見《禮記正義》釋「物」為「外境」，而所謂「外境」者，指心外的痛苦、所善，是否合乎心意，甚至尊高、親屬死亡等事。孔穎達等

5　僧肇：《肇論》，《佛藏要籍選刊》（上海市：上海古籍出版社，1994年），第11冊，頁8。

6　孔穎達〈周易正義序〉稱：「唯魏世王輔嗣之注獨冠古今」又云：「義理可詮，先以輔嗣為本。」故《四庫總目提要》謂孔穎達等撰《周易正義》「專崇王注」。《十三經注疏》，上冊，頁6，〈周易正義序〉；頁5所附《四庫總目提要》之《周易正義》提要。

7　孔穎達等疏證：《禮記正義》，《十三經注疏》，下冊，卷37，頁1527。

在《禮記正義》中這種以「外境」說明人心之感物而動的詮釋方法，
事實上與佛教「境」的觀念有密切的關係。以「外境」說明內心如何
感受苦樂，原為佛教一向所致力探討的問題。佛教思想中，稱於
「境」領納苦樂為「受」。[8]《成唯識論》釋「受」云：

> 領順境相適悅身心，說名樂受；領違境相逼迫身心，說名苦
> 受；領中容境相於身於心，非逼非悅，名不苦樂受。……或總
> 分五，謂苦、樂、憂、喜、捨。[9]

《禮記正義》以「外境」有痛苦、所善等，而令內心有喜、怒、哀、
樂、敬、愛等感受，主張內心「由於外境而變」的說法，正與上述佛
教這種因外境順違，而令內心變起苦樂的理論拍合。

二　唐代史學家對佛教境觀念的吸納與運用

　　唐代時除經學家解經時往往借助佛教「境」的觀念，及大量運用
於注疏中之外，其時於史學家中，亦不乏吸納佛教「境」的觀念，並
應用於疏釋史傳之中。其中較明顯者如張守節（生卒不詳，開元24年
〔西元736年〕撰成《史記正義》）於所撰《史記正義》中，在說明
《禮記》內〈樂記〉的「樂者，音之所由生也，其本在人心之感於物
也」一段文字時，便對《禮記正義》以「外境」觀念解釋人心之感於
物而動的說法加以直接吸收，而用上佛教「境」一詞去解釋。張氏於
《史記正義》卷二十四內〈樂書〉「人心之動，物使之然也。」下
注：

8　參熊十力：《體用論》（北京市：中華書局，1994年2月）論「受蘊」一節。原文云：
　「謂於境而有苦樂等領納，故名為受。」又云：「此以情的作用而立受蘊。」頁71。
9　玄奘譯：《成唯識論》（《佛藏要籍選刊》本），第9冊，卷5，頁937。

物者，外境也。外有善惡，來觸於心，則應觸而動，故云「物使之然也」。[10]

又「其本在人心感於物也」下注：

本，猶初也。物，外境也。言將欲明樂隨心見，故更陳此句也。[11]

又「是故其哀心感者，其聲噍以殺。」下注：

若外境痛苦，則其心哀戚。哀戚在心，故樂聲踧急而殺也。此下六者，皆人君見前境來感己而制樂音，隨心見之也。[12]

又「其樂心感者，其聲嘽以緩。」下注：

若外境可美，則其心歡樂。歡樂在心，故樂聲必隨而寬緩也。[13]

又「其喜心感者，其聲發以散。」下注：

若外境會意，其心喜悅。悅喜在心，故樂聲發揚也。[14]

又「其怒心感者，其聲麤以厲。」下注：

---

10 張守節：《史記正義》，附錄於司馬遷撰，司馬貞索隱，張守節正義，裴駰集解：《史記》（北京市：中華書局，1959年9月），卷24，〈樂書〉，頁1180。

11 同上。

12 同上。

13 同上。

14 同上。

若外境乖失，故己心怒，恚怒在心，心隨怒而發揚，故無輟
礙，則樂聲麤彊而嚴厲也。[15]

又「其敬心感者，其聲直以廉。」下注：

若外境尊高，故己心悚敬。悚敬在內，則樂聲直而有廉角也。[16]

又「其愛心感者，其聲和以柔。」下注：

若外境憐慕，故己心愛惜。愛惜在內，則樂和柔也。[17]

《史記正義》上述從外境美惡得失的角度，去說明〈樂記〉內關於音
之所由生，與人心感於物而動的疏釋，顯然推闡《禮記正義》中「樂
初所起，在於人心之感外境」之說而已。然而《史記正義》中「物
者，外境也。外有善惡，來觸於心，則應觸而動」的分析，可說是更
與佛教有關「境」的理論尤其關係密切。《史記正義》對〈樂記〉中
心物關係剖析得較《禮記正義》更進一步的，是將「人心之動」而有
種種哀樂等感受的原因，歸結於「心」與「境」彼此相觸的問題之
上。關於內心與外境相觸而生起苦樂的見解，其實並非張守節所獨
創，小乘佛教中「十二緣起」內第六支的「觸」和第七支的「受」，
即闡明上述問題。《大乘百法明門論解》釋「觸」云：

觸者，令心、心所觸境為性，想、受、思所依為業。[18]

---

15 同上，頁1181。

16 同上。

17 同上。

18 玄奘譯：《大乘百法明門論解》，《大正新脩大藏經》（臺北市：中華佛教文化館影印
　日本大正新脩大藏經，1957年），第44卷，論疏部5，卷上，頁48。

故知「觸」指內心觸境，亦即《史記正義》所述「外有善惡，來觸於心」的階段。至於《史記正義》所述「應觸而動」者，謂內心因外境美惡順逆而感受哀樂，則為上文所釋領納順違境而有苦樂的「受」階段。「受」依於「觸」，故由「觸」而至於「受」。《大乘義章》釋兩者關係云：

> 心觸前境，說為觸支。心能領納，即說為受。[19]

因此從「觸」開始，至於「受」的階段，才算完成心境相觸而有苦樂在心的全部過程。張守節對外境「來觸於心，則應觸而動」的說明，將人心感物而動的經過，判分為心境相觸與應觸而動兩階段，正與佛教所提出「觸」與「受」的心理分析若合符契。此外《史記正義》中「前境來感己」的說法，更與上述佛教思想的「觸」與「受」兩概念緊扣。《大乘義章》釋「觸」為「心觸前境」；而法寶《俱舍論疏》釋「受」則云：「有人定為領納前境。」[20] 故知《史記正義》「前境來感己」的說法，不過為以上「觸」與「受」概念的發揮而已。由此可見《史記正義》以外境觸動內心，去說明〈樂記〉人心之感於物而動的解釋，其實借助了佛教分析內心與外境關係的一套理論。

三　儒學對境觀念的吸納與創作中心物關係的詮釋

對於藝術創作中心物關係的闡述，從《荀子‧樂論》到《禮記‧樂記》，以至〈毛詩序〉之中，先秦兩漢以來儒學本有一套清晰的理念，然而到唐代時因佛教觀念的進入經史之學，「境」的觀念更影響到儒學中對藝術創作中心物關係的理解與認識。像上述所提出《禮記

19　〔隋〕慧遠：《大乘義章》，《大正新脩大藏經》，第44卷，諸宗部1，卷4，頁550。
20　法寶疏：《俱舍論疏》，《大正新脩大藏經》，第41卷，論疏部2，卷4，頁527。

正義》與《史記正義》等，對於〈樂記〉中人心之感動於物，解釋為外境之來觸於心，甚至依佛教十二緣起觀念，將之判分為心境相觸與應觸而動，便完全是以佛教「境」的觀念來闡述儒家的藝術創作理論。在〈樂記〉之中，關於藝術創作過程中心與物關係的闡述，尤其「感於物而動」的說法，對傳統文學理論產生極為重要的影響。〈樂記〉內這種對於創作過程中有關心物關係的說明，在唐代的《禮記正義》和《史記正義》中，都有一定程度的補充或發展。〈樂記〉中說明樂之所由生者，原先不過謂「其本在人心之感於物也」而已，然而到了《禮記正義》卻變成「本，猶初也。物，外境也。言樂初所起，在於人心之感外境也。」將〈樂記〉的「人心之感於物」，一下變為「人心之感外境」。關於這一轉變，其中最大的問題是，孔穎達等疏解《禮記》，何以要用「外境」一詞，去取代以往經典中所固有的「物」這一概念？固然〈樂記〉中這段所用的「物」一詞，由於所指為哀樂喜怒敬愛等遭遇，而非客觀存在的實物，是以王肅注此時需加以說明：

> 物，事也。謂哀樂喜怒和敬之事感人而動，見於聲。[21]

然而唐時孔穎達等之所以要易「物」為「外境」，是否基於其時「外境」一詞，更易於為一般人所接受？抑或換成「境」的概念後，更適合於闡明在藝術創作過程中關於內心所起的種種作用？

由於科舉考試的關係，對於唐代士人來說，孔穎達等所撰《五經正義》無疑具有極大的影響力。其後九經之中《周易》、《禮記》、《毛

---

21 見《史記正義》於〈樂書〉「感於物而動，故形於聲」下引王肅注。張守節：《史記正義》，附錄於司馬遷撰，司馬貞索隱，張守節正義，裴駰集解：《史記》，卷24，〈樂書〉，頁1180。

詩》及《尚書》四經為士子所偏重，[22] 故此《周易正義》與《禮記正義》尤其對士人產生深厚的影響。其中又以《禮記正義》所產生的影響最為巨大。開元八年（西元720年）國子司業李元璀上言云：

今明經所習，務在出身。咸以《禮記》文少，人皆競讀。[23]

因知盛唐以前，人皆競讀《禮記》。唐初頒定《五經正義》於天下以資取士，則《禮記正義》對其時士人影響之廣泛與深遠可以想見。《周易正義》與《禮記正義》訓釋雖各有所因，[24] 然而在儒學中引入「境」的觀念則無異，所以對於唐代士人而言，「境」的觀念可說是並不陌生的。

　　唐代經史學家往往吸納「境」的觀念用於解釋儒學經典，雖然《周易正義》取王弼說法，其中「境」的觀念不過沿襲魏晉玄學而有，然而值得注意的卻是在《禮記正義》內，明確地用佛教「境」的概念疏釋〈樂記〉有關創作過程中心物關係的做法。從《禮記正義》變舊儒之說，以佛教「外境」觀念取代原先的「物」，來解釋創作過程中內心如何受外界影響後，到《史記正義》沿襲《禮記正義》這一觀點，不但從「境」的角度闡釋儒學中對於心物關係的論述，更進一步以佛教「觸」、「受」及「前境」等觀念，將〈樂記〉人心之「感於物而動」的說法，以佛教心境相觸之說來加以解釋。以《史記正義》為例，從張守節承傳《禮記正義》以「境」解經的做法，以至於從「境」的角度，對儒學中心物關係的問題加以進一步的發揮，這現象

22 詳皮錫瑞：《經學歷史》（臺北市：藝文印書館，缺年份），〈經學統一時代〉，頁225-226。

23 見杜佑：《通典》（北京市：中華書局，1988年12月），卷15，選舉3，第1冊，頁355。

24 皮錫瑞《經學歷史》論孔疏即指出「穎達入唐，年已耄老，豈盡逐條親閱，不過總攬大綱。諸儒分治一經，各取一書以為底本，名為創定，實屬因仍。」〈經學統一時代〉，頁215。

除了證明在科舉考試制度下,「境」的觀念隨著《五經正義》的巨大
影響,為一般士人所普遍認識及接受外;更足以說明從初唐到盛唐的
一段期間,佛教對於儒學的影響正與日俱增,而且自唐初頒行《五經
正義》以後,儒學由於借助了佛教「境」的概念,得以對內心如何認
知於外界的問題剖析得愈見深入與精細。

第二節　唐代道家與道教對於境觀念的吸納與運用

相對於儒學而言,唐代道家與道教對於「境」觀念的吸收和運
用,可說是更為致力及深入的。以下將舉其中較具代表的人物為例,
說明唐代道家與道教對於境觀念的吸納與運用的具體情況。

一　唐代道家與道教諸家對境觀念的理解與發揮

唐初時道士成玄英(生卒不詳,貞觀五年〔西元631年〕召入京,
永徽〔西元650-655年〕中流郁州)注疏《老》、《莊》,已大量援用
「境」的概念。如成玄英疏《道德經》,開篇釋「道德」之義即云:

> 道是虛通之理境,德是志忘之妙智。境能發智,智能剋境。
> 境、智相會,故稱「道德」。[25]

成玄英以「境」與「智」釋「道德」,故疏內屢以「境」、「智」並
提,如:「原夫所觀之境唯一,能觀之智有殊,二觀既其不同,徼、
妙所以名異。」[26]「微妙是能修之智,玄通是所觀之境。境、智相

---

25 成玄英:《道德經義疏》,載中華書局編:《四部要籍注疏叢刊‧老子》本(北京市:
　　中華書局影印蒙文通輯校本,1998年8月),上冊,頁141。
26 見「此兩者同出而異名」疏文。同上,頁143。

會，能、所俱深，不可以心識知。」[27] 此外成氏在疏《莊子》時亦兼言「境」、「智」，如〈莊子序〉即云：

> 夫無待聖人，照機若鏡。既明權實之二智，故能大齊於萬境。……既善惡兩忘，境智俱妙，隨變任化，可以處涉人間。[28]

在疏釋《莊子》內文時又有：「返照明乎心智，玄鑒辯於物境」[29]；「境智兩忘，物我雙絕」[30]；「運至忘之妙智，遊虛空之物境」[31]；「境智相冥，不一不異」[32]；「至於境智交涉，必須戒慎艱難，不得輕染根塵」[33]；「運用神智，明照精微，涉於塵境，曾無罣礙。境智冥合，能所泯然。」[34] 其中所舉出的「境」一詞，皆與「智」相提並論。成疏闡述「境」與「智」關係，其實即探討「心」與「物」關係，此點可自以上所引成疏中「心智」與「物境」對舉證明。故成疏中「境」一詞，又每與「心」緊密相扣，如《道德經義疏》的「內無能染之心，外無可染之境。」[35] 及所疏《莊子》內的「留心取境」[36]；「心境兩空，物我雙幻」[37]；「心靈闇塞，觸境皆礙，必損智傷神。」[38] 諸例

---

27 見「微妙玄通，深不可識」疏文。同上，頁165。

28 郭象注，成玄英疏，郭慶藩集釋：《莊子集釋》（北京市：中華書局，1961年7月），成玄英〈莊子序〉，序文頁7。

29 見〈逍遙遊〉「辯乎榮辱之竟」疏文。同上，卷1，頁18。

30 見〈齊物論〉「今者吾喪我」疏文。同上，卷1，頁45。

31 見〈養生主〉「其於遊刃必有餘地矣」疏文。同上，卷2，頁123。

32 同上。

33 見〈養生主〉「行為遲」疏。同上。

34 見〈養生主〉「如土委地」疏文。同上。

35 成玄英：《道德經義疏》，載中華書局編：《四部要籍注疏叢刊·老子》本（北京市：中華書局影印蒙文通輯校本，1998年8月），上冊，頁221。

36 見〈齊物論〉「其留如詛盟，其守勝之謂也」疏文。郭象注，成玄英疏，郭慶藩集釋：《莊子集釋》（北京市：中華書局，1961年7月），卷1，頁53。

37 見〈齊物論〉「不然於不然」疏文。同上，卷1，頁70。

38 見〈養生主〉「折也」疏文。同上，卷2，頁122。

之中皆以「心」、「境」對舉。

綜上可知,「境」一詞屢見於成玄英筆下,又對論證「道」的概念佔一重要地位。就上述所引例可見,成玄英所提及的「境」,大別之可分為兩種,其一為內心所「觸」或所「取」,可染之外在「物境」或「塵境」;另一為「妙智」所遊,「不可以心識知」的「理境」或「真境」[39]。然而無論「塵境」或「真境」,其中所述「境」的涵義,自其以「能所」、「根塵」、「境智」,及「取境」、「觸境」等角度說明境與心識關係,可知不過亦源出於佛教思想而已。

與成玄英大略同時的道士李榮(生卒不詳,顯慶〔西元656-661年〕、龍朔〔西元661-663年〕間於京與僧徒辯論),於唐初標榜「重玄」之說,所撰《道德真經註》即以「重玄之境」釋「大道」。[40] 其說亦不離於「境」,如謂人之所以失其本,在於「以一心攀緣萬境」[41],及「馳騖於有為之境,為聲、色之所動。」[42] 因「銳情於是非之境」[43],而至於「迷淪俗境」[44]。人若能「萬境無染」,則得以「見素抱樸」[45],從而得以返其本。李氏又於「知人者智,自知者明」下注:

> 若乃清重玄之路,照虛寂之門,知人者識萬境之皆空;自知者

39　《道德真經義疏》「塞其兌,閉其門」下疏:「恆處道場,不乖真境。」成玄英:《道德經義疏》,載中華書局編:《四部要籍注疏叢刊‧老子》本(北京市:中華書局影印蒙文通輯校本,1998年8月),上冊,頁221。

40　李榮:《道德真經註》,《正統道藏》(臺北市:新文豐出版公司,1988年),第23冊,頁556。原注「大道廢,有仁義」一句云:「夫重玄之境,氣象不能私;至虛之理,空有未足議。」即以「重玄之境」說明「大道」。

41　李榮:《道德真經註》,《正統道藏》,第23冊,頁555。

42　同上,頁558。

43　同上,頁559。

44　同上,頁543。

45　原注為:「樸,本也。萬境無染,見素也;守一不移,抱樸也。」李榮:《道德真經註》。同上,頁558。

　　體一身之非有。一身非有，內豈貪於名利；萬境皆空，外何染
　　於聲色？內外清靜故曰明，物我皆通故言智。[46]

　　李榮以「重玄」之說立新見於其時道教諸家之外，[47] 依其說所以能至
於「重玄之境」，得以「清重玄之路，照虛寂之門」者，除「體一身
之非有」外，即在於「識萬境之皆空」。以此而論，「境」的概念在李
氏「重玄」之說中，可說是佔一極重要的位置。以上所提到的「重玄
之境」、「有為之境」、「是非之境」中的「境」一詞，從解釋及構詞上
來看，可見皆上承於魏晉玄學術語而來；而「迷淪俗境」、「萬境無
染」及「萬境皆空」裏的「境」，則顯然從佛學上「境」的觀念而
來。佛教以為「境」有真俗，俗境能染污真性，李榮對於「境」的闡
述，即取諸上述佛教概念。

　　稍後於成玄英與李榮的王玄覽（西元626-697年），在闡述所持道
論時，亦大量使用「境」的概念。王氏於所著《玄珠錄》中，開宗明
義指出「道在境智中間」[48]，又謂「境盡行周，名為正道。」[49] 便以
「境」的概念去闡釋「道」。依《玄珠錄》所論，達於正道則：

　　常以心道為能境，身為所能[50]。能所互用，法界圓成；能所各
　　息，而真體常寂。[51]

---

46 同上，頁568。
47 詳盧國龍：《中國重玄學》（北京市：人民中國出版社，1993年），第3章，〈重玄學的
　　盛衰轉變與宗趣轉變的歷史背景〉，頁153-154。
48 王玄覽：《玄珠錄》，《正統道藏》，第39冊，卷上，頁724。
49 同上。
50 因上句稱心道為「能境」，而下句又謂「能所互用」，顯然借用佛教「能境」、「所
　　境」概念，則此句「能」字疑當作「境」。
51 王玄覽：《玄珠錄》，《正統道藏》，第39冊，卷上，頁724。

而心與境的關係又在於：

> 將心對境，心境互起。境不搖心，是心妄起。心不自起，因境
> 而起。無心之境，境不自起；無境之心，心亦不自起。[52]

因心境互起，故此「無境則無知」[53]。一旦對境起心，則「對境始生
知」[54]。「知」之與「境」，王氏述其關係云：

> 知是一心，境是二心。心之與境，共成一知。明此一知，非心
> 非境，而不離心境。其性於知於心境，自然解脫，非有非無。[55]

由上可知「心」與「境」共成一「知」，成為「非心非境」又「不離
心境」，具「自然解脫」及「非有非無」特性的道。[56] 王氏提出的
「道在境智中間，是道在有知無知中間」[57]主張，實質上針對顯慶、
龍朔以來，佛道二教激烈爭辯的道究竟為有知無知的問題。王玄覽運
用佛教中道雙遣的方式，提出「道在有知無知中間」的說法，對一直
以來佛教徒質疑道是否有知的問題加以解答。在這重大問題上，要說
明道在有知無知中間，以至知為非有非無的話，關鍵就在於是否對境
生知。如《玄珠錄》所論「無境則無知，為非有；有境則起念，為非
無。」[58] 正因「知」的有無，決定於「境」的是否存在，所以王氏才

---

52 同上，頁727。

53 同上，頁734。

54 同上，頁727。

55 同上，頁734。

56 因王氏稱「道在有知無知中間」，而此心境共成之一「知」，既為「非有非無」，則
其即為王氏所言之道耳。

57 王玄覽：《玄珠錄》，《正統道藏》，第39冊，卷上，頁724。

58 同上，頁734。

提出了「道在境智中間」的命題，令「境」的概念成為闡明道的特性時，在推論過程中極為重要的一環。

　　武后至玄宗時，道士司馬承禎（西元647-735年）倡「對境忘心」之論[59]，所著《坐忘論》即具言對境忘心之法。[60] 司馬承禎《坐忘論》內針對「境」之修行方法便有：

> 學道之初，要須安坐，收心離境。住無所有，不著一物，自入
> 虛無，心乃合道。[61]

便說明學道須於心境上修證之理。對此《坐忘論》內有進一步發揮：

> 然此心由來依境，未慣獨立，乍無所託，難以自安。[62]

《坐忘論》內闡明此心託依於境的道理之外，又謂：

> 若以合境之心觀境，終身不覺有惡；如將離境之心觀境，方能
> 了見是非。[63]

59　司馬承禎：〈太上昇玄消災護命妙經頌序〉，《全唐文》（北京市：中華書局，1983
　　年），卷924，頁9632。

60　《坐忘論》七篇，或疑非司馬承禎所作，乃趙堅所為。案趙堅即唐人趙志堅，約與
　　承禎同時，亦講對境忘心之道（詳蒙文通：〈道教史瑣談〉，載劉夢溪主編：《廖
　　平・蒙文通卷》，石家莊市：河北教育出版社，1996年，頁671-672；及盧國龍：《中
　　國重玄學》，北京市：人民中國出版社，1993年，頁351-354等考訂）。趙志堅既與司
　　馬承禎同時，則《坐忘論》無論作者誰屬，均足以反映初唐至盛唐期間，道教對
　　「境」觀念之吸納及使用情況。然而作《坐忘論》者，本非只一家（見蒙文通〈道
　　教史瑣談〉引曾慥之說並考論），若謂七篇者必為趙志堅所作，亦無實據。今仍從
　　舊說，依《道藏》及《全唐文》所題撰人，列入司馬承禎名下。

61　司馬承禎：《坐忘論》，《全唐文》，卷924，頁9627。

62　同上。

63　同上，頁9630。

可見即集中發揮以心觀境之理。司馬承禎棲止天台山經年,所倡言「對境忘心」以學道之說,本吸收天台宗止觀之學而來,[64] 論中所提出的「對境」、「觀境」及「離境」等相對於一心的「境」,即為天台宗止觀修持所觀的外境。

　　吳筠(西元?-778年)為玄宗朝負盛名道士,筆下亦多援引「境」的觀念,如〈洗心賦〉「於是遠塵境」[65],〈玄猿賦〉「泯禍福之境」[66],〈神仙可學論〉「心溺塵境」[67],〈玄綱論〉「蹈真境而為仙」[68];「未嘗疲於動用之境」[69];「陶然於自得之境」[70];「以玄虛為境域」[71]。其中的「境」一詞,一方面如「境域」、「禍福之境」、「動用之境」及「自得之境」等,皆沿用魏晉玄學上「境」的概念;而「塵境」與「真境」等,則為六朝以來常見的佛教用語。

　　唐代君主推崇道教者,大抵無過於玄宗李隆基(西元685-762年,西元712-756年在位)。玄宗崇道至於注疏《道德經》,撰有《御注道德真經》及《御制道德真經疏》。從上述作品之中,可見玄宗論道,深受宗「重玄」之說的成玄英、李榮、王玄覽及司馬承禎等人的影響,而對於「境」觀念的重視,亦同於成、李等諸家持論。如注疏中所提及的「造重玄之境」[72],即同於李榮之說。除「重玄之境」外,玄宗

---

64 參見蒙文通:〈道教史瑣談〉,載劉夢溪主編:《廖平‧蒙文通卷》(石家莊市:河北教育出版社,1996年),頁671-672;及何建明:《道家思想的歷史轉折》(武漢市:華中師範大學出版社,1997年12月),頁224-238。

65 吳筠:〈洗心賦〉,《全唐文》,卷925,頁9642。

66 吳筠:〈玄猿賦〉,《全唐文》,卷925,頁9645。

67 吳筠:〈神仙可學論〉,《全唐文》,卷926,頁9650。

68 吳筠:〈玄綱論〉,《全唐文》,卷926,頁9658。

69 吳筠:〈玄綱論〉,《宗玄集》(上海市:上海古籍出版社影印四庫全書本,1992年),〈別錄〉,頁36。

70 同上,頁42。

71 同上,頁44。

72 李隆基:〈道德真經疏外傳〉,《正統道藏》,第19冊,頁732。

注疏《道德經》內涉及「境」概念的，如「日以心鬥，逐境奔馳」[73]；「境無起心之累」[74]；及「若逐境生心，違分傷性。」[75] 均可見玄宗以馳逐於外能起一心者為「境」。又從「欲者性之動，謂逐境而生心也。」[76] 及「雜染塵境，情欲充塞」[77]中，知此一違分傷性、令情欲充塞之「境」實為「塵境」。玄宗要求修道者需「知守真常，則心境虛靜」[78]；及「不染塵境，令心中一無所有」[79]；做到「不為可欲所亂，令心境俱靜，一無所有，則心與道合，入無間矣。」[80] 所謂入「無間」者，玄宗釋云：「無間者，道性清淨，妙體混成。」[81] 依其說只要「心照清淨，塵境不起」[82]，令「空有一齊，境心俱淨」[83]，即能心與道合，而此一道性清淨境界，如《御制道德真經疏》所釋：「法性清淨，是曰重玄」[84]，此亦即玄宗以為「造重玄之境」的修行最高境界。

二　唐代道家與道教理論發展與境觀念的吸納與運用

　　唐代道家與道教中人，大量吸納佛教「境」的觀念於講解道門經典及撰述之中，對其時以至後世都有極大的影響。正因上述提及的以

73　李隆基：《御註道德真經》，《正統道藏》，第19冊，卷1，頁594。

74　同上，卷2，頁605。

75　同上，卷4，頁626。

76　李隆基：《御制道德真經疏》，《正統道藏》，第19冊，卷1，頁639。

77　李隆基：《御註道德真經》，《正統道藏》，第19冊，卷3，頁615。

78　李隆基：《御制道德真經疏》，《正統道藏》，第19冊，卷1，頁597。

79　李隆基：《御註道德真經》，《正統道藏》，第19冊，卷3，頁615。

80　同上。

81　同上。

82　李隆基：《御制道德真經疏》，《正統道藏》，第19冊，卷4，頁669。

83　同上，頁668。

84　同上。

「境」觀念闡釋道家與道教理論諸家，均為其時深具影響力的人物，諸人或如成玄英、李榮等備受君主禮重，多番受徵召；或如司馬承禎等，授法籙於帝王；甚至如玄宗者，本身即貴為人主，以此之故，諸人因政治、宗教或哲學上的特殊地位，而得以廣泛地影響著唐代社會。對於唐代士人來說，一方面這批以「境」論道，出入於山林與宮闕的道家與道教理論諸家，往往廣交天下詞人文士，與士人有廣泛而密切的接觸。如景雲年間（西元710-711年）司馬承禎辭睿宗（西元710-712年）還山，史載「朝中詞人贈詩者百餘人」[85]，又如吳筠本以善著述而知名，《舊唐書》稱其「筠尤善著述，在剡與越中文士為詩酒之會，所著歌篇，傳於京師，玄宗聞其名，遣使徵之。」[86] 又謂其「詞理通達，文彩煥發，每製一篇，人皆傳寫。」[87] 可見諸人如何為文士所重。

另一方面唐代君主出於政治或宗教的需要而多獎崇道教，自高宗、武后以來，歷朝皆禮敬道家與道教中人，此風至玄宗朝而抵於極盛。玄宗崇道，除親為《道德經》注疏外，又下詔「天下每歲貢士，減《尚書》、《論語》策，而加《老子》焉。」[88] 開元二十九年（西元741年）更置崇玄館於京師，諸州置道學，設「道舉」一科。[89] 崇道之風由上而下的情況之下，道家與道教諸家思想，尤其玄宗本人的一套道論，又豈會不對士人構成一定的影響？像天寶十二載（西元753年）獨孤及對詔策，便大量發揮玄宗《道德經》注疏內的思想。[90] 正

---

85 劉昫等撰：《舊唐書》（北京市：中華書局，1987年），卷192，〈隱逸傳〉，頁5128。

86 同上，頁5129。

87 同上，頁5130。

88 杜佑：《通典》（北京市：中華書局，1988年12月），卷15，〈選舉〉3，頁355。

89 杜佑《通典》卷15〈選舉〉內載：「玄宗方弘道化，至二十九年，始於京師置崇玄館，諸州置道學，生徒有差，謂之道舉。」同上，頁356。

90 盧國龍：《中國重玄學》（北京市：人民中國出版社，1993年），第3章，〈重玄學的盛衰轉變與宗趣轉變的歷史背景〉，頁182-183。

因上述的道家與道教思想，對唐代士人有廣泛而深入的影響，而以上所述諸家思想共通之處都在於以「境」論道——從成玄英、李榮的以「境智」觀念闡釋「道德」；到王玄覽的「道在境智中間」；至於司馬承禎的「觀境」以求「了見是非」；以至吳筠所追求的「蹈真境而為仙」；與玄宗所推崇的「造重玄之境」，在在均足以反映自唐初到盛唐期間，在道家與道教理論發展中，對於「境」這概念的致力探索與愈益重視。在以境論道的一套思想中，由於體道不離於境，甚至道即是境，所以對於境的觀照與認識，便成為唐代道家與道教極為關注的問題。從成玄英的觀境發智，李榮的識萬境皆空為智，到王玄覽的對境生知，至於司馬承禎的對境忘心，往往都將體道的重心放在如何對境、觀境，以求境智冥一之上。在上述這一理論影響之下，修道成為對境觀照體認的過程，而選取一寧靜或清淨的境以供觀照，更成為修道過程中不可或缺的一環。以此之故，「境」的觀念在上述道家與道教思想中，事實上佔一極為重要的位置。正因唐代這種以境論道的道家與道教思想的流行，不獨對道家與道教理論的發展有推動建構的作用，同時亦在弘教之中，往往令到「境」的觀念亦隨之而普及，也對唐代士人產生了至為深遠的影響。

第三節　唐代佛教對於境觀念的普遍重視及廣泛使用

正如上文所提到，唐代儒、道兩家所極為重視的「境」這一觀念本來源出自佛教思想。前文在闡述隋唐之際「境」一詞詞義變化及運用上特點時，已對隋唐佛教如何改變「境」一詞詞義及用法的問題加以論析；至於唐代佛教對於「境」觀念的普遍重視及廣泛使用的現象則尚可於此說明。唐代佛教大盛，其時諸宗林立，除隋代以來建立的天台宗及三論宗之外，較顯著者就有禪、華嚴及唯識等各宗。《佛祖

統紀》載湛然（西元711-782年）論中唐以前具影響力的佛教宗派謂：

> 自唐以來，傳衣砵者起於庾嶺，談法界、闡名相者盛於長安。
> 是三者皆以道行卓犖，名播九重，為帝王師範，故得侈大其學，
> 自名一家。然而宗經弘論，判釋無歸。講《華嚴》者唯尊我
> 佛；讀《唯識》者不許他經；至於教外別傳，但任胸臆而已。[91]

所謂「傳衣砵者起於庾嶺」，即下文提到「教外別傳」的禪宗；「談法
界」者，即下文所稱「唯尊我佛」的華嚴宗；而「闡名相」者，則指
下文所提到「不許他經」的唯識宗。如湛然所論，此三者在中唐以
前，皆以「道行卓犖，名播九重，為帝王師範，故得侈大其學，自名
一家。」此三家可謂唐代佛教中的顯學，在這三家思想之中，「境」
的觀念都佔一頗為重要的位置。

一　唯識宗對於境觀念的闡釋與運用

　　唐代玄奘所建立唯識宗學說，基本上繼承印度瑜伽行派的學說。[92]
唯識之說，其說六朝時真諦等已大量翻譯及傳播，玄奘所學上承於真
諦，[93] 如上文所述真諦以「無塵唯識」立說；至玄奘建立唯識宗，亦
以「唯識無境」教人。在《成唯識論》內玄奘便稱：「云何應知實無外
境，唯有內識？」[94] 然而所謂「唯識」者，必不離於「境」（塵），因

---

91 志磐：《佛祖統紀》（《佛藏要籍選刊》本），卷7，〈九祖荊溪尊者湛然〉，頁60-61。

92 詳呂澂：〈中國佛學源流略講〉，《呂澂佛學論著選集》（濟南市：齊魯書社，1991年
　　7月），卷5，頁2723-2729。

93 玄奘與真諦之師資相承，詳湯用彤：《隋唐佛教史稿》（北京市：中華書局，1982
　　年），第4章，〈隋唐之宗派〉，頁145-146。

94 玄奘纂譯：《成唯識論》（上海市：上海古籍出版社影印清刻本，1995年），卷1，頁
　　3。

「境」與「識」二者本來便息息相關。真諦譯《轉識論》便指出：
「能分別即是識，所分別即是境。」[95] 又謂：「無境可取，識不得
生。」[96] 此所以言「識」者，不得離開「境」的概念。唯識學之所以
言「無塵」或「無境」，不過遣去前六識所生外境而已，至於第八識
阿賴耶識所緣的內境，唯識學者是加以肯定的。玄奘所譯《成唯識
論》內，曾論及所以倡言唯識非境的原因：

> 內境與識既並非虛，如何但言唯識非境？識唯內有，境亦通
> 外，恐濫外故，但言唯識。[97]

便清楚解釋所以「但言唯識」的原因，不過在於恐濫心外之境而已。
窺基於《成唯識論述記》內便明確指出：

> 恐心內之境濫心外之境，故但言唯識。[98]

此外在《成唯識論述記》內，窺基又對以上說明補充云：

> 設不慮濫，言唯境亦得，為簡外故，但言唯識。[99]

綜上所述即知，若從內境角度而論，唯識宗所提倡的唯識之學，其實
亦得以「唯境」稱之。正因「識」不離「境」，所以唯識宗極為重視

---

95 真諦譯：《轉識論》，《大正新脩大藏經》，第31卷，瑜伽部下，頁62。

96 同上。

97 玄奘纂譯：《成唯識論》（上海市：上海古籍出版社影印清刻本，1995年），卷10，
　　頁492。

98 窺基：《成唯識論述記》（上海市：上海古籍出版社影印大正藏本，1995年），卷
　　10，頁492。

99 同上。

對「境」這概念的探討。

除了如上文所述，玄奘等對「境」一詞舊譯加以訂正之外，唯識宗又因「境」的不同性質，將之分為「性境」、「獨影境」及「帶質境」等三種。[100] 此外如中唐詩境說內提到的「取境」、「緣境」等問題，唯識宗對之均有詳細的分析。[101] 玄奘上表屢稱所傳之學為「三藏聖教」，太宗亦有〈大唐三藏聖教序〉之賜，玄奘等又譯有〈顯揚聖教論〉，故知玄奘等推尊其所傳者為聖教。「聖教」者，據窺基解釋當為：

> 聖者，正也。心與境冥，智與神會，名之為聖。此所說教，名為聖教。[102]

「聖教」一詞雖普遍見於佛教經典之中，然而唯識宗特點出「心與境冥，智與神會」為聖教特色所在，此中「境」為一重要因素，亦足證唯識宗對於「境」這觀念的重視。

二　華嚴宗對於境觀念的闡釋與運用

華嚴宗對於「境」的觀念亦相當重視，如法藏（西元643-712年）《修華嚴奧旨妄盡還源觀》中，教人「入五止」與「起六觀」之法以

---

100 唯識三境之說，參見《成唯識論了義燈》卷一末；及《宗鏡錄》卷六十八等解釋。

101 如窺基《因明入正理論疏》論「取境」云：「彼心取境，如日舒光，如鉗鉗物，親照境故。」（載石峻等編：《中國佛教思想資料選編》，第2卷，第3冊，頁206。）又其《成唯識論述記》論「緣境」云：「諸識起時，必緣境依根。」窺基：《成唯識論述記》（上海市：上海古籍出版社影印大正藏本，1995年），卷6，頁315。

102 窺基：《成唯識論述記》（上海市：上海古籍出版社影印大正藏本，1995年），卷1，頁124。

求「妄盡心澄」[103]。其中「入五止」即要「能緣智寂，所緣境空。心境不拘，體融虛廓。」[104]而「起六觀」則有「攝境歸心真空觀」，要「由心現境，由境現心。心不至境，境不入心。」[105]又有「從心現境妙有觀」，要「從心現境」，以求得以「依體起用，具修萬行。」[106]並有「心境秘密圓融觀」，要求「今此（案：即心與境）雙融，會通心境。」[107]法藏於此更指出：「境者，謂無礙境，諸佛證之以成淨土。」[108]可見「境」的觀念，在華嚴宗思想中的受到重視。

此外華嚴宗四祖澄觀（西元？－806-821年）[109]於《華嚴法界玄鏡》內，指出「心境兩亡，亡絕無寄」[110]始能見般若。又在《答順宗心要法門》中，以為「悟則法隨於人，人人一致而融萬境。」[111]對於見般若或開悟後之境界，澄觀均從「境」的角度來加以說明。

至於中唐時的華嚴宗五祖宗密（西元780-841年），在《華嚴原人論》內更運用「境」的概念，解釋萬法所以自一心展轉生起之義，謂阿賴耶識「依不覺故，最初動念，名為業相。」[112]而此一念之業

---

103 法藏：《修華嚴奧旨妄盡還源觀》，載石峻等編：《中國佛教思想資料選編》，第2卷，第2冊，頁98-99。按《修華嚴奧旨妄盡還源觀》或以為杜順（557-640）所撰，今據湯用彤《隋唐佛教史稿》第4章〈隋唐之宗派〉內法藏著述考訂，仍入法藏名下。

104 同上，頁103。

105 同上，頁105。

106 同上。

107 同上。

108 同上。

109 按澄觀生卒頗有異說，詳魏道儒：《中國華嚴宗通史》（南京市：江蘇古籍出版社，1998年1月），頁185內考述。今據湯用彤：《隋唐佛教史稿》第4章〈隋唐之宗派〉內考訂，依《宋高僧傳》「以元和年，春秋七十餘」之說。

110 澄觀：《華嚴法界玄鏡》，載石峻等編：《中國佛教思想資料選編》，第2卷，第2冊，頁332。

111 澄觀：《答順宗心要法門》，載石峻等編：《中國佛教思想資料選編》，第2卷，第2冊，頁375。

112 宗密：《華嚴原人論》，載石峻等編：《中國佛教思想資料選編》，第2卷，第2冊，頁393。

相，即分為「心」與「境」：

> 阿賴耶相分所攝，從初一念業相，分為心境之二。心既從細至
> 粗，展轉妄計，乃至造業；境亦從微至著，展轉變起，乃至天
> 地。……據此則心識所變之境，乃成二分：一分即與心識和合
> 成人；一分不與心識和合，即是天地山河國邑。[113]

宗密自稱此說「依內外教理，推窮萬法」[114]，令欲成佛者得以「棄末
歸本，返照心源」[115]，而其說又不離於「境」的概念，可見「境」在
華嚴宗理論中所佔重要地位。至於如湛然所述，以「談法界」見稱的
華嚴宗，「法界」之義依澄觀解釋應為：

> 法界者，一切眾生身心之本體也。從本已來，靈明廓徹，廣大
> 虛寂，唯一真境而已。[116]

依澄觀以上所釋，則華嚴宗之「法界」亦即靈明廓徹之「真境」。又
依澄觀所言「悟真性則空明廓徹，雖即心即佛，唯證者方知。」[117]
所以上述這一靈明廓徹的真境，亦即是證悟真性後的境界而已。至於
所謂「唯證者方知」的空明廓徹真境，宗密注此時便指出：「智與理
冥，境與神會者，方知也。」[118] 由此可知，華嚴宗所追求的「真

---

113 同上，頁394。

114 同上，頁387。

115 同上，頁394。

116 續法：〈法界宗五祖略記〉，載石峻等編：《中國佛教思想資料選編》，第2卷，第2
冊，頁383。

117 澄觀：《答順宗心要法門》，載石峻等編：《中國佛教思想資料選編》，第2卷，第2
冊，頁373-374。

118 見澄觀《答順宗心要法門》所附宗密注。同上，頁374。

境」或「悟真性」，亦即所標榜的「法界」，其實需憑藉於「境」而獲致，於此可以反映「境」的觀念在華嚴宗思想中佔一重要席位。

三　禪宗對於境觀念的闡釋與運用

至於禪宗方面，禪宗有南北之分，以上湛然所稱「傳衣砵者起於庾嶺」者，所指為慧能一系的南宗禪。開元以來南宗禪經荷澤神會（西元684-758年）及其門下闡揚，至中唐初時確然如湛然所述得以「名播九重」能「自名一家」[119]，然而其先北宗禪發展實遠盛於南宗禪，宗密〈禪源諸詮集都序〉載其事云：

> 當高宗大帝，乃至玄宗朝時，圓頓本宗，未行北地，唯神秀禪，大揚漸教，為二京法主，三帝門師，全稱達摩之宗，又不顯即佛之旨。[120]

可見玄宗朝以前，如湛然稱「為帝王師範」者，實為「為二京法主，三帝門師」的「神秀禪」。其修禪之法，依宗密所述為：

> 背境觀心，息滅妄念。念盡即覺悟，無所不知。[121]

宗密所述的這種「背境觀心」的禪法，具體言之其禪修方法如下：

---

119 參見葛兆光：《中國禪思想史》（北京市：北京大學出版社，1995年），第4章，〈重估荷澤宗〉，頁233-246。

120 宗密：〈禪源諸詮集都序〉，載石峻等編：《中國佛教思想資料選編》，第2卷，第2冊，頁434。

121 同上，頁430。

> 遠離憒鬧，住閒靜處，調身調息，跏趺宴默，舌柱上齶，心注
> 一境。[122]

這種背境觀心又心注一境的禪法，其時禪門中修習頗眾。據宗密所
稱，當日修習這種禪法的便包括：「南侁、北秀、保唐、宣什等門
下，皆此類也。」[123] 故知這種「背境觀心」而又「心注一境」的修
禪方式，不獨神秀的一系如此，還包括了弘忍門下的智侁（一作
詵）、保唐、宣什等北宗的多系在內。[124] 依宗密所言，之所以要「背
境觀心」的原因，就在於要令「知外境皆空，故不修外境事相，唯息
妄修心也。」[125] 另一方面，之所以要「心注一境」者，就在於要
「息妄看淨，時時拂拭，凝心住心，專注一境」[126]而已。從上述禪法
「知外境皆空」而「背境觀心」，到「凝心住心，專注一境」的修行
過程中，正反映這種盛行於初、盛唐期間的北宗禪禪法，事實上在在
都是針對「境」而確立。

對於北宗禪而言，「境」無疑是個相當重要的概念；然而對於南
宗禪來說，雖然荷澤神會刻意針對北宗禪上述「凝心住心，專注一
境」的禪法，而以「無念」為宗趣。在〈南陽和尚問答雜徵義〉內神
會便提出：

> 能見無念者，六根無染。見無念者，得向佛智。見無念者，名

---

122 同上。

123 同上。

124 見宗密於〈中華傳心地禪門師資承襲圖〉內所述。宗密：〈中華傳心地禪門師資承
　　襲圖〉，載石峻等編：《中國佛教思想資料選編》，第2卷，第2冊，頁459。

125 宗密：〈禪源諸詮集都序〉，載石峻等編：《中國佛教思想資料選編》，第2卷，第2
　　冊，頁433。

126 同上。

為實相。見無念者，中道第一義諦。[127]

神會因主張「塵境本空」[128]，故此提出「不藉緣生，不因境起」[129]的禪法。然而無論因於境與不因於境的修禪方式，事實上本為一事之兩面，正如神會釋其宗趣「無念」謂：「無念者，即無一境界。」[130]故知荷澤宗的反對因境修道，以至「以無念為宗」者，亦不過針對「境」的觀念立說而已。

南北二宗之外，唐時禪門又有牛頭宗。依宗密之說，牛頭宗主張「心境本寂」[131]，對於心境問題便提出以下析論：

> 心境互依，空而似有故也。且心不孤起，託境方生；境不自生，由心故現。心空即境謝，境滅即心空。未有無境之心，曾無無心之境。[132]

---

127 楊曾文編校：《神會和尚禪話錄》（北京市：中華書局，1996年7月），頁74。又宗密〈中華傳心地禪門師資承襲圖〉亦謂荷澤「唯以無念為宗」。宗密：〈中華傳心地禪門師資承襲圖〉，載石峻等編：《中國佛教思想資料選編》，第2卷，第2冊，頁466。

128 見宗密〈中華傳心地禪門師資承襲圖〉對荷澤宗宗趣之說明。宗密：〈中華傳心地禪門師資承襲圖〉，載石峻等編：《中國佛教思想資料選編》，第2卷，第2冊，頁466。

129 同上。

130 見神會於〈菩提達摩南宗定是非論〉內所述「無念」旨趣。楊曾文編校：《神會和尚禪話錄》（北京市：中華書局，1996年7月），〈菩提達摩南宗定是非論〉，頁39。

131 見宗密〈中華傳心地禪門師資承襲圖〉對牛頭宗宗趣之闡述。宗密：〈中華傳心地禪門師資承襲圖〉，載石峻等編：《中國佛教思想資料選編》，第2卷，第2冊，頁465。

132 案此段對於心境之剖析，本為宗密對禪門三教之「密意破相顯性教」宗旨之說明，因其明確謂「此教與禪門泯絕無寄宗全同」，而「泯絕無寄宗」即「石頭、牛頭，下至徑山」等，如宗密所稱，應「三教如次同前三宗相對，一一證之」，故得以「密意破相顯性教」心境之論，說明牛頭宗對「境」觀念。宗密：〈禪源諸詮集都序〉，載石峻等編：《中國佛教思想資料選編》，第2卷，第2冊，頁434。

牛頭宗雖提倡「心境本寂」，然而從以上析論可以證明，禪門中牛頭一系事實上對於「心」與「境」的關係也有深入的分析，亦足見牛頭宗思想亦著重對於「境」觀念的探討。

　　此外中唐時又有主張「一切皆真」[133]的洪州宗。洪州宗創於馬祖道一（西元709-788年），《宋高僧傳》稱道一修行至於「心與境寂，道隨悟深」[134]的境界。權德輿為道一所撰〈唐故洪州開元寺石門道一禪師塔銘序〉，則稱其開示大旨在於：

　　　　佛不遠人，即心而證。法無所著，觸境皆如。[135]

道一弟子懷暉（西元755-817年），則稱洪州宗心要在於：

　　　　心本清淨而無境者也，非遣境以會心，非去垢以取淨，神妙獨
　　　　立，不與物俱。[136]

道一另一弟子大義（西元745-818年），韋處厚在〈興福寺內道場供養大德大義禪師碑銘〉內謂其教人以：

　　　　無一心可攝，無一境可遣。不攝不遣，冥於大順之言也。[137]

洪州宗這種針對北宗禪「背境觀心」禪法的主張，正如道一指出「凡

133　見宗密〈中華傳心地禪門師資承襲圖〉內對於洪州宗宗趣之說明。宗密：〈中華傳
　　　心地禪門師資承襲圖〉，載石峻等編：《中國佛教思想資料選編》，第2卷，第2冊，
　　　頁465。

134　贊寧：《宋高僧傳》（北京市：中華書局，1987年8月），卷10，頁222。

135　權德輿：〈唐故洪州開元寺石門道一禪師塔銘序〉，《全唐文》，卷501，頁5106。

136　權德輿：〈唐故章敬寺百巖大師碑銘序〉，《全唐文》，卷501，頁5103。

137　韋處厚：〈興福寺內道場供養大德大義禪師碑銘〉，《全唐文》，卷715，頁7352。

所見色，皆是見心。心不自心，因色故有心。」[138] 由於因色見心，所以不但「無一境可遣」，而且「觸境皆如」。換言之，以為佛法應當「即心而證」[139] 的洪州宗，所謂「觸境皆如」者，其實亦需藉「境」以證得佛法。故知在貞元前後聲勢大盛的洪州宗，[140] 對於「境」的概念亦相當重視。

四　三論宗對於境觀念的闡釋與運用

除湛然所舉唯識、華嚴及禪三宗之外，如上文所述，中唐以前對其時文化及思潮深具影響的佛教宗派，尚有三論宗及天台宗。三論宗大盛於隋及唐初之際，[141] 其說亦多涉及「境」的概念，如吉藏（西元549-623年）在《三論玄義》中，稱三論宗之所以別於他宗，即在於「以境智為宗」。[142] 其中所謂「境」者，吉藏解釋為「謂實相之境」[143]。至於所以「境」、「智」並提，原因在於：

> 由實相境發生般若，由般若故萬行得成，即是境智之義。故用境智為宗也。[144]

---

138 見《祖堂集》內所載道一禪法。釋靜、釋筠編撰，吳福祥、顧之川點校：《祖堂集》（長沙市：岳麓書社，1996年），卷14，〈江西馬祖〉，頁304。

139 見權德輿於〈唐故洪州開元寺石門道一禪師塔銘序〉內對道一禪法說明。權德輿：〈唐故洪州開元寺石門道一禪師塔銘序〉，《全唐文》，卷501，頁5106。

140 參見葛兆光：《中國禪思想史》（北京市：北京大學出版社，1995年），第5章，〈禪思想史的大變局〉，頁293-295。

141 參見湯用彤：《隋唐佛教史稿》（北京市：中華書局，1982年），第4章，〈隋唐之宗派〉，頁119-126。

142 吉藏著，韓廷傑校釋：《三論玄義校釋》（北京市：中華書局，1987年8月），卷下，頁220。

143 同上。

144 同上。

吉藏為三論宗的實際創始人，三論宗既「以境智為宗」，依吉藏所論，「境智」者，即「由實相境發生般若」而令萬行得成。三論宗主張由境發智（般若），又以此為其宗趣，亦可見「境」的概念與三論宗旨趣是何等的關係密切。

五 天台宗對於境觀念的闡釋與運用

天台宗創於隋代智顗，到盛唐後期由八祖左溪玄朗（西元673-754年），與九祖荊溪湛然光大其學。尤其到湛然之時，天台煥然中興。梁肅在〈天台法門議〉中便提到：

> 自智者傳法，五世至今，天台湛然大師中興其道。[145]

雖然天台宗影響未必比得上以上提到的各宗，然而在盛唐末至中唐初期間，天台宗對江南地區佛教其他宗派，尤其盛行於江左的律宗，及李華、梁肅等一班江左文士，事實上產生極為巨大的影響。[146] 天台宗依「四念處」禪法修行，「四念處」本為傳自印度禪法，南北朝時僧稠及天台宗三祖慧思皆宗此禪法，[147] 到智顗《四念處》又提出應

---

145 梁肅：〈天台法門議〉，《全唐文》，卷517，頁5256。又《宋高僧傳》〈唐台州國清寺湛然傳〉引梁肅之言云：「明道若昧，待公（湛然）而發。乘此寶乘，煥然中興。」贊寧：《宋高僧傳》，卷6，頁118。

146 參見Edwin G. Pulleyblank, "Neo-Confucianism and Neo-Legalism in T'ang Intellectual Life,755-805," in Arthur F. Wright (ed.), *The Confucian Persuasion* (Stanford: Stanford University Press, 1960), pp.77-114. 現據黃寶華譯〈新儒家、新法家和唐代知識份子的生活〉，載倪豪士編：《美國學者論唐代文學》（上海市：上海古籍出版社，1994年），頁237-297。

147 胡適：〈菩提達摩考〉，《胡適集》（北京市：中國社會科學出版社，1995年），頁107。及湯用彤：《漢魏兩晉南北朝佛教史》（上海市：上海書店影印商務印書館1938年版，1991年12月），頁782-783，論四念處禪法部分。

修究竟實說的「圓極不可思議四念處」禪法，並對此闡釋為：

> 「念」者，觀慧也。……「處」者，境也。……能觀之智，照
> 而常寂，名之為「念」；所觀之境，寂而常照，名之為「處」。
> 境寂智亦寂，智照境亦照。一相無相，無相一相，即是實相。
> 實相即一實諦，亦名虛空佛性，亦名大般涅槃。如是境智，無
> 二無異，如如之境，即如如之智。智即是境，說智及智處，皆
> 名為般若。[148]

可見天台「四念處」禪法要旨，在於令境智不二（如是境智，無二無
異），而天台宗所追求的般若與實相，又於以智照境之中獲得，所以
對於天台宗來說，「境」正為達致中道實相的憑藉。此外智顗弟子灌
頂（西元561-632年）於《天台八教大意》對「境」解釋云：

> 妙心是境，妙智是觀。觀境不二，能照能遮。所言境者，具三
> 諦也。[149]

天台止觀學說核心在於觀心，[150] 如灌頂於《天台八教大意》中所
論，此所觀之心（妙心）即是「境」，而此「境」又同時具足三諦，
換言之天台宗所標舉的「圓融三諦」妙法，可以通過對於「境」的觀
察而達致，以此得知，就構成天台宗思想體系而言，事實上「境」的
觀念是頗為重要的一環。

---

148 智顗：《四念處》，載石峻等編：《中國佛教思想資料選編》，第2卷，第1冊，頁122。
149 灌頂：《天台八教大意》，載石峻等編：《中國佛教思想資料選編》，第2卷，第1冊，頁191。
150 參見潘桂明：《智顗評傳》（南京市：南京大學出版社，1996年2月），第5章，〈圓融三諦學說〉，頁219。

六 律宗對於境觀念的闡釋與運用

　　除上述各宗之外，唐代律宗對於「境」的觀念亦相當重視。盛唐至中唐期間，禪宗與天台宗人兼習律宗之學者蔚為一時風尚；[151] 況且最重要的是，中唐江左的一班詩僧，如靈一、清江、神邕、皎然、靈澈等人，大多是嚴持戒律的僧侶，其中更不乏與律宗有深厚淵源的，像以境論詩的皎然，在師承中便與律宗有直接的承傳關係。[152] 中唐時江左律宗與天台宗關係極為密切，其時江左律宗禪法及佛學思想頗受天台宗影響，[153] 其時不少律宗的僧侶，甚至同時又名預於天台宗弟子之列。[154]

　　如上所述，天台宗極重視「境」的觀念，大抵受天台宗思想的影響，律宗大德不乏對「境」的概念加以討論者，如開元寺律僧辯秀（西元714-780年），皎然在〈唐蘇州開元寺律和尚墳銘序〉內，記辯秀論其所證入道心要在於：

---

151 參見〔日〕柳田聖山：《初期禪宗史書の研究》（京都：法藏館，1967年），第3章，〈南宗の抬頭〉，頁196-202。案：柳田聖山所稱天寶以後江東之「禪律互傳」現象，其中所謂「禪」者，其實包括天台之學在內。

152 參見賈晉華：《皎然年譜》（廈門市：廈門大學出版社，1992年8月），「天寶七載」條下考辨，頁15-19。

153 如杭州餘姚縣龍泉寺律師道一（西元679-754年），李華其撰碑載道一「嘗謂天台觀門，往誓深教，吾所歸也。」以天台法門為依皈。見李華：〈杭州餘姚縣龍泉寺故大律師碑〉，《全唐文》，卷319，頁3234。又如蘇州開元寺律師辯秀（西元714-780年）平日即以天台「一色一香，無非中道」之說教人，可見江左律僧之深受天台學說影響。見皎然：〈唐蘇州開元寺律和尚墳銘序〉，《全唐文》，卷918，頁9565。

154 如越州大曆寺神邕（西元710-788年）傳南山律宗玄儼之學，又名列天台八祖左溪玄朗弟子之中，見《宋高僧傳》，卷17，〈神邕傳〉，頁663。又如越州稱心寺律僧大義（西元691-779年），同時又學於天台玄朗，事見《宋高僧傳》，卷15，〈大義傳〉，頁362。又《佛祖統紀》「左溪旁出世家」之下，即有律僧神邕及大義之名在內，見志磐：《佛祖統紀》，卷10，〈左溪旁出世家〉，頁74-75。

> 以爝火之心，當太虛之境。境非心外，心非境中，兩不相存，
> 兩不相廢。[155]

以上可見對於「境」與「心」的關係，辯秀實有頗為深入的論述，更以此為入道要旨所在，因知中唐江左律僧，對於「境」的觀念亦相當的重視。

第四節　唐代儒釋道三教思想與境觀念的流布

綜上所述可知，唐代儒、釋、道三教均普遍運用「境」的概念去闡釋本身思想或理論。儒、釋、道三教對於有唐一代文化思潮有巨大而深遠的影響，「境」的觀念流行於三教之中，正好說明「境」這觀念在唐代時是如何的普及。雖然到唐代時，魏晉玄學上用於指抽象事物或概念所在的「境」，仍見於深受玄學影響的《周易正義》與吳筠的〈玄綱論〉之內，然而觀乎以上各家有關「境」概念的論述，便可發現唐人筆下所用「境」一詞，主要都和「心」、「識」或「智」等觀念緊密相扣。這種不離於心識，甚至為心識所變的「境」，其實即為六朝以來佛教所賦與的識所取者為境，與境由心現這一「境」的觀念。《禮記正義》所述能變一心的「外境」，與《史記正義》中「來觸於心」及「隨心見之」的「外境」，固然明顯取自佛學上「境」的概念；至於唐代道家與道教思想中所涉及的「境」，像成玄英筆下所稱「妙智」所遊的「虛空之物境」，李榮所述可供「一心攀緣」的「境」，以至王玄覽所主張的「心境互起」，唐玄宗的「逐境生心」等見解，也都是直接採用了佛教「境」的概念。

對於佛教來說，正如前文所指出的，「境」本屬於佛教思想的基

---

155 皎然：〈唐蘇州開元寺律和尚墳銘序〉，《全唐文》，卷918，頁9565。

本觀念，故此其先見於《大毘婆沙論》及《俱舍論》等一類部派佛
教經典之內，以此之故佛教內各宗教義，自然會或多或少地涉及到
「境」的概念。佛教發展到唐代時臻於極盛，值得注意的是，此際的
佛教思想不單只往往涉及到「境」的概念，而且事實上更多對此予以
高度重視。雖然對於「境」的態度，各宗之間的取捨不無出入，然而
無論是否如唯識宗所要求的「境與神會」；華嚴宗的因為「依體起用」
而要「從心現境」；以至北宗禪所提出「專注一境」的修行方式；與
天台宗的認為「妙心是境」，因境具三諦而提倡的觀境以證中道實
相；甚至如三論宗的標榜「以境智為宗」，而主張因境修證，抑或如
荷澤宗的認為修行應該「不藉緣生，不因境起」；牛頭宗的以為「心
境本寂」；洪州宗提倡的「觸境皆如」，而質疑是否應該因境修道──
無論如何「境」成為唐代佛教所共同關注的最大問題。正如馬祖道一
之言，佛法在於「即心而證」，因為證入佛法的關鍵在於針對一心，
故此隋唐以來佛教思想焦點都集中於探討「心」的問題之上。[156] 正
因「心境互依」，所以無論是否認同藉境修道的做法，唐代佛教各宗論
及「心」的問題時，必不離開「境」的觀念，以此之故，「境」成為
唐代以來，佛教修行證性中極其重要的一環。另一方面，上述情況又
不獨見於唐代佛教之中，隨著佛教思想的影響，儒、道兩家分別吸收
佛學「境」的概念，以助說明心物內外之間的關係，亦普遍重視
「境」對於修持心性中所起的關鍵作用。像《禮記正義》與《史記正
義》中，以「外境」說明「心」之所變、所動與所感，從而說明禮樂
對於造就人善心善性的重要；成玄英以「境智相會」為「道德」，李
榮以「重玄之境」說明「大道」，王玄覽指「道在境智中間」，司馬承
禎認為要對境、觀境以「了見是非」等等，均可說明「境」的觀念，
同時成為唐代儒、道二教思想體系中極為重要的概念。

---

156 參見任繼愈主編：《中國哲學發展史（隋唐）》（北京市：人民出版社，1994年5月），
　　頁214，頁224及頁346-347等，論隋唐佛教各宗共同特色在愈益著重心性論部分。

　　總括來說，唐代「境」的觀念普遍流行，成為三教所共同關注的焦點，「境」的重要地位提升到前所未有的程度，這與唐代——尤其中唐之際，對於心性觀念的致力探討，成為時代思潮主流的情況是分不開的。[157] 正因從初唐到中唐之間心性之說大行，令「境」的觀念在社會上愈益普及，從上文所述便清楚可見，唐人言論中涉及「境」觀念者甚為普遍，儒釋道三教中人之言「境」，或以之觀心，或以之發智，或講求境智冥一，或講求心境俱遣，或說觸境皆如，或說心境皆幻。上自君主與王公大臣，下至於僧道與山林隱逸，往往侈言心境之說，佛道中人固然以之說法談禪，甚至連經史學家亦以之疏釋典籍。朝野之間，言心言境之說蔚為風尚，「境」的觀念隨著這一時代思潮的普及，而得以從宗教與哲學層面，進入到文學、書法、繪畫、園林建築等藝術領域之中。亦唯其在這一風氣影響之下，中唐時才有著重於探討「境」及心識等與詩歌創作間關係的詩境說出現。

---

157 參見任繼愈《中國哲學發展史（隋唐）》內，論唐代三教致力探索心性問題部分。
　　任繼愈主編：《中國哲學發展史（隋唐）》，頁347。

第四章
中唐詩境說的形成

第一節　中唐之先的以境論藝與文學範疇中境的運用

如上所述，唐代「境」的觀念普遍流行於社會之上。無論是儒學所極為關注的人性問題；或是道家、道教所著重探討的道德概念；抑或佛教所致力探討的證入佛性要求，在唐代時三教同樣以「境」的觀念來說明或解答上述的問題，由此亦可見唐人對「境」的重視。正由於「境」觀念的普及，於是「境」的概念逐漸從宗教與哲學層面，進入到書法、音樂、繪畫、園林建築與文學等藝術領域之中。

一　漢魏六朝以來的以境論藝

若僅從字面上看，「境」一詞之進入藝術領域並不始自唐代。文人筆下談論藝術而涉及「境」一詞的，在唐代之前就有相傳為東漢時蔡邕（西元133-192年）所作論書道的《九勢》：

> 此名九勢，得之雖無師授，亦能妙合古人。須翰墨功多，即造妙境耳。[1]

若此段文字屬實，則遠自漢代時已有以「境」論書道之說。然而正如

1　相傳蔡邕撰〈九勢〉，載潘運告編著：《漢魏六朝書畫論》（長沙市：湖南美術出版社，1997年1月），頁45。

前文考證，「境」一詞漢代多指邊境而已；況且此篇最早僅見於宋代
《書苑菁華》所輯錄[2]，而以上一段文字不過附於篇末低二格排列，
推其當為後世編者所加而已。[3]

目前文獻中考見早期以境論藝的資料，其一為嵇康（西元223-
262年）〈聲無哀樂論〉中論樂音與人心所感關係的一段，其中便曾用
到「境」一詞：

> 五味萬殊而大同於美，曲變雖眾亦大同於和。美有甘，和有
> 樂，然隨曲之情，盡於和域；應美之口，絕於甘境，安得哀樂
> 於其間哉？[4]

另一條提到「境」一詞的，為南齊時王僧虔（西元419-503年）在
《論書》中對於書法討論的一段文字：

> 謝靜、謝敷，並善寫經，亦入能境。[5]

前一條〈聲無哀樂論〉中所論，因「甘境」與「和域」為對文，可見
嵇康所用「境」一詞涵義，用於指抽象事物所在，不過為魏晉玄學上
所用的「境」之意。後一條王僧虔《論書》中這段材料，敏澤在《中
國文學理論批評史》內論魏晉南北朝〈文學理論批評中產生的新概
念〉部分，提出佛教「境」或「境界」的觀念「影響到了當時的文學

---

2 參見潘運告編著：《漢魏六朝書畫論》（長沙市：湖南美術出版社，1997年1月），
〈蔡邕書論解題〉，頁37。

3 同上，頁48，注20內編者所考訂。

4 嵇康：《嵇中散集》，《四部叢刊初編》縮印本（上海市：商務印書館，1936年），卷
5，〈聲無哀樂論〉，頁26下。

5 王僧虔：《論書》，載嚴可均編：《全上古三代秦漢三國六朝文》（北京市：中華書局，
1958年12月），《全齊文》，卷8，頁2838。

藝術理論，在文論和畫論中沒有被提到，書法理論中卻明確地提到了的。」[6] 便舉王僧虔此條資料為證，並且進一步指出：

> 到唐代，這一理論才被文學藝術理論廣泛地運用。如皎然在《詩議》中提出的「境象」說，劉禹錫所說的「境生象外」，境象，即形象化的境界或境界的形象化，這一理論後來為許多人所繼承和發揮，成為我國文學藝術理論中很有影響的概念之一。[7]

可見敏澤將王僧虔《論書》所用「境」的概念，等同於唐代皎然、劉禹錫等人所提出的詩境觀念。

　　王僧虔這條資料的「境」字，一本作「品」，[8] 所以是否可以此說明唐代詩歌中「境」的理論，早於六朝書法藝術理論之中用到，其實尚可斟酌。況且「亦入能境」一語，顯然受魏晉玄學及其時佛學用語影響而來，郭象注《莊子》便有「必入於無非人之竟矣」[9] 的說法；此外在《楞伽經》內，亦提到「入三解脫門境界」[10]。王僧虔這條資料內「境」或「境界」的涵義，仍然為六朝時玄學及佛教思想中解作領域或分限之意。加上在同一篇之中，王僧虔稱謝安書藝「亦入能流」[11]，又稱謝靈運書藝「亦得入能流」[12]。其中的「入能流」與

6　敏澤：《中國文學理論批評史》（北京市：人民文學出版社，1981年5月），頁137。

7　同上。

8　宋代《書苑菁華》卷11所錄此篇，「境」即作「品」。轉引自潘運告編著：《漢魏六朝書畫論》，頁163。

9　郭象注，成玄英疏：《南華真經》（《四部叢刊初編》縮印本），第31冊，卷3，頁62。

10　求那跋陀羅譯：《楞伽經》，《佛藏要籍選刊》（上海市：上海古籍出版社，1994年3月），卷2，頁1093。

11　王僧虔：《論書》，載嚴可均編：《全上古三代秦漢三國六朝文》（北京市：中華書局，1958年12月），《全齊文》，卷8，頁2838。

12　同上。

「入能境」，甚或「入能品」，三者大抵上意義皆相若，曰「流」曰
「境」或「品」者，皆指其造詣所及，就品第高下而言耳。《南齊
書》載王僧虔誡子，便有「汝年入立境」之說。[13] 可見「入」某
「境」者，為六朝時說明人能達至於某一程度或層次之習用語。明乎
此，則知王僧虔此條資料所用「境」的概念，仍為魏晉玄學及受玄學
影響的佛教所用的觀念，與中唐詩境說所致力探討的關乎心識甚至由
心所現這一「境」的概念，其實有一定的分別。

　　大抵六朝時文人筆下所用的「境」，多採用上述指範圍、域內，
或程度、分限的涵義。如稍後於王僧虔的劉勰（西元約465-521？
年），於所撰《文心雕龍》之中便兩次用到「境」一詞，這兩處分別
是見於卷八的〈詮賦〉以下一段：

　　　　於是荀況〈禮〉、〈智〉，宋玉〈風〉、〈釣〉，爰錫名號，與
　　　　〈詩〉畫境。[14]

還有就是卷十八的〈論說〉內以下的一節：

　　　　然滯有者全繫於形用，貴無者專守於寂寥，徒銳偏解，莫詣正
　　　　理。動極神源，其般若之絕境乎！[15]

首條〈詮賦〉內「與〈詩〉畫境」中的「境」，為畛域、分野之意，採
用的是先秦兩漢以來「境」所解作界域的意思。次條〈論說〉內所提

---

13 蕭子顯：《南齊書》（北京市：中華書局，1972年1月），卷33，〈王僧虔傳〉，頁598。

14 劉勰著，詹鍈義證：《文心雕龍義證》（上海市：上海古籍出版社，1989年8月），卷
　 8，〈詮賦〉，頁277。

15 同上，卷18，〈論說〉，頁692。

到的「般若之絕境」，指用思極深而得以證入之地，[16] 亦即劉勰在《滅
惑論》中所稱「般若之教」的「聖境」[17]，也就是指佛教（般若之教）
智慧所抵達的最高層次。其中「境」一詞涵義，亦為魏晉玄學，及早
期吸納玄學術語的佛教所常用解作程度範圍或分限的「境」之意。

二　初盛唐以來文學領域中境一詞的運用

上述「境」的這種用法，到唐代時一直為人所沿用。尤其中唐以
前，文士之間在文章詩賦中所用「境」一詞涵義，往往即為六朝以來
解作範圍處所，或程度分限的意思。像王勃（西元648-675年）在〈九
成宮東臺山池賦〉中形容九成宮東臺為「金臺妙境」[18]；張說（西元
667-730年）〈岳陽石門墨山二山相連有禪堂觀天下絕境〉一詩中，[19]
題中稱禪堂所觀為「絕境」，又〈遊湣湖上寺〉「何知絕世境」[20]，〈同
王僕射山亭餞岑廣武羲得言字〉「琴爵留佳境」[21]，〈清明日詔宴寧王
山池賦得飛字〉「佳境惜芳菲」[22]；張九齡（西元678-740年）〈城南隅
山池春中田袁二公盛稱其美夏首獲賞果會夗言故有此詠〉「憶昨聞佳
境」[23]；李白（西元701-762年）〈奉餞十七翁二十四翁尋桃花源序〉

---

16 參照范文瀾《文心雕龍注》本篇「動極神源」下注釋。載詹鍈：《文心雕龍義證》，
　　卷18，〈論說〉，頁693。

17 劉勰：〈滅惑論〉，載石峻等編：《中國佛教思想資料選編》，第1卷，頁323。

18 王勃：〈九成宮東臺山池賦〉，《全唐文》（北京市：中華書局，1983年），卷177，頁
　　1798。

19 張說：〈岳陽石門墨山二山相連有禪堂觀天下絕境〉，《全唐詩》（北京市：中華書局，
　　1985年），卷86，頁933。

20 張說：〈遊湣湖上寺〉，《全唐詩》，卷87，頁954。

21 張說：〈同王僕射山亭餞岑廣武羲得言字〉，《全唐詩》，卷87，頁949。

22 張說：〈清明日詔宴寧王山池賦得飛字〉，《全唐詩》，卷86，頁925。

23 張九齡：〈城南隅山池春中田袁二公盛稱其美夏首獲賞果會夗言故有此詠〉，《全唐
　　詩》，卷49，頁605。

「脫落神仙之境」[24]，及〈夏日陪司馬武公與群賢宴姑熟亭序〉「蓋為接輨軒祖遠客之佳境也」[25]；裴迪（西元716-？年）〈青龍寺曇壁上人院集〉「靈境信為絕」[26]。諸人筆下所稱登臨遊宴的池臺寺院宮觀，或謂「妙境」，或謂「絕境」、「絕世境」，或謂「佳境」，或謂「靈境」，或謂「神仙之境」，諸篇名目雖不一，然而其中「境」一詞所指，大抵皆不離境域或所在之意。

至於「境」一詞與文學相關涉的，如楊炯（西元650-約692年）〈晦日藥園詩序〉「混榮辱於是非之境」[27]，及〈群官尋楊隱居詩序〉「乃相與旁求勝境」[28]。楊氏所稱「是非之境」，顯然沿用魏晉玄學所用的「境」；而「勝境」即上文所提及的佳境。在楊炯兩篇詩序中，雖然其中所用的「境」，或涉及詩人的修養，或指有利於詩歌創作的林野幽勝之地，但與文學的關係都是較間接的。至於採用上述「境」的觀念而又直接與詩文有關的，其先有沈佺期（西元？-713年）在〈傷王學士序〉中所述的：「屬文豪翰，吟諷所得，時會絕境。」[29]稍後張說在〈洛州張司馬集序〉中有：「萬象鼓舞，入有名之地；五音繁雜，出無聲之境。」[30]又杜甫（西元712-770年）在〈故右僕射相國張公九齡〉詩中，又有「乃知君子心，用才文章境。」[31]沈佺期稱王赦詩文「時會絕境」，「絕境」的意思與《文心雕龍》稱論說抵於「般若之絕境」之意相若，皆謂其造詣達於最高層次。張說的「無聲之境」既與「有名之地」相對，可知「境」亦指所詣層次或領域之

---

24 李白：〈奉餞十七翁二十四翁尋桃花源序〉，《全唐文》，卷349，頁3541。

25 李白：〈夏日陪司馬武公與群賢宴姑熟亭序〉，《全唐文》，卷349，頁3537。

26 裴迪：〈青龍寺曇壁上人院集〉，《全唐詩》，卷129，頁1312。

27 楊炯：〈晦日藥園詩序〉，《全唐文》，卷191，頁1927。

28 楊炯：〈群官尋楊隱居詩序〉，《全唐文》，卷191，頁1928。

29 沈佺期：〈傷王學士序〉，《全唐詩》，卷95，頁1026。

30 張說：〈洛州張司馬集序〉，《全唐文》，卷225，頁2275。

31 杜甫：〈故右僕射相國張公九齡〉，《全唐詩》，卷222，頁2355。

意。至於杜甫所稱張九齡的能夠「用才文章境」，則指張氏能馳騁其
才於文章之域。其間「境」字的用法，正與〈聲無哀樂論〉「絕於甘
境」的「境」相同，均指所屬範疇或閫域。

　　雖然以上資料中與詩文有關的「境」一詞用法，與中唐詩境說所
致力探討與創作構思關係密切的「境」尚有分別，不過從上述例子
中，可以證明「境」一詞的應用範疇，自初、盛唐以來已漸次擴大至
於文學領域方面。

　　在「境」觀念普及之下，唐代文人不但在筆下經常涉及「境」一
詞，而且更進一步以此論述詩文。這一情況，在盛唐後期至中唐初期
更愈趨普遍，而且又每集中於詩歌論述方面。如殷璠（生卒不詳，玄
宗時人[32]）《河嶽英靈集》卷上評王維：

> 維詩詞秀調雅，意新理愜，在泉為珠，著壁成繪，一句一字，
> 皆出常境。[33]

高仲武（生卒不詳，德宗時人[34]）《中興間氣集》卷上稱讚李嘉祐詩之
造詣：

> 設使許詢更生，孫綽復出，窮思極筆，未到此境。[35]

32　案殷璠於開元末至天寶初編成《丹陽集》（詳傅璇琮主編：《唐人選唐詩新編》，西
　　安市：陝西人民教育出版社，1996年7月，《丹陽集・前記》考訂，頁77-78），又於
　　《河嶽英靈集》序謂「開元十五年後聲律風骨始備矣，實由主上惡華好樸。」其中
　　「主上」即指玄宗，故知其為開元、天寶時人。

33　殷璠：《河嶽英靈集》，載傅璇琮主編：《唐人選唐詩新編》（西安市：陝西人民教育
　　出版社，1996年7月），頁128。

34　參見傅璇琮主編：《唐人選唐詩新編》（西安市：陝西人民教育出版社，1996年7
　　月），《中興間氣集・前記》考訂，頁451。

35　高仲武：《中興間氣集》，載傅璇琮主編：《唐人選唐詩新編》（西安市：陝西人民教
　　育出版社，1996年7月），頁472。

又於卷下評李季蘭詩云：

> 如「遠水浮仙棹，寒星伴使車」，蓋五言之佳境也。[36]

同卷評張南史又云：

> 張君弈碁者，中歲感激，苦節學文，數年間稍入詩境。如「已被秋風教憶鱠，更聞寒雨勸飛觴」，可謂物理具美，情致兼深也。[37]

《河嶽英靈集》成書於天寶末以後[38]，《中興間氣集》則編於貞元初年[39]，兩集共通之處就在於同樣以「境」論詩，這正可反映盛唐後期至中唐初年之間，以「境」的概念來論詩經已逐漸成為文苑中的一種風氣。對於殷璠等以境論詩的做法，林衡勛在《中國藝術意境論》中指出：

> 意境（境）概念的運用，在盛唐應不是孤立的理論現象，除了

---

36 同上，頁506。

37 同上，頁512。

38 書中殷璠自稱所選詩「起甲寅，終癸巳」，「癸巳」即天寶十二載（西元753年），則《河嶽英靈集》成書更在此後也。雖然「癸巳」二字《文苑英華》作「乙酉」（天寶四載〔西元745年〕），但因書中所收不乏乙酉以後之作，故當以癸巳為是。詳見傅璇琮主編：《唐人選唐詩新編》（西安市：陝西人民教育出版社，1996年7月），《河嶽英靈集‧前記》考訂，頁102。

39 高仲武於《中興間氣集》自序云：「唐興一百七十載」，以唐立國一百七十年下推，其時正為貞元初。詳見傅璇琮主編：《唐人選唐詩新編》，《中興間氣集‧前記》考訂，頁451。又《中興間氣集》編於貞元初，其時已入中唐，但因高氏是編深受《河嶽英靈集》影響（詳《唐人選唐詩新編》內《中興間氣集‧前記》所論），二者體例、觀點與用語頗有相承之處，故與《河嶽英靈集》一併同論。

王昌齡外，應還有他人，至少就應有比王氏後些的殷璠。殷氏在《河嶽英靈集》中評王維詩時說過：「一字一句，皆出常境」。「出常境」也就是意境。[40]

林氏認為殷璠在《河嶽英靈集》中稱王維詩「皆出常境」，其中的「出常境」即是「意境」，又以之等同王昌齡所用的「意境」或「境」概念。張少康及劉三富在《中國文學理論批評發展史》中，對殷璠「出常境」的意思，更詳細解釋為：「指詩歌中所體現的那種無法用語言文字來表達的境界。」[41]　並認為殷璠此處所論到的「詩境」，與後來的詩境說有直接的關係：

> 不僅直接和王昌齡的「詩境」說有異曲同工之妙，而且對唐代詩歌意境理論的發展，產生了深刻的影響，後來劉禹錫的「境生於象外」說和司空圖的「象外之象」、「景外之景」說，都可以說是脫胎於此的。[42]

此外，張晧在《中國美學範疇與傳統文化》之內，更同時將殷璠評王維詩「皆出常境」，及高仲武評李季蘭詩「蓋五言之佳境」，與皎然「詩情緣境發」中所提到的「境」相提並論，同時歸入「從佛境到詩境」之列[43]，並指此一「境」為「藝術家在想像中創造的，欣賞者可以心領神會的審美境界。」[44]

---

40 林衡勛：《中國藝術意境論》（烏魯木齊市：新疆大學出版社，1993年），第4章，〈意境理論系統的初構〉，頁305。

41 張少康、劉三富：《中國文學理論批評發展史》（北京市：北京大學出版社，1995年6月），上冊，第11章，〈初盛唐的文學理論批評〉，頁318。

42 同上，頁319。

43 張晧：《中國美學範疇與傳統文化》（武漢市：湖北教育出版社，1996年），第12章，〈境：神之域〉，頁230。

44 同上。

　　然而事實上無論《河嶽英靈集》或是《中興間氣集》，其中所用
「境」一詞的涵義，其實都並未超越上文所述，六朝以來「境」解作
範疇或程度之意。當中尤其明顯的是，高仲武評李嘉祐詩時所提到的
「未到此境」，其中的「境」便是指範疇或程度而言；至於殷璠評王
維詩「皆出常境」，其中的「出常境」一詞，不過指其能超乎尋常格
局而已，本與中唐詩境說所提倡緊扣創作構思的「境」觀念不同。至
於高仲武評李季蘭詩「蓋五言之佳境」，「佳境」一詞早見於《世說新
語》，在〈排調〉內便提到：「顧長康噉甘蔗，先食尾。問所以，云：
『漸至佳境』。」[45] 其中的「佳境」便是佳處。此外上文所舉初唐至
盛唐以來文人，如張說、張九齡及李白等人，便屢以「佳境」一詞形
容所登臨遊宴的池臺或寺院。

　　至於高仲武評張南史詩的一條資料，因為其中直接提到「詩境」
一詞，所以最值得注意。從「稍入詩境」一語來看，由於「詩境」之
前有「入」字，所以可以判斷其中「境」字指域限或範疇，與上文提
及郭象《莊子注》或《楞伽經》的入於某「境」或「境界」用法正相
同。若對照於王僧虔所說的「入能境」或「入能品」，以至「入能
流」的話，可見所謂「入詩境」者，不過指張南史之詩能入於詩流而
已。由於張氏本非詩人，全憑數年之間苦節學文，其詩才得以預於詩
流之列，是以高氏才有「稍入詩境」之說。就詞義而論，其中所用
「詩境」一詞，顯然並非如上述學者所指，屬於詩人在想像中所創造
的藝術審美意境。

　　雖然如前文所論，佛教指心識所分別對象這一「境」的概念，在
中唐之前普遍流行於社會之上，不過從上述所舉各條例證之中，正可
說明從六朝到唐代，縱使不乏以境論藝及以境論詩的理論或說明，證
明「境」一詞逐漸普及用於書法、音樂、園林建築及文學等藝術領

---

45 劉義慶撰，劉孝標注，余嘉錫箋證：《世說新語箋證》（北京市：中華書局，1983
　年），下卷下，〈排調〉，頁819。

域，而且發展到盛唐後期至中唐初年時，更多用於評論詩歌方面，然
而中唐之前甚至中唐初年，如沈佺期、殷璠及高仲武等人的以境論
詩，其中「境」的概念，主要仍為魏晉玄學或受其影響的佛教所用
「境」的概念。即使在詩歌的評論當中，已經出現了「詩境」一詞，
但所指的仍非大曆、貞元間皎然等人所提出的，與詩歌創作構思及心
理活動緊密相關的「詩境」觀念。正如孫昌武在〈佛的境界與詩的境
界〉一文中所指出的，在皎然之前，以「境」論詩的雖有殷璠和高仲
武，但殷璠評王維詩的「皆出常境」，和高仲武評李嘉祐的「未到此
境」，其中所用的「境」概念，不過「都是在『境地』、『境況』的含
義上運用這個概念的。」[46] 所以雖然中唐之前已有以境論詩之說，甚
至有「詩境」一詞的出現，然而真正涉及詩境問題，針對詩歌創作過
程中關乎詩人目中所見，心中所想的詩境，以至探討作品中所表現的
詩歌藝術境界等理論，事實上在殷璠與高仲武等人的評論當中，可以
說是並未正式觸及。真正深入探討詩境問題的相關理論，大抵要到進
入中唐以後，才普遍出現於文士筆下及詩歌創作理論之內。

第二節　中唐詩境說的出現

正如上文所提到的，中唐之前的以境論詩之說，嚴格而言其實往
往並未真正涉及詩境理論的問題。對於唐代在何時才出現詩境理論的
問題，學者間的看法並不一致。一般學者多認為最先提出詩境理論的
是盛唐時的王昌齡。像王運熙與楊明所撰《隋唐五代文學批評史》，在
評述王昌齡詩論時便指出：「不妨說他是意境說的一個先驅者」[47]，周

46　孫昌武：〈佛的境界與詩的境界〉，載南開大學中文系古典文學教研室編：《意境縱
　　横探》（天津市：南開大學出版社，1986年），頁1。

47　王運熙、楊明：《隋唐五代文學批評史》（上海市：上海古籍出版社，1994年10
　　月），第2章，〈盛唐的詩歌批評〉，第1節，〈王昌齡〉，頁209。

裕鍇《中國禪宗與詩歌》則指「首先提出『意境』概念並從意境角度論述詩歌的構思的是署名王昌齡（698-757？年）的《詩格》。」[48] 林衡勛《中國藝術意境論》亦稱「最先在詩論中運用意境（境）概念的，是盛唐的王昌齡。」[49] 黃景進在〈唐代意境論初探〉中更明確指出：「以『境』論詩，公認始於盛唐詩人王昌齡。」[50] 不過，也有學者對此持不同的看法，孫昌武在〈佛的境界與詩的境界〉一文中就提出：「我國古代以『境』論詩，從唐代詩僧皎然開始。」[51] 此外，王達津在〈意境說與陶淵明、權德輿〉一文中，又提出另一種說法，認為「從今存文字來看，首先明確提出意境說的正是權德輿。」[52]

在上述三種說法之中，首先涉及到的是詩境說所出現的時代問題——若最先提出詩境說的為王昌齡，則這種詩論當屬於盛唐所有；若最先提出的是皎然或權德輿的話，則詩境說的出現當在中唐之時。其中主張權德輿首先提出的說法，其實出於字眼上的斟酌而來。王達津在同篇中便提到：「意境說在中唐，實與禪宗心境說相關聯，自皎然始，至權德輿講的就更明白了。」[53] 可見王氏心目中在中唐時的「意境說」應始於皎然，之所以不以皎然為首，不過由於王氏以為「意境」一詞，最先見於權德輿文論而已。[54] 所以倘若並非針對字眼

---

48 周裕鍇：《中國禪宗與詩歌》（上海市：上海人民出版社，1992年7月），第4章，〈空靈的意境追求〉，頁129。

49 林衡勛：《中國藝術意境論》（烏魯木齊市：新疆大學出版社，1993年），第4章，〈意境理論系統的初構〉，頁304。

50 黃景進：〈唐代意境論初探〉，載淡江大學編：《文學與美學》（臺北市：文史哲出版社，1991年），頁146。

51 孫昌武：〈佛的境界與詩的境界〉，載南開大學中文系古典文學教研室編：《意境縱橫探》（天津市：南開大學出版社，1986年），注釋1，頁16。

52 王達津：〈意境說與陶淵明、權德輿〉，載南開大學中文系古典文學教研室編：《意境縱橫探》（天津市：南開大學出版社，1986年），頁127。

53 同上，頁130。

54 同篇又指出：「權德輿這一篇文章（案：指〈左武衛曹許君集序〉）不但首先把意境二字連起來，實際上也是概括了他同時先後人的理論在內。」王達津：〈意境說與

的話，從整體意義上來說，王氏其實亦認為這種詩境說在中唐當「自
皎然始」。

　　事實上王昌齡（西元698-756？年）、皎然（西元720-798？年）
和權德輿（西元759-818年）等三人所處身的年代十分接近。王昌齡
於開元末至天寶初出任江寧丞，[55] 而皎然早歲曾住江寧長干古寺多
年，[56] 即未得親見王昌齡其人，於王氏詩論亦應有所聽聞；[57] 至於
權德輿本人，則更與皎然有直接往來。若以時代而論，三者所處時代
縱不能謂之完全等同，亦可謂之先後相接，學者之所以要明確分出提
倡詩境理論的先後，因為其實背後又牽涉到關乎唐代詩歌理論發展源
流的問題。王運熙與楊明所撰《隋唐五代文學批評史》便指王昌齡針
對構思取境的詩歌理論「對後來詩歌意境說的形成，產生了重要的作
用。」[58] 又在評述皎然詩論時提出：「皎然的詩論，深受王昌齡的影
響。」[59] 並且具體指出其間關係：

　　　　王昌齡很重視詩境。他提出詩人目擊外物時，「便以心擊之，
　　　　深穿其境。」他還提出了物境、情境、意境等三種境。境是指
　　　　詩人在構思過程中頭腦中湧現的意象和境界。皎然所謂取境，

　　陶淵明、權德輿〉，載南開大學中文系古典文學教研室編：《意境縱橫探》（天津
　　市：南開大學出版社，1986年），頁129。

55　見傅璇琮主編：《唐才子傳校箋》（北京市：中華書局，1989年），第1冊，卷2，頁
　　255-256有關王昌齡生平考證。

56　詳見賈晉華：《皎然年譜》（廈門市：廈門大學出版社，1992年8月），「天寶三載」
　　條下考證，頁11。案皎然於〈答李侍御問〉詩中，自言「入道曾經離亂前，長干古
　　寺住多年。」則據此僅知其住於江寧多年，是否確為天寶三載（西元744年），賈譜
　　亦無實據，若更早於此年，恐其時王昌齡尚在江寧丞任內。

57　參見王夢鷗：〈試論皎然《詩式》〉，載王夢鷗：《古典文學論探索》（臺北市：正中
　　書局，1984年2月），頁301。

58　王運熙、楊明：《隋唐五代文學批評史》（上海市：上海古籍出版社，1994年10
　　月），第2章，〈盛唐的詩歌批評〉，第1節，〈王昌齡〉，頁221。

59　同上，第3節，〈皎然〉，頁338。

也是指詩人在構思時如何構造意象和境界，當也是受王氏影響。[60]

可見所以得出皎然詩境說受王昌齡影響的結論，正建基於王昌齡先於皎然提出詩境理論的大前提下而有。然而孫昌武在〈論皎然《詩式》〉一文中卻提出全然相反的說法：

> 皎然《詩式》做為第一部較系統地闡發「意境」說的詩論，開此後境界、興象、神韻一派詩歌理論的先河。在中唐出現的託名王昌齡的《詩格》中講到三境：物境、情境、意境，就借鑒了皎然「取境」說。[61]

孫氏這一說法，可謂與王運熙等人的見解完全相反。孫氏皎然詩境理論為《詩格》所借鑒的結論，實建基於上述「以境論詩從唐代詩僧皎然開始」的觀點而有。可見唐人提出詩境說的先後問題，事實上直接影響著對唐代詩歌理論甚至詩境說源出與發展問題的判斷，所以不少學者都著意於說明這一問題。

一　詩境說的提出

　　學者之間所以會對提出詩境說的先後問題意見分歧，相信主要由於在王昌齡詩論材料的真偽問題上彼此持不同看法所做成。正如本文於導論中所指出，舊題王昌齡之論詩著作真偽問題，現時學術界尚未有一致的看法。上述提到認為王昌齡最先提出詩境理論的學者，即多

---

60 同上。

61 孫昌武：《唐代文學與佛教》（西安市：陝西人民出版社，1985年8月），〈論皎然《詩式》〉，頁197。

基於肯定現時所見有關材料，皆出於王昌齡本人而得出以上結論。[62]
反之，孫昌武以為皎然首先提出詩境說，則建基於認為今本題為王昌
齡所撰《詩格》，不過出現於中唐時的託名之作。

　　關於王昌齡詩論的真偽問題，前文經已交代。至於傳世題為王氏
詩論與皎然詩說的成書年代先後問題，正如前文所論，現存於《文鏡
秘府論》內，不少學者認為屬於王昌齡詩論的材料，及傳世題為王昌
齡撰的《詩格》、《詩中密旨》等，尚無確據證明實屬王昌齡所撰。不
過，可以肯定的是《文鏡秘府論》中所收，旁注「王氏論文云」的有
關詩境論述材料，撰述年代必不晚於元和元年（西元806年）空海返
國之時。觀乎《文鏡秘府論》所錄文論編次，王氏論文部分皆置於皎
然詩論之前；又《文鏡秘府論》南卷〈論文意〉所錄「王氏論文云」
下云：

　　　古詩云：「日出而作，日入而息，鑿井而飲，耕田而食。」當
　　　句皆了也。[63]

其說又見於皎然《詩式》之中：

　　　王昌齡云：「『日出而作，日入而息』。謂一句見意為上。」[64]

從上述皎然稱引王昌齡詩論可見，《文鏡秘府論》所錄「王氏論文

---

62 黃景進持論與王運熙等人稍異，以為傳世之王昌齡詩說，並非王氏本人著述，為當
　　時訪客所記而彙集成編。其說雖以為並非王氏手筆，但意見則出自王氏。詳黃景
　　進：〈唐代意境論初探〉，載淡江大學編：《文學與美學》（臺北市：文史哲出版社，
　　1991年），頁147。
63 〔日〕空海撰，王利器校注：《文鏡秘府論校注》（北京市：中國社會科學出版社，
　　1983年7月），南卷，〈論文意〉，頁278。
64 皎然：《詩式》，張伯偉編校：《全唐五代詩格校考》（西安市：陝西人民教育出版社，
　　1996年7月），卷2，〈池塘生春草、明月照積雪〉，頁239。

云」持論，與皎然《詩式》所錄兩者字句雖稍異，[65] 然而自文意及用語推斷，《文鏡秘府論》所引「王氏論文」之說，為皎然所見則頗明確。綜此而論，《文鏡秘府論》中所錄王氏文論出現的年代，當尚在皎然詩論之前。《文鏡秘府論》所錄「王氏論文」或與此有關者，[66] 在論詩時運用到「境」這一概念的，主要有載於南卷〈論文意〉內的以下各條：

> 夫文章興作，先動氣。氣生乎心，心發乎言，聞於耳，見於目，錄於紙。意須出萬人之境，望古人於格下，攢天海於方寸。詩人用心，當於此也。[67]
>
> 凡作詩之體，意是格，聲是律。意高則格高，聲辨則律清。格律全，然後始有調。用意於古人之上，則天地之境，洞焉可觀。[68]
>
> 夫置意作詩，即須凝心，目擊其物，便以心擊之，深穿其境。如登高山絕頂，下臨萬象，如在掌中。以此見象，心中了見，

---

65 傅璇琮與李珍華認為因皎然間接引用王昌齡詩論，故兩者文字有出入。參見傅璇琮、李珍華：〈談王昌齡的《詩格》〉，載傅璇琮：《唐詩論學叢稿》（哈爾濱市：黑龍江人民出版社，1992年11月），頁88。案除此之外，尚可能因空海編《文鏡秘府論》時，對所輯詩論曾加整理，故文字間有異同；又空海來中土時，去王昌齡在日已數十年，所收「王氏論文」材料，或所見題為王昌齡所撰之《詩格》，是否即原先王昌齡詩論，及與皎然所見王昌齡詩論又是否同一內容，凡此種種，皆可做成兩者文字上有所出入。

66 據學者考訂，《文鏡秘府論》中除地卷〈十七勢〉、〈六義〉，及南卷〈論文意〉等古抄本旁注「王氏論文云」、「王氏論文」或「王云」等文論部分外，尚有天卷〈調聲〉前部分，均源出中唐時署名王昌齡的《詩格》。詳參〔日〕興膳宏：〈王昌齡的創作論〉，載吉林教育出版社編譯：《日本學者中國文學研究譯叢》（長春市：吉林教育出版社，1990年），第5輯，頁164-165。

67 〔日〕空海撰，王利器校注：《文鏡秘府論校注》（北京市：中國社會科學出版社，1983年7月），南卷，〈論文意〉，頁286。

68 同上，頁282。

當此即用。如無有不似，仍以律調之定，然後書之於紙，會其
題目。山林、日月、風景為真，以歌詠之。猶如水中見日月，
文章是景，物色是本，照之須了見其象也。[69]
夫作文章，但多立意。令左穿右穴，苦心竭智，必須忘身，不
可拘束。思若不來，即須放情卻寬之，令境生。然後以境照
之，思則便來，來即作文，如其境思不來，不可作也。[70]

在上述數則詩論之中，「境」都用於論詩，而且都與「意」相關。首
條論詩人用心，要求「意須出萬人之境」，所謂「萬人之境」者，指
一般人所達到的程度。「出萬人之境」與殷璠《河嶽英靈集》評王維
詩之「出常境」用意正同，皆指其詩能超乎尋常格局而已。所以這一
條中「境」的概念，仍不過用閫域、分限的意思，顯然並非直接就詩
境而言。

　　次條的「用意於古人之上，則天地之境，洞焉可觀」，其中「洞
焉可觀」的「天地之境」，既然得之於「用意」之中，則知此為意中
之境。故知此條中「境」的涵義，與上文提到作程度、分限解的
「境」有所不同。由於「意是格」，故此所謂「用意於古人之上，則
天地之境，洞焉可觀」者，亦即上條論「詩人用心」的「望古人於格
下，攢天海於方寸」，可知這一洞焉可觀的「天地之境」，其實乃方寸
中所見之境，與第三條提到在「置意作詩」時，「心中了見」的「如
登高山絕頂，下臨萬象，如在掌中」的境象，俱為心中所見的內境。

　　第三條所提到「目擊其物，便以心擊之」的「境」，由於來自目
所擊的「物」，所以顯然為一外境。這一接於目而觸於心的外境，正
與孔穎達《禮記正義》及張守節《史記正義》用以說明創作過程中

69　同上，頁285-286。
70　同上，頁285。

「來觸於心」的「外境」相同。至於最後一條所提到在創作構思時，從「放情卻寬之」而生的「境」，其境由心而生，而且可以內照文思，故知其實應為一內境。

此外《吟窗雜錄》卷四收錄題為王昌齡所撰《詩格》，對於詩境也有具體的論述，足與《文鏡秘府論》所載論詩境部分相互參照。如其中所提出的「詩有三境」：

> 物境一：欲為山水詩，則張泉石雲峰之境，極麗絕秀者，神之
> 於心，處身於境，視境於心，瑩然掌中，然後用思。
> 了然境象，故得形似。
> 情境二：娛樂愁怨，皆張於意而處於身，然後馳思，深得其情。
> 意境三：亦張之於意，而思之於心，則得其真矣。[71]

《吟窗雜錄》內收錄題為王昌齡所撰《詩格》，同卷中又提出「詩有三思」的說法：

> 生思一：久用精思，未契意象，力疲智竭，放安神思。心偶照
> 境，率然而生。
> 感思二：尋味前言，吟諷古制，感而生思。
> 取思三：搜求於象，心入於境，神會於物，因心而得。[72]

所錄的三種詩境與三種詩思，全都集中於探討詩歌創作構思過程中涉及心境關係的問題。值得注意的是，這其中所提到的詩境，都未嘗離開心識的認知。像「物境」中的「泉石雲峰之境」，既要「神之於

---

71 舊題王昌齡撰：《詩格》，載舊題陳應行編：《吟窗雜錄》（北京市：中華書局影印臺灣中央圖書館藏明鈔本，1997年11月），卷4，上冊，頁206-207。
72 同上，頁207-208。

心」，又要「視境於心」；「情境」與「意境」的「張之於意」，然後
「馳思」或「思之於心」；此外又如「生思」中所提到，為心所照便
能生起詩思的「境」；「取思」中一心所入而後得以「神會於物」的
「境」——這其中所提到的各種詩境，或為心所視，或為心所思，或
為心所照，或為心所入，這一與心識緊扣的「境」，與上述《文鏡秘
府論》中所提到的目之所接，心之所觸，與由心所生的「境」，正是
隋唐以來普遍流行於社會之上，指心識之所取，甚至由心所現的這一
「境」的概念。

二　中唐之際的以境論詩

在中唐以前，上述「境」的觀念雖然流行，然而正如上文所論，
以境論詩者所用的「境」，多指閫域或分限而言，少有涉及關乎心識所
取之義。《文鏡秘府論》及《吟窗雜錄》中所錄王氏詩論，在探討詩
歌創作藝術時，大量使用上述來自佛教的這一「境」的概念，相對於
中唐以前的詩論而言，事實上是較為少見的。亦正因如此，令這一詩
論在闡明詩境問題時，得以較前人更為具體深入。羅宗強在《隋唐五
代文學思想史》中，對傳世題為王昌齡的《詩格》就有很高的評價：

> 《詩格》之最主要貢獻，在有關意境之論述。其論詩境，已頗
> 為詳盡，既涉及意境構成的心與物之關係，也論及意境創造過
> 程中思維活動之若干特點。[73]

羅氏所論正點出中唐的這種詩歌理論，在論述詩境問題時，能同時涉
及到詩歌創作過程中心物關係與思維活動。然而，若更推深一層的

---

73 羅宗強：《隋唐五代文學思想史》（上海市：上海古籍出版社，1986年），第5章，〈轉
　折時期（代宗大曆中至德宗貞元中）文學思想（下）〉，頁179。

話，正如羅氏所稱，這種詩論之所以對詩境問題能夠「頗為詳盡」地論述，原因就在於運用了上述提到不離於心識的「境」這概念。若與《禮記正義》及《史記正義》，以外境闡釋《樂記》所述創作過程中心物關係的做法比較，便可見《文鏡秘府論》及《吟窗雜錄》中所錄王氏詩論，同樣利用佛教「境」的概念以助於說明創作時的心物關係。不同之處在於孔穎達、張守節等人針對的是音樂藝術，而王氏詩論則專門針對詩歌創作甚至詩境問題，並且剖析得更為深入詳盡。

除此之外，中唐初年以這種關乎心識的「境」觀念闡述詩境問題的尚有詩僧皎然。《文鏡秘府論》以皎然詩論緊接王氏詩論的做法，證明在編者空海的心目中，事實上認為兩者詩論彼此有共通之處。皎然詩論與上述王氏詩論共通處在於對詩境問題同樣有相當深入的探討。在皎然所撰《詩式》卷一內，便有專論「取境」的一段文字：

> 評曰：或云，詩不假修飾，任其醜朴，但風韻正，天真全，即名上等。予曰：不然。無鹽闕容而有德，曷若文王太姒有容而有德乎？又云，不要苦思，苦思則喪自然之質。此亦不然。夫不入虎穴，焉得虎子？取境之時，須至難至險，始見奇句。成篇之後，觀其氣貌，有似等閒，不思而得，此高手也。有時意靜神王，佳句縱橫，若不可遏，宛如神助。不然，蓋由先積精思，因神王而得乎？[74]

此外《詩式》內〈辯體有一十九字〉一段，亦論及「取境」問題：

> 評曰：夫詩人之思初發，取境偏高，則一首舉體便高；取境偏

---

74 皎然：《詩式》，張伯偉編校：《全唐五代詩格校考》（西安市：陝西人民教育出版社，1996年7月），卷1，〈取境〉，頁210。

逸，則一首舉體便逸。才性等字亦然。[75]

又同一條之下，十九字之內列有「情」一體，其下又注云：

緣境不盡曰情。[76]

「取境」、「緣境」皆佛家語，於此皎然取之以論詩境。依皎然之見，作詩之「取境」當於意靜中苦思而得，又「取境」既屬於「詩人之思」，則皎然詩論中主張所取或所緣之詩境，其不離於心識思維之意甚為明確。除以上各條專論詩境之外，皎然詩文中涉及上述以心識緣取這一「境」的觀念者極多，[77]其中直接涉及詩或詩境的，則有如下各條，如〈秋日遙和盧使君遊何山寺宿敳上人房論涅槃經義〉：

江郡當秋景，期將道者同。跡高憐竹寺，夜靜賞蓮宮。古磬清霜下，寒山曉月中。詩情緣境發，法性寄筌空。翻譯推南本，何人繼謝公？[78]

75 同上，卷1，〈辯體有一十九字〉，頁219。
76 皎然：《詩式》，張伯偉編校：《全唐五代詩格校考》（西安市：陝西人民教育出版社，1996年7月），卷1，頁220。按「境」字《全唐五代詩格校考》據《十萬卷樓叢書》本原作「景」，然而除《歷代詩話》本作「情」之外，其餘《吟窗雜錄》、《詩法統宗》、《詩學指南》、《格致叢書》及《說郛》等各本皆作「境」。因其體以「情」為標目，豈有重出以「情」釋「情」之理，是以《歷代詩話》本作「情」者固非是；而「緣境」一詞本佛家語，又嘗見於皎然詩中（〈秋日遙和盧使君遊何山寺宿敳上人房論涅槃經義〉「詩情緣境發」），是以據改。
77 據周裕鍇統計，除《詩式》、《詩議》外，皎然詩中出現「境」字即有三十三處之多。詳周裕鍇：《中國禪宗與詩歌》（上海市：上海人民出版社，1992年7月），第4章，〈空靈的意境追求〉，頁131。
78 皎然：〈秋日遙和盧使君遊何山寺宿敳上人房論涅槃經義〉，《全唐詩》，卷815，頁9175。

於皎然筆下同時涉及詩境問題者，又有〈答俞校書冬夜〉一詩：

> 夜閒禪用精，空界亦清迥。子真仙曹吏，好我如宗炳。一宿覿
> 幽勝，形清煩慮屏。新聲殊激楚，麗句同歌郢。遺此感予懷，
> 沈吟忘夕永。月彩散瑤碧，示君禪中境。真思在杳冥，浮念寄
> 形影。遙得四明心，何須蹈岑嶺。詩情聊作用，空性惟寂靜。
> 若許林下期，看君辭簿領。[79]

此外，在〈答鄭方回〉一篇中亦涉及詩境的問題：

> 獨禪外念入，中夜不成定。顧我憔悴容，澤君陽春詠。詞貞思
> 且逸，瓊彩何暉映。如聆雲和音，況睹聲名盛。琴語掩為聞，
> 山心聲宜聽。是時寒光澈，萬境澄以淨。高秋日月清，中氣天
> 地正。遠情偶茲夕，道用增寥寞。……宗師許學外，恨不逢孔
> 聖。說詩迷頹靡，偶俗傷趨競。此道誰共詮，因君情欲罄。[80]

在以上三篇之中，先後涉及到詩與境的關係、詩情的生發，以至於詩
境的內容等問題。首篇提到「詩情緣境發」，可說是發揮上文所提及
的「緣境不盡曰情」之義。這裏清楚指出詩與境兩者之間的關係，就
在於緣境而令詩情得以生發。在第二篇中的「詩情聊作用」，亦同時
提及「詩情」。通觀全篇可知，這份詩情實來自「覿幽勝」之境，亦
即「月彩散瑤碧」的禪境，與首篇緣古磬清霜、寒山曉月的禪門清
境，而生起詩情正同出一轍。至於第三篇覿「萬境澄以淨」而生起
「遠情」，亦即緣境而生詩情的具體描述。此外其中「高秋日月清，

---

79 皎然：〈答俞校書冬夜〉，《全唐詩》，卷815，頁9173。

80 皎然：〈答鄭方回〉，《全唐詩》，卷815，頁9173。

中氣天地正」這一「澄以淨」的境，既是禪中所見之境，亦是詩境。皎然在《詩式》當中便提到：「彼清景當中，天地秋色，詩之量也。」[81] 其中指出的詩所取境（詩之量），與〈答鄭方回〉一篇中所描述於禪定中所見淨境正相同，由此可見皎然實際上將詩境與禪境兩者等同為一。

對於這種詩中所緣取的清景，皎然詩中屢有描述，如「心境寒花草，空門青山月」[82]；「持此心為境，應堪月夜看」[83]；「永夜一禪子，泠然心境中」[84]；「釋印及秋夜，身閒境亦清。風襟自瀟灑，月意何高明」[85]等，其中所描述不離於一心的清境，即為以上所提到可以引發詩情的天地秋色，寒山曉月等通於禪境的詩境。

依《詩式・中序》所載，皎然《詩式》著於貞元初以前，[86] 中唐初年以佛教這種「境」的觀念論詩境的，除皎然及以上提到的王氏詩論之外，同時尚有一班處身於江東地區的文士，均熱衷於探討詩境的問題。如大曆詩人劉商（生卒不詳，開元至大曆〔西元713-779年〕時人[87]），[88] 在〈酬問師〉中便提及「詩境」：

---

81 皎然：《詩式》，張伯偉編校：《全唐五代詩格校考》（西安市：陝西人民教育出版社，1996年7月），卷1，〈文章宗旨〉，頁206。

82 皎然：〈酬李司直縱諸公冬日遊妙喜寺題照昱二上人房寄長城潘丞述〉，《全唐詩》，卷815，頁9179。

83 皎然：〈送關小師還金陵〉，《全唐詩》，卷818，頁9216。

84 皎然：〈聞鐘〉，《全唐詩》，卷820，頁9249。

85 皎然：〈酬烏程楊明府華將赴渭北對月見懷〉，《全唐詩》，卷815，頁9181。

86 《詩式・中序》云：「貞元初，予與二三子居東溪草堂，每相謂曰：……所著《詩式》及諸文筆，併寢而不紀。」知《詩式》著於貞元初之前。序文後謂因李洪之勸而整理《詩式》舊稿，亦不過點竄編定而已。

87 劉商約生於開元年中，或在肅宗時登弟。詳見傅璇琮主編：《唐才子傳校箋》（北京市：中華書局，1989年3月），第2冊，卷4，頁258-259有關劉商生平考訂。

88 劉禹錫在〈高陵縣令劉君遺愛碑〉提到「大曆中詩人商之猶子」，故知劉商為大曆時詩人。劉禹錫撰，瞿蛻園箋證：《劉禹錫集箋證》（上海市：上海古籍出版社，1989年10月），卷2，〈高陵縣令劉君遺愛碑〉，頁57。

　　　虛空無處所，髣髴似琉璃。詩境何人到，禪心又過詩。[89]

這其中提到何人能到的「詩境」，與高仲武《中興間氣集》內評李嘉
祐的「未到此境」實有分別。劉商筆下能「到」的「詩境」，並不如
高氏詩論指詩的閫域，而是有具體內容可供描述的詩境。這「何人
到」的「詩境」，劉商明確刻劃出是「虛空無處所，髣髴似琉璃」。這
一虛空無住如琉璃空明的詩境，亦即是禪境，所以下文才會謂「禪心
又過詩」。可見劉商就逕以禪境、詩境為一，不獨詩僧皎然才如此。
　　李華（約西元715-774年）於〈賀遂員外藥園小山池記〉中，亦
嘗提及外境對詩歌創作的影響。文中提及賀氏於園中對境取興成詩：

　　　心目所自，不忘乎賦情遣辭，取興茲境。當代文士，目為詩
　　　園。[90]

此一心之所寄、目之所接，足以取興成詩之境，即篇中所述「若雲天
尋丈，而豁如江漢」[91]的園林清景。李華於〈送薄九自牧往義興序〉
中曾提出，詩若能「緣物而興之」則「遠也矣」，[92]本篇則謂取興於心
目所接之境而成詩，與皎然以天地間清境為詩境，同樣是在論詩的取
境問題。此外，在〈登頭陀寺東樓詩序〉內，李華又提到：「屈平、
宋玉，其文宏而靡，則知楚都物象，有以佐之。」[93]固然文章得江山
之助的說法，不過承前人所見，李華見解突出之處，在於同時在篇中
又提出「境勝可以澡濯心靈，詞高可以繼聲金石」[94]的說法，從境與

89 劉商：〈酬問師〉，《全唐詩》，卷304，頁3458。

90 李華：〈賀遂員外藥園小山池記〉，《全唐文》，卷316，頁3211-3212。

91 同上，頁3211。

92 李華：〈送薄九自牧往義興序〉，《全唐文》，卷315，頁3200。

93 李華：〈登頭陀寺東樓詩序〉，《全唐文》，卷315，頁3199。

94 同上。

心的關係，來說明兩者對於詩歌創作的影響，卻是前人所少有的。

　　中唐初年曾論及詩境者，尚有能如李華對詩的要求般，做到「詩
興悠遠」[95] 的詩人戴叔倫（西元732-789年）。戴氏所論見於司空圖
（西元837-908年）引述中。司空圖〈與極浦書〉載：

> 戴容州云：「詩家之景，如藍田日暖，良玉生煙，可望而不可
> 置於眉睫之前也。」[96]

戴叔倫所提出的「詩家之景」，事實上指的是詩中所呈現的境。這一
「如藍田日暖，良玉生煙，可望而不可置於眉睫之前」的詩境，可望
而不可即，頗類於劉商所提出虛空無住的空明詩境。司空圖對這詩境
的說明是：「象外之象，景外之景，豈容易可譚哉！」[97] 詩境在景與
象之外，而又不可言詮。戴氏以藍田日暖、良玉生煙的比喻來說明詩
境，對後來劉禹錫「境生於象外」的詩境理論，當有一定的啟發。

　　同時論及詩境者又有孟郊（西元751-814年）。孟郊〈與二三友秋
宵會話上清人院〉提到：

> 何處山不幽，此中情又別。一僧敲一磬，七子吟秋月。激石泉
> 韻清，寄枝風嘯咽。冷然諸境靜，頓覺浮累滅。扣寂兼探真，
> 通宵詎能輟。[98]

篇中述諸人於月夜吟詠，因對靜境而滅浮累，以此得以通宵搜句成詩
（叩寂）與參禪悟道（探真）。這種對靜境令心識澄明，而有利於詩

95　辛文房：《唐才子傳》，傅璇琮主編：《唐才子傳校箋》，第2冊，卷5，〈戴叔倫〉，頁
　　525。
96　司空圖：《司空表聖文集》（《四部叢刊初編》縮印本），第43冊，卷3，頁15下。
97　同上。
98　孟郊：〈與二三友秋宵會話上清人院〉，《全唐詩》，卷375，頁4209。

歌創作的見解，同時又見於其〈桐廬山中贈李明府〉一篇之中：

> 靜境無濁氛，清雨零碧雲。千山不隱響，一葉動亦聞。即此佳
> 志士，精微誰相群。欲識楚章句，袖中蘭苣薰。[99]

亦謂對靜境而得以令一心深入精微，使萬象無所逃於耳目，並以此精
微之心賦成章句。可見對於外境與詩歌創作的關係，甚至境對於創作
思維的影響，孟郊其實有相當明確的取向。

　　孟郊之外，另一於詩文中涉及詩境理論者為梁肅（西元753-793
年）。梁肅為天台宗信徒，對佛教有關心境之說深有認識，在文學範
疇中亦用到佛教這一與心識密切相關的「境」觀念。其中直接與詩歌
相關的，如〈游雲門寺詩序〉中所提到的：

> 庭衢之中，別有日月，既而動步真境，靜聆法音。合漆園一指
> 之喻，詣《淨名》無住之本。萬累如洗，百骸坐空。……蓋道
> 由境深，理自外獎故也。[100]

面對雲門寺勝境，令人「萬累如洗，百骸坐空」，亦即梁氏所謂的
「道由境深，理自外獎」。以此清空心靈賦詩，詩歌創作與悟道皆藉
幽勝外境而得以深化，這與孟郊對靜境令心識深入精微以利創作的看
法，基本上是一致的。

　　武元衡（西元758-815年）在〈劉商郎中集序〉一文中，亦論及
外境與詩歌創作的關係：

> 翶公遐情浩然，酷尚山水，著文之外，妙極丹青。……著歌行

99　孟郊：〈桐廬山中贈李明府〉，《全唐詩》，卷377，頁4231。
100　梁肅：〈游雲門寺詩序〉，《全唐文》，卷518，頁5264。

等篇，皆思入窅冥，勢含飛動。滋液瓊瑰之朗潤，濬發綺繡之
濃華。觸境成文，隨文變象。是謂折繁音於孤韻，貫清濟於洪
流者也。[101]

如上文所述，劉商為大曆詩人，於作品中亦論及詩境。武元衡稱其詩
能「思入窅冥，勢含飛動」，且能「觸境成文，隨文變象」。於此武氏
提到在成詩過程中，「境」、「象」及「文」三者關係。前文已提及
「觸境」一詞本為佛家語，以心境相觸說明外境如何影響於內心，盛
唐之際張守節《史記正義》疏釋〈樂記〉心感於物與藝術創作關係的
問題時已經用到。於此武氏又以之論詩，可見兩者在創作理念上頗有
共通之處。正如上文所述，「觸境」之說其實又牽涉到在詩歌創作過
程當中，內心對於外境的作用問題。依武氏之說，象隨文變，文因境
立，成就「思入窅冥，勢含飛動」之作，心與境相觸可說是其中重要
的一環。

中唐時探討詩境問題的文士當中，權德輿（西元759-818年）是闡
述得較多與較為集中的一位。對於詩境問題的理解，權氏與上述提到
的，如李華、孟郊等多位論及詩境者的共通處，在於都認為外境有助
文學創作，而且面對勝境、佳境可以寫出超乎尋常的佳作。如〈送馬
正字赴太原謁相國叔父序〉中，權德輿稱馬氏作詩之際「每遇一勝
境，得一佳句，則怡然獨哂。」[102] 又稱馬氏遇勝境所得的佳句「皆淨
如冰雪，粲若組繡，言詩者許之。」[103] 可見權氏以為幽勝的外境足以
令詩歌清麗卓越。又在〈祭海陵李少府元易文〉中，權德輿稱李氏：

五字之中，含寫風煙。巖扉舊隱，常聞清興。……理實歸研，

---

101 武元衡：〈劉商郎中集序〉，《全唐文》，卷531，頁5389。
102 權德輿：〈送馬正字赴太原謁相國叔父序〉，《全唐文》，卷493，頁5028。
103 同上。

境無逃勝。¹⁰⁴

則謂李氏於詩中含寫風煙,並對此勝境常發清興。權氏詩興藉境而發
之見,正與上文提到皎然「詩情緣境發」的看法一致。此外,在〈暮
春陪諸公游龍沙熊氏清風亭詩序〉中,權氏又提到:

> 有州人秀才熊氏清風亭,蓋故容州牧戴幼公前倉部郎蕭元植,
> 賢熊氏之業文,尚茲境之幽曠,合資以構之。……耳目所及,
> 異乎人寰。志士得之為道機,詩人得之為佳句。¹⁰⁵

處身清風亭中,對此幽曠之境能令詩人寫出佳句,可見外境對於詩歌
創作的影響。權氏又指出對幽勝佳境所以能寫出超乎尋常的作品,就
因處於幽曠之境中,令人「耳目所及,異乎人寰」。從耳目及於幽曠
外境,到詩人寫出佳句,其中權氏略而未提的,是中間顯然存在著心
識的作用。事實上權氏這段文字中所涉及的是心識對外境的反應,與
外境進入內心之後,對作品所帶來的直接影響。同一外境,或為道
機,或以資賦佳句,亦說明了權德輿的外境觀念,其實頗受佛教「取
境」、「緣境」概念的影響。

　　除此以外,在〈左武衛冑曹許君集序〉中,權德輿在評論許經邦
的詩作時又提出:

> 凡所賦詩,皆意與境會,疏導情性,含寫飛動,得之於靜,故
> 所趣皆遠。¹⁰⁶

---

104 權德輿:〈祭海陵李少府元易文〉,《全唐文》,卷508,頁5167。
105 權德輿:〈暮春陪諸公游龍沙熊氏清風亭詩序〉,《全唐文》,卷490,頁5005。
106 權德輿:〈左武衛冑曹許君集序〉,《全唐文》,卷490,頁5002。

權氏稱讚許氏詩能「意與境會」，而得以「疏導情性，含寫飛動」及「所趣皆遠」，其說與以上武元衡謂「觸境成文」，其詩得以「思入窅冥，勢含飛動」的見解頗為接近。值得注意的是，權氏提出「意與境會」的說法，作詩時「境」不離於「意」，而且要求兩者相互融合，這與《文鏡秘府論》及《吟窗雜錄》中王氏詩論的兼言「意」、「境」以論詩的見解，可說十分相近。此外，權氏認為傑出的詩作，是在寧靜觀照中，詩人主觀心意與外境融合而後得出的，這種心境冥一的主張，本為隋唐以來佛、道兩教對於修行證道的要求，「意與境會」的觀點，多少反映權氏其實以佛、道修證方式說明詩歌創作的要求。在〈送靈澈上人廬山迴歸沃洲序〉中，權德輿又提到：

> 會稽山水，自古絕勝，東晉逸民，多遺身世於此。夏五月，上人自鑪峰言旋，復於是邦，予知夫拂方袍，坐輕舟，泝沿鏡中，靜得佳句，然後深入空寂，萬慮洗然，則嚮之境物，又其稊稗也。[107]

於此更明確點出藉觀照外境成詩，對絕勝之境而靜得佳句以後，進而「深入空寂，萬慮洗然」——最終目的在於藉著取境成詩鍛鍊心識，甚至藉此以悟道，可證權德輿之論詩境，無論對於詩或境，都是作為體道工具看待的。在權德輿對詩境的說明中，除了如上文所舉出的涉及外境問題之外，又同時牽涉到詩歌之中所呈現出的詩境。權氏在〈送靈澈上人廬山迴歸沃洲序〉中便提到：

> 上人心冥空無而跡寄文字，故語甚夷易，如不出常境，而諸生思慮終不可至。其變也，如松風相韻，冰玉相叩，層峰千仞，

---

107 權德輿：〈送靈澈上人廬山迴歸沃洲序〉，《全唐文》，卷493，頁5027。

下有金碧，聳鄙夫之目，初不敢眠。三復則淡然天和，晦於其
中。故睹其容，覽其詞者，知其心不待境靜而靜。[108]

在這一段中，權德輿亦心、境並提，又指出從詩中可以見作者之心。
至於「其變也，如松風相韻，冰玉相叩，層峰千仞，下有金碧，聳鄙
夫之目，初不敢眠。三復則淡然天和，晦於其中」一段，即對於靈
澈詩中所呈現詩境的具體描述。所謂「其變也」的一段說明，當為
「覽其詞者」的體驗，「松風相韻，冰玉相叩，層峰千仞，下有金
碧」一節，即作品中所呈現極盡變態能事詩境的說明。這一詩中所創
造出的至清至麗境界，足以「聳鄙夫之目」，與上文提到清風亭「耳
目所及，異乎人寰」的幽曠之境，同樣能夠「出常境」，不同在於清
風亭中所聞所見者為外境，而此處所描述者則為詩中所呈現的境。倘
與劉商筆下「虛空無處所，髣髴似琉璃」的詩境，或戴叔倫「藍田日
暖，良玉生煙」的「詩家之景」比較，權德輿對於詩境的刻劃，可說
是描述得更為具體與細緻。

其時論及詩境者又有呂溫（西元772-811年）。呂溫在〈聯句詩
序〉中，就提到有關詩境的創造問題：

其或晴天曠景，浩蕩多思；永夜高月，耿耿不寐；或風露初
曉，怳若有得；或煙雨如晦，緬懷所思，則何以節宣慘舒，暢
達情性，其有易於詩乎？乃因翰墨之餘，琴酒之暇，屬物命
篇，聯珠迭唱。審韻諧律，同聲相應；研情比象，造境皆會。
亦猶眾壑合注，浸為大川；群山出雲，混成一氣。朗宣五色，
微闡六義，雖小道必有可觀，其在茲矣。[109]

---

108 同上。
109 呂溫：〈聯句詩序〉，《全唐文》，卷628，頁6337。

篇中述諸人聯句，除「審韻諧律」之外，尚要「研情比象」。綜合上下文理觀之，「研情」指深探篇中所述種種由外境引發的浩蕩之思，「比象」則指組織上述引發情思的種種外象。由「研情比象」而最終達至於「造境」，適足以說明呂溫所理解的詩境，既出於一心所創造，而這一詩境又通過對複雜的情思與紛紜的外象，經過刻意的選取與安排，並加以精心提煉與融合而成。事實上呂溫以上所描述的詩歌創作過程，其中涉及到兩種不同的詩境：其一為眾「象」所源出的風月煙雨等外境，另一則為比合諸象並與深刻的詩情融合之後，所創造出的詩中境界。

　　與呂溫同時，學詩於皎然的劉禹錫（西元772-842年），對詩境問題也有深入的論述。在〈洗心亭記〉中，劉氏提到：

> 既周覽讚歎，於竹石間最奇處得新亭。……槃高孕虛，萬景坌來。詞人處之，思出常格；禪子處之，遇境而寂；憂人處之，百慮永息。[110]

劉氏以上所述謂處身洗心亭中，面對「萬景坌來」，足令詞人「思出常格」，禪子「遇境而寂」的見解，正與權德輿認為處於清風亭中，四週幽曠之境，令「志士得之為道機，詩人得之為佳句」的見解如出一轍。劉氏於此更明確地點出，洗心亭之所以能令詩人與禪僧，與境相遇而有異乎尋常的表現，關鍵在於處身其間，足以令人「圜視無不適，始適乎目而方寸為清」[111]。在外境與文學創作，甚至修禪關係中，劉氏點出了心識在兩者之間所起的重要作用，在同時說明幽勝外境有助於詩歌創作的問題上，這點卻是權德輿所未曾清楚點明的。

---

110 劉禹錫撰，瞿蛻園箋證：《劉禹錫集箋證》（上海市：上海古籍出版社，1989年10月），卷9，〈洗心亭記〉，頁226。
111 同上。

　　「遇境」以後，何以又能寫出「思出常格」的佳構？劉禹錫在
〈奉和中書崔舍人八月十五日夜玩月二十韻〉內，描述中秋夜面對月
夜清景而賦詩的情況，便有這樣的描述：

> 二儀含皎澈，萬象共澄鮮。……曲沼凝瑤鏡，通衢若象筵。逢
> 人盡冰雪，遇境即神仙。……水是還珠浦，山成種玉田。……
> 象外形無跡，寰中影有邊。……境同牛渚上，宿在鳳池邊。興
> 掩尋安道，詞勝命仲宣。從今紙貴後，不復詠陳篇。[112]

在月夜清景下，外境為皎潔月色映照，因而萬象澄鮮。在此境中「逢
人盡冰雪，遇境即神仙」，人本非冰雪，境亦不離人寰，然而月下所
見居然人盡冰雪，境皆仙境，非融合作者主觀情思於其中不能如此，
所以下文又謂「水是還珠浦，山成種玉田」，山水等外境於月色映照
下，在詩人心目中成為有特殊意義的山水（還珠浦、種玉田）——此
即遇境而詩人得以「思出常格」的具體描述。這一月色之下所遇見，
仿同牛渚之上的「境」，再非純粹的外境，而是通過詩人觀照，並以
一心加以改造的意中之境，由此發興命篇，得以賦成佳構。這種清麗
卓越的詩境，既源於外境而有，而又非簡單取自外境，一方面需要對
影響詩歌創作的特殊外境加以選擇；另一方面又需要心識作用於其
間，對外境予以融合或改造。劉禹錫對於詩境的描述，與權德輿「意
與境會」，甚至《文鏡秘府論》與《吟窗雜錄》中，有關「意境」及
「契意象」等對於詩境的論述可說基本上是相通的。
　　在〈董氏武陵集紀〉中，劉禹錫對以上所提到的詩境及這一詩境
的生成，有頗為清晰的論述：

> 詩者，其文章之蘊耶！義得而言喪，故微而難能。境生於象
> 外，故精而寡和。千里之繆，不容秋毫。非有的然之姿，可使
> 戶曉，必俟知者，然後鼓行於時。[113]

「境生於象外」之說，前此未有人提及，到劉禹錫才明確點出。《文
鏡秘府論》內王氏詩論，指出創作構思之際可以放情「令境生」，對
這一在詩人心中所生成的詩境，劉禹錫「境生於象外」的說法，便清
楚地指出構思中的詩境從象外而生。至於這一詩境的生成條件及過
程，劉氏在說明詩僧創作問題時，對此有更為詳細的分析。在〈秋日
過鴻舉法師寺院便送歸江陵引〉內劉禹錫便提出：

> 梵言「沙門」，猶華言去欲也。能離欲則方寸地虛，虛而萬景
> 入，入必有所泄，乃形乎詞。詞妙而深者，必依於聲律。故自
> 近古而降，釋子以詩名聞於世者相踵焉。因定而得境，故翛然
> 以清；由慧而遣詞，故粹然以麗。信禪林之蘤蕚，而誠河之珠
> 璣耳。[114]

雖就詩僧創作而言，然而其實所論為外境進入內心，到寫出清麗作品
之間的整個詩歌創作過程的具體分析。劉氏指出「能離欲則方寸地
虛，虛而萬景入」，從萬景入於一心，到「因定而得境」，可見詩境的
生成不但不離於方寸，而且需要收攝一心而後得。以上論述既反映中
唐時對於詩境問題的探討日益深入精細，同時也清楚透露出詩境說與
佛教思想的關係事實上極為密切。

中唐時提到有關詩境的，尚有與劉禹錫同時的白居易（西元772-
846年）。白居易〈與劉禹錫書〉稱寄予劉禹錫詩句的創作特色是：

---

113 同上，卷19，〈董氏武陵集紀〉，頁516。
114 同上，卷29，〈秋日過鴻舉法師寺院便送歸江陵引〉，頁956。

遂有奉寄長句，長句而下，或感事，或遣懷，或對境，共十篇。[115]

知白氏亦主張對境以成詩。在〈首夏南池獨酌〉內，白氏又提到：

新葉有佳色，殘鶯猶好音。依然謝家物，池酌對風琴。慚無康樂作，秉筆思沈吟。境勝才思劣，詩成不稱心。[116]

更清楚描述這種對勝境沈思，然後成詩的創作方式。此外，在〈洛中偶作〉內，白氏又自述：

凡此十五載，有詩千餘章。境興周萬象，土風備四方。[117]

這種對萬象取境起興而成詩的做法，亦見之於〈見殷堯藩侍御憶江南詩三十首詩中多敘蘇杭勝事余嘗典二郡因繼和之〉一詩中：

江南名郡數蘇、杭，寫在殷家三十章。君是旅人猶苦憶，我為刺史更難忘。境牽吟詠真詩國，興入笙歌好醉鄉。為念舊遊終一去，扁舟直擬到滄浪。[118]

「境牽吟詠真詩國，興入笙歌好醉鄉」，正說明外境足以牽動吟詠，引發詩興而成篇。除了外境以外，白居易同時又提到有關創作構思中

---

115 白居易：〈與劉禹錫書〉，吳鋼主編：《全唐文補遺》（西安市：三秦出版社，1994年），第1輯，〈白居易〉，頁3。
116 白居易：〈首夏南池獨酌〉，《全唐詩》，卷459，頁5219。
117 白居易：〈洛中偶作〉，《全唐詩》，卷431，頁4764。
118 白居易：〈見殷堯藩侍御憶江南詩三十首詩中多敘蘇杭勝事余嘗典二郡因繼和之〉，《全唐詩》，卷449，頁5059。

的詩境。在〈秋池二首〉其二內便有：

> 朝衣薄且健，晚簞清仍滑。社近燕影稀，雨餘蟬聲歇。閒中得
> 詩境，此境幽難說。露荷珠自傾，風竹玉相戛。誰能一同宿，
> 共翫新秋月。暑退早涼歸，池邊好時節。[119]

這一「幽難說」的詩境，既然得之於閒中，故知亦關乎內心感受。在
〈偶題閣下廳〉中，白居易便提到：

> 靜愛青苔院，深宜白鬢翁。貌將松共瘦，心共竹俱空。暖有低
> 簷日，春多颺幕風。平生閒境界，盡在五言中。[120]

詩境得之於閒中，而詩中又表現閒境。正如白居易在〈秋池二首〉其
一內所述的「身閒無所為，心閒無所思」，[121] 身心俱閒就在於無思、
無為，白氏的詩境因閒而得，與劉禹錫「因定而得境」，同樣主張詩
境的獲得需處於內心空明無念的狀態之下，可見兩者對於詩境的觀
念，其實有頗為一致的看法。

　　綜上所述，可見中唐時以佛教「境」的觀念說詩者，其實頗不乏
人。就上述所提及直接論述到詩境的，就有《文鏡秘府論》及《吟窗
雜錄》中的王氏詩論，及詩僧皎然、劉商、李華、戴叔倫、孟郊、梁
蕭、武元衡、權德輿、呂溫、劉禹錫與白居易等人。這批以佛教
「境」概念論詩的文士或詩僧，從時間上而言，主要都處於中唐之
際；從地域上來說，主要都是生活於江東，或是出身於江東地區的人
物。若相對於初、盛唐以來，孔穎達《禮記正義》與張守節《史記正

---

119 白居易：〈秋池二首〉，《全唐詩》，卷445，頁4991。
120 白居易：〈偶題閣下廳〉，《全唐詩》，卷442，頁4941。
121 白居易：〈秋池二首〉，《全唐詩》，卷445，頁4991。

義》，以外境說明藝術創作過程中心物關係的話，中唐時盛行於江東的這種詩境理論，對於外境與內心之間關係的探討，可說遠較前者為深入及全面。正如上文所提到，諸人對於詩境的論述，最大共通處在於詩境的觀念未嘗離開心識的作用。在中唐說詩境的諸家筆下，境或為心所照，或為心所入，或為心所視，或為心所生，或為心所思，透過心識對境的作用，可以引發詩情與詩興，可以產生詩思，從而創作佳構。對於詩境的探討，詩境說同時涉及到詩歌創作中所面對的各種外在物象——也就是外境的問題；又牽涉到在創作構思當中，出現於內心之中的意中之境的問題；甚至又涉及到在詩中所呈現出的藝術境界。從牽涉範圍的廣泛，與上述提到對於心境關係論述的精細，可以反映出中唐時候對於詩境的探討已經相當深入而全面。

第五章
中唐詩境說的取境之說

第一節　對於詩境構成方式的理解與商榷

　　中唐之際佛教「境」的觀念進入詩歌理論範疇之內，如上文所舉述，中唐之際《文鏡秘府論》所載王氏詩論，及皎然、劉商、李華、戴叔倫、孟郊、梁肅、武元衡、權德輿、呂溫、劉禹錫、白居易等人競以「境」的觀念說詩。從上述諸家在論述詩境問題時，彼此多有觀念相通甚至可以相互補充發明的地方，可以反映中唐時候一班以佛教「境」觀念論詩的文士，對於詩境問題的探討大致上已形成一套較為接近的看法。另一方面，正如前文所提到，諸人對詩境的探討，除不離於心識之外，同時又涉及詩境與物象的關係；詩境與詩思、詩情的關係；以至詩境的生成與獲得，甚至詩境的創造與呈現等各方面的問題。從上述諸人在論述詩境問題時所牽涉範圍的廣泛，與論述詩境時對於創作過程中心境關係論述的精細，可見中唐詩境說諸家對於詩境的探討已相當具體深入。

　　中唐時候上述諸家在論述詩境問題時，探討的重點往往集中於有關詩境的生成與獲得，甚至詩境的創造等問題方面。[1] 如前文所提到，《文鏡秘府論》載王氏文論，及《吟窗雜錄》題為王昌齡撰《詩格》，對於創作過程中詩境的生成與獲得都有深入的論述，不過王氏文論與《詩格》並未明確提出構成詩境方法的有關名目，而「三境」

---

[1]　參見孫昌武：《佛教與中國文學》（上海市：上海人民出版社，1988年），第4章，〈佛教與中國文學思想〉，頁349-350。篇中孫氏指出「在中、晚唐，論詩境成為風氣」，而這種詩境理論又「主要是關於如何創造詩境的問題」。

之說，也僅限於指出詩境的不同種類而已。到皎然在《詩式》當中，
才明確地提出與構成詩境有關的「取境」、「緣境」及「造境」之說。
然而對於關乎詩境構成的「取境」、「緣境」及「造境」等說法的理
解，以往學者對此並未有一致的看法，以下將舉出較具代表的說法，
並對此提出有關意見。

一　以往學者對詩境構成方式的不同理解

對於中唐詩境說中與構成詩境有關的「取境」、「緣境」及「造
境」等觀念的涵義，甚至各種詩境彼此間的關係等問題，以往學者對
此就有頗為不同的理解，像羅宗強在《隋唐五代文學思想史》內，在
論及皎然「取境」、「緣境」及「造境」等意境理論時便提出：

> 所謂「詩情緣境發」，是說境之造，乃為抒情，猶如「法性」
> 之寄於言筌一般。「法性」本空，寄於言筌為可見；詩情本無
> 形，託於境乃發生。這就是說，詩情寄託於境而存在。所以他
> 又說：「緣景不盡曰情」，「景」亦「境」義。可以看出，他這
> 裏所說的「境」，是指與情思相對而言的具體景物形象。[2]

對於「緣境」的意思，羅氏解作「寄託於境」；而「緣境」的「境」，
羅氏則認為等同於「景」，指「與情思相對而言的具體景物形象」。羅
氏同時又對「取境」的涵義有以下的說明：

> 「取境」，他似已認識到創造完整意境的問題了。……「取
> 境」須至難至險之「境」，為「景色」、「境界」之「境」，似僅

2　羅宗強：《隋唐五代文學思想史》（上海市：上海古籍出版社，1986年），第5章，〈轉
　折時期（代宗大曆中至德宗貞元中）文學思想（下）〉，頁181。

指詩句而言。至難至險之目的在得奇句,而既得奇句之後,又
要求自然。「辨體」中論及的「取境」,則已指「造境」而言,
指完整的詩境的創造。他在論述張志和畫洞庭三山時,就說
過:「盼睞方知造境難,象忘神遇非筆端。」……「造境」,這
裏顯然指創造完整的藝術境界而言。「辨體」中的「取境」指
「造境」,故言詩思動起來之後,剛進入的藝術境界如果高、
逸,則全詩的藝術境界就高逸。[3]

於此清楚可見羅氏分「取境」為兩種:一種為《詩式》中〈取境〉條
內所提到「取境之時,須至難至險,始見奇句」的「取境」。依羅氏
解釋,此處「境」指「景色」、「境界」,又「似僅指詩句而言」,則此
一「取境」當指詩中對外在物色的描述。[4]另一種為《詩式》內〈辯
體有一十九字〉中,所提出「詩人之思初發」時的「取境」,羅氏以
為即「指完整的詩境的創造」,亦即是「造境」。

　　對於中唐詩境說內有關詩境構成的理論,羅宗強採用二分法大別
之為「緣境」與「取境」兩類,再將「取境」一分為二,然後將「造
境」納入「取境」之下。如此劃分的話,會出現兩方面的問題,一方
面是於系統條理上既欠清晰,另一方面是當中對三種詩境的解釋也缺
乏理據支持。比如謂「緣境」即「寄託於境」;「取境」即「造境」等
說法,究竟有何根據?又如對於「取境」一詞的解釋,何以同一論者
對於同一詞彙,竟然得以有兩種截然不同的說法?此外,如「緣境」
既指外在具體景物,而在「取境」的兩種解釋之中,也有指外在景色
的說法,則「緣境」與「取境」的第一種解釋又有何分別?除此以

3　同上,頁181-182。

4　案:羅氏說明頗簡略,將「景色」與「境界」並列,「境界」究竟所指為何?僅能自
　　上文「這就使主觀情思與物色境界之無間融合具象化了」一句中,因「物色境界」
　　與「主觀情思」相對,而推知此處所謂「景色」、「境界」,俱指外在物色而言。

外，在解釋「緣境」時，開始即指出「所謂『詩情緣境發』，是說境之造，乃為抒情」，則是否「緣境」亦屬「造境」的一種？正因為在這一說法之下，「緣境」、「取境」及「造境」三者關係近乎糾纏不清，所以上述這種區分是否恰當，其實亦大可商榷。

上述對於詩境說二分的說法之所以會出現種種問題，推其成因大抵就在於學者對於詩境說中「緣境」、「取境」及「造境」等的解說，不過據《詩式》及皎然詩句文意推斷而來，並未就上述各詞的語源或本義作一深入考察，再由此推論建立論點，因而有種種問題出現。事實上無論「取境」、「造境」或「緣境」等詞語，本來都屬於當時流行的佛學用語，這一系列對於說明詩境問題起關鍵作用的專門用語，究竟其中確實所指的是什麼？與佛教思想又有什麼關係？正如前文所提出，中唐詩境說的理論核心——「境」的觀念本來就源出於佛教，要說明這套與佛教關係如斯密切的詩歌理論，尤其這套論詩境的專門用語本見之於詩僧皎然筆下，就更不能望文生義地僅就字面上去加以理解。要切實掌握這一系列與佛教思想關係密切，而又專用於說明詩境問題的術語，相信非得從語彙源出甚至有關佛學上的特殊意思來追尋其中的確實涵義不可。

稍後孫昌武在《佛教與中國文學》內，分析中、晚唐以來論詩境成為風氣下，關於詩境說集中論述詩境創造問題時，便從佛教思想及語彙源出的角度，來說明「緣境」、「取境」及「造境」三者的涵義及區別。[5] 與羅宗強不同的是，孫氏將上述詩境理論先後劃分為「取境」、「造境」與「緣境」三種。對於「取境」孫氏有如下說明：

> 按唯識的理論，識體中包涵著歷劫因緣中承襲下來的清淨或污
> 染種子。這種種子轉變為現行，就造成了不同的境。而文學家

5　孫昌武：《佛教與中國文學》（上海市：上海人民出版社，1988年），第4章，〈佛教
　　與中國文學思想〉，頁349-350。

在反映現實時由於主觀的選擇、概括、評價作用，對於同樣的事物卻可能創造出不同的境界。唯識家說「唯識無境」，境由識變；文學家則說「取境」。[6]

孫氏以佛教唯識學思想說明文學理論的「取境」觀念，指出文學上「取境」的具體做法是「文學家在反映現實時由於主觀的選擇、概括、評價作用，對於同樣的事物卻可能創造出不同的境界」。對皎然《詩式》中的「取境」之說，孫氏明確指出「（皎然）『取境』這一概念，又正出自瑜珈行派的理論。」[7] 並引世親《大乘五蘊論》及《成唯識論》等佛教經典中有關「取境」理論的說明，證明「『取境』說強調了詩人在創作中的主觀能動性」[8]，及「『取境』是心理作用，而且可以隨之用語言表現出來。皎然所說的正是創作中的這種心理活動。」[9]

關於「造境」一詞的涵義，孫氏有如下的說明：

這比「取境」又進了一步。前面說到佛家所講的「心」有集起作用，即萬法由心所生。從這個意義上說，境又是心造的。《大乘廣五蘊論》解釋「識蘊」：「云何識蘊？謂於所緣，了別為性。亦名心，能採集故。亦名意，意所攝故。」這樣，心識就有創造功能。[10]

可見孫氏以佛教五蘊中的「識蘊」，說明「造境」即境由心造（「境又是心造的」），以心識創造境。孫氏並引呂溫「研情比象，造境皆

6　同上，頁350。
7　同上，頁351。
8　同上，頁352。
9　同上。
10　同上，頁353。

會」；及劉禹錫「境生於象外」等說法，進而指出「也是講心識的創造功能」，甚至署名王昌齡撰《詩格》的「情境」、「意境」[11] 亦同屬於「造境」，並以為上述諸說「都是形容詩境是由心識中產生出來的」[12]。由此可見，依孫氏所論「造境」的意思即是由心識創造產生出詩境。

　　至於「緣境」一詞的意思，孫氏引窺基《百法明門論解》說法而有這樣的解釋：

> 窺基解釋色法，說「所依之根唯五，所緣之境則六」。雖然是「萬法唯識」，但緣境又能生出新的「識」。外境作為「相分」，又是產生新的認識的一種「緣」，叫做「所緣緣」。意思是本是所緣慮的對象的「境」又成為一種「緣」。[13]

孫氏以唯識學「所緣緣」概念，解釋何謂「緣境」，並將這一觀念引申到文學創作之中：

> 在文學創作中，作家「取境」、「造境」之後，又可以從這個心造的「境」之中生發出新的情思。所以創作中也有「緣境」的問題。皎然說：「詩情緣境發」。是說從詩境中生發出新的詩情。[14]

依孫氏之見，「緣境」屬於作家在「取境」、「造境」以後，從心所造

---

11 案：「意境」中「意」字，孫氏原文作「心」。因《吟窗雜錄》各本皆作「意」，故據改。

12 孫昌武：《佛教與中國文學》（上海市：上海人民出版社，1988年），第4章，〈佛教與中國文學思想〉，頁353。

13 同上，頁354。

14 同上。

的詩境中所生發出的新詩情。孫氏追溯「取境」、「造境」及「緣境」
等詩論用語的語源，自佛教思想觀念推求上述三者的本義，從而說明
在中唐詩境說中，這一系列與構成詩境相關的用語的確實含義。孫氏
在說明「取境」、「造境」及「緣境」三者意義方面，不但在解釋上都
有所依據，而且上述這種三分的做法，既明確劃分出三者之間的區
別，同時又能說明三者之間的密切關係。像上文所提到孫氏指出「造
境」的「比『取境』又進了一步」；與「緣境」的出現於「取境」、
「造境」之後，都可見出在這系統之中，三者有明確的先後層次，對
此孫氏又有進一步的說明：

> 由心造境，緣境生情，如此反復，不但使得情境交融，而且表
> 達上不斷深化。[15]

在孫氏上述的說明中，從「取境」、「造境」到「緣境」，其間對於詩
境的生成次序先後，與不同詩境的層次安排都條理井然，可見在孫氏
這一說明當中，三者已具備一完整的體系組織。

其後周裕鍇在《中國禪宗與詩歌》內，在論述中唐的意境理論如
何創造情景交融的詩境問題時，亦採三分法闡明「取境」、「緣境」與
「造境」三者間的關係。[16] 周氏在闡述中唐眾多談「境」言論中的三
種不同傾向時提出：

> 一是認為外境能反作用於主觀心緒，即所謂「心不孤起，託境
> 方生」，皎然的「詩情緣境發」，劉禹錫的「境自外兮感從中」
> 都是這個意思，只是把佛家的清淨心改換為詩賦的情感。而章

---

15 同上。
16 周裕鍇：《中國禪宗與詩歌》（上海市：上海人民出版社，1992年7月），第4章，〈空
　靈的意境追求〉，頁132。

應物的「境靜興彌臻」和皎然的「境清覺神王」則強調的是外
境清靜狀態下人的意識的活躍。這是「緣境」。[17]

於此可見周氏亦以佛教思想解釋詩境的創造與生成。關於「緣境」一
詞的意思，周氏解釋為「外境能反作用於主觀心緒」，簡言之，外境
作用於詩人的內心就是「緣境」。至於「取境」的涵義，周氏有如下
的說明：

> 二是強調主觀心緒的能動作用，即通過藝術想像選擇意象並構
> 造詩的意象結構，這就是皎然《詩式》提出的「取境」。[18]

周氏在這段說明後引皎然《詩式》卷一〈取境〉條為證明，並謂：

> 從取境的要求（至難至險）及前提（先積精思）來看，已類似
> 於設計情境，即不光是對眼前現成景物的擇取構造，而且有一
> 定的虛擬懸想的成分在內。[19]

除此之外，周氏又指出「『取境』說還有另一個意義」[20]，並引皎然
《詩式》中〈辯體有一十九字〉內「詩人之思初發」一段，指出這另
一意義的「取境」為：

> 由於詩人的主觀感受或藝術修養，面對同樣的物境，會有不同
> 的選擇、取捨，因而創造出不同的詩境來。[21]

---

17 同上。
18 同上。
19 同上。
20 同上。
21 同上。

則「取境」已不限於其先所述選取詩的意象這意思，另一方面同時又
具有創造不同詩境的涵義在內。最後一種是「造境」，周氏所予解釋
為：

> 三是認為萬境由心所生，心有造境功能。這是「取境」說的進
> 一步向主觀心性靠攏。禪宗汲取唯識宗的觀念，把外境歸結為
> 淨心的產物。……外境都是主觀心性的體現。於是，主體不僅
> 可對眼前景物取捨、選擇，而且可以通過藝術想像憑空創造出
> 藝術形象來。[22]

周氏本於禪宗外境為主觀心性體現之說，說明「造境」即「通過藝術
想像憑空創造出藝術形象」。周氏對於「緣境」、「取境」與「造境」
雖然亦採用三分的做法，然而與孫昌武在三者次序安排上有所分別。
周氏這種次序安排，事實上體現出對於中唐詩境說理論中構成詩境方
法的先後層次的不同看法。周氏在分別說明「緣境」、「取境」與「造
境」三者意義之後又指出：

> 從「緣境」、「取境」到「造境」，可以見出在心物二元的關係
> 上，大曆以後近禪的詩人日益注重心境的表現，觀物日益為觀
> 心所替代。[23]

從以上說明，加上周氏對於「緣境」的外境作用內心，「取境」的
「強調主觀心緒的能動作用」而擇取意象與對物境創造詩境，及「造
境」的「憑空創造出藝術形象」等解釋，可見周氏從「緣境」、「取
境」到「造境」的解釋與先後安排，其實依照從「觀物」到「觀心」

---

22 同上，頁133。

23 同上，頁133-134。

的發展順序排列而成,由此足以反映周氏對於構成詩境方法的理論,事實上有本身的一套理論架構與安排。

周氏以上說法一方面與孫氏同樣採用三分法,將「取境」、「緣境」及「造境」三者關係緊密地組織安排起來,避免如羅宗強般僅分為「緣境」與「取境」,而做成詞義解釋上的重疊與混亂;另一方面又吸納羅宗強對於「緣境」為外在景物作用於情思的解釋,取代孫氏從唯識學角度對「緣境」的深奧而曲折的說明,由此將孫氏從「取境」、「造境」到「緣境」的先後次序安排,變為從「緣境」、「取境」到「造境」這一具備不同層次的理論發展體系,從而說明這種詩境理論在受禪宗心境說影響下,由觀物日益轉變為觀心,漸次「向主觀心性靠攏」的發展歷程。

二 對以往學者詩境說詮釋的商榷

有關以往學者對於中唐詩境說的各種詮釋,從羅宗強對「緣境」與「取境」的分析,到孫昌武、周裕鍇等先後將「緣境」、「取境」與「造境」三者意義與關係清楚界定及說明的一系列論述中,可見對於中唐詩境說構成詩境的不同方式的闡述及解釋,已逐漸清晰並且趨於條理化。尤其孫昌武與周裕鍇兩位學者的論述,無論是孫氏的從「取境」、「造境」到「緣境」之說,抑或周氏的從「緣境」、「取境」到「造境」的主張,顯然兩者同樣致力於為上述構成詩境的理論,營構一個有發展先後而又具備不同層次的完整理論體系。

然而,事實上可對此進一步商榷的問題,卻正出於這一極具系統、極具條理的完整理論體系之中。講求理論的條理化、系統化,追求理論體系的完備,是現代多數學者在研究文學理論過程當中所著力從事的工作,可是需要提出的問題是,這套體系完備而又層次分明的詩境理論,究竟是出於學者本人對此的組織與構想,還是中唐詩境說

本身對於構成詩境理論的見解原來就如此？雖然學者間所見各有分歧之處，然而像上述所舉出幾位在闡釋詩境問題上具代表學者的論述，彼此共通的地方，就在於都為中唐詩境說設想出一套由外而內，由客觀景物而至於主觀心識的詩境創造理論。就像孫昌武從「取境」到「造境」，再到「緣境」的先後安排，其實基於認為構成詩境的不同方式，由「取境」到「造境」然後發展到「緣境」，在層次上是逐步強調「主觀能動性」，以致在「表達上不斷深化」。周裕鍇則從「緣境」的觀照外在客觀物色，進一步運用「取境」主動選取甚至設計、創造詩境，以至用「造境」方式憑空創造詩境的理論安排，亦正好說明「在心物二元的關係上，大曆以後近禪的詩人日益注重心境的表現」的發展趨向。固然學者間所提出的這種由外而內，由客觀物色依次進入主觀心識的理論詮釋，既架構完備，兼且層次分明，又能配合中唐以來日益重視心性問題的哲學觀念發展歷程，可說是十分完美的闡述。

　　然而問題卻在於，若依上述幾位學者所提出解釋的話，顯然這套由客觀物色依次進入主觀心識的構成詩境理論，既然有先後層次之分，甚至如幾位學者所指，由此反映大曆以後近禪詩人對心物二元關係看法的日益變化，那麼「取境」、「緣境」與「造境」這三種構成詩境的不同方式，是不是也有一段依次「向主觀心性靠攏」的發展歷程，而在建立或提出時因發展階段的不同致有先後之別？可是，上述的三種構成詩境的不同方式，事實上都是同時見之於皎然筆下。像「緣境」一項，便與「取境」同時見之於《詩式》的〈辨體有一十九字〉之內。由此可見中唐詩境說諸家，對於上述構成詩境的不同方式的理解，是否一如以上學者所認為應當分屬三個不同階段，而有層次先後之別，其實是個頗值得存疑的問題。

　　其次是上述所提到，學者們傾向於從逐漸向主觀心性靠攏的角度，說明三種構成詩境方式的差別問題。「取境」、「緣境」與「造

境」三者的排列先後次序，雖然在不同學者的論述中有不同的安排，不過以上不同的詩境構成方式，由客觀外物依次至於主觀心識的看法，在上述各學者的論述當中卻大體上彼此一致。然而值得注意的是，這種從客觀物色與主觀心識差異來說明詩境構成的解釋，從一開始經已與中唐詩境說「境」的觀念有所牴觸。正如孫昌武曾指出的「唯識無境，境由識變」[24]，及周裕鍇所曾指出的「外境都是主觀心性的體現」[25]——在「唯識無境」觀念之下，正因「萬法唯識」，任何「境」都不過出於主觀心識變現而有。隋末唐初時吉藏在《大乘玄論》內早就指出：

> 《唯識論》云：「唯識無境界」，明山河草木，皆是心想，心外無別法。[26]

對於深入了解佛教思想的皎然等人來說，「山河草木，皆是心想」這種「唯識無境」的觀念，又豈會不知？正如前文所論，在隋唐以來的佛教觀念中，一向都強調「離識無境」及「境由心現」，窺基在《成唯識論述記》之中就提出：「心、意、識所緣，皆非離自性」[27]，及「第八心、第七意、餘六識所緣，皆自心為境。」[28] 正因隋唐以來佛

---

24 孫氏釋「取境」時即點出：「唯識家說『唯識無境』，境由識變；文學家則說『取境』。」孫昌武：《佛教與中國文學》（上海市：上海人民出版社，1988年），第4章，〈佛教與中國文學思想〉，頁350。

25 周氏於釋「造境」時嘗指出：「禪宗汲取唯識宗的觀念，把外境歸結為淨心的產物。……外境都是主觀心性的體現。」周裕鍇：《中國禪宗與詩歌》（上海市：上海人民出版社，1992年7月），第4章，〈空靈的意境追求〉，頁133。

26 吉藏：《大乘玄論》，載石峻等編：《中國佛教思想資料選編》（北京市：中華書局，1983年），第2卷，第1冊，頁366。

27 窺基：《成唯識論述記》，載石峻等編：《中國佛教思想資料選編》（北京市：中華書局，1983年），第2卷，第3冊，頁96。

28 同上。

教思想中所稱的「境」，已成為專指關乎心識，甚至不過是屬於心識所顯現的一種心理現象，以此之故，事實上「境」但有內外之分，而無所謂主客之別——這本來就是「境」一詞在佛教思想中的基本觀念。故此所謂「取境」的強調「主觀能動性」；或是從「緣境」到「取境」然後「造境」的「進一步向主觀心性靠攏」等以往學者所提出的種種說法，基本上與佛教「皆是心想」的「境」觀念都可說是背道而馳。既然所有「境」皆出於一心，便根本不存在向主觀心性靠攏的問題。判分為外在客觀物色與內在主觀心識情思，然後分別安插三種構成詩境的方式，由外而內地從客觀依次到主觀的排列，恐怕不過出於現代人內外主客對立觀念的想當然之見，[29] 隋唐時的佛教觀念——至少隋唐時候對於佛教「境」觀念的解釋甚至理解，其實並非如此。

第二節　取境一詞涵義辨析

以往在詮釋中唐詩境說時，之所以會對中唐詩境說內構成詩境的各種不同方式，在理解上出現上述的種種問題，相信癥結就在於對「取境」、「緣境」與「造境」等說明詩境問題起重要作用的一系列專門用語的具體涵義，在解釋方面尚未能充分地掌握所致。在上述提到的三種詩境當中，除了「造境」一詞在解釋上較少爭議之外，其餘對於「取境」和「緣境」兩專門用語的解釋，事實上尚有不少可以商榷的地方。尤其以往對於「緣境」一詞的理解，可說是分歧最大。

---

29 中國傳統哲學與美學著重要求消解主觀與客觀對立，並不以主客二分的觀念為主導思想，有關論證可參見葉朗〈中國傳統美學的現代意味〉一文所闡述。葉朗：〈中國傳統美學的現代意味〉，北京大學中國傳統文化研究中心編：《國學研究》，第2卷（1994年7月），頁9-27。

一　緣境釋義

　　中唐詩境說內「緣境」一詞，主要見之於皎然筆下。皎然〈秋日遙和盧使君遊何山寺宿敾上人房論涅槃經義〉提到：「詩情緣境發，法性寄筌空。」[30] 又在《詩式》的〈辯體有一十九字〉「情」一體下注：「緣境不盡曰情。」[31] 以往論者即據此說明「緣境」的意義。不過，在這兩條資料之中，「緣境」一詞不過是用於說明詩情究竟如何生發，與「取境」所達致的「情」這一體所應有的特色，事實上皎然並未對「緣境」一詞涵義予以任何的解釋或說明。羅宗強遂以「寄託於境」解「緣境」，大抵不過依據「詩情緣境發」一句的文意推斷而來。至於周裕鍇本於宗密「心不孤起，託境方生」之說，以「外境能反作用於主觀心緒」解釋「緣境」，這種心託於境的解釋，實際上與羅宗強「寄託於境」的說法彼此相通，唯一分別在於強調了由外境對主觀心緒的作用，而區別於由主觀心緒作用於外境的「取境」。然而上述宗密「託境方生」的說法，在周氏所舉二句之後，其實尚有「境不自生，由心故現」兩句，[32] 與「心不孤起，託境方生」一併用作說明「心境互依」的關係，也就是說不但外境能作用於心，心也同時可以作用於外境，所以本來就並非單方面指外境作用於主觀心緒。況且以宗密上述對於心境關係的說明去解釋「緣境」一詞，亦未見得有任何的依據。以上學者間對於「緣境」一詞的解釋，彼此共通之處在於都並未從語彙源出，甚至佛學上的特殊涵義來追溯其中的確實意思，以致對於「緣境」一詞的解釋，幾乎抵於人言人殊的地步。

---

30 皎然：〈秋日遙和盧使君遊何山寺宿敾上人房論涅槃經義〉，《全唐詩》（北京市：中華書局，1985年），卷815，頁9175。

31 皎然：《詩式》，張伯偉編校：《全唐五代詩格校考》（西安市：陝西人民教育出版社，1996年7月），卷1，〈辯體有一十九字〉，頁220。

32 宗密：〈禪源諸詮集都序〉，載石峻等編：《中國佛教思想資料選編》（北京市：中華書局，1983年），第2卷，第2冊，頁434。

　　至於孫昌武對於「緣境」一詞的解釋，正是能夠從語源上以至佛
教觀念上追尋本義，並從唯識學觀點說明這種構成詩境方式的特點，
然而以「所緣緣」概念解釋「緣境」，卻恐怕與中唐詩境說所提出關乎
詩歌創作的「緣境」一詞原來意思或有出入。「緣境」本為佛學上常見
的用語，像六朝時真諦所譯《攝大乘論》內，便提到「緣境」一詞：

　　　　已變異識不可成立，為意識依止不清淨故，長時緣境故，所緣
　　　　境不可知故。[33]

唐代道宣（西元596-667年）在《廣弘明集》內亦提及「緣境」的問題：

　　　　心存而化行，想滅而境絕。此則內檢其心，而不緣於外境。[34]

由上述所舉各例可知，「緣境」都和心識相關涉。倘若更照道宣之說
推論，之所以會心緣於外境，實由於不能「內檢其心」所致。又「緣
境」之義，圓暉在《俱舍論頌疏》中，釋「緣」一詞意義時便提出：

　　　　「緣」謂攀緣。心、心所法名為「能緣」，境名「所緣」。[35]

依圓暉解釋，「緣」即「攀緣」，所以「緣境」者，即心識攀緣於境之
意。至於學者所提出用以解釋「緣境」的「所緣緣」，亦屬於佛學上
常見的用語。「所緣緣」又可略稱為「緣緣」，屬於佛學上的「四緣」

33　真諦譯：《攝大乘論》，《佛藏要籍選刊》（上海市：上海古籍出版社，1994年），第9
　　冊，卷上，頁887。

34　道宣：《廣弘明集》（《佛藏要籍選刊》本），第3冊，卷15，〈佛德篇序〉，頁951。

35　圓暉：《俱舍論頌疏》，《大正新脩大藏經》（臺北市：中華佛教文化館影印日本大正
　　新脩大藏經，1957年），第41卷，論疏部2，卷2，頁828。

之一。[36] 隋時慧遠於《大乘義章》中釋「四緣」內的「緣緣」（即「所緣緣」）之義便謂：

> 言「緣緣」者，六塵境界為心所緣，故名為「緣」；由彼所緣，與心作緣，故名「緣緣」。[37]

故知「緣緣」或「所緣緣」之義，即「由彼所緣，與心作緣」，所以「所緣緣」的意思其實指「所緣」之「緣」，[38] 對此慧遠有清楚的說明：

> 所言「緣」者，由籍之義。[39]

可見「所緣緣」者，不過是指能夠生起能緣心識的一種憑藉而已。玄奘所譯《觀所緣緣論》釋「所緣緣」亦指出：

> 「所緣緣」者，謂能緣識帶彼相起，及有實體令能緣識託彼而生。[40]

所謂「令能緣識託彼而生」，便明確地說明「所緣緣」即是能引起心識作用於境相的各種原因或條件。[41] 又熊十力在《佛家名相通釋》

---

36 參見《佛光大辭典》（北京市：書目文獻出社影印臺灣佛光山出版社1989年版，缺年份），第2冊，〈四緣〉條，頁1832-1833。

37 慧遠：《大乘義章》，《大正新脩大藏經》，第44卷，諸宗部1，卷3，頁516。

38 參見呂澂：〈論奘譯觀所緣論釋論之特徵〉，《呂澂佛學論著選集》（濟南市：齊魯書社，1991年），卷1，頁55。

39 慧遠：《大乘義章》，《大正新脩大藏經》，第44卷，諸宗部1，卷3，頁516。

40 陳那撰，玄奘譯：《觀所緣緣》（《佛藏要籍選刊》本），第9冊，頁971。

41 參見《佛光大辭典》，第4冊，〈所緣緣〉條，頁3251。原文謂：「梵語ālambana-pratyaya。又作『緣緣』。即所緣之緣。四緣之一。」及「若心、心作用之對象成為原因，而令心、心作用產生結果之時，心及心作用之對象即稱為『所緣緣』。」

內，釋佛學上「緣」一詞的不同涵義時經指出：

> 「緣」字有二義：一緣慮義，如「能緣」之「緣」是也，猶云
> 能知或能觀等。二緣藉義，如「緣生」之「緣」是也。凡內典
> 中言「緣起」，言「眾緣」，言「四緣」等者，皆此中第二義
> 攝。[42]

據熊氏所釋，清楚可見「緣境」中解作「緣慮」之義，即熊氏所謂作
能知或能觀等解釋的「緣」；與屬於「四緣」之一，解作「緣藉」的
「所緣緣」的「緣」，兩者的涵義根本不同。正因「所緣緣」為一種
條件或憑藉，而「緣境」則指對境緣慮的一種功能或作用，兩者無論
在詞性上或在解釋上本來就有所分別。若以「所緣緣」解釋「緣
境」，似乎就並未符合「緣境」一詞在佛學上的原來意思。

　　從圓暉以上的解釋，可以知道「緣境」即其心攀緣於境。至於所
謂「攀緣」者，鳩摩羅什在注《維摩詰經》「從有攀緣，則為病本」
一句時便指出：

> 心有所屬，名為攀緣。攀緣取相，是妄動之始，病之根也。[43]

又僧肇在注《維摩詰經》「若無所得，則無攀緣」一句時亦指出：

> 所以攀緣，意存有取；所以有取，意存有得。[44]

---

42 熊十力：《佛家名相通釋》（上海市：東方出版中心，1996年），卷下，〈諸識〉條，
　　頁96。

43 鳩摩羅什、僧肇及竺道生等注：《注維摩詰所說經》（上海市：上海古籍出版社影印
　　民國間刊本，1990年），卷5，〈文殊師利問疾品〉，頁108。

44 同上。

依鳩摩羅什與僧肇解釋,「攀緣」即心意有所屬、有所取。準此而論,則「攀緣」亦即「取」之意。此外僧肇在注《維摩詰經》「無取是菩提,離攀援故」一句時又指出:

> 情有所取,故攀於前緣。若離攀緣,則無所取。[45]

由此可見「攀緣」與「取」兩者間關係——「情有所取」即為「攀緣」,離於攀緣則無所取。因「情」字為「根」字舊譯,故此依僧肇解釋,根有所取便為之「攀緣」。然而正如前文所述,根所取對象為境,據此而言則「攀緣」於境的「緣境」,不過亦即「取境」而已。

二　取境釋義

中唐詩境說內「取境」之說,明確見之於皎然詩論之中。皎然於《詩式》卷一之內專立「取境」一項,並對此說明謂:

> 評曰:或云,詩不假修飾,任其醜樸,但風韻正,天真全,即名上等。予曰:不然。無鹽闕容而有德,曷若文王太姒有容而有德乎?又云,不要苦思,苦思則喪自然之質。此亦不然。夫不入虎穴,焉得虎子?取境之時,須至難至險,始見奇句。成篇之後,觀其氣貌,有似等閒,不思而得,此高手也。有時意靜神王,佳句縱橫,若不可遏,宛如神助。不然,蓋由先積精思,因神王而得乎?[46]

---

45 同上,卷4,〈菩薩品〉,頁78。

46 皎然:《詩式》,張伯偉編校:《全唐五代詩格校考》(西安市:陝西人民教育出版社,1996年7月),卷1,〈取境〉,頁210。

此外在同卷「辯體有一十九字」一項之下，亦論及「取境」的問題：

> 評曰：夫詩人之思初發，取境偏高，則一首舉體便高；取境偏
> 逸，則一首舉體便逸。才性等字亦然。[47]

在上述有關「取境」問題的直接論述當中，正如以往學者所指出的，
皎然並未對「取境」一詞的具體含義有任何界定或闡釋。[48] 這情況正
和上文所提到的，皎然未嘗對「緣境」一詞加以任何解釋的做法可謂
如出一轍。亦正因如此，所以對中唐詩境說內「緣境」、「取境」等概
念，在學者間會出現種種不同的理解。

　　事實上「緣境」、「取境」均為習見於中唐時的佛教用語，皎然本
為中唐詩僧，是以上述佛教用語出現於皎然詩論當中，自然不足為
怪。不過問題卻在於兩者被吸納用於詩論中以後，是否會被另外賦予
特殊的涵義，還是仍然保留著佛學上原先的意思？倘若對照於《詩
式》中對具備特殊涵義用語的處理方法，如〈辯體有一十九字〉中，
特意點明在這套詩論中「靜」、「遠」等用語的特殊涵義的做法，便會
明白假使皎然《詩式》內所用「緣境」與「取境」等用語亦具備特殊
內涵的話，照理不應一無交代。這種完全不加上任何補充或說明的做
法，相信其實基於認為概念既已流通於世，故此更毋庸費詞交代而
已。換言之，皎然詩論中所用「緣境」、「取境」等概念，所用的不過
仍為當時佛教思想中原來通行的意思，其實並未賦與特殊的涵義或詩
學理論上的新解釋。

　　正如上文所提及，「取境」一詞本來亦源出自佛教，屢見於佛典之
中，如北魏時菩提流支所譯《唯識論》內，便論及「取境」的問題：

---

47 同上，卷1，〈辯體有一十九字〉，頁219。
48 參見李壯鷹：《詩式校注》（濟南市：齊魯書社，1986年3月），〈前言〉，頁10。

以識能取外境界者。[49]

若爾內識為可取為不可取？若可取者，同色、香等外諸境界。[50]

依《唯識論》所言，「取境」所針對者當為識與外境二事。此外梁代真諦所譯的《轉識論》中又提到：

無境可取，識不得生。[51]

便明確提出需「取境」然後生識。稍後隋時慧遠在《大乘義章》中亦論及「取境」的問題：

六識相望，取境各別。[52]

同卷又云：

所起六識，依根不同，取境各別。[53]

至於「取境」一詞的意思，其中的所謂「取」，除了如上文所指即為「攀緣」之外，其實亦即「取著」、「取執」之意。慧遠在《大乘義章》中釋「取」一詞詞義時又指出：

取著境界，故名為「取」。[54]

---

49 菩提流支譯：《唯識論》，《大正新脩大藏經》，第31卷，瑜伽部下，頁67。
50 同上。
51 真諦譯：《轉識論》，《大正新脩大藏經》，第31卷，瑜伽部下，頁62。
52 慧遠：《大乘義章》，《大正新脩大藏經》，第44卷，諸宗部1，卷3末，頁525。
53 同上。
54 同上，卷4，頁548。

> 心有取執，即名為「取」。[55]
> 已有思想追求前境，未能造境身行欲事，是時名「取」。[56]

可見「取境」即其心取著、取執或刻意追求於境。而從慧遠上述「未能造境身行欲事」的說明中，又知「取境」與「造境」兩者之間，其實有一定的區別。對於「取境」的取執於外境，窺基於《成唯識論述記》中有明確的說明：

> 此等取境者，彼執心外之境是所緣，心上有似所緣之相名行相。[57]

又普光於《俱舍論記》卷二中提到：

> 若於彼色等境，此眼、耳等，有見、聞等取境功能，即說彼色等為此眼等境。[58]

上文經論證「緣境」者本指心識攀緣於境，對境有「能知」、「能觀」等功能；而此處據普光眼、耳等六根對色、聲等境，具有「見、聞等取境功能」的解釋，又知所謂「取著」或「取執」於心外之境的「取境」者，具體而言亦指諸識依眼、耳等諸根，作用於外境而有的見、聞等功能。合二者觀之，即可見所謂「緣境」與「取境」二者，同樣是指對境起能知、能觀等「攀緣」或「緣慮」的作用或功能而已，由

---

55 同上，卷3末，頁550。
56 同上，卷3末，頁549。
57 窺基：《成唯識論述記》（上海市：上海古籍出版社影印清刻本，1995年），卷3本，頁204。
58 普光：《俱舍論記》，《大正新脩大藏經》，第41卷，論疏部2，卷2，頁34。

此更足以證明「取境」與「緣境」兩者,彼此在解釋上本來就相通。
正因在唐代佛教思想中,一般來說「取境」與「緣境」兩者所指本為
同一事,[59] 故此在論述詩境的構成方式時,一般學者往往將「取境」
與「緣境」,按所謂客觀物色依次進入主觀心識的不同層次來判分為
二的做法,可說是基於對「取境」與「緣境」兩者涵義,並未真正了
解而產生的誤會。

第三節　中唐詩境說的取境之道

至於如何將「取境」或「緣境」的觀念落實到文學理論之內;甚
至在詩歌的創作過程之中,應當如何去「取境」或「緣境」等問題,
事實上都可從中唐詩境說諸家對此的有關論述當中得以考見。皎然在
《詩式》之內就專立「取境」一項,闡述在詩歌創作過程當中有關
「取境」的具體做法,這段文字雖然在交代中唐詩境說的形成時已徵
引過,但因對說明「取境」問題極重要,茲再舉出於下:

> 評曰:或云,詩不假修飾,任其醜朴,但風韻正,天真全,即
> 名上等。予曰:不然。無鹽闕容而有德,曷若文王太姒有容而
> 有德乎?又云,不要苦思,苦思則喪自然之質。此亦不然。夫

---

59 案若依《俱舍論》之說,則「取境」與「緣境」兩者亦可細分。圓暉《俱舍論頌
疏》卷二便指出:「謂所緣有對,必是境界有對。以心、心所緣起時,必取境
故。自有境界有對,而非所緣有對。謂眼等五根,以眼等根能取境故,名境界有
對,不緣境故,非所緣有對。」可知「緣境」必先「取境」;而「取境」卻未必
「緣境」。對此圓暉說明云:「如有色處,其心欲生,被他聲礙,心遂不起。」故此
雖然同樣為根與識對境的作用,然而兩者最大分別,在「取境」僅就根、境與識三
者而言,不一定涉及心與心所的問題;而「緣境」除包括「取境」外,尚能令心、
心所等生起。不過事實上在隋唐以來佛教觀念中,少有如此嚴格區分二者,如窺基
《成唯識論述記》卷六云:「心等取境作意功力,警心、心所令取所緣。」可見
「取境」亦指心及心所對境的作用,在意思上已等同於「緣境」。

> 不入虎穴，焉得虎子？取境之時，須至難至險，始見奇句。成
> 篇之後，觀其氣貌，有似等閒，不思而得，此高手也。有時意
> 靜神王，佳句縱橫，若不可遏，宛如神助。不然，蓋由先積精
> 思，因神王而得乎？[60]

此外在《詩式》卷一「辯體有一十九字」一段文字中，亦涉及關於
「取境」的問題：

> 評曰：夫詩人之思初發，取境偏高，則一首舉體便高；取境偏
> 逸，則一首舉體便逸。才性等字亦然。[61]

因為「取境」一詞由皎然在《詩式》中正式提出，所以若從用語上對
中唐詩境說的「取境」概念展開考察的話，便需要先由皎然有關詩境
的論述——尤其直接涉及「取境」概念的部分開始。雖然正如上文所
述，這兩條資料並未對「取境」一詞加以明確界定或闡釋，就如李壯
鷹在《詩式校注・前言》中所指出的：「關於『取境』的具體含義，
《詩式》中並沒有進行深入闡發。」[62] 不過，縱使這兩條資料對「取
境」一詞詞義理解幫助不大，然而不能否認的是，對於詩歌創作中有
關「取境」的過程、取向以至果效等問題，在上述資料中都或多或少
地有所描述或說明。況且除了對上述直接論述「取境」問題的這些資
料加以分析外，要深入了解皎然所提出在詩歌創作過程中「取境」這
一重要概念的話，其實還可以結合與「取境」有關的其他資料，從彼
此的相互參照或補充當中，對詩歌創作中「取境」的具體做法得以進
一步的說明。

---

60 皎然：《詩式》，張伯偉編校：《全唐五代詩格校考》（西安市：陝西人民教育出版社，
　　1996年7月），卷1，〈取境〉，頁210。

61 同上，卷1，〈辯體有一十九字〉條，頁219。

62 李壯鷹：《詩式校注》（濟南市：齊魯書社，1986年），〈前言〉，頁10。

一 取境與精思

在《文鏡秘府論》南卷〈論文意〉之內，收錄了皎然《詩議》以下的一段文字，[63] 與《詩式》內的「取境」條所述足以相互印證：

> 或曰：詩不要苦思，苦思則喪於天真。此甚不然，固當繹慮於險中，採奇於象外，狀飛動之句，寫冥奧之思。夫希世之珍，必出驪龍之頷，況通幽含變之文哉？但貴成章以後，有易其貌，若不思而得也。「行行重行行，與君生別離」，此似易而難到之例也。[64]

除闕去開首「或云詩不假修飾」，及最後「有時意靜神王」兩段外，上述《詩議》這段文字，與《詩式》「取境」條中段所述，在意思上可說是極為接近。茲將兩者內容列表比較如下：

《詩式》	《詩議》
又云，不要苦思，苦思則喪自然之質。此亦不然。	或曰：詩不要苦思，苦思則喪於天真。此甚不然。
夫不入虎穴，焉得虎子？	夫希世之珍，必出驪龍之頷，況通幽含變之文哉？

---

63 皎然撰有《詩議》及《文鏡秘府論》收錄皎然《詩議》中文字，詳見張少康〈皎然《詩式》版本新議〉一文所論。張少康：〈皎然《詩式》版本新議〉，北京大學中國傳統文化研究中心編：《國學研究》第2卷（1994年7月），頁131-142。又此段自「或曰：詩不要苦思」至「況通幽含變之文哉」，同時又見於《吟窗集錄》卷七所收題為皎然《詩議》之內，故學者多認為此段確屬皎然《詩議》文字。參見王利器《文鏡秘府論校注》（北京市：中國社會科學出版社，1983年7月），南卷〈論文意〉，頁311「或曰」下注文；及張伯偉編校《全唐五代詩格校考》（西安市：陝西人民教育出版社，1996年7月）頁177內皎然《詩議》內〈解題〉論述。

64 〔日〕空海：《文鏡秘府論》，王利器：《文鏡秘府論校注》（北京市：中國社會科學出版社，1983年7月），南卷，〈論文意〉，頁326。

《詩式》	《詩議》
取境之時，須至難至險，始見奇句。	固當繹慮於險中，採奇於象外，狀飛動之句，寫冥奧之思。
成篇之後，觀其氣貌，有似等閒，不思而得，此高手也。	但貴成章以後，有易其貌，若不思而得也。……此似易而難到之例也。

兩相比較之下，可以見出彼此在整體意思方面，以至個別用詞方面都有顯著相同之處。大體上來說彼此所述詳略縱使有不同，部分地方的用語雖然也有出入，然而綜觀兩段，整體來說兩者在立意上卻是明顯地頗為一致，故此可以相信《詩議》這段文字，其實同樣屬於對「取境」問題的闡述，與《詩式》「取境」條所述足以互相補充及印證。

相對而言，上述《詩議》這段文字，對於「取境」問題的描述，較諸《詩式》「取境」條所述更為具體明確。《詩式》「取境」條所述簡略，若參照於上述《詩議》一段文字的話，可供彼此相互發明有關「取境」問題的有以下幾方面：

首先是對於「取境」與「苦思」兩者之間關係的說明。《詩式》「取境」條先後提出作詩「不要苦思」，與「取境」時「須至難至險」的要求，但「苦思」與「取境」其間的關係如何？是否「取境」即「苦思」？中間如何將兩者扣連，《詩式》這段對於「取境之時」的說明，於此未有一明確的交代。不過從《詩式》與《詩議》同樣提出在「成篇」或「成章」後應似「不思而得」的這點，可以反證既然「成篇以後」應似若「不思而得」，則與此相對的「取境之時」就必然需要苦思。值得注意的是，《詩議》在提出反對「詩不要苦思」之說後，隨即指出「固當繹慮於險中，採奇於象外，狀飛動之句，寫冥奧之思」。一方面，從「繹慮」與「冥奧之思」，可以證明「取境」不離於思慮；而另一方面，從「固當」一詞及這段的上下文義判斷，又明確可見「繹慮」四句，是承接上文反對「詩不要苦思」觀點後，進

一步提出「苦思」應有做法的具體說明，由此可見「取境」與「苦思」兩者之間有著密切的關係。

其次是可以說明在「取境」過程當中，有關「至難至險」的問題。在上述《詩式》的這段文字之中，提出了「取境之時，須至難至險」的說法。然而所謂「至難至險」，除了上文入虎穴的比喻外，究竟其中「難」與「險」的具體所指是什麼，在闡述「取境」的這段文字內，其實並未予以清楚說明。不過，倘若參照於《詩議》對「取境」過程的有關描述的話，從「繹慮於險中，採奇於象外，狀飛動之句，寫冥奧之思」一段，便知所謂「至難至險」者，其實指「取境」之時苦思的情況。尤其「繹慮於險中」一句，因為其「險」在於「繹慮」，故知「取境」時所要求的「至險」，事實上不離於創作思考。「繹」即尋繹[65]，「慮」即思慮[66]。「繹慮」就是於思慮中尋繹，亦即是上文所述的「苦思」。至於下文的「寫冥奧之思」，便是對「繹慮於險中」的具體說明。故此可以說皎然的「取境」於「至難至險」的要求，實際上是指在詩歌創作過程中，透過繹慮苦思而將「冥奧之思」寫出的做法。

此外還可以說明在取境以後達致「始見奇句」效果的問題。《詩式》提出「取境之時，須至難至險」的要求，最終目的就在於「始見奇句」。然而怎樣才算是「奇句」？究竟「奇」一詞所指的又是什麼？在《詩式》「取境」一段內亦未對此加以闡釋。在《詩議》有關「取境」的說明中，除了如上文所述提到取境時所謂「險」的問題之外，同時又提到取境時所謂「奇」的問題。自《詩議》指出取境當

---

65 《論語·子罕》「巽與之言，能無說乎？繹之為貴。」邢昺疏：「繹，尋繹也。」何晏集解，邢昺疏：《論語注疏》，《十三經注疏》（北京市：中華書局影印世界書局縮印阮元刻本，1980年），卷9，〈子罕〉，頁2491。

66 謝靈運〈石壁精舍還湖中〉「慮澹物自輕」一句，《文選》呂向注以「思慮澹然」釋「慮澹」，故知「慮」即思慮。蕭統編，李善、呂向等注：《六臣註文選》，《四部叢刊初編》縮印本（上海市：商務印書館，1936年），卷22，頁409。

「採奇於象外」的說明中，可知取境於至難至險而得以見「奇句」的
原因，就在於「採奇於象外」。因為「繹慮於險中，採奇於象外，狀
飛動之句，寫冥奧之思」四句交錯成文，下文的「寫冥奧之思」，在
於說明「繹慮於險中」的所得；而「狀飛動之句」，則在於說明「採
奇於象外」的結果，故此又知《詩式》中提到取境於至難至險之中所
得的「奇句」，具體而言其實指採之於象外的「飛動之句」。

　　雖然取上述兩段參照，可以得知「取境」之時既需要苦思；又知
所謂「取境」於「至難至險」者，其實指「繹慮於險中」；而「取
境」所得「奇句」，即為採之於象外的「飛動之句」——然而若要進
一步追問，怎樣才可做到「繹慮於險中，採奇於象外」？又如何才能
從「取境」時的繹慮苦思之中，最終得以「寫冥奧之思」與「狀飛動
之句」？甚至「取境」於「至難至險」的「至難」，究竟所指的又是
什麼？在上述兩段之中，似乎都未能對此提供明確的答案。倘若要清
楚說明中唐詩境說的「取境」理論的話，以上這些問題其實都是值得
深究的。

　　除了上述《詩議》一段相關文字，可與《詩式》「取境」條彼此
參照之外，在皎然《詩式・序》開首一段所述，亦可與以上兩條資料
相互補充發明，有助於說明「取境」的問題：

　　　夫詩者，眾妙之華實，六經之菁英。雖非聖功，妙均於聖。彼
　　　天地日月玄[67]化之淵奧，鬼神之微冥，精思一搜，萬象不能藏
　　　其巧。其作用也，放意須險，定句須難。雖取由我衷，而得若
　　　神授[68]。至如天真挺拔之句，與造化爭衡，可以意冥，難以言

67　案：「玄」字原避諱作「元」，因「玄化」一詞乃佛書所習見者（如《因明入正理論
　　後序》即有「洞數玄化」），故改回「玄」字。

68　案：「授」字原作「表」，唯「神表」不可解，王夢簡《詩要格律》引此作「授」，
　　則與前「得」字相應，故據改。王夢簡《詩要格律》見《吟窗雜錄》（北京市：中
　　華書局影印臺灣中央圖書館藏明抄本，1997年11月），卷15，頁486。

狀，非作者不能知也。[69]

從以上的這段資料當中，可以更明確地知道《詩式》「取境」條所提出的「取境之時，須至難至險」，其中「至難至險」的具體所指。雖然正如上文所論，從《詩議》「繹慮於險中」及「寫冥奧之思」之中，得知「取境」中的所謂「至難至險」，事實上與創作時的繹慮苦思有關，然而若印證於《詩式・序》這段所述，從「放意須險，定句須難」的說明中，便知所謂「至險」者，所指的其實是「放意」方面的問題；而所謂「至難」者，所指的則是「定句」方面的問題。亦由此可知皎然所提出作詩時的「取境」，事實上分別針對「定句」與「放意」二者而言。再以此反觀於《詩議》對此的描述，便可明白「固當繹慮於險中」與「寫冥奧之思」二句，其實在於說明「取境」時的「放意」之險；而「採奇於象外」與「狀飛動之句」，則不過在於說明「取境」時的「定句」之難而已。

然而正如上文所提出的，在「取境」的整個過程之中，究竟怎樣才能從苦思的「繹慮於險中」，而最終得以寫出「冥奧之思」與「飛動之句」？這一問題相信可以參考上文所提出的《詩式》「取境」條，在最後所提到關於怎樣寫出「佳句」的說明部分：

> 有時意靜神王，佳句縱橫，若不可遏，宛如神助。不然，蓋由
> 先積精思，因神王而得乎？[70]

「有時意靜神王，佳句縱橫，若不可遏，宛如神助」一節，本針對《詩式》「取境」條上文所提到作詩應「不要苦思」的說法而言。既

---

69 皎然：《詩式》，張伯偉編校：《全唐五代詩格校考》（西安市：陝西人民教育出版社，1996年7月），卷1，〈序〉，頁199。
70 同上，卷1，〈取境〉，頁210。

然謂「有時」，則可見一般來說並非如此。對此皎然在下文便提出了
補充，認為之所以能夠「佳句縱橫」，事實上並非真的可以「不思而
得」，只不過是由於能「先積精思」，在「神王」之下得以獲得「佳
句」而已。

　　皎然在對「取境」的這段論述之中，清楚點出在「取境」之時，
「佳句」或「奇句」的獲得可以有兩種情況：一種是在正常情況下，
透過苦思繹慮而獲致的「奇句」；另一種則是在偶然情況下，因平日
已積有「精思」，遇上「意靜神王」而令「佳句」縱橫而出。皎然對
於作詩「取境」時所以獲致佳句、奇句的以上說明，固然大有借助禪
門「漸悟」與「頓悟」之辨，甚至統合「頓」、「漸」為一的佛學觀
念，來說明詩歌創作必須苦思的道理之嫌；不過，以此對照於《詩
式‧序》，便知除了在「意靜神王」之下，由於「精思」的作用而能
夠獲得佳句之外；從《詩式‧序》提到「精思」作用在於「放意須
險，定句須難」的說明中，並且可以知道平常透過苦思繹慮，於險中
放意，於難中定句的這種「取境」成詩方式，之所以能夠獲得奇句，
亦不過同樣在於「精思」的作用而已。由此可見要在「取境」時獲得
「奇句」、「佳句」，以至所謂「飛動之句」的話，關鍵就在於能夠以
「精思」作用於其間。

　　《詩式》「取境」條中所提及的「精思」，是令「取境」得以「佳
句縱橫」的關鍵所在。《詩式‧序》對於「精思」的說明，是「彼天
地日月玄化之淵奧，鬼神之微冥，精思一搜，萬象不能藏其巧。」可
知「精思」也就是用以搜覓於「萬象」，使「天地日月玄化之淵奧，
鬼神之微冥」都「不能藏其巧」的詩人之思，亦即上文提到在《詩
式》「辯體有一十九字」內所述用作「取境」的「詩人之思」。憑著這
份「精思」，詩人得以在「取境」之時，深入到宇宙間一切事物的微
冥淵奧之中，而搜覓出萬象之巧——這正說明了何以「取境」可以透
過「繹慮於險中」，而得以「寫冥奧之思」與「採奇於象外」。

二　冥搜於物象

　　在《詩式・序》中所述的這種以「精思」搜於「萬象」，令天地間淵奧微冥無所遁形，以求獲得奇句的詩歌創作方式，雖然在皎然《詩式》說明「取境」過程時，對此有以上種種的具體描述，然而這種作詩方法其實並不創始於皎然。這種以精思搜於萬象以求奇句的創作方法，事實上在皎然之先早經存在，前人對此或稱之為「搜奇」，或稱之為「搜思」，或稱之為「搜覓」，或稱之為「搜詩」，或稱之為「搜句」，或稱之為「搜吟」，甚至有簡稱之為「搜」者。雖然歷來對此所稱不一，不過較普遍的做法則是以「冥搜」稱之。

　　「冥搜」一詞，最先見於晉代孫綽（西元320-380年）的〈遊天台山賦・序〉之中：

> 非夫遠寄冥搜，篤信通神者，何肯遙想而存之？余所以馳神運
> 思，晝詠宵興，俛仰之間，若已再升者也。[71]

此段李善注云：「言非寄情遐遠，搜訪幽冥，篤信善道，通神感化者，何肯存之也。」[72] 呂延濟注：「冥，幽。搜，求。……非遠託幽求，厚信通神，安肯遠思之也。」[73] 李善以「搜訪幽冥」釋「冥搜」，固因孫綽在本篇上文中，以「所立冥奧，其路幽迴」形容天台山，故李善有此說。然而其中「幽冥」一詞所指，與原文文意未盡合；而呂延濟以「幽求」釋「冥搜」，似亦近乎望文生義。於此呂注的「遠託幽求」解釋，固然頗令人費解；至於李注以「搜訪幽冥」釋

---

71 孫綽：〈遊天台山賦〉，蕭統編，李善、呂向等注：《六臣註文選》（《四部叢刊初編》縮印本），卷11，頁208。

72 同上，孫綽〈遊天台山賦〉，李善注。

73 同上，孫綽〈遊天台山賦〉，呂延濟注。

「冥搜」，其中「幽冥」二字，按文意當指「所立冥奧，其路幽迴」的天台山，而注釋中的「訪」字，尤易令人以為「冥搜」即親臨其地。然而若考諸原文，在「冥搜」一段下，本有「遙想而存之」的說明，顯然所謂「冥搜」者，其實不過存之於心中而遙想之耳。至於下文「馳神運思，晝詠宵興，俛仰之間，若已再升者也」一段，亦正說明「遙想而存之」者，只不過在「馳神運思」之間。尤其值得注意的是，篇中「冥搜」一段，本在於申明「圖像之興，豈虛也哉」[74] 之意。李周翰於〈遊天台山賦〉題下，注明本篇寫作緣起云：

> 孫綽為永嘉太守，意將解印以向幽寂，聞此山神秀，可以長往，因使圖其狀，遙為之賦。[75]

呂延濟於「冥搜」一段後亦注明：「綽使圖畫此山，觀而慕之。」[76] 可見孫綽之所謂「遠寄冥搜」，其實指藉觀圖神馳而遙想其境而已。由此可知「冥搜」之義，本來指於想像中馳思追求異乎人寰的靈秀之境，與親歷其境以一身躬自登山臨水的尋幽探勝原自有別。

　　到後世所用「冥搜」一詞，往往在運用上對於原先意義的某一部分有所側重。有偏重於其中遠訪幽境以求出世之意者，如宋之問（西元？-712年）〈景龍四年春祠海〉「仙事與世隔，冥搜徒已屢。」[77] 孫逖（生卒不詳，開元中擢左拾遺）〈和登會稽山〉「冥搜信沖漠，多士期標準。」[78] 及李白〈越中秋懷〉「越水遶碧山，周迴數千里。乃是

---

74 孫綽：〈遊天台山賦〉，蕭統編，李善、呂向等注：《六臣註文選》（《四部叢刊初編》縮印本），卷11，頁208。

75 同上，孫綽〈遊天台山賦〉題下李周翰注。

76 同上，孫綽〈遊天台山賦〉，呂延濟注。

77 宋之問：〈景龍四年春祠海〉，《全唐詩》，卷51，頁621。

78 孫逖：〈和登會稽山〉，《全唐詩》，卷118，頁1186。

天鏡中，分明畫相似。[79] 愛此從冥搜，永懷臨湍遊。」[80] 其中所謂
「冥搜」，都不離於登山臨水以遠遊於塵外之意。又李白於〈早春於
江夏送蔡十還家雲夢序〉中更云：

> 白遐窮冥搜，亦已早矣。海草三綠，不歸國門，又更逢春，再
> 結鄉思。[81]

顯見「冥搜」一詞，於此作遠遊於塵外之意解。此外韋應物（西元
737-約790年）〈李博士弟以余罷官居同德精舍共有伊陸名山之期久而
未去枉詩見問中云宋生昔登覽末云那能顧蓬蓽直寄鄙懷聊以為答〉一
詩云：「冥搜企前哲，逸句陳往跡。」[82] 其中「冥搜」一詞，若對照
於詩題所述，可見亦即擺落功名而登覽名山之意。又杜甫〈敬贈鄭諫
議十韻〉有「多病休儒服，冥搜信客旌。」[83] 仇兆鰲（1638-
1713？）注亦指出：「冥搜，搜尋幽勝。」[84] 而歐陽詹（西元798-？
年）於〈題華十二判官汝州宅內亭序〉中更謂：「虛廓其靈，恬澹其
性，由才不才矣，非逃名遠世，方曰冥搜。」[85] 則唐代時「冥搜」一
詞，多指「逃名遠世」之義亦甚明確。

　　另一方面，唐人用「冥搜」一詞，又有偏重其中馳神運思之義
者，如王昌齡〈箜篌引〉「明光殿前論九疇，簏讀兵書盡冥搜。為君

---

79 原注四句「一作：蹈海思仲連，遊山慕康樂。攀雲窮千峰，弄水涉萬壑。」
80 李白：〈越中秋懷〉，《全唐詩》，卷183，頁1861。
81 李白：〈早春於江夏送蔡十還家雲夢序〉，《全唐文》（北京市：中華書局，1983年），
　　卷349，頁3536。
82 韋應物：〈李博士弟以余罷官居同德精舍共有伊陸名山之期久而未去枉詩見問中云
　　宋生昔登覽末云那能顧蓬蓽直寄鄙懷聊以為答〉，《全唐詩》，卷190，頁1944。
83 杜甫：〈敬贈鄭諫議十韻〉，《全唐詩》，卷224，頁2389。
84 仇兆鰲：《杜詩詳注》（北京市：中華書局，1979年），卷2，〈敬贈鄭諫議十韻〉注，
　　頁112。
85 歐陽詹：〈題華十二判官汝州宅內亭序〉，《全唐詩》，卷349，頁3907-3908。

掌上施權謀，洞曉山川無與儔。」[86] 又張懷瓘（生卒不詳，開元間任翰林供奉）〈評書藥石論〉亦云：「古人妙跡，用思沈鬱，自非冥搜，不可而見。」[87] 則顯然此處所指為馳思其間甚或苦心思考，本無關乎出世遠遊之義。「冥搜」此一苦心馳思之義，又有專指文思甚至詩歌創作構思者，如杜甫〈送韋十六評事充同谷郡防禦判官〉「論兵遠壑淨，亦可縱冥搜。題詩得秀句，札翰時相投。」[88] 可見「冥搜」於此指「題詩得秀句」之先的創作構思過程，故此宋人師古注即云：「冥搜，即搜吟也。」[89] 又權德輿〈寄臨海郡崔稚璋〉云：「吏隱豐暇日，琴壺共冥搜。新詩寒玉韻，曠思孤雲秋。」[90] 亦可見「冥搜」者，其實指詩歌創作構思而言。「冥搜」一詞，自中唐以後屢見於文士筆下，往往多採用上述這一意義。如李群玉（西元813-860年）〈洞庭驛樓雪夜讌集奉贈前湘州張員外〉「擲筆落郢曲，巴人不能酬。是時簪裾會，景物窮冥搜。」[91] 齊己（西元864-943？年）〈酬尚顏上人〉「還憐我有冥搜癖，時把新詩過竹尋。」[92] 尚能（生卒不詳，唐末僧）〈中秋旅懷〉「冥搜清絕句，恰似有神功。」[93] 可見其中所謂「冥搜」者，俱不離於屬思成詩之義。這種苦心馳思作詩之法，至宋代尚流行於一時，在宋人筆記小說中不乏有關記述。像文瑩（生卒不詳，北宋熙寧〔1068-1077〕時人[94]）《湘山野錄》中就有如下記載：

---

86 王昌齡：〈箜篌引〉，《全唐詩》，卷141，頁1436。

87 張懷瓘：〈評書藥石論〉，《全唐文》，卷432，頁4411。

88 杜甫：〈送韋十六評事充同谷郡防禦判官〉，《全唐詩》，卷217，頁2274。

89 （闕名）《分門集注杜工部詩》（《四部叢刊初編》縮印本），卷20，〈送韋十六評事充同谷郡防禦判官〉「亦可縱冥搜」句下引師古注，頁356。

90 權德輿〈寄臨海郡崔稚璋〉，《全唐詩》，卷322，頁3626。

91 李群玉：〈洞庭驛樓雪夜讌集奉贈前湘州張員外〉，《全唐詩》，卷568，頁6578。

92 齊己：〈酬尚顏上人〉，《全唐詩》，卷844，頁9551。

93 尚能：〈中秋旅懷〉，《全唐詩》，卷850，頁9626。

94 文瑩《湘山野錄》卷上「張乖崖成都還日」條云：「今熙寧丙辰」，故知文瑩為北宋熙寧間人。

　　寇萊公一日延詩僧惠崇於池亭，探鬮分題，丞相得「池上柳」，
「青」字韻；崇得「池上鷺」，「明」字韻。崇默遶池徑，馳心
於杳冥以搜之。自午及晡，忽以二指點空微笑曰：「已得之，已
得之。此篇功在『明』字，凡五押之俱不倒，方今得之。」[95]

其中提到詩僧惠崇（生卒不詳）作詩時「馳心於杳冥以搜之」的情
況，便是對於「冥搜」這一詩歌創作方式的具體描述。

　　此外如上文所述，除「冥搜」之外，以「搜」一詞稱此一苦心馳
思於文藝創作的方法——尤其指詩歌創作構思者，自中唐以後亦甚為
普遍。如善生（生卒不詳，貞元時僧人）〈旅中答喻軍事問客情〉「搜
詩病入神」，[96] 劉得仁（生卒不詳，長慶中以詩名）〈陳情上知己〉
「刻骨搜新句」，[97] 魚玄機（西元？-868年）〈冬夜寄溫飛卿〉「苦思
搜詩燈下吟」[98] 司空圖（西元837-908年）〈力疾山下吳村看杏花十九
首〉其十六「千載幾人搜警句」，[99] 貫休（西元832-912年）〈上盧使
君〉「詩搜日月華」。[100] 齊己〈寄懷東林寺匡白監寺〉「閒搜好句題紅
葉」，[101] 其中所謂「搜詩」、「搜新句」、「搜警句」或「搜好句」者，
俱指苦心馳思以成詩。又有以「搜奇」稱此者，如楊嗣復〈贈毛仙
翁〉「搜奇綴韻和陽春，文章不是人間語。」[102] 司空圖〈爭名〉「爭
名豈在更搜奇，不朽纔消一句詩。」[103] 及〈商山二首〉其二「馬上

95　文瑩：《湘山野錄》（北京市：中華書局，1984年7月），卷中，頁34-35。

96　善生：〈旅中答喻軍事問客情〉，《全唐詩》，卷823，頁9273。

97　劉得仁：〈陳情上知己〉，《全唐詩》，卷544，頁6291。

98　魚玄機：〈冬夜寄溫飛卿〉，《全唐詩》，卷804，頁9049。

99　司空圖：〈力疾山下吳村看杏花十九首〉，《全唐詩》，卷634，頁7277。

100　貫休：〈上盧使君〉，《全唐詩》，卷828，頁9328。

101　齊己：〈寄懷東林寺匡白監寺〉，《全唐詩》，卷844，頁9547。

102　楊嗣復：〈贈毛仙翁〉，《全唐詩》，卷464，頁5278。

103　司空圖：〈爭名〉，《全唐詩》，卷632，頁7250。

搜奇已數篇」。[104] 其中的所謂「搜奇」，都是指上述的這種詩歌創作方法。

　　以上在唐人筆下稱為「搜」、「冥搜」或「搜奇」的這一專涉詩歌構思的創作方法，就中唐前後與此有關的作品中所見，往往大多與「物象」有著密切的關係。像高適（西元702-765年）於〈東平旅遊奉贈薛太守二十四韻〉中就提到：「觀棋知戰勝，探象會冥搜」，[105] 於〈陪竇侍御靈雲南亭宴詩得雷字〉中亦提到：「連唱波瀾動，冥搜物象開」。[106] 又黃滔（西元840？-？年）〈過長江〉謂：「曾搜景象恐通神」，[107] 此外李中〔生卒不詳，南唐（西元937-975年）時人〕於〈和毘陵尉曹昭用見寄〉一詩中謂：「冥搜萬象空」。[108] 在上述作品中提到冥搜成詩時，[109] 同樣都牽涉到物象的問題。尤其高適的「冥搜物象開」，與黃滔的「曾搜景象恐通神」，更明確可見「冥搜」所作用的對象即為「物象」。這種透過苦心馳思以冥搜於物象的作詩方法，正是上文所述皎然於《詩式・序》內所提出的，要在「取境」過程中，以精思搜於萬象以求奇句的詩歌創作方法。中唐時這種搜求於物象的作詩方法頗為盛行，司空圖在〈題柳柳州集後〉便云：

104　司空圖：〈商山二首〉，《全唐詩》，卷633，頁7266。

105　高適：〈東平旅遊奉贈薛太守二十四韻〉，《全唐詩》，卷214，頁2236。

106　高適：〈陪竇侍御靈雲南亭宴詩得雷字〉，《全唐詩》，卷214，頁2240。

107　黃滔：〈過長江〉，《全唐詩》，卷706，頁8129。

108　李中：〈和毘陵尉曹昭用見寄〉，《全唐詩》，卷750，頁8545。

109　蔣紹愚〈白居易詩詞語詮釋〉其中釋「冥搜」一詞，舉高適〈陪竇侍御靈雲南亭宴詩得雷字〉「冥搜物象開」一句，以為當屬「探尋幽勝之意」，實未考篇中本敘亭中宴會唱和之事，就一時耳目所及而屬思成詩經過。上句「連唱波瀾動」描述與宴者唱和之盛，故下句有「冥搜物象開」，承上唱和一事而敘其時對佳境搜句經過，原無涉於高舉遠遊於塵外之義。蔣紹愚：〈白居易詩詞語詮釋〉，載北京大學中國傳統文化研究中心編：《國學研究》，第2卷（1994年7月），頁277-295。

愚[110]觀文人之為詩,詩人之為文,始皆繫其所尚,既專則搜研
愈至,故能炫其工於不朽。……今於華下方得柳詩,味其深搜
之致,亦深遠矣。俾其窮而克壽,玩精極思,則非璅璅者輕可
擬議其優劣。[111]

司空圖對於詩文創作能「搜研愈至」者極度推崇,又稱許柳宗元(西
元773-819年)詩能「深搜」。司空圖論柳詩時所提出的這種宜「玩精
極思」的「搜研」或「深搜」,其實即上述皎然等人所主張以精思搜
於物象的作詩方法。令狐楚(西元766-837年)薦張祜(西元792?-
853?年)詩,在〈進張祜詩冊表〉中亦稱張祜:

久在江湖,早工篇什。研幾甚苦,搜象頗深。流輩所推,風格
罕及。[112]

令狐楚亟許張祜詩「研幾甚苦,搜象頗深」,所謂「研幾」與「搜
象」者,亦即司空圖稱道柳詩之「搜研」而已。以此可見上述這種搜
求物象而成詩的風氣,事實上於中唐之際可說是盛行一時。

三 作用與取境

正因這種透過苦心馳思以冥搜成詩的創作方式不離於物象,故此
對於上述這種冥搜成詩的整個詩歌創作過程來說,「物象」是其中極
為重要的一環。然而在「取境」過程當中,詩人以「精思」所搜求

---

110 案「愚」字原作「思」,以其不可解,故據《全唐文》司空圖〈題柳柳州集後〉一
文改。
111 司空圖:《司空表聖文集》(《四部叢刊初編》縮印本),卷2,〈題柳柳州集後〉,頁
10上。
112 令狐楚:〈進張祜詩冊表〉,《全唐文》,卷539,頁5477。

的，究竟又是怎樣的「象」或「物象」？在《吟窗雜錄》卷十七所收徐寅《雅道機要》「敘搜覓意」條內，對於上文所提出的這一搜物象以成詩的過程，有著相當具體的描述：

> 凡為詩須搜覓。未得句，先須令意在象前，象生意後，斯為上手矣。不得一向只搆物象屬對，全無意味。凡搜覓之際，宜放意深遠，體理玄微，不須急就，惟在積思，孜孜在心，終有所得。[113]

在這段論述搜覓成詩的文字中，同時提到作詩搜覓時「放意」與「積思」的問題，與上文提到皎然《詩式》論「取境」時所涉及問題頗為一致。尤其值得注意的是，其中又提到在搜覓過程中有關「象」的問題。張伯偉在〈詩格論〉一文中，論晚唐五代詩格極重視「物象」，即根據《雅道機要》等一系列晚唐五代詩格的有關論述，而對這種詩中「物象」的性質有以下的說明：

> 晚唐五代的詩格，極其重視詩的「物象」，但這種「物象」，往往是融合了主客，包括了「意」和「象」兩面，而不是通常意義上的客觀景物。說得明確一些，他們重視的是由詩中一定的物象所構成的具有暗示作用的意義類型，姑名之曰「物象類型」。[114]

依張氏之言，這種搜覓成詩時所涉及的「物象」，並非客觀存在的景

---

113 徐寅：《雅道機要》，張伯偉編校：《全唐五代詩格校考》（西安市：陝西人民教育出版社，1996年7月），卷17，〈敘搜覓意〉，頁423。

114 張伯偉：〈詩格論〉，載張伯偉編校：《全唐五代詩格校考》（西安市：陝西人民教育出版社，1996年7月），〈詩格論〉（代前言），頁16。

物，而是指詩中包括了「意」和「象」，以一定物象構成又具有暗示作用的「意義類型」。對於這種特殊的「物象」——即張氏所謂的「物象類型」，在詩歌理論中的具體所指，張氏又據《二南密旨》「論物象是詩家之作用」的說明，及晚唐五代詩格中有關「物象」與「體用」的論述，[115] 而有進一步的闡述，認為上述這種「物象」即是與詩中所寫事物本身——「體」相對的「用」[116]，亦即皎然在《詩式》中所提出的「作用」。[117] 另一方面，張氏在〈佛學與晚唐五代詩格〉一文中，闡釋皎然《詩式》中所提出的「作用」一詞時，同時又以上述晚唐五代詩格中所論及的「物象」來解釋「作用」。[118] 如此一來，若依上述推論的話，則是「作用」與「物象」二者在意思上可說是彼此相通。

然而倘依張氏以上的解釋，以之說明晚唐五代詩格中「用」或「作用」等術語的具體涵義尚可；若以之上溯於中唐詩論，用以說明皎然《詩式》所提出的「作用」，或作詩「取境」時所針對的「物象」等的涵義的話卻未必恰當。雖然晚唐五代詩格有「物象是詩家之作用」的說法，[119] 不過事實上在中唐詩論內，尤其皎然等以境論詩

---

115 同上，頁16-17。

116 同上。原文云：「從以上所舉例證可知，所寫的某事某物是『體』，而烘托、渲染某事某物之意味、情狀、精神、效用的『象』是『用』。」

117 張氏於文中指《二南密旨》「論物象是詩家之作用」，其中「作用」一詞出佛教，又謂：「『作用』一詞可簡化為『用』」，並云：「而將這一術語導入文學批評，最早的是皎然，《詩式》中專列有『明作用』節。所以晚唐五代詩格中講到『作用』，也是受了皎然的影響。」同上。

118 張氏於文中釋「作用」一詞，亦謂由皎然提出，而晚唐五代詩格受其影響。又釋「作用」即「用」，而「用」亦即《二南密旨》、《風騷要式》等詩格中所論及與「體」相對的「物象」。並指出「文學批評中的『作用』，就是這個意思。」張伯偉：《禪與詩學》（杭州市：浙江人民出版社，1992年9月），〈佛學與晚唐五代詩格〉，頁25-27。

119 舊題賈島撰：《二南密旨》，張伯偉編校：《全唐五代詩格校考》（西安市：陝西人民教育出版社，1996年7月），〈論物象是詩家之作用〉，頁354。

諸家持論中，「物象」與「作用」二者其實並不等同。

正如張氏於〈佛學與晚唐五代詩格〉中所稱，在文學批評中使用「作用」一詞的始於皎然。[120] 在皎然《詩式》中有專述「作用」的一節，卷一「明作用」條云：

> 作者措意，雖有聲律，不妨作用，如壺公瓢中自有天地日月，時時拋鍼擲線，似斷而復續，此為詩中之仙，拘忌之徒，非可企及矣。[121]

就以上一段所見，實際上皎然並未對「作用」一詞有所解釋，甚至下一明確的界說。若自文意推斷，僅知「作用」關乎「作者措意」，又大抵與「聲律」相對。不過在同卷的「李少卿並古詩十九首」條中，皎然比較蘇武、李陵詩與《古詩十九首》時，採用「作用」作為評論二者的標準，其中所涉及的問題，對理解「作用」一詞涵義相信有一定的幫助：

> 二子天與真性，發言自高，未有作用。《十九首》辭精義炳，婉而成章，始見作用之功。[122]

既然「未有作用」的「天與真性，發言自高」，與「始見作用」的「辭精義炳，婉而成章」相對，可見皎然的所謂「作用」，是指作者在詩歌創作過程當中對於作品的刻意經營或修飾。就這段來說，「作用」指「辭精義炳，婉而成章」，由此可知，「作用」包括了詩歌創作

---

120 張伯偉：《禪與詩學》（杭州市：浙江人民出版社，1992年9月），〈佛學與晚唐五代詩格〉，頁25。

121 皎然：《詩式》，張伯偉編校：《全唐五代詩格校考》（西安市：陝西人民教育出版社，1996年7月），卷1，〈明作用〉，頁200。

122 同上，卷1，〈李少卿並古詩十九首〉，頁205。

的修辭（辭）和立意（義）兩方面。若證之於上文所提到《詩式》內
「其作用也，放意須險，定句須難」這段涉及「作用」的資料的話，
固然清楚可見「作用」本不離於「定句」與「放意」二者；至於在
《詩式》內另一提到「作用」的「夫詩人作用，勢有通塞，意有盤
礡」這條資料，其中與「意」相提並論的「勢」，亦不過在於說明詩
歌創作中的句法問題，[123] 綜此而言，在上述有關資料中，可見當涉
及「作用」觀念時，同樣離不開詩歌創作構思時的「定句」與「放
意」，所以不少學者在說明皎然「作用」觀念時，便往往根據《詩
式》上述資料，指「作用」即作家創作時的藝術構思。[124]

　　以上舉出皎然《詩式・序》的「其作用也，放意須險，定句須
難。雖取由我衷，而得若神授」這段有關「作用」的論述，因為上文
緊接於「彼天地日月玄化之淵奧，鬼神之微冥，精思一搜，萬象不能
藏其巧」一段，所以原文中本來就清楚顯示「作用」與「精思」兩者
間的密切關係。論者之所以指「作用」即作家創作時的藝術構思，所
依據的往往即本於這條資料。[125] 然而倘要追問，何以皎然在說明冥
搜成詩時，要將「作用」繫乎「精思」之下？「作用」和詩人的創作
構思兩者之間，究竟有何實際的連繫？以往論者之所以將「作用」理
解為藝術創作構思，大多不過依文意間接推求而來，然而倘要進一步

---

123 參見張伯偉：《禪與詩學》（杭州市：浙江人民出版社，1992年9月），〈佛學與晚唐
　　五代詩格〉，頁22。

124 如郭紹虞：《中國歷代文論選》（上海市：上海古籍出版社，1979年）第2冊頁79注
　　3，即以「指藝術構思」釋皎然《詩式・序》內「作用」一詞。又李壯鷹《詩式校
　　注》頁4注7，釋《詩式・序》「作用」，亦謂「皎然所說的『作用』，意指文學的創
　　造性思維。」又如成復旺等《中國文學理論史》（北京市：北京出版社，1991年）
　　第2冊頁120內，同樣指皎然的「作用」「即藝術思維」。此外如王運熙等《隋唐五
　　代文學批評史》（上海市：上海古籍出版社，1994年10月）頁336內，也認為皎然
　　的「作用」「是指作家創作時的思維活動」。

125 如成復旺等所撰《中國文學理論史》指皎然「作用」「即藝術思維」，便主要根據
　　以上所舉出《詩式・序》有關「精思」的這段資料立論。

追問，為什麼皎然筆下的「作用」可以解作藝術創作構思？或者可以簡單地問，將「作用」解釋為藝術構思，究竟有何根據？對於上述這些問題，以往提出「作用」即藝術創作構思的學者，大多都未能就此提出較為明確的解釋。[126] 雖然李壯鷹在《詩式校注》內從詞義訓釋入手，嘗試自佛典中對「作用」一詞的本義加以追溯，並謂：

> 作用，釋家語，本指用意思惟所造成的意念活動。《傳燈錄》：「性在何處？性在作用。」白居易詩：「時命到來須作用，功名未立莫思量。」[127]

李氏由此而得出「皎然所說的『作用』，意指文學的創造性思維」[128]的結論，但由於所舉例證未能與所提供的解釋配合，所以這一說法頗遭學者非議。[129]

　　在眾多說明「作用」即藝術創作構思的學者當中，較能清楚解釋「作用」與藝術創作構思具體關係的是黃景進。黃氏在〈唐代意境論初探〉一文中，依郭紹虞《中國歷代文論選》之說[130]，從《詩式》「夫詩人作用，勢有通塞，意有盤礴」一段，推論「『作用』即是『構

126　如郭紹虞《中國歷代文論選》注中，釋「作用」即「指藝術構思」，未予任何解釋。又如成復旺等《中國文學理論史》引《老子》「萬物並作」，及白居易詩「時命到來須作用」釋「作用」一詞，亦無法與下文「藝術思維」的解釋牽合。至於王運熙等《隋唐五代文學批評史》以「作用」即「指作家創作時的思維活動」之說，原基於比對《文心雕龍》與皎然《詩式》內容而有，然而何以「作用」即等同於〈神思〉，又由此證明「作用」即創作思維，卻未見篇中對此有任何說明。

127　李壯鷹：《詩式校注》（濟南市：齊魯書社，1986年），〈詩式・序〉，頁4，注7。

128　同上。

129　張伯偉在〈佛學與晚唐五代詩格〉一文內，即大力抨擊李氏雖指出「作用」一詞本出於內典，但所舉例證卻無法以「意念活動」甚至「藝術構思」代入解釋。張伯偉：《禪與詩學》（杭州市：浙江人民出版社，1992年9月），〈佛學與晚唐五代詩格〉，頁26。

130　郭紹虞：《中國歷代文論選》（上海市：上海古籍出版社，1979年），第2冊，頁79。

思』」。[131] 至於對「作用」與「思」兩者之間實際關係的說明，黃氏指出將「思」看成「作用」本來自佛家，並舉法寶《俱舍論疏》[132] 對「思」一詞的解釋以為佐證，而據此謂：「不僅證明了作用是指『思』而言，而且證明了所謂『作用』是指思在『境』上產生作用。」[133] 又基於法寶的疏釋而有以下結論：

> 蓋由此更可得出結論，即王昌齡與皎然的意境論實是受到唐代俱舍論的啟發，故可謂唐人意境論乃是六朝神思論與唐代俱舍論結合的產物，其原意是要說明文藝構思。[134]

黃氏自佛家名相的解釋中，追溯「作用」一詞的具體涵義，從而證明「作用」與「思」兩者之間的密切關係，雖然其中有些涉及佛教觀念的地方仍可斟酌，[135] 然而黃氏以上的解釋，可說是目前所見較能提供有力證據支持「作用」即藝術創作構思這一說法的論證。不過上述這一論證還有可以補充甚至訂正的地方。黃氏的推論主要根據法寶《俱舍論疏》的疏解而建立，法寶的這段疏文原為對《俱舍論》中

---

131 黃景進：〈唐代意境論初探〉，載淡江大學編：《文學與美學》（臺北市：文史哲出版社，1991年），第2集，頁157。

132 原文誤稱法寶所撰為「俱舍論疏記」，案法寶所撰實為《俱舍論疏》，黃氏引文亦見於篇中卷四內，故當為誤記。

133 黃景進：〈唐代意境論初探〉，載淡江大學編：《文學與美學》（臺北市：文史哲出版社，1991年），第2集，頁158。

134 同上。

135 如所謂「唐代俱舍論」之說即可商榷。《俱舍論》一書六朝時早已譯出，不待於唐代，玄奘不過再譯而已。其次法寶為玄奘弟子，本屬唯識學者，唯識宗雖重視《俱舍論》，然而卻不限於此（湯用彤《隋唐佛教史稿》論唐代法相宗，即以玄奘兼傳瑜珈、唯識、俱舍、因明四學），故不能以「唐代俱舍論」稱玄奘、法寶等之說。又上述對於「思」的有關解釋，原屬佛教思想中的基本觀念，並非《俱舍論》所獨有，是以更不得由此推論皎然等「作用」之說即由《俱舍論》啟發。

「思謂能令心有造作」[136] 一句的解釋，法寶所提供的疏文如下：

> 《論》：「思謂能令心有造作。」《正理論》云：「令心造作善、
> 不善、無記。成妙、劣、中性說名為思。由有思故令心於境有
> 動作用，猶如磁石勢力，能令鐵有動用。」[137]

黃氏即據其中「由有思故令心於境有動作用」一句，斷定「作用是指
『思』而言」，而且以此證明「『作用』是指思在『境』上產生作
用」。這一論證的問題所在，首先是黃氏既謂「『作用』即是『構
思』」，又說「將『思』看成『作用』」，如此說來「作用」即是「構
思」或「思」。但下文又根據法寶疏而指「作用」是「思在『境』上
產生作用」，然則「作用」本身究竟是指「思」，抑或指「思」的「作
用」？此外篇中以「思在『境』上產生作用」去解釋「作用」的涵
義，雖然能夠將唐代詩境說中「思」、「境」及「作用」等重要觀念連
繫起來，並且加以系統地說明其間關係，然而由於黃氏以「產生作
用」去解釋「作用」，所以究竟詩人在「作用」之時，「思」會在
「境」上產生怎樣的「作用」？便成為在理解「作用」一詞涵義時仍
然有待解決的問題。

　　不過最重要的是以上這一解釋，畢竟是取之於佛典之內而已，在
推出結論之前，是否需要從作品之中驗證一下，這一解釋是否可以完
全切合或者適用於皎然等人有關詩境說的理論之內？皎然筆下經常提
到「作用」一詞，又往往以「性」或「體」（佛教或稱「性」為
「體」，詳下文）與之相對。在《詩式》卷一〈文章宗旨〉內，便提
到謝靈運「為文真於情性，尚於作用」[138]，其中與「作用」一起舉出

---

136 世親著，玄奘譯：《俱舍論》（《佛藏要籍選刊》本），卷4，頁253。

137 法寶：《俱舍論疏》，《大正新脩大藏經》，第41卷，論疏部2，卷4，頁527。

138 皎然：《詩式》，張伯偉編校：《全唐五代詩格校考》（西安市：陝西人民教育出版
　　社，1996年7月），卷1，〈文章宗旨〉，頁206。

的「情性」，即與這段上文所提出的「性穎神徹」相關，可見皎然所用「作用」一詞，每與真性（真於情性）相提並論。又如在〈李少卿並古詩十九首〉一段內，皎然謂李陵、蘇武「二子天與真性，發言自高，未有作用」[139]，更是直接標出「真性」與「作用」，將兩者同時並列。至於《詩式·序》中的「其作用也，放意須險，定句須難，雖取由我衷，而得若神授。至如天真挺拔之句，與造化爭衡，可以意冥，難以言狀，非作者不能知也」[140]，其中相對於「作用」的「天真挺拔之句」，所牽涉的亦即上述提到「未有作用」的「真性」而已。此外在卷一〈詩有四深〉的「氣象氤氳，由深於體勢；意度盤礴，由深於作用」[141]；與同卷〈明勢〉內所提出的「文體開闔作用之勢」[142]，則以「體」或「體勢」與「作用」相對。從上述用例可見，皎然筆下「作用」一詞涵義，往往涉及「體用」概念，實際上取其相對於「體」或「性」的意思。

最先以「體用」觀念解釋皎然《詩式》「作用」一詞的是徐復觀。徐氏在〈皎然《詩式》「明作用」試釋〉一文中，指出皎然的「作用」即「體用」觀念中的「用」，「體」指事物的自身，而「用」則指事物所發生的各種效能。[143] 徐氏所論其後由張伯偉推衍為「作用」即「物象」之說。[144] 另一方面，李壯鷹亦以佛教「性」與「作用」概念，說明皎然筆下「作用」的涵義。正如上文所述，由於未能

---

139 同上，卷1，〈李少卿並古詩十九首〉，頁205。
140 同上，卷1，《詩式·序》，頁199。
141 同上，卷1，〈詩有四深〉，頁202。
142 同上，卷1，〈明勢〉，頁200。
143 徐復觀：《中國文學論集續篇》（臺北市：臺灣學生書局，1981年10月），〈皎然《詩式》「明作用」試釋〉，頁149-154。
144 案：張氏之說，主要觀點與若干文句皆源於徐復觀〈皎然《詩式》「明作用」試釋〉一文，不過徐氏本《詩人玉屑》「體用」內資料立說，而張氏則改以晚唐五代詩格內有關「物象」資料說明，並將「物象」概念突出，又補入佛教文獻內有關「體用」材料。

清楚解釋如何得以將這一佛教觀念代入皎然詩論當中，所以其說遭張氏一下否定。至於徐復觀所提出的說法，黃景進以之代入《詩式》個別用例中，見有未合文意處，亦輕易將之否定，[145] 而另引佛書重新證明「作用」與構思的關係。於是「作用」一詞，同時出現「藝術創作構思」、「體用」之「用」與「物象」三種不同的解釋。學者之間所以會有如此分歧的看法，實基於「作用」一詞本有多重涵義，並非單一解釋足以說明所致。

　　「作用」一詞屢見於佛書之內，在佛教名相當中，「作用」多指「用」，又每與「體」相對。法寶《俱舍論疏》提到「作意正現起時，能為身心輕利安適之因，舉作用也；心堪任性，指其體也。」[146] 其中「作用」即與「體」對舉。此外如《景德傳燈錄》內，除了李壯鷹提及的「性在作用」之外，同一段內又提到：「王若作用，無有不是；王若不用，體亦難見。」[147] 可見「作用」又可略稱之為「用」，而同時得與「性」或「體」相對而言。熊十力在《新唯識論》內指出「性者，體義」，及佛教「把一切法相底實體，名為法性」，並指出「法性」即「體」；「法相」即「用」。[148] 因「性」又可謂之「體」，故此兩者都可與「作用」相提並論。上述所舉出在皎然筆下的「作用」一詞，其中有與「空性」、「真性」或「體」等概念相對的用法，所依據的相信便是上述在佛學中的這種觀念。

　　至於「作用」與「思」的關係，上文在論述皎然詩論中有關「作用」一詞涵義時，提到法寶《俱舍論疏》「由有思故令心於境有動作用」的說明，本來用於解釋《俱舍論》「思謂能令心有造作」一句。

---

145 黃景進：〈唐代意境論初探〉，載淡江大學編：《文學與美學》（臺北市：文史哲出版社，1991年），第2集，頁157。

146 法寶：《俱舍論疏》，《大正新脩大藏經》，第41卷，論疏部2，卷4，頁528。

147 道原：《景德傳燈錄》（《佛藏要籍選刊》本），卷3，頁522。

148 熊十力：《新唯識論》，黃克劍等編：《熊十力集》（北京市：群言出版社，1993年12月），第5章，〈功能〉上，頁129。

倘將兩者對照，便知法寶所稱的「作用」（即「動作用」），本屬於對
《俱舍論》中「造作」一詞的說明，可見唐人認為「作用」亦即「造
作」。圓暉《俱舍論頌疏》釋「思」一詞謂：「思是業，行蘊所攝」[149]，
因知這一「令心有造作」的「思」，屬於五蘊的「行蘊」，亦即是
「業」。「業」者「業用」，《俱舍論頌疏》釋「業」便云：「業謂業
用」。[150] 又《成唯識論》對「業」解釋為：「有所造作，說名為業」，[151]
故知「業」之義通於「造作」，亦即是「作用」。綜此而論，事實上
「作用」同時與佛教觀念中的「思」、「業」與「行蘊」三者相關。

　　從佛教觀念來說，「行蘊」原本並不僅限於「思」，「思」不過屬
於其中一項，不過由於在佛教發展中日益重視「心」的問題，因此能
夠令心起作用的「思」，在「行蘊」中所佔地位便變得愈益受重視，
最終至於以「思」代表「行蘊」。[152] 此外如上所述，「業」本指「業
用」，也就是與「體」相對的「作用」，然而其後又變成專指與「思」
相關的「意業」。《成唯識論》卷一釋「三業」時便指出：

　　　　能動身思，說名身業。能發語思，說名語業。審、決二思，意
　　　　相應故，作動意故，說名意業。起身、語思，有所造作，說名
　　　　為業。[153]

由於身、語、意等「思」的審慮、決定及發起都離不開「意業」，所

---

149 圓暉疏：《俱舍論頌疏》，《大正新脩大藏經》，第41卷，論疏部2，卷1，頁824。

150 同上，卷2，頁830。

151 玄奘譯：《成唯識論》（上海市：上海古籍出版社影印清刻本，1995年），卷1，頁
　　10。

152 普光《俱舍論記》釋「行蘊」即指出：「佛經中唯說六思身名為行蘊，不說餘法，
　　故知但以思為行蘊。故引釋言，由思最勝，故但說思。」普光：《俱舍論記》，《大
　　正新脩大藏經》，第41卷，論疏部2，卷1，頁25。

153 玄奘譯：《成唯識論》（上海市：上海古籍出版社影印清刻本，1995年），卷1，頁
　　10。

以《成唯識論》中便直接稱「起身、語思，有所造作」的「意業」為
「業」。如此一來，原先相對於「體」解作「業用」的「業」一詞，便
變成了專指「意業」而言。《俱舍論》內更有「思即是意業」[154]的說
法，並對此解釋為：「謂心所思及思所作」[155]。於是至此「業」一詞的
涵義，便同時包括了原先相對於「體」的「業用」概念，而又兼有等
同於「思」的「意業」概念在內。熊十力《佛家名相通釋》釋「業」
一詞時，便指出「業」有二義，並謂「一者造作義，於五蘊中，別名
曰『行』，所謂『行蘊』是也。於心所法中，別名為『思』」[156]；其次
則為「二者用義，『用』者，具云『作用』，凡法有性，猶言自體。必
有業用。」[157]即明確點出在「業」、「思」、「行蘊」及「作用」等概念
之中，其實可分成「體用」之「用」與「思」兩方面的不同涵義──
亦正因如此，所以以往學者在探討「作用」一詞涵義時，或說之為
「體用」之「用」；或說之為藝術創作構思，亦即所謂「思」──縱
然彼此各有依據，實質上亦不過各執一端而已。學者間所以會對此出
現不同的理解，相信問題的癥結即根源於此。

　　正如前文所指出的，在皎然筆下「作用」一詞既可與「體」或
「性」相對，又往往不離於修辭立意等創作構思，可見皎然筆下兼取
「作用」一詞上述「體」的「業用」與「思」的「造作」兩種涵義。
事實上「作用」這兩種涵義，其實並非彼此截然不同的兩種意思。如
上述所提出過的，「作用」一詞從相對於「體」或「性」的「業用」
之意，變為專指「思」的「造作」，關鍵就在於佛教對「心」的問題
日益重視所致。《俱舍論》所提到的「思謂能令心有造作」，「思」的
「令心造作」不過亦是心體的一種「業用」而已，實際上並未離開

---

154 世親著，玄奘譯：《俱舍論》（《佛藏要籍選刊》本），卷13，頁301。
155 同上。
156 熊十力：《佛家名相通釋》（上海市：東方出版中心，1996年），卷上，頁16。
157 同上。

「體用」的觀念。「思」令心「造作」即「作用」的這一解釋,其實可說是在「體」的「業用」概念下的引申。所以上述「作用」的兩種解釋,事實上原先在意義上就彼此相通。但因為言「作用」或「業用」者,主要在於見「性」或顯「體」[158]——所謂「性在作用」,便是藉「作用」以見性,佛教主張見性在於一心,六朝以來唯識之說大行,隋唐以後尤其發展到中唐之際,佛教各宗都致力探討心性問題,[159]所以「作用」一詞在運用上便多針對心性而言。「作用」之所以變成與「思」的概念緊密相扣,甚至專指心在境上的「造作」,相信便是基於這一因素所致。

正如上文所指出的,「作用」變成專指「思」的「造作」,而「思」又變成專指能發起身、語二業的「意業」,於是「作用」一詞涵義,便往往與「思」及「意」等概念緊緊相扣,同時又與關乎二者的「心」與「境」等問題密切連繫。倘證之於皎然詩論,即可見「作用」一詞亦多與「意」相關。除了《詩式·序》的「作用」關乎「放意」之外,其餘如「明作用」條的「作者措意,雖有聲律,不妨作用」;「詩有四深」條的「意度盤礡,由深於作用」;「池塘生春草、明月照積雪」條的「夫詩人作用,勢有通塞,意有盤礡」;甚至「李少卿並古詩十九首」條內,以「辭精義炳」講求修辭立意的「始見作用之功」等,其中提到「作用」時,都不離於「意」的概念。另一方面,皎然《詩式》中論「作用」同時亦緊扣於「思」。《詩式·序》內有關「作用」的概念,即在以「精思」冥搜成詩的大前提下提出。「其作用也,放意須險,定句須難。雖取由我衷,而得若神授」的這

---

158 熊十力於《新唯識論》便指出「作用者,乃以言乎體之流行,狀夫體之發現,而假說作用。故談作用即所以顯體矣。」熊十力:《新唯識論》,劉夢溪主編:《熊十力卷》(石家莊市:河北教育出版社,1996年),頁67。

159 參見任繼愈主編:《中國哲學發展史(隋唐)》(北京市:人民出版社,1994年5月),〈從宗密的學說看三教思想融合進程〉,頁347。

段有關「作用」的論述，本來就是對如何運用「精思」進行詩歌創作
的說明。由此可見皎然使用「作用」一詞，除了取其「業用」的概念
外，事實上又多採用上述這一與「思」相關的「造作」概念。故此黃
景進在〈唐代意境論初探〉一文中，提出「『作用』是指思在『境』
上產生作用」的說法，本來可供說明中唐詩境說「作用」一詞涵義的
參考，不過問題在於這說法僅止於點出其間關係，卻未能進一步探討
「思」如何產生「作用」，及「作用」的內容如何而已。

　　皎然在詩論中屢次提到「作用」，上文經指出「作用」本來就與
皎然論詩歌創作的「取境」問題有關，而兩者之間的關係，以至其中
的理念依據，事實上都可從佛教思想中，上述與「思」緊密相關的這
一「作用」的概念中去追溯。正因「作用」往往成為專指屬於「思」
的「造作」，所以在佛教思想中提到「作用」時，便經常涉及心境關
係的問題。圓暉在《俱舍論頌疏》內就以「取境」說明「業」一詞的
涵義：

　　　業謂業用。如六根、六識，約能取境，名自業用；若不能取
　　　境，名不作自業。[160]

可見若從「業用」的角度來說，「取境」本屬於「作用」的一種。另
一方面，倘若從「思」的「造作」這角度來說，「作用」更成為專指
心對於境所起的功能。法寶《俱舍論疏》的「由有思故令心於境有動
作用」，便是從「思」的角度去說明心對境的「作用」，而這一針對心
境關係的「作用」，亦即是佛教思想中的「取境」。《成唯識論》在闡
釋「思」的時候便指出：

---

160 圓暉：《俱舍論頌疏》，《大正新脩大藏經》，第41卷，論疏部2，卷2，頁830。

思謂令心造作為性，於善品等役心為業。謂能取境正因等相，
驅役自心令造善等。[161]

可見「思」的「令心造作」其實即為「取境」。窺基在《成唯識論述
記》中解釋《成唯識論》這段時謂：

由了此境相，故思作諸業，起善惡等事故。言取境正因等相是
思之業。[162]

亦明確點出「思」的「作用」（思之業）就在於「取境」。故此皎然在
《詩式》「辯體有一十九字」內，以「詩人之思初發」來說明「取
境」；又在《詩式·序》論詩歌創作時，提出「彼天地日月玄化之淵
奧，鬼神之微冥，精思一搜，萬象不能藏其巧」，而又指「其作用
也，放意須險，定句須難。雖取由我衷，而得若神授」，從「思」的
「作用」來闡明如何「取境」成詩，正可反映出皎然的這種詩歌理
論，本來就密切連繫著佛家上述這種關乎心境問題的「作用」觀念。

四　因定而得境

上述提到的這種從「思」的作用於「境」，來說明詩歌創作過程
中心境關係的理論，除了皎然之外，中唐以境論詩諸家對此亦多有闡
述，不同者在於皎然詩論中稱此為「取境」，或逕以「作用」名之，
而中唐以境論詩諸家，則多直接從「思」本身的角度去說明，又往往

---

161 玄奘譯：《成唯識論》（上海市：上海古籍出版社影印清刻本，1995年），卷3，頁
23。

162 窺基：《成唯識論述記》，載石峻等編：《中國佛教思想資料選編》（北京市：中華
書局，1983年），卷3，頁218。

稱「思」的這種「作用」為「用思」。《文鏡秘府論》南卷〈論文意〉內所稱「王氏論文」中，便不乏對上述有關「思」的這種作用的闡述：

> 凡屬文之人，常須作意。凝心天海之外，用思元氣之前，巧運言詞，精練意魄。所作詞句，莫用古語及今爛字舊意。改他舊語，移頭換尾，如此之人，終不長進。為無自性，不能專心苦思，致見不成。[163]

上述王氏詩論中所提到的「用思」，在《文鏡秘府論》有關「王氏論文」的詩論中往往可見，如同卷中的：

> 至晚間，氣靄未起，陽氣稍歇，萬物澄靜，遙目此乃堪用。至於一物，皆成光色，此時乃堪用思。春夏秋冬氣色，隨時生意。取用之意，用之時，必須安神淨慮。目睹其物，即入於心。心通其物，物通即言。言其狀，須似其景。語須天海之內，皆納於方寸。[164]

在《吟窗雜錄》署名王昌齡《詩格》中，亦有關於詩歌創作「用思」的論述。在「詩有三境」條「物境」之下即云：

> 欲為山水詩，則張泉石雲峰之境，極麗絕秀者，神之於心，處身於境，視境於心，瑩然掌中，然後用思。了然境象，故得形似。[165]

---

163 〔日〕空海：《文鏡秘府論》，王利器：《文鏡秘府論校注》（北京市：中國社會科學出版社，1983年7月），南卷，〈論文意〉，頁289。

164 同上，頁305。

165 舊題王昌齡撰：《詩格》，載舊題陳應行編：《吟窗雜錄》（北京市：中華書局影印臺灣中央圖書館藏明鈔本，1997年11月），卷4，上冊，頁207。

又同卷「詩有三思」條「生思」之下亦云：

> 久用精思，未契意象，力疲智竭，放安神思。心偶照境，率然
> 而生。[166]

這種在「作意」之下與「凝心」相提並論的「用思」，其實亦即「作
用」或「取境」。一方面是這種「用思」在創作的具體表現上，在於
「巧運言詞，精練意魄」，同時針對詩歌修辭及立意兩方面，正與皎
然對於「取境」及「作用」的要求相同；另一方面，屬文「用思」的
目的，又在於在專心苦思之下，以「巧運言詞，精練意魄」體現「自
性」，亦同於上文所述藉「作用」以顯「體」之意。不過最重要的是，
其中與「用思」相提並論，甚至以「用思」去說明的「作意」，本來
就與「取境」及「作用」相通。上文提到法寶《俱舍論疏》「作意正
現起時，能為身心輕利安適之因，舉作用也；心堪任性，指其體也。」
便指出「作意」屬於心體的「作用」，這種心體的「作用」亦即是「取
境」。《成唯識論述記》卷六釋「作意」對心作用云：「作意之性，能
警心、心所，令趣自境。此若無者，心則不起。」[167] 可見「作意」
即令一心於境上發起——此即前文所述之「取境」而已。故此《成唯
識論述記》於同卷中，便直接指出「作意」與「取境」的關係：

> 心等取境作意功力，警心、心所令取所緣，如前已說。聖教但
> 言作意能生識，不言欲能生心，故知作意令心等取境。[168]

---

166 同上。

167 窺基：《成唯識論述記》，載石峻等編：《中國佛教思想資料選編》（北京市：中華書
　　局，1983年），第2卷，第3冊，卷6，頁314。

168 同上，頁315。

「作意」能夠令心「取境」，此亦即「思」的功能。《成唯識論述記》在釋「思之業」在於「取境」的同時，又指出「思」與「作意」之間的關係：「（思）行相實同作意，亦令心所造作。」[169] 正說明「作意」與「思」同樣能令心有所「造作」，兩者在作用方面其實一致。由此可見，《文鏡秘府論》所錄的王氏詩論，雖然未採用「取境」或「作用」等術語來闡述本身理論，然而在探討詩境問題上專門講求「用思」與「作意」，實質上與皎然對於詩境問題的持論彼此相通，兩者同樣都利用佛教剖析心境關係的理論，來說明在詩歌創作過程中藝術構思與詩境創造的種種問題，而這亦正是中唐詩境說諸家所共同關注的焦點所在。

　　如上所述，中唐詩境說諸家在說明詩境問題時，彼此所關注的大多集中在探討詩歌創作時心境關係的問題之上。這其中既包括外境的進入內心，又包括內心對於外境的反映，以至外境對於內心的各種影響，更包括外境進入內心後所產生的各種反應等等複雜的問題。以上這種從心境關係的角度去闡釋詩境問題的做法，可說是中唐詩境說在理論上的最大特色。中唐詩境說認為在詩歌創作過程當中，「思」或「作意」能令心對境起「作用」，而這一作用便是「取境」，亦即王氏詩論所稱的「用思」。至於在整個詩歌創作的「取境」過程當中，詩人的內心如何對「境」產生作用，以至對境產生怎樣的作用，這都是在說明中唐詩境說的「取境」理論時所必須交代的問題。

　　要說明詩人在「取境」之際，究竟內心如何在境上產生作用的話，其實可以分別從「取境」所針對的對象——「心」與「境」兩方面來闡述這一問題。就「境」的方面來說，首要解決的問題是，在「取境」時所針對的究竟是怎樣性質的「境」？從佛教思想的角度而言，嚴格來說「取境」之「境」，既可為內境，亦可為外境。上文在闡釋

---

169 同上，卷3，頁218。

「取境」之義時所引慧遠《大乘義章》的「六識相望，取境各別」，正好說明六識（眼識、耳識、鼻識、舌識、身識及意識）俱可「取境」。六識本身前五識（眼識、耳識、鼻識、舌識及身識）緣於外境，第六識意識既可緣外境亦可緣內境。不過一般來說，在「取境」觀念中所針對的「境」多指外境。上文又引菩提流支譯《唯識論》的「以識能取外境界者」；「若爾內識為可取為不可取？若可取者，同色、香等外諸境界」，及窺基《成唯識論述記》的「此等取境者，彼執心外之境是所緣」等說明「取境」的具體涵義，在上述資料中，都具體而明確地指出「取境」所「取」者，實為色、香等諸「外境」。另一方面，從中唐詩境說諸家持論所見，如皎然《詩式・序》所稱，「取境」的對象就在於「天地日月玄化之淵奧，鬼神之微冥」等「萬象」。兼之《詩式》中又稱「彼清景當中，天地秋色，詩之量也。」[170] 亦針對天地間種種物色。此外《文鏡秘府論》所載王氏詩論中，以「用思」說明詩歌創作構思時，亦謂「至晚間，氣靄未起，陽氣稍歇，萬物澄靜，遙目此乃堪用。至於一物，皆成光色，此時乃堪用思。」[171] 均可見「取境」或「用思」的對象，都指外在的各種物象。而《吟窗雜錄》所載署名王昌齡《詩格》，則謂「用思」時先「張泉石雲峰之境」，下文又謂當「處身於境」。其境既可使詩人得以廁身其間，足見「用思」之對象亦當為外境。又王氏詩論內提到能令心對境起作用的「作意」，其中涉及內心所作用的對象，事實上亦針對外境而言。窺基《百法明門論疏》釋「作意」即云：「作動於心，令心數數緣外諸境，名為作意。」[172] 故知「作意」令心攀緣之境──即所「取境」者，

170 皎然：《詩式》，張伯偉編校：《全唐五代詩格校考》（西安市：陝西人民教育出版社，1996年7月），卷1，〈文章宗旨〉，頁206。

171 〔日〕空海：《文鏡秘府論》，王利器：《文鏡秘府論校注》（北京市：中國社會科學出版社，1983年），南卷，〈論文意〉，頁289。

172 普光：《百法明門論疏》，《大正新脩大藏經》，第44卷，論疏部5，卷上，頁55。

其實亦為外境。可見「取境」所針對的多為相對於內心的各種外境。

　　此外需要說明的是，這一「取境」時所針對的外境，實由各種物象所構成。張說〈岳州西城〉謂「危堞臨清境，煩憂暫豁然。九圍觀掌內，萬象閱眸前。」[173] 又皎然詩亦謂「境靜萬象真」[174]；劉禹錫〈奉和中書崔舍人八月十五日夜玩月二十韻〉亦以「萬象共澄鮮」形容「遇境即神仙」的月下清境；[175] 白居易〈洛中偶作〉亦謂「境興周萬象」。[176] 上述各用例俱可證「境」由眾「象」所構成，故此二者並稱時，於唐人筆下往往又稱之為「境象」。

　　提及「境」與「象」的關係，或說明「境」的性質時，不少學者據《文鏡秘府論》內皎然《詩議》的「夫境象非一，虛實難明」一句，指「境」虛而「象」實，又往往以此證明中唐詩境說諸家所集中討論的「境」並非實境，僅為想像中的虛構之境而已。[177] 雖然上述這種見解在學術界中受到不少學者的認同，不過其中論點卻頗有值得商榷的餘地。《文鏡秘府論》所引皎然《詩議》的這段說話，本針對「不明詩對」者而言，原屬於討論詩的格律對仗部分。《詩議》的這段文字如下：

> 夫境象非一，虛實難明。有可睹而不可取，景也。可聞而不可見，風也。雖繫乎我形，而妙用無體，心也。義貫眾象，而無

173　張說：〈岳州西城〉，《全唐詩》，卷88，頁973。

174　皎然：《皎然集》（《四部叢刊初編》縮印本），〈苕溪草堂自大曆三年夏新營泊秋及春彌覺境勝因紀其事簡潘丞湯評事衡四十三韻〉，卷2，頁10。

175　劉禹錫：〈奉和中書崔舍人八月十五日夜玩月二十韻〉，劉禹錫撰，瞿蛻園箋證：《劉禹錫集箋證》（上海市：上海古籍出版社，1989年10月），卷22，頁600。

176　白居易：〈洛中偶作〉，《全唐詩》，卷431，頁4764。

177　如陳洪：〈意境──藝術中的心理場現象〉，載南開大學中文系古典文學教研室編：《意境縱橫探》（天津市：南開大學出版社，1986年），頁36。又如李浩：《唐詩美學》（西安市：陝西人民出版社，1992年），頁17。

定質，色也。凡此等，可以偶虛，亦可以偶實。[178]

「境象非一，虛實難明」，原用於說明所舉出的景（即影）、風、心及色等境象的性質。所謂「虛實難明」，「實」者指四者的「可睹」、「可聞」、「繫乎我形」及「義貫眾象」；「虛」者則指四者的「不可取」、「不可聞」、「無體」及「無定質」。因為同一事而集虛實兩種性質於一身，所以謂其「虛實難明」。明乎此即知「境象非一」者，其實指影、風、心、色等各種境象的性質不一，而並非指「境」與「象」兩者本身的性質有別，更不能將兩者從虛實的角度上判分為二。

又學者除指「象」實而「境」虛之外，甚至有進而以主客之別概念區分二者，指「境」偏重於主體，而「象」則偏重客體。[179] 前文在闡釋「境」的概念及其涵義時，經指出凡「境」皆不離於一心所現，《大乘玄論》所稱「山河草木，皆是心想」，正是對佛教主張山河大地等外境皆出於一心所變現而有的最佳說明。至於與「境」並稱的「象」，《周易‧繫辭》謂：「見乃謂之象」，[180] 故知「象」本指物之顯現於人者。[181] 至中唐時往往稱於心上呈現者為「象」。劉長卿（西元709-約780年）〈贈別于群投筆赴安西〉謂「心鏡萬象生」，[182] 劉禹

---

178 〔日〕空海：《文鏡秘府論》，王利器：《文鏡秘府論校注》（北京市：中國社會科學出版社，1983年7月），南卷，〈論文意〉，頁317。

179 如成復旺《神與物游》（北京市：中國人民大學出版社，1989年），第3章，〈緣心感物（下）〉，頁178-179，釋「境」的意義時所論；又如張晧《中國美學範疇與傳統文化》（武漢市：湖北教育出版社，1996年），第12章，〈境：神之域〉，頁230，論「境」與「象」之別，同樣都以偏重主體或客體來區分「境」與「象」二者。

180 孔穎達：《周易正義》，《十三經注疏》（北京市：中華書局影印世界書局縮印阮元刻本，1980年），上冊，卷7，頁82。

181 參見葉朗：〈中國傳統美學的現代意味〉，載北京大學中國傳統文化研究中心編：《國學研究》，第2卷（1994年7月），頁17。

182 劉長卿：〈贈別于群投筆赴安西〉，《全唐詩》，卷150，頁1552。

錫〈秋江早發〉「凝睇萬象起」[183]，又〈楚望賦〉「萬象起滅，森來睨予。」[184] 皇甫松（生卒不詳，皇甫湜子）〈勸僧酒〉「酣然萬象滅，不動心印閒。」[185] 均可見「象」之生滅皆不離於一心。以此而論，唐人筆下「境」與「象」本皆出於一心所有，原未可以主客觀念強分。

至於「物」與「象」之別，如上所述，「物」之顯現於人者為「象」，劉禹錫〈望賦〉的「物乘化兮多象」，[186] 正說明「物」可化成不同的「象」而呈現於人之前。其所以得如此，又在乎人之一心究竟如何。梁肅〈心印銘〉謂：「物無定心，心無定象。」[187] 就指出不同心見加之於「物」，則「物」所呈現於心中之「象」亦有別的道理。由此亦得以說明「物」與「象」兩者之間的關係。正因為「物」與「象」關係如此密切，所以兩者並稱時又可稱之為「物象」。

對於「取境」所針對的對象，中唐詩境說往往要求偏重於清靜、秀麗或幽寂的淨境。皎然在《詩式》中提出「彼清景當中，天地秋色，詩之量也。」[188] 就以天地間清景作為詩歌「取境」的對象。在〈秋日遙和盧使君遊何山寺宿敷上人房論涅槃經義〉中，皎然稱「詩情緣境發」，其境亦為「古磬清霜下，寒山曉月中」之清景。[189] 而《文鏡秘府論》所錄王氏詩論，亦謂對「萬物澄靜」之境而「用思」；同時又要求詩人於「用思」時，當取「幽所奇勝」之「清景」，

---

183 劉禹錫：〈秋江早發〉，劉禹錫撰，瞿蛻園箋證：《劉禹錫集箋證》（上海市：上海古籍出版社，1989年10月），卷22，頁660。

184 同上，卷1，頁12。

185 皇甫松：〈勸僧酒〉，《全唐詩》，卷369，頁4154。

186 劉禹錫：〈望賦〉，劉禹錫撰，瞿蛻園箋證：《劉禹錫集箋證》（上海市：上海古籍出版社，1989年10月），卷1，頁28。

187 梁肅：〈心印銘〉，《全唐文》，卷520，頁5284。

188 皎然：《詩式》，張伯偉編校：《全唐五代詩格校考》（西安市：陝西人民教育出版社，1996年7月），卷1，〈文章宗旨〉，頁206。

189 皎然：〈秋日遙和盧使君遊何山寺宿敷上人房論涅槃經義〉，《全唐詩》，卷815，頁9175。

而得以對「江山滿懷，合而生興」[190]。此外《吟窗雜錄》載署名王昌齡《詩格》「詩有三境」條，亦要求取「極麗絕秀」的「泉石雲峰之境」以供「用思」。[191] 權德輿在〈左武衛冑曹許君集序〉中，謂於佳山水中賦詩，其詩得以「意與境會，疏導情性，含寫飛動」者，一皆「得之於靜」而已。[192] 又於〈送靈澈上人廬山迴歸沃洲序〉中，謂靈澈對會稽絕勝山水境物而「靜得佳句」[193]。於〈秦徵君校書與劉隨州唱和詩序〉中謂「越部山水，佐其清機」而令秦公緒等「得佳句於物表」[194]。孟郊〈與二三友秋宵會話上清人院〉亦謂於「泠然諸境靜」之下，與諸人對秋月扣寂探真，吟詠成詩。[195] 劉禹錫〈洗心亭記〉則謂「於竹石間最奇處」的清風亭中見「萬景坌來」，因「適乎目而方寸為清」，而令「詞人處之，思出常格」。[196] 白居易〈秋池二首〉其二「閒中得詩境，此境幽難說」[197]，其詩境亦取之於幽境。以上所述在在都足以體現這派詩論，每以清幽寂靜外境作為詩歌創作時「取境」或「用思」的對象。

另一方面，從「心」的角度來說，中唐詩境說又往往要求詩人在作詩「取境」之際需要凝心淨慮，令內心處於虛靜安閒的狀態下創作。《文鏡秘府論》所錄王氏詩論，便明確地提出「夫置意作詩，即

---

190 〔日〕空海：《文鏡秘府論》，王利器：《文鏡秘府論校注》（北京市：中國社會科學出版社，1983年7月），南卷，〈論文意〉，頁305-306。

191 舊題陳應行編：《吟窗雜錄》（北京市：中華書局影印臺灣中央圖書館藏明抄本，1997年11月），卷4，頁207。

192 權德輿：〈左武衛冑曹許君集序〉，《全唐文》，卷490，頁5002。

193 權德輿：〈送靈澈上人廬山迴歸沃洲序〉，《全唐文》，卷493，頁5027。

194 權德輿：〈秦徵君校書與劉隨州唱和詩序〉，《全唐文》，卷490，頁5003。

195 孟郊：〈與二三友秋宵會話上清人院〉，《全唐詩》，卷375，頁4209。

196 劉禹錫：〈洗心亭記〉，劉禹錫撰，瞿蛻園箋證：《劉禹錫集箋證》（上海市：上海古籍出版社，1989年10月），卷9，頁226。

197 白居易：〈秋池二首〉，《全唐詩》，卷445，頁4991。

須凝心」[198]，並謂屬文時要「凝心天海之外，用思元氣之前」[199]，更謂「用思」時「必須安神淨慮」[200]。《吟窗雜錄》署名王昌齡《詩格》亦謂「用思」時需「放安神思」。[201] 可見取境作詩之時，先需放安心神，凝心淨慮的要求。「淨慮」亦即「靜慮」，劉禹錫就有「慮靜境亦隨」的說法，[202] 同樣都指在內心清靜之下令心對境起作用。除此之外，皎然在《詩式》中論「取境」，又指出「取境」時需「意靜神王」。[203] 所謂「意靜」，皎然在《詩式》「辯體有一十九字」中釋「靜」一體時，便指出這種靜「非如松風不動，林狖未鳴，乃謂意中之靜。」[204] 可見「意靜」者，其實指內心的寧靜，與外境的清靜彼此有別。劉禹錫謂賦詩「因定而得境」，[205] 而又在於「方寸地虛，虛而萬景入」。[206] 亦指出詩人得以「取境」賦詩，正在於能令內心虛靜入定所致。就上述中唐詩境說諸家持論可見，諸人論詩歌創作「取境」時，都致力於講求凝心淨慮，令內心處於虛靜澄明的狀態，而後得以「用思」或「取境」。

　　值得注意的是，中唐詩境說上述這種在「取境」時需要凝心淨慮的要求，事實上與佛教中禪門的禪法有著極為密切的關係。講求內心

---

198 〔日〕空海：《文鏡秘府論》，王利器：《文鏡秘府論校注》（北京市：中國社會科學出版社，1983年7月），南卷，〈論文意〉，頁285。

199 同上，頁289。

200 同上，頁305。

201 舊題王昌齡撰：《詩格》，載舊題陳應行編：《吟窗雜錄》（北京市：中華書局影印臺灣中央圖書館藏明鈔本，1997年11月），卷4，上冊，頁207。

202 劉禹錫：〈和河南裴尹侍郎宿齋太平寺詣九龍祠祈雨二十韻〉，劉禹錫撰，瞿蛻園箋證：《劉禹錫集箋證》（上海市：上海古籍出版社，1989年10月），卷23，頁664。

203 皎然：《詩式》，張伯偉編校：《全唐五代詩格校考》（西安市：陝西人民教育出版社，1996年7月），卷1，〈取境〉，頁210。

204 同上，卷1，〈辯體有一十九字〉，頁219。

205 劉禹錫：〈秋日過鴻舉法師寺院便送歸江陵引〉，劉禹錫撰，瞿蛻園箋證：《劉禹錫集箋證》（上海市：上海古籍出版社，1989年10月），卷29，頁956。

206 同上。

虛靜以利於創作，固然並非這一派詩論所獨有，〈文賦〉提出的「佇中區以玄覽」，與「收視反聽，耽思傍訊」；[207]《文心雕龍‧神思》所提出的「陶鈞文思，貴在虛靜。疏瀹五藏，澡雪精神。」[208] 同樣都主張在創作構思時內心需處於虛靜的狀態。然而中唐詩境說特別之處，就在於吸納了佛教修證內心的方法，刻意透過禪定一類心境修持而令心思澄明，以求有助於詩歌創作。中唐詩境說上述這種要求「取境」時先需「凝心」、「淨慮」、「意靜」、「方寸地虛」及「定」等的創作方式，所採用的其實正是禪定修持的方法。劉禹錫論作詩需「因定而得境」，其說兼言「定」、「慧」，[209] 固然可以明確見出禪定與中唐詩境說的關係。至於王氏詩論所提出「用思」時需「安神淨慮」，其中提到的「淨慮」，本來就與禪法關係密切。宗密在〈禪源諸詮集都序〉內對「禪」一詞加以解釋謂：「『禪』是天竺之語，具云『禪那』，中華翻為『思惟修』，亦名『靜慮』，皆定慧之通稱也。」[210] 故知劉禹錫「慮靜境亦隨」之說，其實與王氏詩論上述說法相通，兩者同樣在於以禪法論詩而已。又《成唯識論》對「定」解釋云：「云何為定？於所觀境，令心專注不散為性。」[211] 又云：「若不繫心專注境位，便無定起。」[212] 而中唐詩境說所提倡的「置意作詩，即須凝

---

207 陸機著，張少康校釋：《文賦集釋》（上海市：上海古籍出版社，1984年1月），頁14及25。

208 劉勰著，詹鍈義證：《文心雕龍義證》（上海市：上海古籍出版社，1989年8月），卷26，〈神思〉，頁976-977。

209 劉禹錫：〈秋日過鴻舉法師寺院便送歸江陵引〉，劉禹錫撰，瞿蛻園箋證：《劉禹錫集箋證》（上海市：上海古籍出版社，1989年10月），卷29，頁956。原文云：「因定而得境，故脩然以清；由慧而遣詞，故粹然以麗。」

210 宗密：〈禪源諸詮集都序〉，載石峻等編：《中國佛教思想資料選編》（北京市：中華書局，1983年），第2卷，第2冊，頁422。

211 玄奘譯：《成唯識論》（上海市：上海古籍出版社影印清刻本，1995年），卷5，頁53。

212 同上。

心」，以至屬文「用思」時要「凝心天海之外」，這種「凝心」即是令心專注不散、繫心專注於境的「定」。神會（西元684-758年）在〈南宗定邪正五更轉〉中便謂「處山窟，住禪林，入空定，便凝心。」[213] 在〈南陽和尚問答雜徵義〉中又直接指出坐禪時需「凝心入定」[214]，俱可證「凝心」與「入定」的關係。所以無論在「取境」時講求「凝心」、「淨慮」、「靜慮」、「意靜」、「定」，或是「方寸地虛」，其實都和禪定相關。綜此而論，中唐詩境說主張詩人在「取境」時，需刻意追求凝心淨慮，令內心處於虛靜狀態下的創作要求，事實上正是以禪法論詩，而這種在作詩「取境」時對於詩人內心的要求，亦不過是禪定時所要求的心理狀態而已。

在「取境」之時，詩人在凝心淨慮之下，以此虛靜之心面對上述所提到的各種清幽寂靜外境，在內心與外境相觸之際，究竟彼此之間又會產生怎樣的影響？從中唐詩境說諸家筆下歸納所見，外境與內心接觸時，一方面是外境影響於內心，而另一方面內心又同時影響著外境。皎然〈妙喜寺達公禪齋寄李司直公孫房都曹德裕從事方舟顏武康士騁四十二韻〉云：「靜對春谷泉，晴披陽林雪。境清覺神王，道勝知機滅。」[215] 便清楚點出處於清幽寂靜外境之中，因「境清」而令人「神王」。獨孤及〈華山黃神谷醮臨汝裴明府序〉亦謂對「碧峰白雲」清境，足以「幽情形而神機王」。[216] 又在〈唐故揚州慶雲寺律師一公塔銘序〉內謂詩僧靈一「鄰青山，對佳境」，而得以「思入無間，興含飛動」。[217] 梁肅〈送李補闕歸少室養疾序〉「夫賢者境不

---

213 神會撰，楊曾文編校；《神會和尚禪話錄》（北京市：中華書局，1996年），〈南宗定邪正五更轉〉，頁128。

214 同上，〈南陽和尚問答雜徵義〉，頁81。

215 皎然：〈妙喜寺達公禪齋寄李司直公孫房都曹德裕從事方舟顏武康士騁四十二韻〉，《全唐詩》，卷815，頁9174。

216 獨孤及：〈華山黃神谷醮臨汝裴明府序〉，《全唐文》，卷387，頁3931。

217 獨孤及：〈唐故揚州慶雲寺律師一公塔銘序〉，《全唐文》，卷390，頁3963。

靜，則神不怡。」[218] 權德輿〈許氏吳興溪亭記〉亦謂對「亭制約而雅，溪流安以清」的幽境「則神機自王」。[219] 武元衡〈甫搆西亭偶題因呈監軍及幕中諸公〉謂「數峰聊在目，一境暫清心。」[220] 指出對清幽之境，足以令人心為之清。劉禹錫〈洗心亭記〉亦謂處於「竹石間最奇處」的洗心亭中，得以「圜視無不適，始適乎目而方寸為清。」[221] 可見諸人俱認為對清幽寂靜之境，足以令一心清淨及神王意遠。梁肅在〈游雲門寺詩序〉中謂「道由境深，理自外獎」[222]，正點出外境足以影響於內心的這種想法。由此可知，中唐詩說諸家之所以刻意選取清幽寂靜外境，作為詩歌創作時「取境」的對象，原因就在於藉此洗心淨慮，以求令意靜神王甚至情興高遠，而有助於詩歌創作「取境」而已。

　　如前文所指出的，正因「境由心現」，由於境皆出於一心，所以詩人的內心同時又影響著外境的攝取。皎然〈宿山寺寄李中丞洪〉一詩謂「偶來中峰宿，閒坐見真境。寂寂孤月心，亭亭圓泉影。」[223] 可見清境正因閒情而得。於〈酬烏程楊明府華將赴渭北對月見懷〉內更謂「釋印及秋夜，身閒境亦清。風襟自瀟灑，月意何高明。」[224] 更點出因人閒而境得以清。白居易〈閒臥〉「盡日前軒臥，神閒境亦空。有山當枕上，無事到心中。」[225] 亦同時點出在「閒」中而令「境」為之變。又白氏〈夏日獨直寄蕭侍御〉「中臆一以曠，外累都

---

218 梁肅：〈送李補闕歸少室養疾序〉，《全唐文》，卷518，頁5265。
219 權德輿：〈許氏吳興溪亭記〉，《全唐文》，卷494，頁5043。
220 武元衡：〈甫搆西亭偶題因呈監軍及幕中諸公〉，《全唐詩》，卷317，頁3565。
221 劉禹錫：〈洗心亭記〉，劉禹錫撰，瞿蛻園箋證：《劉禹錫集箋證》（上海市：上海古籍出版社，1989年10月），卷9，頁226。
222 梁肅：〈游雲門寺詩序〉，《全唐文》，卷518，頁5264。
223 皎然：〈宿山寺寄李中丞洪〉，《全唐詩》，卷816，頁9197。
224 皎然：〈酬烏程楊明府華將赴渭北對月見懷〉，《全唐詩》，卷815，頁9181。
225 白居易：〈閒臥〉，《全唐詩》，卷446，頁5002。

若遺。地貴身不覺，意閒境來隨。」[226] 則指出因「意閒」而「境」隨之而來。這一得之於閒中的境，以之入詩即為詩境。白氏〈秋池二首〉其二「閒中得詩境，此境幽難說。」[227] 即說明詩中幽境正得之於閒中。而其〈冬日早起閒詠〉「幽境雖目前，不因閒不見。」[228] 則又點出此一幽境之所以因閒而得，實亦本乎一心所致。此中的所謂「閒」者，可從白居易在〈秋池二首〉其一所述「身閒無所為，心閒無所思」，[229] 及上文所引白氏〈閒臥〉因「無事到心中」而「神閒境亦空」；與〈夏日獨直寄蕭侍御〉因「中臆一以曠，外累都若遺」而得以「意閒境來隨」，證明「閒」者指處於無所思、無所為，中臆以曠，外累都遺，心中無事的狀態。皎然〈宿山寺寄李中丞洪〉「閒坐見真境」本在於「此心長杳冥」而致，可見「閒」即指上述這種無思、無為的心理狀態。而這一令內心空寂，遣去外累的要求，即上文所述王氏詩論的「凝心」、「淨慮」，與劉禹錫所提出的「定」而已。由此可知，劉禹錫謂「因定而得境」，皎然在〈奉同盧使君幼平遊精舍寺〉中謂「人天霽後見，猿鳥定中聞。」[230] 同以為入定而後得幽境，正與白居易「幽境雖目前，不因閒不見」的看法其實一致。

　　上述這種內心直接影響於外境的看法，中唐之時至為流行，而又深為中唐詩境說諸家所熟悉。李華在〈潤州鶴林寺故徑山大師碑銘〉中即有「境因心寂，道與人隨。杳然玄默，湛入無為」的說法，[231] 梁蕭〈心印銘〉便謂萬物「舒卷變化，惟心所在」，及「心遷境遷，心曠境曠。」[232] 於〈常州建安寺止觀院記〉內又指出「隨其心淨，

---

226 白居易：〈夏日獨直寄蕭侍御〉，《全唐詩》，卷428，頁4716。
227 白居易：〈秋池二首〉其二，《全唐詩》，卷445，頁4991。
228 白居易：〈冬日早起閒詠〉，《全唐詩》，卷452，頁5112。
229 白居易：〈秋池二首〉其一，《全唐詩》，卷445，頁4991。
230 皎然：〈奉同盧使君幼平遊精舍寺〉，《全唐詩》，卷817，頁9202。
231 李華：〈潤州鶴林寺故徑山大師碑銘〉，《全唐文》，卷320，頁3248。
232 梁蕭：〈心印銘〉，《全唐文》，卷520，頁5284。

則一切境淨。」[233] 正由於境因心淨，所以中唐詩境說教人作詩「取境」，先需「凝心天海之外」，或是「放安神思」、「安神淨慮」，或講求「意靜」、「慮靜」或「定」等種種內心的修為，原因就在於內心可以直接影響外境的獲得，故此特意針對於一心，尤其講究內心的澄明虛靜，以求得以更好地掌握外境而已。

由於心境兩者彼此可以相互影響，而「取境」之說本來就針對創作時的心境兩方面而言，所以中唐詩境說既講求「取境」時對於外境的選取，同時亦講求在「取境」時對於內心的修養。皎然「彼清景當中，天地秋色，詩之量也」的主張，與《文鏡秘府論》所錄王氏詩論「夫置意作詩，即須凝心」的說法，便是在心境相互影響的大前提下，分別針對「取境」時對於外境與內心兩者的特定要求而提出的。至於「取境」之際，詩人在凝心淨慮之下，以此虛靜之心與清幽寂靜外境相接，究竟其間的心境關係又會怎樣？黃侃在《文心雕龍札記》內闡釋《文心雕龍・神思》「神與物游」一句時，對內心與外境相接之際，心境兩者之間的關係有清楚的說明：

> 此言內心與外境相接也。內心與外境，非能一往相符會，當其窒塞，則耳目之近，神有不周；及其怡懌，則八極之外，理無不浹。然則以心求境，境足以役心；取境赴心，心難於照境。必令心境相得，見、相交融，斯則成連所以移情，庖丁所以滿志也。[234]

黃氏指出內心與外境相接時，其間關係有三：或以心求境，或取境赴心，或心境相得。依黃氏所論，以心求境與取境赴心，俱由於心境不一所致；若心境相得，則心（見分）境（相分）交融，方抵於「神與

---

233 梁肅：〈常州建安寺止觀院記〉，《全唐文》，卷519，頁5275。

234 黃侃：《文心雕龍札記》（典文出版社，缺出版地及年份），〈神思〉，頁91。

物游」境界。雖然中唐詩境說亦講求「神會於物」[235]，然而黃氏上述所提出的三種心境關係，卻未必可以適用於這種詩論。黃氏之說其實用於解釋《文心雕龍‧神思》以下一段之意：

> 故思理為妙，神與物游。神居胸臆，而志氣統其關鍵；物沿耳目，而辭令管其樞機。樞機方通，則物無隱貌；關鍵將塞，則神有遯心。[236]

黃氏所謂「當其窒塞，則耳目之近，神有不周」者，本說明「關鍵將塞，則神有遯心」之義；而「及其怡懌，則八極之外，理無不浹」，則在於說明「樞機方通，則物無隱貌」之義。而下文「以心求境，境足以役心」，及「取境赴心，心難於照境」之說亦以此推出。然而對於文思通塞，《文心雕龍》於原文之下即謂：「是以陶鈞文思，貴在虛靜，疏瀹五藏，澡雪精神。」[237] 正指出解決之道，在於以虛靜養神——此亦即上文所述中唐詩境說主張凝心淨慮，致力於追求虛靜之心以利「取境」的主要原因。既能於「取境」時凝心淨慮專注於境，則其心必不致馳逐於境而為境所役，所以對中唐詩境說而言，本不存在「以心求境，境足以役心」的問題。中唐詩境說於「取境」時所涉及的心境關係，當為黃氏所論的「取境赴心」。至於這種取境赴心的過程，《文鏡秘府論》所錄王氏詩論對此有具體的描述：

> 夫置意作詩，即須凝心，目擊其物，便以心擊之，深穿其境。

235　舊題陳應行編：《吟窗雜錄》（北京市：中華書局影印臺灣中央圖書館藏明抄本，1997年11月），卷4，頁207。

236　劉勰著，詹鍈義證：《文心雕龍義證》（上海市：上海古籍出版社，1989年8月），卷26，〈神思〉，頁976-977。

237　同上。

如登高山絕頂，下臨萬象，如在掌中。以此見象，心中了見，
當此即用。[238]

在上述這段文字之中，對於在創作時外境進入內心的整個過程有清楚
的說明。從「置意作詩」的「凝心」，到「目擊其物」，然後「以心擊
之」，再「深穿其境」——其間對於外境進入內心的先後程序，與
「取境」過程中心境間的交涉等問題，於此都有一清晰的描述。從以
上的描述中可見，在詩人心中了見之下，外境透過眼等感官對事物的
觀照而得以進入到內心之中。此外《文鏡秘府論》內所錄的王氏詩
論，其中有專論「用思」的一段，對外境進入內心的經過亦有仔細的
描述：

至晚[239]間，氣靄未起，陽氣稍歇，萬物澄靜，遙目此乃堪用。
至於一物，皆成光色，此時乃堪用思。……用之時，必須安神
淨慮。目睹其物，即入於心。心通其物，物通即言。言其狀，
須似其景。語須天海之內，皆納於方寸。[240]

可見在「用思」之時，詩人在「安神淨慮」之下，面對「萬物澄靜」
的外境，「目睹其物，即入於心」，亦透過眼等感官對外物的觀照，而
令外境進入到內心之中。除此之外《文鏡秘府論》內王氏詩論又提
到：

---

238 〔日〕空海：《文鏡秘府論》，王利器：《文鏡秘府論校注》（北京市：中國社會科學
出版社，1983年7月），南卷，〈論文意〉，頁285。

239 案：「晚」字原作「曉」，因文中論昏旦景色，本自日旦、日午順序而下，且又謂
此際「陽氣稍歇」，則其當非「曉間」之時，故據《全唐五代詩格校考》（西安
市：陝西人民教育出版社，1996年7月）改。

240 〔日〕空海：《文鏡秘府論》，王利器：《文鏡秘府論校注》（北京市：中國社會科學
出版社，1983年7月），南卷，〈論文意〉，頁305-306。

> 夫文章興作，先動氣。氣生乎心，心發乎言，聞於耳，見於
> 目，錄於紙。[241]

亦同樣主張透過耳聞目見，而得以「攢天海於方寸」[242]，令外境得以
進入內心。就「境」的觀念上來說，中唐詩境說上述的這種「取境」
方式，與前文所提到佛教思想中的「取境」概念是一致的。如上文所
述佛教的「取境」觀念，本來就指六識依六根在境上所起的業用。慧
遠《大乘義章》中便提出：「所起六識，依根不同，取境各別」[243]，
即點出「取境」時心識需透過眼、耳等六根然後得以作用於境。另一
方面，就文藝創作上說明在心物相觸過程中，外物進入內心的問題上
來說，上述的這一說法，正與《文心雕龍・神思》所提出的「神與物
游」，始自於「物沿耳目」而入於胸臆的說法相同；也與陸機《文賦》
「瞻萬物而思紛」[244] 的「玄覽」創作方式頗見一致。其中所不同
者，就在於中唐詩境說在說明上述問題時加入了「境」的概念。從上
文所引王氏詩論中可以清楚見出，「物」即於心外為目之所擊者（目
擊其物），而以心擊物，深穿其境，境之中又包含了可以「心中了
見」的眾「象」（下臨萬象）。於是在說明文學創作過程中心物關係的
問題時，心外之物與心內之物的差別，在中唐詩境說內便得以更具體
而明確地區分起來。同時由於這一詩論運用了「境」的概念，以致更
加強調了在「取境」時「心」所佔的主導地位，從而突出了在詩歌創
作過程當中「心」所起的重要作用。

在「取境」過程當中，中唐詩境說一再強調外境進入內心時，必
須「目擊其物，便以心擊之」，及「目睹其物，即入於心」，又謂需

---

241 同上，頁286。

242 同上。

243 慧遠：《大乘義章》，《大正新脩大藏經》，第44卷，諸宗部1，卷3末，頁525。

244 陸機著，張少康校釋：《文賦集釋》（上海市：上海古籍出版社，1984年1月），頁14。

「處身於境，視境於心」[245]，正可反映中唐詩境說注意到在外境進入內心之際——若套用《文心雕龍‧神思》的說法，便是從「物沿耳目」到入於「胸臆」的階段中，心目兩者之間並非完全吻合無間。也就是說雖然「目擊其物」，仍然有待於「以心擊之」。在《文鏡秘府論》所錄王氏詩論中就提到：

> 凡神不安，令人不暢無興。無興即任睡，睡大養神。……不須強起，強起即惛迷，所覽無益。……舟行之後，即須安眠。眠足之後，固多清景，江山滿懷，合而生興。須屏絕事務，專任情興。因此，若有製作，皆奇逸。[246]

便指出外境雖然寓目，然而若「神不安」則「所覽無益」；反之若能「養神」，則在神王之下便「固多清景」，令「江山滿懷，合而生興」。可見在皎然筆下「取境」對象的「清景」（彼清景當中，天地秋色，詩之量也），並非純粹得之於放眼江山，僅憑對於外境的寓目。江山清景之得以滿懷——亦即外在物色之得以入於內心，關鍵就在於能否安神淨慮。換言之，從目擊外物到外境的進入內心，實有賴於「神」的作用於其間。

　　外境既得以進入內心，心即作用於境。上文所引《文鏡秘府論》內王氏詩論在提出「目睹其物，即入於心」後，便指出應進而「心通其物」。然則心又如何「通」之於物？《文鏡秘府論》內「目睹其物，即入於心，心通其物，物通即言。言其狀，須似其景。語須天海之內，皆納於方寸」的這段，和上文所引《文鏡秘府論》另一段文

---

245 舊題王昌齡撰：《詩格》，載舊題陳應行編：《吟窗雜錄》（北京市：中華書局影印臺灣中央圖書館藏明鈔本，1997年11月），卷4，上冊，頁207。

246 〔日〕空海：《文鏡秘府論》，王利器：《文鏡秘府論校注》（北京市：中國社會科學出版社，1983年7月），南卷，〈論文意〉，頁306。

字：「目擊其物，便以心擊之，深穿其境。如登高山絕頂，下臨萬象，如在掌中。以此見象，心中了見，當此即用。」兩者對於外境進入內心過程的闡析基本上一致。取兩者加以參照，可知心之通於物，就在於「以心擊之，深穿其境」。此外《吟窗雜錄》署名王昌齡《詩格》中，有「搜求於象，心入於境，神會於物，因心而得」說法，[247]說明「神」因「心」而得以會之於「物」。要達致上述這種心物會通的地步——亦即上文所提到的「心通其物」的話，就先需要「心入於境」。而所謂「心入於境」者，亦正是《文鏡秘府論》所提出的以心「深穿其境」。

至於怎樣才能夠以一心「深穿其境」，《文鏡秘府論》所錄王氏詩論，在提出對進入內心的外境需「以心擊之，深穿其境」後，即對此加以說明：「如登高山絕頂，下臨萬象，如在掌中。以此見象，心中了見。」可見「以心擊之，深穿其境」者，在於能夠「心中了見」境中之象。《吟窗雜錄》署名王昌齡《詩格》「詩有三境」內，其中闡明「用思」的「物境」條一段，與《文鏡秘府論》上述的這段，在說明如何「深穿其境」的問題上所論頗為接近：

> 欲為山水詩，則張泉石雲峰之境，極麗絕秀者，神之於心，處身於境，視境於心，瑩然掌中，然後用思。了然境象，故得形似。[248]

顯然兩段所論在主要觀點上極為接近，尤其這段所提出的「視境於心，瑩然掌中」及「了然境象」，正與《文鏡秘府論》「下臨萬象，如在掌中」及「以此見象，心中了見」的說法相同，兩者同樣都要求在

---

247 舊題王昌齡撰：《詩格》，載舊題陳應行編：《吟窗雜錄》，卷4，〈詩有三思〉，「取思」條，頁208。

248 同上，卷4，〈詩有三境〉，「物境」條，頁207。

「取境」時，內心對境的作用應當在心中了見其象。此外上文所引
《文鏡秘府論》「夫置意作詩，即須凝心」的一段，在闡述如何「以
心擊之，深穿其境」，及「以此見象，心中了見」之後，下文即指出
「照之須了見其象也」[249]，故知「了見其象」又在於心之「照」境。
由此可見這種「視境於心」，使到「了然境象」於「心中了見」的做
法，其實亦即要求在「取境」時令心照之於境而已。

在《吟窗雜錄》署名王昌齡《詩格》「詩有三思」內「生思」條
中，便提到「取境」時以心照境的問題：

> 久用精思，未契意象，力疲智竭，放安神思。心偶照境，率然
> 而生。[250]

在這段說明中指出，心之得以照於境，就在於能夠「放安神思」。然
而值得注意的是，這種心照於境不過是偶爾發生的事，自文中所述可
見，正常情況下詩人致力尋求的，是苦心竭智用「精思」去契合意
象。上述的這種見解，正是上文所提到皎然《詩式》論「取境」的說
法──一方面在「意靜神王」之下，因「先積精思」而得以「佳句縱
橫」；另一方面在一般情況之下，詩人藉著苦思繹慮，以「精思」搜
於萬象而「取境」成詩。而這種以精思搜於物象的做法，在上文所引
《吟窗雜錄》署名王昌齡《詩格》「詩有三思」內「取思」條中亦嘗
論及：

> 搜求於象，心入於境，神會於物，因心而得。[251]

249 〔日〕空海：《文鏡秘府論》，王利器：《文鏡秘府論校注》（北京市：中國社會科
　　學出版社，1983年7月），南卷，〈論文意〉，頁285。

250 舊題王昌齡撰：《詩格》，載舊題陳應行編：《吟窗雜錄》，卷4，〈詩有三思〉，「生
　　思」條，頁207。

251 同上，卷4，〈詩有三思〉，「取思」條，頁207。

就點出「取境」時這種以精思搜求於萬象的做法，正在於令「心入於境」，以求能透過一心而得以「神會於物」。而上述這種在精思「搜求於象」下所追求的「心入於境」，即是上文所提到「照之須了見其象」的「深穿其境」，亦即是以上所論證的以心照境而已。故此無論皎然的「取境」，或者《文鏡秘府論》中王氏詩論的「用思」，甚至中唐以來所流行的「冥搜」，從以上所論可知，其實不過都要求在詩歌創作時能夠以心照境而已。

　　然而在詩歌創作時能夠以心照境，事實上對於詩人來說是一件極為艱難的事。詩人在「取境」之際，從「目擊其物」令境入於心，再到「心入於境」而「神會於物」，在這段從搜求於象到以心照境的過程中，既需要苦思繹慮於其間，而且往往更要經歷一段長時間，[252]始能最終達到心照於境而得以神會於物。故此皎然論「取境」會以「苦思」、「繹慮於險中」，甚至「至難至險」，來形容這段以「精思」搜求於象的過程；而《文鏡秘府論》中所錄的王氏詩論，在描述這段「用思」過程時，亦一再強調「若似煩即止，無令心倦」[253]，又謂「令左穿右穴，苦心竭智，必須忘身」；[254]此外《吟窗雜錄》署名王昌齡《詩格》中亦有「久用精思，未契意象，力疲智竭」的說法，在在都足以反映要在「取境」之際，令詩人之心得以照之於境，達到「神會於物」的地步，事實上並非易事。所以黃侃才會在論內心與外境相接時，提出「取境赴心，心難於照境」的說法。

　　如上文所述，黃侃否定「以心求境」與「取境赴心」兩種做法，認為「必令心境相得，見、相交融」，才能達到《文心雕龍・神思》

---

252 《文鏡秘府論》南卷〈論文意〉所錄王氏詩論中，即提出「用思」宜取「至晚間，氣靄未起，陽氣稍歇，萬物澄靜」之境，下文又云「至清曉，所覽遠近景物，及幽所奇勝，概皆任意自起。」可見由「目睹其物，即入於心」到「心通其物」，實際上中間經歷了一段長時間。《文鏡秘府論校注》，南卷，〈論文意〉，頁305。

253 同上。

254 同上，頁285-286。

所提出得以「神與物游」的地步。中唐詩境說提出「取境」而又要入
之於心的主張，這種「取境赴心」的做法，雖然正如黃氏所云，確實
會「心難於照境」，然而事實上中唐詩境說之所以要取境赴心，正要
「心入於境」而「神會於物」，最終目的亦在追求以心照境，達到如
黃氏所述「心境相得，見、相交融」而得以「神與物游」的地步而
已。上文所引《文鏡秘府論》王氏詩論，在提出「目擊其物，便以心
擊之，深穿其境」，及「以此見象，心中了見」後，下文對「取境」
時以心照境的情況，即有較具體的描述：

> 如無有不似，仍以律調之定，然後書之於紙，會其題目。山
> 林、日月、風景為真，以歌詠之。猶如水中見日月，文章是
> 景，物色是本，照之須了見其象也。[255]

其中的「無有不似」，指上文所提出的在「目擊其物，便以心擊之，
深穿其境」時，於心中了見之象與原先目擊之物兩者的極為相似。此
外在上文所引《吟窗雜錄》署名王昌齡《詩格》中，亦有「視境於
心，瑩然掌中，然後用思。了然境象，故得形似」的說法，可見所謂
「無有不似」或「形似」者，其實指在「用思」之下，外境在心上所
「照」而了見之象。又上文所引《文鏡秘府論》王氏詩論中，提到
「目睹其物，即入於心。心通其物，物通即言」後，亦指出下筆時要
「言其狀，須似其景」。可見文章中的「似其景」，本來就來自「心通
其物」，所以文章中的「言其狀」者，亦即寫出心中所照之象而已。
況且上文所引《吟窗雜錄》「了然境象，故得形似」一段，事實上就
用於說明「視境於心」時心上所生起境象，故此可知《文鏡秘府論》
「猶如水中見日月，文章是景，物色是本，照之須了見其象也」一

---

255 同上。

段，其中提到「如水中見日月」的物色映照之說，其實亦足以說明外境如何在心上映照的問題。

　　上述的這種在凝心淨慮之下，以「精思」作用於一心，令外境得以在心上映照，如水中見日月，照之了見其象的做法，本來即為佛教思想中的「取境」要求。窺基於《成唯識論述記》中即提出：

　　　　此等取境者，彼執心外之境是所緣，心上有似所緣之相名行
　　　　相。[256]

所謂「心上有似所緣之相名行相」，便是明確指出在「取境」之際，心上有與外境相似的「行相」出現[257]。而所謂「行相」，普光在《俱舍論記》卷一末中，對「行相」一詞加以解釋云：

　　　　言行相者，謂心、心所，其體清淨，但對前境，不由作意，法
　　　　爾任運，影像顯現，如清池、明鏡，眾像皆現。[258]

正點出「取境」時這一「心上有似所緣之相」的「行相」，有如清池、明鏡般能映現眾像，將外境的影像在心上顯現出來。這種以清淨之心對境，在「取境」時心上有與外境相似的影像顯現，如清池、明鏡得以映現眾像的理論，若以之比對上述中唐詩境說，要求將入於心

256　窺基：《成唯識論述記》，載石峻等編：《中國佛教思想資料選編》（北京市：中華
　　　書局，1983年），第2卷，第3冊，頁72。
257　案：窺基以上所述，本依《成唯識論》針對「執有離識所緣境者」立說。因唯識
　　　宗不許有心外境，故另以見分為行相。然而正如本文所引普光等疏釋，《俱舍論》
　　　等皆以取境時心上可有外境之行相（參見《佛光大辭典》「行相」條）；又觀乎中
　　　唐詩境說所述，實取《俱舍論》以來佛教思想中普遍對取境時心上有行相之說
　　　法，故窺基說明正可用於闡明上述取境時的行相觀念。
258　普光：《俱舍論記》，《大正新脩大藏經》，第41卷，論疏部2，卷1，頁26。

的外在物色「猶如水中見日月」而「照之須了見其象」的說法，便知
中唐詩境說這種講求作詩「取境」的詩歌理論，事實上直接採用了佛
教思想中的「取境」觀念。

　　中唐詩境說對於「取境」時這種外境在清淨心上的顯現，一再強
調的是「言其狀，須似其景」；「無有不似」；「了然境象，故得形似」
及「照之須了見其象」。正因「搜求於象，心入於境」的目的，就在
於要藉此而得以「神會於物」，所以中唐詩境說在「取境」時所著重
的是心境兩者的重合無間，要求在「照之須了見其象」之下，令心上
所顯現行相與外境「無有不似」。從《吟窗雜錄》署名王昌齡《詩
格》中可見，與「搜求於象，心入於境，神會於物」相反的，正是
「久用精思，未契意象」。合二者而觀之，即知中唐詩境說「取境」
理論所追求的「心入於境，神會於物」，就在於以精思契合意象。從
「久用精思，未契意象」一段在下文達致「心偶照境」的說明中，可
以明白「取境」時所需契合的「意」與「象」，其實分別指「心」與
「境」而言；同時亦知意與象之契合，又在於心照於境。在心照於境
之下，心上顯現影像與外在物色無有不似，達到意象契合，也就是心
境重合無間的地步。這一以心照境抵於心境冥合無間的要求，正是黃
侃所述的「心境相得，見、相交融」，而得以「神與物游」的境界，
亦即詩人之得以「心通其物」或「神會於物」的關鍵所在。

　　上述這種在「取境」時以心照之，心中了見的境象，便是中唐詩
境說所要求的詩境。《文鏡秘府論》所錄王氏詩論就有「心通其物，
物通即言。言其狀，須似其景」；及「如無有不似，仍以律調之定，
然後書之於紙，會其題目。山林、日月、風景為真，以歌詠之。猶如
水中見日月，文章是景，物色是本，照之須了見其象也」的說法，而
《吟窗雜錄》署名王昌齡《詩格》亦謂詩思之生起或獲得，就在於
「心偶照境」或「神會於物」。此外《文鏡秘府論》內所提到「江山
滿懷，合而生興」的「清景」，正是在「心通其物」之後所得的詩

境，如王氏詩論所云「若有製作，皆奇逸」，足證中唐詩境說主張藉著上述在「取境」時以心照境的方法生成詩境。

如上文所述，中唐詩境說藉著以精思搜求於象的「取境」方法而獲得奇逸之作。皎然論作詩「取境」便一再強調以此「採奇於象外」，又謂由此得以「佳句縱橫」及「始見奇句」。這種「取境」成詩之法之所以能獲得奇句、佳句，主要原因就在於心入於境，視境於心之際，能夠深穿其境，在心中了見境象，以此凝心淨慮而來的精微之心洞照萬物幽微。皎然在《詩式》中指出在「取境」時以「精思一搜」，足以令「萬象不能藏其巧」，便正是透過「搜求於象，心入於境」的方法，在心境冥合之下，以此精微之心照徹天地萬物的幽隱，令「天地日月玄化之淵奧，鬼神之微冥」無所遁形。從詩歌創作理論的角度來說，萬象之巧因一心所照而瑩然如在掌中，以此心中了見的詩境創作成詩，便成奇逸之作。然而若針對中唐詩境說的理論本身來說，所謂「取境」的「精思一搜，萬象不能藏其巧」，指宇宙萬物淵奧微冥，因一心所照而無不顯現，則不過亦即以此照見萬物之真而已。吉藏《三論玄義》釋「照」之義云：「照謂顯也。立於中名，為欲顯諸法實故，云照其實也。」[259] 故知「照」之義本在於顯出諸法真實一面。此外蕭統（西元501-531年）〈解二諦義令旨〉中又提出：

能知是智，所知是境，智來冥境，得言即真。[260]

這種主張正是中唐詩境說強調以心照境，追求見、相交融，在心境冥合之下，得出「照之了見其象」的詩境，以之「書之於紙，會其題目。山林、日月、風景為真」的說法。然而對於中唐時提倡詩境說諸

---

259 吉藏：《三論玄義》（《佛藏要籍選刊》本），第10冊，頁1236。
260 蕭統：〈解二諦義令旨〉，載石峻等編：《中國佛教思想資料選編》（北京市：中華書局，1983年），第1卷，頁334。

人本身來說，這種「取境」成詩理論，除了藉著以心照境於筆下搜見
萬象之巧，而得以寫出佳句、奇句之外，相信最重要的還在於可以藉
著這種詩歌創作方式得以澄心證性。中唐詩境說這種藉著專精一致的
虛靜之心，映照萬物於方寸，照見諸法實相以抵於神會於物而心境冥
一的創作方法，實際上就是佛教一直以來所講求的心境修證方法。
《肇論》所收〈涅槃無名論〉即提到：

> 夫至人虛心冥照，理無不統。懷六合於胸中，而靈鑒有餘；鏡
> 萬有於方寸，而其神常虛。至能拔玄根於未始，即群動以靜
> 心，恬淡淵默，妙契自然。……彼此寂滅，物我冥一，怕爾無
> 朕，乃日涅槃。[261]

就指出以此虛心冥照而「鏡萬有於方寸」者，在於「即群動以靜
心」，以求達致「彼此寂滅，物我冥一」，至於涅槃的境界。中唐詩境
說諸人，作詩「取境」時「攢天海於方寸」，而凝心照徹境中萬象幽
微，以此獲得佳句的同時，亦同樣藉著這種創作過程，而令內心得以
進一步深入空寂。于頔（西元？-818年）在〈釋皎然杼山集序〉中，
就明確指出皎然創作詩歌，本在於「妙言說於文字，了心境於定
惠。」[262] 皎然本人亦謂作詩旨在於以「文章理心」[263]，並且在筆下
提到：「詩情緣境發，法性寄筌空」[264]，同時又謂：「詩情聊作用，空
性惟寂靜」[265]。如上文所述，佛教主張「性在作用」，講求由用以顯
體。以上皎然即明確指出所以「緣境」賦詩者，不過藉此為證入法性

---

261 僧肇：《肇論》（《佛藏要籍選刊》本），〈涅槃無名論〉，第11冊，頁10。

262 于頔：〈釋皎然杼山集序〉，《全唐文》，卷544，頁5520。

263 皎然：〈贈李舍人使君書〉，《皎然集》（《四部叢刊初編》縮印本），卷9，頁61上。

264 皎然：〈秋日遙和盧使君遊何山寺宿易攵上人房論涅槃經義〉，《全唐詩》，卷815，
頁9175。

265 皎然：〈答俞校書冬夜〉，《全唐詩》，卷815，頁9173。

筌蹄，以之為見性的「作用」而已，最終所追求的實為深入空寂的法性。權德輿在〈送靈澈上人廬山迴歸沃洲序〉中，提到學詩於皎然的靈澈，靜對山水清景而寫出詩境足以「聳鄙夫之目」的佳作，同時又指出靈澈之取境成詩，事實上就在於：

> 拂方袍，坐輕舟，泝沿鏡中，靜得佳句，然後深入空寂，萬慮洗然，則嚮之境物，又其稊稗也。[266]

亦足以證明中唐詩境說諸家之所以講求「取境」成詩以得佳句，最終目的同樣在於藉此「深入空寂」。中唐詩境說的「取境」理論，強調在凝心淨慮之下心照於境而獲得佳句，並以此深入空寂。這種既講求「照」，同時又講求「寂」的創作方式，本來即為佛門以求徹悟證性的「禪智」之說。慧遠（西元334-416年）在〈廬山出修行方便禪經統序〉內便提到：

> 禪非智無以窮其寂，智非禪無以深其照。則禪智之要，照寂之謂。其相濟也，照不離寂，寂不離照。……是故洗心靜亂者，以之研慮；悟徹入微者，以之窮神也。[267]

楊巨源（西元755-？年）於〈贈從弟茂卿〉中謂：「扣寂由來在淵思，搜奇本自通禪智。」[268] 就正指出中唐詩境說的這種搜求於象、心照於境以求抵於空寂的詩論，合乎禪智照寂之說。正如皎然在〈強居士傳〉中所指出的：「夫妙有統於心而通於理，其靜為性，其照為

---

266 權德輿：〈送靈澈上人廬山迴歸沃洲序〉，《全唐文》，卷493，頁5027。
267 慧遠：〈廬山出修行方便禪經統序〉，載石峻等編：《中國佛教思想資料選編》（北京市：中華書局，1983年），第1卷，頁91。
268 楊巨源：〈贈從弟茂卿〉，《全唐詩》，卷333，頁3717。

覺。」[269] 故此「至人觀其性,見萬物之真」[270]。中唐詩境說講求在
凝心入定之下以一心照徹萬境,因一心在境上「作用」而深入空寂的
這種「取境」理論,可說正是上述以一心覺照萬物真性,藉著心之照
用以顯法性的這種澄心證性之說,在詩論中的體現而已。

---

269 皎然:〈強居士傳〉,《杼山集》(上海市:上海古籍出版社影印《四庫全書》本,
   1992年),卷9,頁88上。

270 同上。

第六章
中唐詩境說的造境之說

第一節　對中唐詩境說造境概念的理解與商榷

正如前文所述，中唐詩境說論述詩境問題時，所探討的重點往往集中在詩境的生成與獲得，甚至詩的創造等問題方面。至於構成詩境的方法，除了「取境」——亦即是「緣境」之外，在中唐詩境說諸家筆下，又提到與構成詩境有關的「造境」概念。對於中唐詩境說「造境」觀念的解釋，以往在學者間的理解是多以為即從心識中創造出詩境。正如上文所指出，這種對詩境一律以由心造境的詮釋，在中唐詩境說不同詩境觀念的分類上，縱然學者間嘗試設想一完整架構，令詩境的先後條理與層次都井然有序，然而與唐人對於詩境甚至佛教「境」的理解，其實有所出入。以下除舉述學者間較具代表的說法之外，也對此提出個人的不同看法，冀能進一步闡明中唐詩境說內的「造境」觀念與要求。

一　以往學者對造境概念的理解與詮釋

關於構成詩境的這種「造境」觀念，以往學者在論及中唐詩境說有關詩論時，對於「造境」一詞的理解大致上並未出現重大的爭議，彼此間的看法可說較為一致。一般學者多指中唐詩境說所提到的「造境」概念實際上是指詩境的創造。像孫昌武在《佛教與中國文學》內，

便指中、晚唐境界理論中的「造境」「也是講心識的創造功能」，[1] 並舉出呂溫所提出的「造境」，劉禹錫「境生於象外」之說，及《吟窗雜錄》題為王昌齡撰《詩格》「情境」、「意境」[2] 等關於詩境的論述，都歸入「造境」之內，而謂「這也都是形容詩境是由心識中產生出來的。」[3] 又如周裕鍇在《中國禪宗與詩歌》內，在說明中唐意境理論的不同傾向時，亦特別專立「造境」一項，指上述呂溫「造境」之說，皎然「盼睞方知造境難，象忘神遇非筆端」，及劉禹錫「心源為鑪，筆端為炭。鍛鍊元本，雕礱群形」等，都屬於在「萬境由心所生，心有造境功能」之下，「通過藝術想像憑空創造出藝術形象來」的「造境」。[4] 上述的這些說法，可以反映現時學者之間大多都認為中唐詩境說內的「造境」，便是從詩人內心之中創造出詩歌的藝術形象，也就是從作者心中創造出詩境便是「造境」。

雖然現時對於「造境」觀念的理解，學者間有較為一致的看法；不過在構成詩境方法的分類上，對於「造境」應如何歸類，在學者間的看法卻仍然有所分歧。除了上述所提到，像孫昌武、周裕鍇等學者將「造境」與「取境」、「緣境」等並列，區分成三種的構成詩境方法之外，不少學者往往將「造境」一項直接納入到「取境」說之內。像前文提到的羅宗強《隋唐五代文學思想史》，便以「造境」觀念釋「取境」，並指出「〈辨體〉中論及的『取境』，則已指『造境』而言，指完整的詩境的創造。」[5] 此外如陳洪在〈意境──藝術中的心

---

1 孫昌武：《佛教與中國文學》（上海市：上海人民出版社，1988年），第4章，〈佛教與中國文學思想〉，頁353。

2 案：「意境」中「意」字，孫氏原文誤作「心」，詳本文第五章注11說明。

3 孫昌武：《佛教與中國文學》（上海市：上海人民出版社，1988年），第4章，〈佛教與中國文學思想〉，頁353。

4 周裕鍇：《中國禪宗與詩歌》（上海市：上海人民出版社，1992年7月），第4章，〈空靈的意境追求〉，頁133。

5 羅宗強：《隋唐五代文學思想史》（上海市：上海古籍出版社，1986年），第5章，〈轉折時期（代宗大曆中至德宗貞元中）文學思想（下）〉，頁181。

理場現象〉一文中，亦將「造境」歸入皎然「取境」說之內。[6] 之所以會出現以上的分歧，正如上文所提到，由於學者對「造境」概念的理解較一致，所以問題關鍵並非在於「造境」概念的本身，而是主要在於學者對「取境」觀念有不同的理解所致。除了上文所提到羅宗強等人以為「取境」即「詩境的創造」之外，現時不少學者都認為中唐詩境說內「取境」之說便是詩歌意境的創造。像張少康、劉三富等所撰《中國文學理論批評發展史》論皎然詩境之說時便指出：

> 他最理想的詩歌審美境界，是創造一個清新秀麗、真思杳冥的詩歌藝術境界。……他所說的「取境」實際就是指詩歌意境的創造。[7]

既然「取境」與「造境」在解釋方面同樣都指詩歌意境的創造，所以倘若以此推論的話，中唐詩境說中的「造境」涵義，亦即等同於「取境」而已。由此可以說明何以學者在論述中唐詩境說理論時，往往將「取境」與「造境」兩者直接等同起來，於是出現上述構成詩境方法在分類上的意見分歧。

二　對以往學者造境說詮釋的商榷

　　雖然現時多數學者都指中唐詩境說所提出的「造境」概念，事實上就是指詩境的創造，不過上述這種從詩歌藝術意境創造角度出發的解釋，最終將「造境」等同於「取境」的見解，本身就有十分值得商

6　陳洪：〈意境──藝術中的心理場現象〉，載南開大學中文系古典文學教研室編：《意境縱橫探》（天津市：南開大學出版社，1986年），頁35。

7　張少康、劉三富：《中國文學理論批評發展史》（北京市：北京大學出版社，1995年），上卷，第12章，〈皎然、白居易與中唐詩歌理論的發展〉，頁340-341。

權的餘地。首先是正如前文所論,「取境」之說原指在凝心淨慮之下,以精微之心照見入於心內的外境而生成詩境,本來就不能簡單理解為詩歌意境的創造。前文在論述「取境」的具體要求時經指出,「取境」即是以心照境,則與所謂「講心識的創造功能」的「造境」是否可以輕易等同,甚至因此將「造境」歸入「取境」說之內,事實上都是在說明中唐詩境說時需要加以斟酌的問題。

至於將「造境」概念從「取境」中分出的學者,顯然見出兩者之間實際上有所區別,所以才會將「造境」獨立另成一類。不過因為這一做法同樣建基於對「取境」概念的理解之上,就如前文所提到,論者往往由強調「主觀能動性」,或漸次「向主觀心性靠攏」,依照從客觀景物而進於主觀心識的先後層次來區分「取境」與「造境」。上述這種由客觀物色依次進入主觀心識的理論架構的問題所在,前文經已指出。需要在此另外提出的是,在解釋「造境」概念時,學者往往從心識的角度來說明「造境」之義,正如孫昌武所指出的「境由識變」、「萬法由心所生」,及周裕鍇所指出的「萬境由心所生」。然而若依其說推論的話,則所謂「造境」即「講心識的創造功能」,以至「心有造境功能」而創造出詩境的說法,在萬境由心所生的大前提下,上述這一學者間普遍認同的解釋,恐怕就理解中唐詩境說「造境」概念本身而言,甚至在區分「造境」與「取境」兩者的問題上來說,事實上並無任何實質上的意義可言。因為既然萬境皆出於一心所造,那麼何必又再在中唐詩境說中另立一類「造境」之說,去說明由心造境的問題?

其次是既然另立「造境」一項,則顯然「造境」這種專指「心有造境功能」而創造詩境的方法,與「取境」等其他構成詩境的方式有別。既然「造境」專指內心的創造詩境,則其他如「取境」等構成詩境的方法在內心創造詩境的問題上,又是否與「造境」有所分別?正因為既要顧及萬境由心所生的大前提,又要說明「造境」有別於其他

構成詩境的方法，所以在將「造境」之說另立一類明確標出的學者筆下，在解釋幾種構成詩境的不同方法時，在概念上便往往出現彼此重疊甚至互相混淆的問題。像前文所舉出的，學者們既以「詩境是由心識中產生出來」[8] 解釋「造境」，在闡釋「取境」之義時，同時又指「取境」是文學家「對於同樣的事物卻可能創造出不同的境界」[9]；甚至指「造境」為「通過藝術想像憑空創造出藝術形象來」[10]的同時，又謂「取境」有「通過藝術想像選擇意象並構造詩的意象結構」[11]的意思，並謂詩人透過主觀感受而「創造出不同的詩境來」。可見學者們在闡述「造境」與「取境」觀念時，同樣都用上創造詩境的觀念來解說兩者的涵義。於是「造境」概念雖然表面上從其他構成詩境的方法中劃分出來，但事實上在學者的解釋當中，「取境」的概念與「造境」概念交疊難分，有時甚至可以說「造境」這項構成詩境的方法，實質上並未獨立於「取境」說之外，如此一來在中唐詩境說中另立「造境」一項的做法，恐怕就大有商榷的必要。之所以會做成上述這種對中唐詩境說構成詩境方式在概念上的混淆，正如前文在論述「取境」涵義時所提出的，相信關鍵就在於以往對中唐詩境說內這些構成詩境理論的專門用語與概念，在理解方面尚未有足夠的掌握所致。

　　雖然學者在說明「造境」觀念時，往往同時又用「取境」中已包括的創造詩境觀念來闡述「造境」的概念，而做成「取境」與「造境」兩者在概念上有所重疊，但兩者之間是否仍然存在一些分別，以往也有學者嘗試指出。周裕鍇在說明「造境」是「取境」的「進一步向主觀心性靠攏」時就提出：「主體不僅可對眼前景物取捨、選擇，

8　孫昌武：《佛教與中國文學》（上海市：上海人民出版社，1988年），第4章，〈佛教與中國文學思想〉，頁353。

9　同上，頁350。

10　周裕鍇：《中國禪宗與詩歌》（上海市：上海人民出版社，1992年7月），第4章，〈空靈的意境追求〉，頁133。

11　同上，頁132。

而且可以通過藝術想像憑空創造出藝術形象來。」[12] 雖然周氏又謂「取境」「類似於設計情境」及「不光是對眼前現成景物的擇取構造，而且有一定的虛擬懸想的成分在內」[13]，顯然在分別說明「造境」與「取境」涵義時，在所謂「創造藝術形象」的問題上未能清楚區分兩者。不過對「造境」的上述說明，其中所提出的「對眼前景物取捨、選擇」，與「通過藝術想像憑空創造」，可能便是周氏嘗試對「取境」與「造境」加以分別的地方。但何以能謂「造境」是指「憑空創造出藝術形象」？雖然周氏在篇中舉禪宗「瞥起一念便是境」之說解釋「造境」，不過事實上這一論據僅可說明「外境都是主觀心性的體現」[14]，而不足以說明為何「取境」是針對「眼前景物」，而「造境」則指想像的「憑空創造」，所以可說是並未具體解釋何以會如此理解「取境」與「造境」，並從而區分二者。

若按文意推求，上述對「取境」與「造境」的這種區分方法，原基於對中唐意境理論在心境關係上「強調主觀能動性」[15] 的想法下而提出，由此分成「進一步向主觀心性靠攏」的「造境」，與「對眼前景物」亦即客觀景物的「取境」。然而所謂中唐意境理論「強調主觀能動性」；與「造境」為「取境」的「進一步向主觀心性靠攏」的論點，若從用語及概念上加以比對的話，便知其說其實已見於孫昌武說明中唐詩境理論的「強調了詩人在創作中的主觀能動性」[16]，與「造境」「比『取境』又進了一步」[17] 的說法當中。此外周氏「取境」於

---

12 周裕鍇：《中國禪宗與詩歌》（上海市：上海人民出版社，1992年7月），第4章，〈空靈的意境追求〉，頁133。

13 同上。

14 同上。

15 同上。

16 孫昌武：《佛教與中國文學》（上海市：上海人民出版社，1988年），第4章，〈佛教與中國文學思想〉，頁352。

17 同上，頁353。

「眼前景物」，而「造境」為想像的「憑空創造」之說，亦可於孫氏〈佛的境界與詩的境界〉一文中所提出的「寫詩可以從現實中取境」，與「造境」的「可以是出自虛構的」[18] 這些論述之內見有相類的說法。

　　學者間上述這種以主觀與客觀，甚至現實與虛構等概念，來分別「造境」與「取境」的做法，又與王國維「意境說」內區分意境為「造境」與「寫境」的觀點可謂頗見一致。孫氏在說明「造境」即由心識產生詩境之後，隨即有以下的補充：

> 現在人們評論為浪漫主義的作家就多用造境。在西方文論中，把文學創作分為現實的和理想的兩類的言論自古多有。在中國強調「造境」則自唐代始。[19]

以上對於「造境」的這種看法，在王國維「意境說」內提到關於「造境」的問題時便有相同的說法。王氏於《人間詞話》中提出：

> 有造境，有寫境，此理想與寫實二派之所由分。然二者頗難分別，因大詩人所造之境，必合乎自然；所寫之境，亦必鄰於理想故也。[20]

以上王氏之說，即將詩人筆下的境派分為「造境」與「寫境」兩類，又分別屬於「理想」與「寫實」兩派。正與以上所舉學者們對中唐詩

---

18 孫昌武：〈佛的境界與詩的境界〉，載南開大學中文系古典文學教研室編：《意境縱橫探》（天津市：南開大學出版社，1986年），頁6。

19 孫昌武：《佛教與中國文學》（上海市：上海人民出版社，1988年），第4章，〈佛教與中國文學思想〉，頁354。

20 王國維撰，靳德峻箋證，蒲青補箋：《人間詞話》（成都市：四川人民出版社，1981年），頁3。

境說「取境」於現實，與「造境」於虛構的闡釋，在理念上頗有共通
之處。不過值得注意的是，王國維在本人意境理論中雖直接提到「造
境」問題，並且又提到「詩人所造之境」與「所寫之境」的分別，然
而正如前文所論，是否可以將王國維意境理論中的「造境」觀念，直
接用於理解中唐詩境說的「造境」之說，卻是個頗為值得商榷的問
題。王國維意境理論所用「造境」一詞，事實上有別於中唐詩境說所
用者。雖然在王氏筆下提到「境」的問題時曾指出：

> 境非獨謂景物也，喜怒哀樂亦人心中之一境界。故能寫真
> 景物、真感情者，謂之有境界，否則謂之無境界。[21]

可見王氏筆下的「境」，不獨指前五識所緣境，亦兼指意識所緣境
（喜怒哀樂亦人心中之一境界），與本文於前文所提到佛家的「境」
指六識所緣境界的觀念極為相類。[22] 然而其以「能寫真景物、真感
情，謂之有境界，否則謂之無境界」區分境界之有無，則決定境之存
在者，原不在六識是否能起見聞等功能，而在於能否寫出其所謂「真
景物、真感情」，這種觀念與原來佛教「境」的概念本有出入。[23] 加
上王氏所謂「造境」與「寫境」之說，亦與佛教「三界唯心」、「境由
心現」的觀念未合。既然一切境無不由心所造，則所謂「寫境」者，

---

21 同上，頁7。

22 葉迦瑩即據佛教六識依根緣境觀念闡釋這段，並由此說明王氏意境說中境界觀念的
   義界。葉迦瑩：《迦陵論詞叢稿》（上海市：上海古籍出版社，1980年），〈對《人間
   詞話》中境界一辭之義界的探討〉，頁277。

23 有學者即指王國維上述「境非獨謂景物也，喜怒哀樂亦人心中之一境界」一段中，
   所提出的「真景物、真感情」要求，及說明「有造境，有寫境」的「合乎自然」與
   「鄰於理想」的看法，都可從康德與叔本華的學說中追溯。詳王國維著，佛雛校
   輯：《新訂《人間詞話》廣《人間詞話》》（上海市：華東師範大學出版社，1990年），
   〈王國維詩論及其結構的綜合考察〉（代序），頁16-19。

亦不過寫詩人心中所造之境而已，所以若從佛教思想的角度來看，「造境」與「寫境」的區分本來就有問題。故此葉迦瑩在解釋《人間詞話》中「境界」一詞時，雖然嘗試從佛教思想中「境」的觀念去加以說明，最終亦不得不承認「當靜安先生使用此辭為評詞之術語時，其所取之含義，與佛典中之含義已不盡同。」[24] 正如上文所述，中唐詩境說這套詩論中有關「境」的觀念本就來自佛教思想而有，故此事實上難以用王國維意境理論中的「造境」觀念，加諸中唐詩境說上述這種構成詩境的「造境」概念之上。

第二節　造境一詞涵義辨析

一　造境釋義

若從詞義上加以追溯的話，「造境」一詞，與中唐詩境說的「取境」、「緣境」等專門術語的源出相同，亦為隋唐以來在佛教文獻中所習見的用語。在隋代智顗（西元538-597年）[25]《摩訶止觀》中，在解釋天台宗「圓頓止觀」的一段文字內就提到「造境」：

> 圓頓者，初緣實相，造境即中，無不真實。繫緣法界，一念法界，一色一香無非中道。……純一實相，實相外更無別法。法性寂然名「止」；寂而常照名「觀」。雖言初後，無二無別，是名「圓頓止觀」。[26]

---

24 葉迦瑩：《迦陵論詞叢稿》（上海市：上海古籍出版社，1980年），〈對《人間詞話》中境界一辭之義界的探討〉，頁277。

25 智顗生卒有異說，今依陳垣所推定年份。詳潘桂明：《智顗評傳》（南京市：南京大學出版社，1996年），第2章，〈智顗生平及其著述〉，頁25，注1。

26 智顗：《摩訶止觀》，載石峻等編：《中國佛教資料選編》（北京市：中華書局，1983年6月），第2卷，第1冊，卷1，頁4。

其後淨影寺慧遠在《大乘義章》中解釋十二因緣的「取」支時，亦提到「造境」一詞：

> 已有思想追求前境，未能造境身行欲事，是時名「取」。[27]

此外，在唐代初年李師政（生卒不詳，武德〔西元618-626年〕間任門下典儀）〈內德論空有篇〉亦提到佛教思想中，有關「造境」的概念：

> 小乘以依報為業有，大乘以萬境為識造，隨幻業而施之天地，逐妄心而現之識草。[28]

到中唐的時候，宗密在《圓覺經大疏》之中，亦提到上述關於「造境」的這一概念：

> 真智所造之境，非化身形相之依。[29]

綜合以上所見各項有關資料，可以對佛教思想中的「造境」概念有以下幾方面的說明：

首先是從上述說明中，可以清楚得知由心識而「造境」。李師政〈內德論空有篇〉中「大乘以萬境為識造」的說明，便明確指出佛教思想中由識造境的以上這一觀點。另一方面從宗密《圓覺經大疏》「真智所造之境」的說明中，同時亦點出由智造境的想法。宗密這種說法正與李師政所提出「萬境為識造」的觀點一致，同樣點出心識有

---

27 慧遠：《大乘義章》，《大正新脩大藏經》（臺北市：中華佛教文化館影印日本大正新脩大藏經，1957年），第44卷，諸宗部1，卷3末，頁549。

28 道宣：《廣弘明集》（《佛藏要籍選刊》本），卷14，頁950。

29 宗密疏：《大方廣圓覺經大疏》（南京市：金陵刻經處刊本，缺年份），卷3，頁6上。

「造境」的功能。上述這種心識造境的觀念，在唐代佛教思想中甚為普遍。傅奕（西元555-639年）於武德七年（西元624年）上疏亟言佛法之害，李師政以上所論即用於駁斥傅奕之說，其中所述概念當為其時較具代表性的佛教觀點，由此推論以上「萬境為識造」的說法，當為其時所普遍認同的佛教觀念。事實上心識造萬境的這種概念，在佛教思想中本來就極為普遍。原先在《華嚴經》中就有「心如工畫師，能畫諸世間。五蘊悉從生，無法而不造」的說法，[30] 借畫師為喻說明世間一切諸法無不由心所造。而上文提到智顗所闡述的「初緣實相，造境即中」之說，實際上亦本於這一觀念而有。《摩訶止觀》內便提到：

> 祇觀根塵一念心起，心起即假。假名之心，為迷解本，謂四諦有無量相。三界無別法，唯是一心作，心如工畫師，造種種色，心構六道。[31]

可見便以上述提到《華嚴經》畫師的譬喻，闡明心造萬境，故「根塵一念心起，心起即假」的道理。而所謂「根塵一念心起，心起即假」者，《摩訶止觀》內接著對此闡述為：

> 根塵相對，一念心起，即空即假即中。若根若塵並是法界，並是畢竟空，並是如來藏，並是中道。[32]

---

30 實叉難陀譯：《大方廣佛華嚴經》（《佛藏要籍選刊》本），卷19，〈昇夜摩天宮品〉，頁370。

31 智顗：《摩訶止觀》，載石峻等編：《中國佛教資料選編》（北京市：中華書局，1983年6月），第2卷，第1冊，卷1，頁19。

32 同上。

其中「根塵相對，一念心起」所指的其實即為緣境。在緣境之初一念
心起即抵於中道，所闡述的正是上文所提到「初緣實相，造境即中」
的說法。由此可見智顗《摩訶止觀》內「造境」之說，實際上亦本於
上述萬境為心識所造的觀念而有。

二 造境與取境之別

　　透過上述有關佛教經典與大德對於「造境」的說明，又可以進一
步肯定「造境」與「取境」兩者之間其實有一定的分別。從智顗《摩
訶止觀》內「初緣實相，造境即中」的說明當中，即可見「造境」有
別於「緣境」或「取境」。智顗這段文字主要用於闡明天台宗三種止
觀中最上乘的「圓頓止觀」。自文中所見「初緣實相，造境即中」的
具體說明，正是「一色一香，無非中道」。天台宗本《法華經》諸法
實相之說，[33] 以為一色一香無非中道實相，[34] 所謂「初緣實相」
者，正指上文所提到的「根塵相對，一念心起」，心識緣於「一色一
香」之境。智顗在下文特意點出於「初緣實相，造境即中」的過程
中，「雖言初後，無二無別，是名圓頓止觀」。「圓頓止觀」本為天台
宗別於諸宗的一種特別禪法，[35] 故此智顗刻意點明其中特別之處在
「雖言初後，無二無別」。但由此正可證明，一般而言，佛教思想中
「取境」與「造境」之間其實有所分別，而且從智顗上述「初」、
「後」的分法當中，便可以說明「取境」與「造境」的出現當有先後
之別。

33 參潘桂明：《智顗評傳》（南京市：南京大學出版社，1996年2月），第3章，〈智顗佛
　　教思想的淵源〉，頁101-119。

34 參見吳汝鈞：《佛教的概念與方法》（臺北市：臺灣商務印書館，1988年9月），第2
　　篇，〈天台宗哲學名相選釋〉，「一色一香無非中道」條，頁380-381。

35 參何國銓：《中國禪學思想研究》（臺北市：文津出版社，1987年4月），第3章，〈中
　　土達摩系以外之禪學——天台禪法特色及其對禪宗之影響〉，頁58。

　　除此之外，慧遠在《大乘義章》內指出「取」即為「已有思想追求前境，未能造境身行欲事，是時名『取』」的一段說明，亦可證明「造境」與「取境」的分別。在這段內提出所謂「取」為「已有思想追求前境」，其中的「已有思想追求」，亦即上文在釋「取境」意義時，提到鳩摩羅什注《維摩詰經》的「心有所屬，名為攀緣」的「攀緣」而已（詳第五章第二節「取境釋義」論證）。故此「已有思想追求前境」其實亦即攀緣於境的「取境」。從上述這段之中，慧遠對「取境」不過屬於「已有思想追求前境」階段，而「未能造境身行欲事」的解釋，同樣可以證明「造境」與「取境」不但未能等同，而且兩者之間亦先後有別。

　　最後是從上述有關「造境」的說明中，可以見出「造境」與「取境」之間的一些具體分別。在慧遠《大乘義章》「已有思想追求前境，未能造境身行欲事，是時名『取』」的解釋當中，除說明「造境」與「取境」兩者有別之外，而且更說明「造境」已不限於「心有所屬」停留在「思想」的階段，而是進一步將心中所追求的付諸實行。從佛教思想中十二因緣的觀念上來說，以上這階段即是緊接於「取」支的「有」支。慧遠在說明以上「取」的涵義後隨即指出：

　　　身行已後，乃至未來受生已前，判之為「有」。[36]

則所謂進而得以「身行欲事」的「造境」，正屬於佛教思想內十二因緣的「有」支。慧遠在《大乘義章》中對「有」有如下的解釋：

　　　身口作業，能有當果，說名為「有」。[37]

---

36 慧遠：《大乘義章》，《大正新脩大藏經》，第44卷，諸宗部1，卷3末，頁549。
37 同上，頁550。

可見從佛教思想的角度來說,「造境」之有別於「取境」者,主要就
在於「造境」是在「取境」的心識作用於境以後,進一步將心中所得
透過身業、口業等具體實行出來(能有當果),而不僅局限於「取
境」的在一心之上對境所起作用。

第三節　中唐詩境說的造境之道

一　境生於象外

　　至於上述所提到的「造境」觀念,在中唐時候文學理論內的具體
意義和用法,相信可以從中唐詩境說諸家對此的有關論述當中得以考
見。在中唐詩境說諸家筆下,直接提到「造境」一詞的分別有呂溫和
皎然。呂溫在〈聯句詩序〉中就提到:

> 其或晴天曠景,浩蕩多思;永夜高月,耿耿不寐;或風露
> 初曉,怳若有得;或煙雨如晦,緬懷所思,則何以節宣慘
> 舒,暢達情性,其有易於詩乎?乃因翰墨之餘,琴酒之
> 暇,屬物命篇,聯珠迭唱。審韻諧律,同聲則應;研情比
> 象,造境皆會。亦猶眾壑合注,霈為大川;群山出雲,混
> 成一氣。即宣五色,微闡六義,雖小道必有可觀,其在茲
> 矣。[38]

在本篇當中呂溫謂與好友柳茂直(生卒不詳)等共賦聯句,兩人所作
聯句配合得渾然無間,至於「審韻諧律,同聲則應;研情比象,造境
皆會」的地步。

38　呂溫:《呂和叔文集》,《四部叢刊初編》縮印本(上海市:商務印書館,1936年),
　　卷3,頁21上。

在以上的一段文字之內，雖然並未直接涉及有關「造境」一詞的
具體解釋，但從「審韻諧律，同聲則應；研情比象，造境皆會」的說
明當中，至少可以得知「造境」所得的「境」，並非如「取境」的
「照之了見其象」在心上所照見的詩境。正如前文在說明中唐詩境說
諸家詩境觀念時所提到，事實上在這段文字中所見，呂溫在描述詩歌
創作過程當中，同時涉及到兩種不同的詩境：一種是眾「象」所源出
的風月煙雨等外境；另一種則是經過「研情比象」以後所得的詩境。
上述的這兩種詩境，前者即詩人「取境」時所針對的外境，詩人對此
風月煙雨等外境「取境」成詩，透過「搜求於象，心入於境」，在心
上了然照見其象，此一照之了見的象即「取境」所資以成詩的詩境。
後者即為「造境」所得的詩境，「造境」時「研情比象」所比合的
「象」，正是外境在進入內心以後在心上所了見的眾象，詩人將這些
「象」加以組織安排，結合由外境所引發的情思而創造出另一種詩
境。這種詩境有別於「取境」所得詩境，並非直接來自目之所擊的外
境，而是將呈現於心上的眾象整理加工，再融合深刻的詩情而生成。
由此亦可證明中唐詩境說內「造境」的觀念，事實上與「取境」有
別。「造境」所針對的並非以精思「搜求於象，心入於境」，在以心照
境之下令心中了見眾象而獲得的詩境；從呂溫所述可見，「造境」所
針對的是詩歌創作中詩人筆下所表現出的詩歌藝術境界，而並非心上
所呈現可供詩歌創作的境象。

除呂溫之外，皎然筆下亦直接提到「造境」一詞。在〈奉應顏尚
書真卿觀玄真子置酒張樂舞破陣畫洞庭三山歌〉中，皎然在說明張志
和（生卒不詳，大曆九年〔西元774年〕遊顏真卿幕）畫藝時，即提
到有關「造境」的問題：

> 道流跡異人共驚，寄向畫中觀道情，如何萬象自心出，而
> 心澹然無所營？手援毫，足蹈節，披縑灑墨稱麗絕。石文

亂點急管催，雲態徐揮慢歌發。樂縱酒酣狂更好，攢峰若
雨縱橫掃。尺波潭漫意無涯，片嶺峻嶒勢將倒。盼睞方知
造境難，象忘神遇非筆端。昨日幽奇湖上見，今朝舒卷手
中看。興餘輕拂遠天色，曾向峰東海邊識。秋容暮景颯颯
容，翻疑是真畫不得。顏公素高山水意，常恨三山不可
至。賞君狂畫忘遠遊，不出軒墀坐蒼翠。[39]

雖然以上一段文字並非針對詩歌創作而言，但於此皎然對「造境」的
概念提出了較為具體的說明，有助於理解中唐詩境說「造境」觀念的
問題。由於呂溫提到詩歌創作中的「造境」時，並未進一步說明如何
「研情比象」而得以「造境」，所以就更需要藉著皎然所述，去說明
中唐詩境說內「造境」的具體要求做法。事實上對於中唐詩境說諸人
而言，正如皎然上述提到的，在藉藝術表現以「觀道情」的觀念之
下，書畫與詩歌因而就有不少可以相通的地方。

　　皎然稱許張志和筆下所畫能夠「造境」，從「盼睞方知造境難，
象忘神遇非筆端」的說明中，可以明確得知皎然認為張志和畫畫之所
以能夠「造境」，就在於達至「象忘神遇」的境界，而並非求之於
「筆端」所得。皎然以上所提出「造境」時「象忘神遇非筆端」的說
法，直接牽涉到傳統哲學上「言意之辨」的問題。「象忘」亦即「忘
象」，其說本出自王弼（西元226-249年），王弼在〈周易略例‧明
象〉中提出：

夫象者，出意者也；言者，明象者也。盡意莫若象，盡象
莫若言。言生於象，故可尋言以觀象；象生於意，故可尋
象以觀意。意以象盡，象以言著，故言者所以明象，得象

---

39 皎然：《皎然集》（《四部叢刊初編》縮印本），卷7，頁40下-41上。

而忘言，象者所以存意，得意而忘象。猶蹄者所以在兔，
得兔而忘蹄；筌者所以在魚，得魚而忘筌也。然則言者象
之蹄也，象者意之筌也。是故，存言者非得象者也，存象
者非得意者也。象生於意而存象焉，則所存者乃非其象；
言生於象而存言者，則所存者乃非其言也。然則忘象者乃
得意者也，忘言者乃得象者也。[40]

由以上所論可知「忘象」的原因，正如王弼於篇中所言「忘象者乃得
意者也」，故知所以要「忘象」者就因為要「得意」。王弼以筌蹄之喻
闡明「得意而忘象」的道理，其說實本於《莊子‧外物》的「筌者所
以在魚，得魚而忘筌。蹄者所以在兔，得兔而忘蹄。言者所以在意，
得意而忘言」之說。[41] 王弼援《莊子》以解《周易》，提出以上「得
意而忘象」之說，主要又在於針對其時的「言意之辨」。《三國志》卷
十《魏書‧荀彧傳》引《晉陽秋》載荀粲（生卒不詳）反對《周易‧
繫辭》「立象以盡意，繫辭焉以盡其言」之說，[42] 而提出：

蓋理之微者，非物象之所舉也。今稱立象以盡意，此非通
于意外者也，繫辭焉以盡言，此非言乎繫表者也；斯則象
外之意，繫表之言，固蘊而不出矣。[43]

六朝以來玄學、佛學盛言「象外之談」，荀粲「理之微者」在「象外

---

40 王弼著，樓宇烈校釋：《王弼集校釋》（北京市：中華書局，1980年1月），〈周易略
　　例‧明象〉，下冊，頁609。

41 郭象注，成玄英疏，郭慶藩集釋：《莊子集釋》（北京市：中華書局，1961年7月），
　　〈外物〉，卷26，頁944。

42 孔穎達等疏證：《周易正義》，《十三經注疏》（北京市：中華書局影印世界書局縮印
　　阮元刻本，1980年），〈繫辭〉上，上冊，頁82。

43 陳壽：《三國志》（北京市：中華書局，1959年12月），《魏書‧荀彧傳》引《晉陽
　　秋》所載，卷10，第2冊，頁319-320。

之意，繫表之言」的說法可謂先導。因荀粲「象外」之論，與王弼
「忘象」之說，雖取捨有別，然而重「得意」則一，[44] 後世論探取精
微之旨時，往往將兩者相提並論。如竺道生向以倡言「象外之談」見
稱，[45] 而推重王弼以上「忘象」之說謂：「夫象以盡意，得意則忘
象；言以詮理，入理則言息。」[46] 以為「若忘筌取魚，始可與言道
矣。」[47] 又慧皎《高僧傳》載宋文帝訪求述竺道生頓悟義者，使頓悟
之旨重申宋代，何尚之即歎謂「今日復聞象外之談」；[48] 而劉虬述竺
道生頓悟之旨，則謂「忘象得意，頓義為長」。[49] 可見已將「忘象」
與「象外」兩概念連繫起來。這種做法亦可見於中唐以境論詩的劉禹
錫筆下，劉氏在〈董氏武陵集紀〉內論詩時提出：

> 詩者，其文章之蘊耶！義得而言喪，故微而難能。境生於
> 象外，故精而寡和。千里之繆，不容秋毫。非有的然之
> 姿，可使戶曉，必俟知者，然後鼓行於時。[50]

劉氏論詩之精微難能，一方面在於「義得而言喪」；另一方面又在於
「境生於象外」，可見亦同時兼攝上述「忘象」與「象外」兩概念。
事實上王弼講求「忘言」而「得象」，及「忘象」而「得意」，更要求

---

44 參湯用彤〈言意之辨〉一文所論。湯用彤著，湯一介編：《湯用彤選集》（天津市：
天津人民出版社，1995年12月），〈言意之辨〉，頁282-283、289。

45 參湯用彤：《漢魏兩晉南北朝佛教史》（上海市：上海書店，1991年12月），〈竺道
生〉，第16章，頁642。

46 慧皎撰，湯用彤校注：《高僧傳》（北京市：中華書局，1992年10月），卷7，〈竺道
生傳〉，頁256。

47 同上。

48 同上，卷8，〈法瑗傳〉，頁312。

49 劉虬：〈無量義經序〉，載僧祐：《出三藏記集》（北京市：中華書局，1995年11
月），卷8，頁354。

50 劉禹錫：〈董氏武陵集紀〉，劉禹錫撰，瞿蛻園箋證：《劉禹錫集箋證》（上海市：上
海古籍出版社，1989年10月），卷19，頁517。

在「得象」及「得意」之後，反過來不存其言與其象，劉禹錫以「義得而言喪」論詩，正是王弼得意而不存言象的觀念。然而王弼「忘象」之說本未嘗將言與意以精粗概念劃分，以精粗概念劃分言與意者，實為以上提及荀粲的「象外」之說。劉禹錫以為詩「微而難能」在於「義得而言喪」，其「精而寡和」又在於「境生於象外」，則是實際上已將「象外」觀念與「忘象」之說結合，去說明詩之精微難能當自象外求之的道理。荀粲提出「象外」之說，僅限於質疑以往言足以盡意的說法，如何求象外精微之意的問題，事實上在荀氏所論中並未真正觸及。但自此「象外」之談盛行於六朝玄學與佛學思辨之中，侈言求精微之理於象外者比比皆是。[51] 到劉宋時宗炳（西元375-443年）將這觀念引入到藝術理論之中，宗氏所撰〈畫山水序〉云：

> 夫理絕中古之上者，可意求於千載之下；旨微於言象之外者，可心取於書策之內。[52]

可見荀粲以為不可得之象外微旨，到宗炳卻認為可以「心取」之於言象之外。及後南齊謝赫（西元459？-532？年）於所撰《古畫品錄》內亦發揮此說：

> 但取精靈，遺其骨法。若拘以體物，則未見精粹；若取之象外，方厭膏腴，可謂微妙。[53]

---

51 除上述提到竺道生以「象外之談」見稱於世之外，僧衛即稱鳩摩羅什「撫玄節於希聲，暢微言於象外」（《出三藏記集》卷九〈十住經含注序〉）；又《肇論》稱「涅槃之道」為「絕言象之徑」，求取涅槃乃「窮微言之美，極象外之談。」（《肇論》〈涅槃無名論〉）可見求精微之道於象外者，已成為一時風氣。

52 宗炳：〈畫山水序〉，載張彥遠：《歷代名畫記》（北京市：人民美術出版社，1983年），卷6，頁130。

53 謝赫：《古畫品錄》，載吳孟復等編：《中國畫論》（合肥市：安徽美術出版社，1995年），卷1，頁2。

宗炳所謂「心取」言象之外微旨者，其取之於一心的說法，本來就包括不取於形相的意思在內。到謝赫論畫時，便正式提出求精微於象外則不能「拘以體物」的說法。從謝氏「但取精靈，遺其骨法」的說明中，可知所謂「取之象外」者，其實指離於形相之外而取其神韻。謝赫上述不拘於體物，離其形相以取神韻於象外的觀念，事實上即宗炳「神妙形粗」[54] 觀念在藝術理論中的具體發揮。劉禹錫論詩精微難能在於「境生於象外」的說法，可說是秉承上述這種「取之象外」的觀念。

　　從上述「取之象外」的觀念，可以推知劉禹錫所提出的「境生於象外」之說，其中「生於象外」的「境」，並非一般求之於耳聞目睹的外境，而是在形相以外的精微之境。這種離於形相而於心上生成的詩境，亦即皎然「象忘神遇」所得的「造境」。皎然要求「造境」於「象忘神遇」，之所以要忘象而以神遇之者，其實亦不離上述「取之象外」的觀念──忘象就在於可以離於形相，得以在象外以「神遇」取得精粹。故此皎然「造境」的「象忘」之說，與劉禹錫「境生於象外」的「象外」概念，在要求超越物象而創生詩境的觀念上可說是彼此相通的。由此亦可以得知「造境」之別於「取境」，就在於「造境」並非如「取境」般直接取之於外境。正如前文論「取境」時引《文鏡秘府論》王氏詩論所述，「取境」之際「目擊其物，便以心擊之，深穿其境」，要求「猶如水中見日月，文章是景，物色是本，照之須了見其象」，恰好說明「取境」所得的詩境，是由一心映照物色後，再將心中呈現的境投射於作品中而有，這點《文鏡秘府論》王氏詩論「聞於耳，見於目，錄於紙」的說明可以為證。但從「造境」以「象忘」而獲得詩境的要求中，可見詩境既然得之於「象外」，則知

---

54 宗炳：〈明佛論〉，載石峻等編：《中國佛教思想資料選編》（北京市：中華書局，1983年），第1卷，頁233。原文云：「今神妙形粗，而相與為用。」

「造境」所得的詩境，並非直接取之於外在物色於心上映照而有的境象，而是在擺落上述心中所得境象之後，追求在物象以外更為精微的另一種詩境。

　　然而如何求得這種生於象外的精微之境？依宗炳以上所論，「旨微於言象之外者」，可藉著「心取」得之。宗炳所謂心取象外微旨，亦即以神遇之而已，在《畫山水序》中宗炳便謂：

> 夫以應目會心為理者，類之成巧，則目亦同應，心亦俱會。應會感神，神超理得。[55]

宗氏指出應目會心之理，因神超而理得。又於《明佛論》中謂：

> 夫精神四達，並流無極，上際於天，下盤於地，聖之窮機，賢之研微。……精用所乏，皆不疾而行，坐徹宇宙。[56]

則以此精神可以窮機研微，正是上述所稱心取象外微旨之意。宗炳於篇中又提出其神之所以能精，又在於心物相接時能止息一心：

> 夫聖神玄照而無思營之識者，由心與物絕，唯神而已。……今以悟空息心，心用止而情識歇，則神明全矣。……使庖丁觀之，必不見全牛者矣！[57]

宗炳以上這種心用止而神明全，乃能目無全牛的說法，要求忘象而以

---

55 宗炳：〈畫山水序〉，載張彥遠：《歷代名畫記》（北京市：人民美術出版社，1983年），卷6，頁130。

56 宗炳：〈明佛論〉，載石峻等編：《中國佛教思想資料選編》（北京市：中華書局，1983年），第1卷，頁230。

57 同上，頁232-233。

神照之於物，故此亦即皎然所提出「造境」時的「象忘神遇」而已。
「神遇」之說見於《莊子》一書中，《莊子‧養生主》云：

> 庖丁為文惠君解牛，手之所觸，肩之所倚，足之所履，膝
> 然嚮然，奏刀騞然，莫不中音。合於桑林之舞，乃中經首
> 之會。……臣之所好者道也，進乎技矣。……臣以神遇而不
> 以目視，官知止而神欲行。依乎天理，批大郤，導大窾，
> 因其固然。[58]

以此比對於皎然描述張志和「置酒張樂舞破陣畫洞庭三山」的情景，
可見對張志和「手援毫，足蹈節，披縑灑墨稱麗絕。石文亂點急管
催，雲態徐揮慢歌發」的描述，與〈養生主〉庖丁解牛上述的描寫，
雖然解牛與繪畫性質有別，然而其「莫不中音」的特點則如出一轍。
此外皎然「寄向畫中觀道情」之說，亦同於〈養生主〉「所好者道
也，進乎技矣」的由技以見道觀念。故知皎然對張志和畫藝「造境」
的描述，其實本乎〈養生主〉庖丁解牛一節而來。

皎然稱「造境」在於「象忘神遇」，「象忘」之義已述之如上，而
「神遇」的具體做法，則可從〈養生主〉對「神遇」的說明中得悉。
從〈養生主〉對庖丁「以神遇而不以目視，官知止而神欲行」的描述
中，可知「神遇」既要求不以目視，而又要求止息一切感官的運
用——這正是宗炳取象外微旨在於「心用止而情識歇」的做法。從宗
炳亦以庖丁之喻說明上述神用之說可知，「心取」與「神遇」兩者在
要求上其實一致。此外既然「神遇」之時「不以目視」而又「官知
止」的話，則「造境」之別於「取境」於此亦益可確定。正因一切感
官悉皆置而不用，從佛家思想角度來說則是諸根無以緣境，故知「神

---

58 郭象注，成玄英疏，郭慶藩集釋：《莊子集釋》（北京市：中華書局，1961年7月），
　　〈養生主〉，卷2上，頁117-119。

遇」之際並無「取境」可言。這點成玄英在疏〈養生主〉時亦指出：

> 率精神以會理，豈假目以看之。亦猶學道之人，妙契至
> 極，推心靈以虛照，豈用眼以取塵也！[59]

成玄英指出「神遇」時因「推心靈以虛照」，故此「豈用眼以取塵」。
成氏所提到的「取塵」亦即是「取境」，成疏可說是明確點出「神
遇」時要求返照於內心而不應「取境」的這一特點。這與皎然形容張
志和「造境」時「而心澹然無所營」，在「象忘神遇」之下一心無所
攀緣的描述正好一致。既然「神遇」要求令根不取境，則可以斷言因
「象忘神遇」而得詩境的「造境」之說，事實上必然有別於透過「目
擊其物，便以心擊之，深穿其境」而獲致詩境的「取境」之說。

　　另一方面，由〈養生主〉所述可知，「神遇」的最大特色就在於
止息心識的一切外緣，全憑其神與物相接。借用郭象的說法，便是
「司察之官廢，縱心而順理」，[60] 然而最重要的問題是既然諸根一時
俱廢，又如何得以在「象忘」以後，再由「神遇」而至於「造境」？
像上述對張志和繪畫時的這種在「神遇」之下，「萬象自心出」而縱
筆自如的描述，在唐人筆下每見。如獨孤及〈尚書右丞徐公寫真圖
贊〉云：

> 哲匠運思，天姿是具，假之筆精，實以神遇。居然成象，
> 豁若披霧。……孰知造化，亦在毫素。[61]

59　同上，「臣以神遇而不以目視」下成玄英疏，頁120。

60　同上，「官知止而神欲行」下郭象注。

61　獨孤及：〈尚書右丞徐公寫真圖贊〉，《全唐文》（北京市：中華書局，1983年11
　　月），卷389，頁3956。

亦指出其「實以神遇」而「居然成象」，這情況在符載（生卒不詳，
貞元間〔西元785-805年〕出掌江西書記）〈江陵陸侍御宅讌集觀張員
外畫松石圖〉一文中，有更詳細的描述：

> 觀夫張公之藝，非畫也，真道也。當其有事，已知夫遺去
> 機巧，意冥玄化，而物在靈府，不在耳目，故得於心，應
> 於手。孤姿絕狀，觸毫而出，氣交沖漠，與神為徒。……則
> 知夫道精藝極，當得之於玄悟，不得之於糟粕。[62]

「物在靈府，不在耳目」，亦即「象忘神遇」而已，而「孤姿絕狀，
觸毫而出」，亦正與張志和「萬象自心出」的「造境」相同。符載指
出得以如此就在於「得於心，應於手」，而又因其心「遺去機巧，意
冥玄化」所致。這種符載所稱的「玄悟」，皎然所稱的「造境」，如何
才能由此做到「象忘神遇」，在「意冥玄化」之下令萬象自心而出，
得以見道於筆下？皎然稱張志和因「象忘神遇」而得以「造境」，而
這一段從「象忘神遇」而抵於「造境」的具體經過，在張志和本人筆
下便有相當清楚的描述。張氏所撰《玄真子外篇》云：

> 吳生者，善圖鬼之術。粉壁墨筆，風馳電走。或先其足，或
> 見其手。既會其身，果應其口。若合自然，似見造化。……
> 告以圖鬼之方曰：吾何術哉！吾有道耳。吾嘗茶酣之間，中
> 夜不寐，澄神湛慮，喪萬物之有，忘一念之懷，久之寂然、
> 豁然、儵然、恢然，匪素匪畫，詭怪魑魅，千巧萬拙，一生
> 一滅，來不可關，貌不可竭。……玄真子謝之曰：沿境者

易，泝像者難。幸聞圖鬼之道，吾見造化之端。[63]

張氏借吳生之口，點出所以筆下能工侔造化，關鍵並不在於其繪畫技術——此即皎然所謂「非筆端」所有，而是在於「有道」所致。其道又在於「茶酣之間，中夜不寢，澄神湛慮，喪萬物之有，忘一念之懷，久之寂然、豁然、儵然、恢然」，在從容於茶酒之間，與更深夜靜之時，得以「澄神湛慮」，達到「喪萬物之有，忘一念之懷」的境界——這正是宗炳所謂「心用止而情識歇」，皎然筆下「象忘神遇」的境界。依張志和之言，至此久之則一心抵於「寂然、豁然、儵然、恢然」的地步，然後「詭怪魑魅，千巧萬拙，一生一滅，來不可闕，貌不可竭」，種種詭怪奇巧，或生或滅而萬象紛呈於前。張志和筆下所述這種茶酣之間，在澄神湛慮之下達到「喪萬物之有，忘一念之懷」，而在心中呈現萬象的「泝像」之道，正是皎然所描述張志和「樂縱酒酣」之下「象忘神遇」，萬象自心而出，而又一心澹然無所營構的「造境」之法。

上述這種「造境」之法，在道家來說為「心齋」之道。《莊子‧人間世》在闡明「心齋」之道時，便有一心「虛而待物」，要求「徇耳目內通而外於心知，鬼神將來舍」的說法，[64] 張志和「澄神湛慮，喪萬物之有，忘一念之懷」後，得見「詭怪魑魅，千巧萬拙」的描述，可說是對《莊子》「心齋」之說的發揮。但若針對繪畫而言，皎然所述張志和這種在「象忘神遇」之下，以一心於筆下「造境」的說法，在佛教《華嚴經》中有更為直接的描述：

---

63 張志和：《玄真子外篇》，載胡道靜等編：《道藏要籍選刊》（上海市：上海古籍出版社，1989年），卷下，〈濤之靈〉，第5冊，頁843。

64 郭象注，成玄英疏，郭慶藩集釋：《莊子集釋》（北京市：中華書局，1961年7月），〈人間世〉，卷2中，頁147-150。

譬如工畫師，分布諸彩色。……心中無彩畫，彩畫中無心。
然不離於心，有彩畫可得。彼心恆不住，無量難思議。示
現一切色，各各不相知。譬如工畫師，不能知自心，而由
心故畫，諸法性如是。[65]

以上《華嚴經》的這段長偈，便直接提到繪畫時「造境」的問題。其
中提到「心中無彩畫」而又「然不離於心，有彩畫可得」，正是皎然
對張志和下筆時「如何萬象自心出，而心澹然無所營」的刻劃；而
「彼心恆不住，無量難思議。示現一切色，各各不相知」，亦正足以
對照於張志和筆下「詭怪魑魅，千巧萬拙，一生一滅，來不可闕，貌
不可竭」的描述。如前文所述佛教中「造境」的說法，本來就深受
《華嚴經》這段畫師筆下造一切色相的譬喻影響。皎然以畫師心中一
無所營而生起萬象，說明如何在「象忘神遇」之下「造境」，其說與
《華嚴經》畫師譬喻所述在在都見一致。由此可見皎然所用「造境」
一詞，雖然分別涉及王弼「忘象」及《莊子》「神遇」等概念，然而
事實上並未脫離佛教思想中有關「造境」的觀念。

若綜合以上所述，如《華嚴經》所言這種「不離於心」、「由心故
畫」的「造境」之道，其境之生成可以有以下兩種方式：

其一是皎然所述張志和透過「象忘神遇」而「造境」所得的象外
精微之境。這種象外精微之境，並非完全憑空而有，從皎然詩中提到
「昨日幽奇湖上見，今朝舒卷手中看」可知，張志和筆下所畫洞庭三
山景色，其實亦來自於外在物色，於其先曾目擊其物，處身於境——
在這方面與「取境」的取自外在物色做法有相同之處。但「造境」與
「取境」不同之處在於外境進入內心後，尚需經過「象忘」的階段。

---

65 實叉難陀譯：《大方廣佛華嚴經》（《佛藏要籍選刊》本），卷19，〈昇夜摩天宮品〉，
頁370。

張志和在筆下「造境」之時，「萬象自心出」而其心又「澹然無所營」，正說明心上已完全擺落先前進入內心所映照出的物象，其心空明一片之下而創造出筆下藝境。這種生於象外的境，源於外境而又不直接自外境生成，是外境進入內心之後經一心的鎔鑄，由內心重新創造出的藝術境界。這與上文釋「造境」之義時，提到佛教思想中「造境」出現於「取境」之後，而且是將心中所有具體表現出來的說法配合。

另一種「造境」的方式是並不需要求諸外境，可以直接從內心生成種種藝術境界。張志和本人所述在「澄神湛慮」之下，達到「喪萬物之有，忘一念之懷」境界時，所見「匪素匪畫，詭怪魑魅，千巧萬拙」的境象，種種鬼怪形象總非人間所有，故此可以肯定並非來自耳聞目睹的外境而獲致。這種得之於象外的奇境，雖然亦經歷「象忘神遇」的階段，但「喪萬物之有，忘一念之懷」所「忘」的種種境象，與「澄神湛慮」後心上所得境象並無直接的關係。這種「造境」所得出的藝術境界，可說純然由一心所創造，不必先有外境入於一心而後得以「造境」，故與前一種「造境」方式有別。

上述這兩種「造境」方式，彼此共通處正如《華嚴經》所述，同樣都不離於一心造境，無論對於外境的重新創造，抑或純由內心創造出境象，兩種內心創造的藝術境象同樣都求之於象外，兩種「造境」方式都合乎劉禹錫論詩境的「境生於象外」的要求。對於中唐詩境說而言，「造境」所得的這種求之於象外的詩境，異乎一般心識所造山河大地等器世間外境，而為內心所另外創造出的內在境象。這種內在境象既可以來自一心對外境的改造或轉化，甚至是重新的鎔鑄；也可以完全由一心創生而不必取之於外境——這正是「造境」說與「取境」說兩者在構成詩境方式上彼此之間的最大分別。

二 造境與狂才

以上所述「造境」時這種生於象外由一心所創造的精微之境,在張志和《玄真子外篇》中提到時,便指出這種象外之境生成於「茶酒之間」;而皎然描述張志和「造境」於筆下,亦謂「樂縱酒酣狂更好」。在顏真卿(西元709-785年)筆下所描述,亦謂張志和畫山水「皆因酒酣乘興,擊鼓吹笛。或閉目,或背面,舞筆飛墨,應節而成。」[66] 正因其下筆「造境」過程中異乎尋常人所為,所以一般人便以「狂」目之。皎然在〈奉應顏尚書真卿觀玄真子置酒張樂舞破陣畫洞庭三山歌〉中,除謂張氏「樂縱酒酣狂更好」之外,又謂「賞君狂畫忘遠遊」,以「狂畫」形容張氏筆下所繪,更於〈烏程李明府水堂觀玄真子置酒張樂叢筆亂揮畫武城讚〉中,以「玄真跌宕,筆狂神王」[67] 形容張氏繪畫情況,可見即使皎然本人亦以「狂」稱張氏。

以「狂」形容藝術家或藝術作品,在中唐時尤其中唐詩境說諸家筆下可說是甚為普遍。皎然在〈張伯高草書歌〉中,便以「先賢草律我草狂」[68] 形容張氏草書;在〈陳氏童子草書歌〉中又謂「王家小令草最狂,為予灑出驚騰勢」[69]。孟郊〈送草書獻上人歸廬山〉中亦以「狂僧不為酒,狂筆自通天」[70] 形容獻上人其人及其草書。不過值得注意的是,「狂」一詞如此用於皎然等人筆下,不但其中不帶貶義,

---

66 顏真卿:〈浪跡先生玄真子張志和碑銘〉,《全唐文》,卷340,頁3448。

67 皎然:《皎然集》(《四部叢刊初編》縮印本),卷8,頁55上。

68 同上,卷7,頁41上。案:題目中「伯高」二字原作「伯英」,《全唐詩》注「一作伯高」。因篇中開首即云「伯英死後生伯高」,「伯英」指東漢時草聖張芝,則皎然所目睹者當為今之「伯高」,故據《全唐詩》注文改。又題目中原脫「書」字,據《全唐詩》及四庫全書本補。

69 同上,卷7,頁45上。

70 孟郊:《孟東野詩集》(《四部叢刊初編》縮印本),卷8,〈送草書獻上人歸廬山〉,頁53下。

而且「狂」可說是通向追求象外之境時的一種必然表現。孟郊在〈贈鄭夫子魴〉一詩中，就提到「宋玉逞大句，李白飛狂才」[71]，說明詩人之「狂」本關乎其「才」。皎然在〈戲呈薛彝〉中謂：「山僧不厭野，才子會須狂」[72]；而頗受皎然及孟郊影響的韓愈（西元768-824年）[73]，在〈詠雪贈張籍〉中亦自稱「賞玩捐他事，歌謠放我才。狂教詩硉矹，興與酒陪鰓。」[74] 兩者同時都點出詩人之「狂」，原不過在於表現其胸中之「才」而已。

對於中唐詩境說而言，上述這種在「造境」時所表現的「狂」，就在於每有驚人之舉。正如皎然形容張志和畫洞庭三山時所稱「道流跡異人共驚」，便點出驚人的原因本由於行徑異乎尋常所致。在〈張伯高草書歌〉中，對「造境」時這種「狂」的表現，皎然便有具體的說明：

> 伯英死後生伯高，朝看手把山中毫。先賢草律我草狂，風雲陣發愁鍾王。須臾變態皆自我，象形類物無不可。閬風遊雲千萬朵，驚龍蹴踏飛欲墮。更睹鄧林花落朝，狂風亂攪何飄飄。有時凝然筆空握，情在寥天獨飛鶴。有時取勢氣更高，憶得春江千里濤。張生奇絕難再遇，草罷臨風展輕素。陰慘陽舒如有道，鬼狀魑容若可懼。黃公酒壚興偏入，阮籍不嗔嵇亦顧。長安酒牓醉後書，此日騁君千里步。[75]

---

71 同上，卷6，〈贈鄭夫子魴〉，頁44上。

72 皎然：〈戲呈薛彝〉，《全唐詩》（北京市：中華書局，1985年），卷816，頁9194。

73 參見蕭占鵬：《韓孟詩派研究》（臺北市：文津出版社，1994年11月），第4章，〈皎然詩學與韓孟詩派詩歌思想〉，頁73-86。

74 韓愈：〈詠雪贈張籍〉，《全唐詩》，卷343，頁3845。

75 皎然：《皎然集》（《四部叢刊初編》縮印本），卷8，〈張伯高草書歌〉，頁55上。。

篇中刻劃張氏醉後揮毫,寫出「奇絕難再遇」的草書,而其書法又異乎尋常——「先賢草律我草狂」,可說是對「狂」這種「跡異」表現的具體說明。張懷瓘〈六體書論〉論草隸之變前古法度時即云:

> 如不參二家(案:指鍾繇、張芝)之法,欲求於妙,不亦難乎!若有能越諸家之法度,草隸之規模,獨照靈襟,超然物表,學乎造化,創開規矩。不然不可不兼於鍾、張也。[76]

皎然所以謂張氏書法特別在「先賢草律我草狂」,其「狂」正在於能變前人法度,如張懷瓘所言能夠「獨照靈襟,超然物表,學乎造化,創開規矩」而已。對於這種靈襟獨照變前人法度的做法,皎然在篇中稱之為「變態」,並謂「須臾變態皆自我,象形類物無不可」,指出「變態」者皆出於自我一心,以此「象形類物」而於筆下無不可施為。這種表現狂才追求變態而驅馳萬象於筆下的做法,在孟郊詩中亦屢有提及。孟郊在〈送草書獻上人歸廬山〉中即云:

> 狂僧不為酒,狂筆自通天。將書雲霞片,直至清明巔。手中飛黑電,象外瀉玄泉。萬物隨指顧,三光為迴旋。⋯⋯忽怒畫蛇虺,噴然生風煙。江人願停筆,驚浪恐傾船。[77]

此外在〈贈鄭夫子魴〉中又云:

> 天地入胸臆,吁嗟生風雷。文章得其微,物象由我裁。宋玉逞大句,李白飛狂才。苟非聖賢心,孰與造化該。勉矣鄭夫子,

---

76 張懷瓘:〈六體書論〉,《全唐文》,卷432,頁4408。

77 孟郊:《孟東野詩集》(《四部叢刊初編》縮印本),卷8,〈送草書獻上人歸廬山〉,頁53下。

驪珠今始胎。[78]

孟郊所謂「狂筆」、「狂才」者，就在於驅馳造化於筆下。而「萬物隨指顧，三光為迴旋」與「物象由我裁」，變化裁剪物象的原因，又在於要令「文章得其微」與「象外瀉玄泉」。所以上述這種講求自我變態而驅馳萬象於筆下的做法，其實亦即旨在追求象外精微之境，令「境生於象外」的「造境」而已。而「物象由我裁」亦可謂對「須臾變態皆自我，象形類物無不可」的最好說明。

三　造境與返照心源

上述這種任意裁剪物象，天地萬有隨手驅策變化於筆下的「造境」之法，又全出於一心所主宰，所以皎然論「造境」，謂張志和筆下「萬象自心出」；孟郊以為「文章得其微，物象由我裁」，在於「苟非聖賢心，孰與造化該」。錢起〈美楊侍御清文見示〉中便指出「則知造化源，方寸能展縮」[79]；權德輿〈奉和于司空二十五丈新卜城南郊居接司徒公別墅即事書情奉獻兼呈李裴相公〉亦謂「宰物歸心匠，虛中即化源」[80]。可見諸人以為筆下得以驅馳造化，其實皆源出於一心而已。上述這種返照心源之說於中唐時頗為流行，張璪（生卒不詳，建中三年〔西元782年〕曾於長安作畫）論畫即有「外師造化，中得心源」之說。[81]「心源」之說其先見於佛教文獻之中，智顗《摩訶止觀》即云：

78　同上，卷6，〈贈鄭夫子魴〉，頁44上。

79　錢起：〈美楊侍御清文見示〉，《全唐詩》，卷236，頁2620。

80　權德輿：〈奉和于司空二十五丈新卜城南郊居接司徒公別墅即事書情奉獻兼呈李裴相公〉，《全唐詩》，卷321，頁3612。

81　見張彥遠：《歷代名畫記》（北京市：人民美術出版社，1983年），卷10，頁198。

種種源從心出，《正法念》云：如畫師手畫出五彩，黑青赤黃
白云云。……若依《華嚴》云：心如工畫師，畫種種五陰。界
內界外一切世間中，莫不從心造。[82]

此外灌頂（西元561-632年）《觀心論疏》亦云：

經云：三界無別法，唯是一心作。又云：心如工畫師，能畫種
種五陰。一切世間中，無不從心造。故知心是二河之本，萬物
之源。[83]

可見「心源」之說，本不離於佛教思想中「造境」的觀念。對於如何
從「心源」之中「造境」，得以令萬象自心而出的具體情況，劉禹錫
在〈董氏武陵集紀〉內在說明詩精微難能在於「境生於象外」的同
時，便對此有所說明：

心源為鑪，筆端為炭。鍛鍊元本，雕礱群形，糾紛舛錯，逐意
奔走。[84]

亦指出以此一心「鍛鍊元本，雕礱群形」，因心逐意而得以鎔鑄變化
陶冶萬象。

　　這種本於一心「造境」而生成於筆下的藝境，往往能達到工侔造
化的地步。皎然稱張志和「象忘神遇」而於筆下「造境」時，提到其

---

82 智顗：《摩訶止觀》，載石峻等編：《中國佛教資料選編》（北京市：中華書局，1983
　　年6月），第2卷，第1冊，卷1，頁31。

83 灌頂：《觀心論疏》，載石峻等編：《中國佛教資料選編》（北京市：中華書局，1983
　　年6月），第2卷，第1冊，卷2，頁176。

84 劉禹錫：〈董氏武陵集紀〉，劉禹錫撰，瞿蛻園箋證：《劉禹錫集箋證》（上海市：上
　　海古籍出版社，1989年10月），卷19，頁517。

所畫即謂：「興餘輕拂遠天色，曾向峰東海邊識。秋容暮景颯颯容，翻疑是真畫不得」，以為其筆下所畫可以亂真。此外皎然在〈觀王右丞維滄洲圖歌〉中亦謂：「丹青變化不可尋，翻空作有移人心」，稱王維（西元701-760年）筆下變化造境（翻空作有），至於「滄洲誤是真」的地步，因而「披圖擁褐臨水時，翛然不異滄洲叟」。[85] 白居易〈畫竹歌〉亦謂蕭悅（生卒不詳，長慶〔西元821-824年〕間任協律郎）所畫竹「下筆獨逼真」，其逼真程度竟至於「舉頭忽看不似畫，低耳靜聽疑有聲。」[86] 這種因心逐意以「造境」而得的藝境，所以能至於工侔造化的地步，白居易在〈記畫〉中論張敦簡（生卒不詳）畫時便指出：

> 張氏子得天之和，心之術，積為行，發為藝，藝尤者其畫歟！畫無常工，以似為工；學無常師，以真為師。故其措一意，狀一物，往往運思，中與神會，髣髴焉若驅與役靈於其間者。……然後知學在骨髓者，自心術得；工侔造化者，由天和來。張但得於心，傳於手，亦不自知其然而然也。[87]

白氏於文中指出「工侔造化者，由天和來」，而所謂「由天和來」者，關鍵在其措意狀物時能「中與神會」，又其「得於心，傳於手」皆出於「不自知其然而然」——此亦即上文所述張志和「造境」時的「象忘神遇」而已。正如上文所引符載之言，「造境」時能「遺去機巧，意冥玄化」，使「物在靈府，不在耳目」則「得於心，應於手」

---

85 皎然：《皎然集》（《四部叢刊初編》縮印本），卷7，〈觀王右丞維滄洲圖歌〉，頁45下。

86 白居易著，朱金城箋校：《白居易集箋校》（上海市：上海古籍出版社，1988年12月），卷12，〈畫竹歌〉，頁651-652。

87 同上，卷43，〈記畫〉，頁2746。

而至於工侔造化。然而「由天和來」的說法足以說明「造境」之所以工侔造化，其實不由人力而得之於天。皎然在《詩式》中論詩，亦謂「天真挺拔之句，與造化爭衡，可以意冥，難以言狀，非作者不能知也」，[88] 可見詩人筆下「造境」同樣可以「與造化爭衡」。其得之於「天真」而不由「作用」（《詩式》「二子天與真性，發言自高，未有作用。」[89]），兼且又「可以意冥，難以言狀」，在在都可見與上述所論在觀念上的一致。

以「逼真」或「工侔造化」論於筆下「造境」，大抵不離於「外師造化」之意，但中唐詩境說諸家論「造境」時，事實上更重視由「中得心源」所造之境。皎然在〈周長史昉畫毗沙門天王歌〉中便謂：

> 長史畫神獨感神，高步區中無兩人。雅而逸，高且真，形生虛無忽可親。……吾知真象本非色，此中妙用君心得。苟能下筆合神造，誤點一點亦為道。寫出霜縑可舒卷，何人應識此情遠。[90]

「苟能下筆合神造，誤點一點亦為道」，正說明「造境」所追求者其實在於形似之外。倘若以此比對於皎然〈烏程李明府水堂觀玄真子置酒張樂叢筆亂揮畫武城讚〉形容張志和「造境」時，在「筆狂神王」之下的「點不誤揮，毫無虛放」[91] 的情景，便可見後者因出於「象忘神遇」而「造境」，由於「依乎天理」而行，故能做到「若合自然，似見造化」——此亦即白居易所說的「工侔造化者，由天和來」；然

---

88 皎然：《詩式》，張伯偉編校：《全唐五代詩格校考》（西安市：陝西人民教育出版社，1996年7月），卷1，〈序〉，頁199。

89 同上，卷1，〈李少卿並古詩十九首〉，頁205。

90 皎然：《皎然集》（《四部叢刊初編》縮印本），卷7，頁42下。題目中原脫「門」字，據《全唐詩》及四庫全書本補。

91 同上，卷8，頁55上。

而前者之所以「誤點一點亦為道」者，亦在於「下筆合神造」所致。正如皎然在篇中所指出的，因為「真象本非色」，所以耳目之所接，未必及得上心之所取（此中妙用君心得）更為真實。藝術創作上捨形取神之說，於唐代時頗為盛行。張懷瓘在〈文字論〉中便提出：「深識書者，惟觀神彩，不見字形」，[92] 所以「從心者為上，從眼者為下」[93]。符載在〈江陵陸侍御宅讌集觀張員外畫松石圖〉一文中論筆下「造境」，亦因「物在靈府，不在耳目」，故謂：「若忖短長於隘度，算妍媸於陋目，凝觚舐墨，依違良久，乃繪物之贅疣也。」[94] 正因論「造境」者心目中的所謂「真」，並非在於耳聞目擊之所得，而是在於「心取」或「神遇」之下所獲致者，就如皎然在篇中所指出，這種在心取神遇之下所造的境方稱得上為「真象」，所以才會有「誤點一點亦為道」的說法。

四　造境與詩之變

上述這種觀念體現在詩歌創作理論之中，便是在《文鏡秘府論》所錄王氏詩論的「語不用合帖，須直道天真。」[95] 及《詩議》中皎然所提出的「全其文彩，不求至切，得非作者變通之意乎？」[96] 值得注意的是皎然指出上述這種做法出於作者的「變通」之意，而所謂「變通」之意者，其意義又不僅在於一時的通融，實際上又連繫著上述「真象」的概念。皎然在《詩式》中論詩歌創作的「通變」時便指出：

---

92 張懷瓘：〈文字論〉，《全唐文》，卷432，頁4399。

93 同上。

94 符載：〈江陵陸侍御宅讌集觀張員外畫松石圖〉，《全唐文》，卷690，頁7065-6。

95 〔日〕空海撰，王利器校注：《文鏡秘府論校注》（北京市：中國社會科學出版社，1983年7月），天卷，〈調聲〉，頁36。

96 同上，東卷，〈二十九種對〉引皎然《詩議》，頁261。

> 如釋氏頓教，學者有沉性之失，殊不知性起之法，萬象皆真。
> 夫變若造微，不忌太過。苟不失正，亦何咎哉？[97]

皎然論「性起之法」連繫於「變」的概念，相信在於「復」則從人；
「變」則己出，可在「變」中見出真性，故論詩之「變」而有「性起
之法，萬象皆真」的說法。亦唯其在「性起之法，萬象皆真」的大前
提下，張志和可以「萬象自心出」而任意「造境」於筆下；張伯高可
以「須臾變態皆自我，象形類物無不可」；孟郊可以「天地入胸臆，
吁嗟生風雷」，筆下任意裁剪物象；周昉即使落筆誤點亦合乎道。諸
人「造境」於筆下時得以恣意窮極變態，至於以「狂」見稱猶自以為
得意者，亦由於「變若造微，不忌太過」之故而已。

正因「性起之法」體現於藝術創作的「變」之中，所以中唐詩境
說諸家論詩極重視「變」的觀念，皎然在《詩議》中即稱詩為「通幽
含變之文」[98]；權德輿在〈送靈澈上人廬山迴歸沃洲序〉中論靈澈
詩，極重視其詩境之「變」[99]；武元衡於〈劉商郎中集序〉中，亦亟
許劉商詩能「觸境成文，隨文變象」[100]。除此之外，皎然在《詩式》
中更提出「詩之變」的說法：

> 彼清景當中，天地秋色，詩之量也；慶雲從風，舒卷萬狀，詩
> 之變也。[101]

97　皎然：《詩式》，張伯偉編校：《全唐五代詩格校考》（西安市：陝西人民教育出版
　　社，1996年7月），卷5，〈復古通變體〉，頁307。

98　〔日〕空海撰，王利器校注：《文鏡秘府論校注》（北京市：中國社會科學出版
　　社，1983年7月），南卷，〈論文意〉引皎然《詩議》，頁326。

99　權德輿：〈送靈澈上人廬山迴歸沃洲序〉，《全唐文》，卷493，頁5027。原文云：「其
　　變也，如松風相韻，冰玉相叩，層峰千仞，下有金碧，聳鄙夫之目，初不敢眠。」

100　武元衡：〈劉商郎中集序〉，《全唐文》，卷531，頁5389。

101　皎然：《詩式》，張伯偉編校：《全唐五代詩格校考》（西安市：陝西人民教育出版
　　社，1996年7月），卷1，〈文章宗旨〉，頁206。

所謂「詩之變」，皎然以「慶雲從風，舒卷萬狀」為喻說明。關於「慶雲從風」之喻，陸羽（西元733-804年）〈僧懷素傳〉謂：「夏雲因風變化，乃無常勢；又無壁折之路，一一自然。」[102] 故知「慶雲從風」者，實指其變化無常而又出於自然。皎然筆下即屢提到雲之舒卷，〈南池雜詠五首〉其一〈谿雲〉謂：「舒卷意何窮？縈流復帶空。有形不累物，無跡去隨風。」[103] 又〈白雲歌寄陸中丞使君長源〉謂白雲「道妙如君有舒卷」。[104] 可見白雲舒卷於皎然筆下每與妙道相提並論。而其間舒卷變化事實上又關涉於一心，在〈雜興六首〉其五中皎然即謂：「白雲琅玕色，一片生虛無。此物若無心，若何卷還舒？」[105] 可見「舒卷」者皆關乎一心。梁肅在〈心印銘〉中說明萬物「莫不因心，而寓其形」時，便指出：「舒卷變化，惟心所在」，[106] 可說是明確點出「舒卷」與心兩者之間的關係。上述這種關乎一心，因心變化舒卷萬狀而又合乎自然的「詩之變」，其實即為中唐詩境說的「造境」。皎然刻劃張志和筆下「造境」，即有「如何萬象自心出」，及「昨日幽奇湖上見，今朝舒卷手中看」的說法，謂其「造境」之時萬象出自一心而又舒卷變化見於筆下。上述這些關於「造境」的描述，可說便是對於「詩之變」這一詩歌創作觀念的具體說明。

　　正如上文所述，「造境」之際因達到「象忘神遇」的境界，而得以萬象自心而出，做到「須臾變態皆自我，象形類物無不可」的地步。由於因心「造境」，所以能夠以一心變化萬象，足以令天地入乎胸臆，三光為之迴旋。這種以一心舒卷變化萬象於筆下的「詩之變」觀念，事實上與佛教思想有極為密切的關係。東晉時慧遠（西元334-

---

102　陸羽：〈僧懷素傳〉，《全唐文》，卷433，頁4422。

103　皎然：《皎然集》（《四部叢刊初編》縮印本），卷6，〈南池雜詠五首〉，頁36上。

104　同上，卷7，〈白雲歌寄陸中丞使君長源〉，頁42上。

105　同上，卷6，〈雜興六首〉，頁39上。

106　梁肅：〈心印銘〉，載石峻等編：《中國佛教思想資料選編》（北京市：中華書局，1983年），第2卷，第1冊，頁262。

416年）在〈念佛三昧詩集序〉中，論透過專思寂想凝神入定，而令詩歌創作得以入於精微時便指出：

> 菩薩初登道位，甫闚玄門。體寂無為而無弗為。及其神變也，則令修短革常度，巨細互相違，三光迴景以移照，天地卷而入懷矣。[107]

其中提到由「體寂無為」而至於「神變」，使到「修短革常度，巨細互相違」。這一足以令「三光迴景以移照，天地卷而入懷」的「神變」，既合乎皎然所述，如「慶雲從風」足以「舒卷萬狀」的「詩之變」；同時亦正是孟郊筆下所述在「文章得其微，物象由我裁」之下，以此通天狂筆令「萬物隨指顧，三光為迴旋」，與「天地入胸臆，吁嗟生風雷」的追求象外精微之境的「造境」。而上述這種「神變」源於「體寂無為」，亦與「造境」的得於「象忘神遇」，要求心用止而情識歇，令一心「澹然無所營」的觀念一致。

至於與「詩之變」相對的「詩之量」。皎然以「清景當中，天地秋色」為喻說明「詩之量」，而與「慶雲從風，舒卷萬狀」的「詩之變」相對。所謂「清景當中，天地秋色」者，皎然於作品之中就屢有涉及。在〈答鄭方回〉中即謂：「是時寒光澈，萬境澄以淨。高秋日月清，中氣天地正。遠情偶茲夕，道用增寥寥。」[108] 此外在〈秋宵書事寄吳憑處士〉中謂：「真性在方丈，寂寥無四鄰。秋天月色正，清夜道心真。」[109] 又在〈答蘇州韋應物郎中〉一詩中謂：「格將寒松高，氣與秋江清。何必鄴中作，可為千載程。」[110] 而靈澈在〈登梨

---

107 慧遠：〈念佛三昧詩集序〉，載石峻等編：《中國佛教思想資料選編》（北京市：中華書局，1983年），第1卷，頁98。

108 皎然：〈答鄭方回〉，《全唐詩》，卷815，頁9173。

109 皎然：〈秋宵書事寄吳憑處士〉，《全唐詩》，卷816，頁9191。

110 皎然：〈答蘇州韋應物郎中〉，《全唐詩》，卷815，頁9172。

嶺望越中〉亦有「秋深知氣正」[111] 之說。可見皎然等人筆下所謂
「詩之量」的「清景當中，天地秋色」，其實指得其中正而又足顯真
性的澄明淨境。而其中「量」一詞本屬於佛學名相，王夫之〈相宗絡
索〉釋「量」云：

> 量者，識所顯著之相，因區畫前境，為其所知之封域也。境立
> 於內，量規於外。前五以所照之境為量，第六以計度所及為
> 量，第七以所執為量。[112]

又淨影寺慧遠在《大乘義章》釋「量」之義云：「慧心取法，各有分
限，故名為量。」[113] 故知心識所取以照知者為「量」。「詩之量」者
亦即詩所照知的對象，既為心之所取，故此處所指者亦即詩歌創作時
所「取境」對象。皎然提出「彼清景當中，天地秋色，詩之量也」，
正謂當以澄明清淨之境作為賦詩「取境」之標準，而以此相對於因心
「造境」的「詩之變」。「詩之量」與「詩之變」兩者雖然一正一變，
然而總不出一心對境作用。正如前文所述，對於中唐詩境說諸家而
言，講求「取境」成詩以得佳句，最終目的在於藉著「取境」而「深
入空寂」，令一心覺照萬物之真以顯法性；然而亦如上文所述，之所
以要「造境」者，亦不過藉此「性起之法」得見「萬象之真」，以此
返照心源而已。故此對於中唐詩境說諸家而言，無論自詩歌創作的角
度而言，抑或從澄心證性的角度來說，相信「造境」與「取境」都有
同樣重要的意義。

---

111 靈澈：〈登梨嶺望越中〉，《全唐詩》，卷810，頁9134。

112 王夫之著，船山全書編輯委員會編校：《船山全書》（長沙市：嶽麓出版社，1993
　　年），第13冊，〈相宗絡索〉，頁536。

113 慧遠：《大乘義章》，《大正新脩大藏經》，第44卷，諸宗部1，卷3末，頁670。

第七章
結論

　　中唐詩境說的最大特色，就在於從心境關係的角度去闡釋有關詩境的種種問題。中唐詩境說諸家在說明詩境問題時，彼此所關注的大多集中在詩歌創作時的心境關係，對詩歌創作過程中有關藝術構思經過與詩境的獲得，甚至詩境的創造等問題，都有頗為細緻與深入的闡述。對於傳統以來的文學創作觀念或理論，中唐詩境說不但有所開拓與貢獻，而且對於後世的文學創作理念，尤其是詩學創作理論，更有著極為深遠的影響。以下會從總結中唐詩境說在詩學觀念上的各種特色開始，由此進一步闡明中唐詩境說對於傳統文學創作理論的開拓貢獻與意義所在，及其對後世詩學的深遠影響等有關問題。

一　中唐詩境說對傳統文學創作理論的意義與貢獻

　　出現於中唐時候的這套集中探討詩境問題的詩歌理論，對以往文學創作觀念及藝術理論既有所承傳而又有進一步的開拓。中唐詩境說對於傳統文學創作理論其中一項較為顯著的貢獻，便是藉著詩境觀念的提出，而對創作過程中有關心物關係的問題提供了較為具體而明確的說明。

　　在創作過程中有關心物關係的問題，可說是以往藝術創作理論所一直著意探討的重點。從《禮記‧樂記》提出「凡音之起，由人心生也。人心之動，物使之然也。感於物而動，故形於聲。」[1] 及「樂

---

[1] 孔穎達等疏證：《禮記正義》，《十三經注疏》（北京市：中華書局影印世界書局縮印阮元刻本，1980年），下冊，卷37，頁1527。

者，音之所由生也，其本在人心之感於物也。」[2] 對藝術創作過程中心物關係的問題加以探討以後，在藝術創作時內心「感於物而動」的觀念，就一直影響著傳統文學理論。其後陸機在〈文賦〉中詳論文藝創作構思與創作經過，正如其序中提到寫作〈文賦〉目的，就在於針對「意不稱物，文不逮意」[3] 的問題，其說本不離於探討心物二者間的關係；而篇中「玄覽」之說，所謂「瞻萬物而思紛」[4]者，亦不過發揮〈樂記〉「感於物而動」的觀念。至於劉勰於《文心雕龍》中論文學創作方法時，對傳統這種「感於物而動」的觀念亦多所闡述，如〈物色〉中的「物色之動，心亦搖焉」；「情以物遷，辭以情發」；及「詩人感物，聯類不窮。流連萬象之際，沈吟視聽之區。寫氣圖貌，既隨物以宛轉；屬采附聲，亦與心而徘徊」[5] 之說，俱從「感於物而動」的角度，說明創作過程中外物對於內心的種種影響。尤其〈神思〉篇中所提出的「思理為妙，神與物游」[6] 觀念，更可說是主要針對文學創作過程中有關心物關係的問題而立論。

　　然而六朝以來在文學理論中說明心物關係時，遇上最大的問題是如何才能做到心物相得，亦即黃侃所提出的達致「心境相得，見、相交融」的地步。對於〈文賦〉來說，如何做到心物相得正是陸機所極為關注的問題。〈文賦〉開首於〈序〉中即指出屬文之難，在於「恆患意不稱物，文不逮意」。如何在文藝創作構思之中，令外物於心上確然地反映出來然後再表現於筆下，便成為〈文賦〉通篇所集中探討的重點問題。[7]〈文賦〉提出文藝創作始於「佇中區以玄覽」，故得以

2　同上。

3　陸機著，張少康校釋：《文賦集釋》（上海市：上海古籍出版社，1984年1月），頁1。

4　同上，頁14。

5　劉勰著，詹鍈義證：《文心雕龍義證》（上海市：上海古籍出版社，1989年8月），卷46，〈物色〉，頁1728-1733。

6　同上，卷26，〈神思〉，頁976。

7　參見張少康《文賦集釋》有關《文賦・序》釋義。陸機著，張少康校釋：《文賦集釋》，頁13。原文云：「〈文賦〉通篇所講，即是如何使意能稱物，而文能逮意。」

「瞻萬物而思紛」，內心既為外物所感，然後做到「精騖八極，心遊萬仞」，而至於「情曈曨而彌鮮，物昭晰而互進」的階段。[8] 雖然〈文賦〉對「感於物而動」的具體經過，尤其內心感於物以後的反應析剖得遠較〈樂記〉深入仔細，然而從「玄覽」外物開始，如何在內心之中得以「物昭晰而互進」，亦即達到心物相得的地步，卻並非「感於物而動」的觀念可以簡單解釋。所以陸機於終篇時，對外物之應於目、會於心而令文思生起的問題，有「若夫應感之會，通塞之紀，來不可遏，去不可止」之嘆，而有「吾未識夫開塞之所由」的感慨。[9]

　　上述這問題在劉勰《文心雕龍》內，仍然是在探討文學創作理論時所針對的重點所在，〈神思〉篇即集中討論以上所提出的心物關係問題。在〈神思〉中劉勰提出：

> 故思理為妙，神與物游。神居胸臆，而志氣統其關鍵；物沿耳目，而辭令管其樞機。樞機方通，則物無隱貌；關鍵將塞，則神有遯心。[10]

如何使物沿耳目而入於內心，得以抵於「神與物游」的地步，然後令「獨照之匠，闚意象而運斤」，[11] 正是劉勰在篇中所致力闡述的問題。雖然劉勰提出「陶鈞文思，貴在虛靜，疏瀹五藏，澡雪精神」，[12] 指出以虛靜之心解決文思通塞的問題，然而對於外物進入內心，如何才能令「物無隱貌」，而得以至於「神與物游」——也就是心物相得的境界，篇中卻仍然未能提出較具體細緻的說明。

8　陸機著，張少康校釋：《文賦集釋》，頁25。「晰」字《文選》作「晰」，據改。

9　同上，頁168。

10　劉勰著，詹鍈義證：《文心雕龍義證》（上海市：上海古籍出版社，1989年8月），卷26，〈神思〉，頁976-977。

11　同上，頁980。

12　同上，頁976-977。

　　要說明文學創作過程中內心與外物彼此間關係的話,需要先對心物之間的作用有一明確了解,然後才可能對上述這種極為抽象細微的心理反應有一具體明確的描述。六朝以來由於「境」一詞出現詞義上的轉變,令「境」的概念足以用於說明文藝創作過程中有關心物關係的這一複雜問題。原先在魏晉玄學中,「境」一詞已有供一心馳騖之處或遊心所在的意義;到六朝佛教吸納玄學術語內「境」一詞,並賦與深具佛教教義色彩的新概念在內以後,令「境」一詞詞義更明確地指心識所行或遊履所在,「境」一詞自此變成專用於說明心識現象的哲學術語。六朝至隋唐以來在佛學上,甚至在這觀念上受佛學影響的儒、道兩家,在說明心物關係時廣泛運用「境」的概念,從而令文學創作理論方面亦引入「境」一詞,用於說明在創作過程中有關心物之間關係的問題。

　　由於「境」一詞緊扣著心識觀念,故此在闡明文學創作中有關心與物之間的關係,尤其針對創作過程中不離於一心的構思問題時,往往能夠較清楚地說明問題。〈文賦〉所致力探討的意、物與文關係,與《文心雕龍》所著重闡述的「神思」觀念,事實上都遠較〈樂記〉「感於物而動」之說,更多地涉及到內心對於外物的作用問題。而這種心物之間的作用,在〈文賦〉而言是在「玄覽」中「瞻萬物而思紛」,在「精騖八極,心遊萬仞」之下,令「情瞳矓而彌鮮,物昭晰而互進」;在《文心雕龍》而言是「物沿耳目」入於一心以後,而令「神與物游」。然而無論〈文賦〉的「心遊萬仞」,或是《文心雕龍》的「神與物游」,兩者在說明內心對外物作用時,強調的同樣都是創作構思之中關乎心識認知的主導功能。這種文思或者「神思」的觀念,顯然並非以往分析藝術創作中心物關係時,所提出的「感於物而動」觀念所足以說明。中唐詩境說由於運用「境」的概念說明詩歌創作過程中心物之間的關係,所以對創作構思中外物的進入內心,與內心對外物的作用等具體情況得以細緻地描述。〈文賦〉所提到的「精

騖八極，心遊萬仞」；以至《文心雕龍》所提到「形在江海之上，心存魏闕之下」的「神思」，彼此所針對的都是創作構思時的心理活動，亦即是所謂「遊心」的問題。然而正如上文所述六朝到隋唐以來哲學上「境」的概念，本來就指一心馳騖之處，甚至專指心識的遊履功能，故此以之說明上述這種在創作構思時的「遊心」問題可說是再恰當不過。初、盛唐時候孔穎達、張守節等人注疏〈樂記〉，將「感於物而動」觀念中的「物」，一下改變成為「外境」，原因就在於「境」的概念本用於說明心識對外在事物的認知問題，故此外在事物的來觸於心，然後內心應觸而動的具體情況，可以藉著吸納「境」的概念而將這些問題剖析得更加深入細緻。

　　對於文藝創作時所面對的外在物色與呈現於心上的各種物象，〈文賦〉之中既謂「玄覽」之際「瞻萬物而思紛」，又謂內心中「物昭晰而互進」，可見並未將上述兩者明確地加以區分。至於《文心雕龍》內「神與物游」之說，除了沿耳目而入於胸臆的「物」之外，又有「獨照之匠，闚意象而運斤」的說法，則是在心外存在的「物」以外，另以「意象」一詞指進入心內之物，可見對於文藝創作之際出現在心外之物與心內之物，在《文心雕龍》中已對兩者有所區分。然而有關「意象」的概念，劉勰在《文心雕龍》內並未進一步發揮。到中唐詩境說提出了「境」的概念，於是文藝創作中心外之物與心內之物的區分，自此得以更清楚地確立。《文鏡秘府論》所錄王氏詩論提出的「目擊其物，便以心擊之，深穿其境」；《吟窗雜錄》署名王昌齡《詩格》所提出的「搜求於象，心入於境，神會於物，因心而得」之說，便是明確地將外在物色與呈現於心上的各種物象，以「物」和「境」兩不同概念清楚地判分開來。

　　這種以「境」的觀念明確區分心物內外的做法，最大好處就在於可以對創作過程中內心作用於外物的具體情況，得以更清晰地描述。中唐詩境說運用「境」的概念說明詩歌創作時的心物關係，「境」一

詞與以往所用「物」一詞的最大分別，就在於「境」專指心識所作用的對象；而「物」則往往指來感於心的各樣事物。這其中在觀念上的差異是，前者以一心為主導，而後者則是內心處於被動的位置。事實上以往對於文藝創作過程之中心物關係的說明，在「感於物而動」的觀念影響之下，如何做到像〈文賦〉所提出的意能稱物，令外物得以確然反映於心上；以至像《文心雕龍》所提出的令「物無隱貌」，而得以「神與物游」，便會成為相當難以解答的問題。在原先「感於物而後動」的觀念下，因為內心既處於被動的位置，所以對於外物如何得以應目會心，以至文思的通塞等問題，陸機在〈文賦〉中就承認未能完全掌握。至於劉勰論「神思」，提出令「獨照之匠，闚意象而運斤」，其實已將心識放在主導位置。到中唐詩境說運用「境」的概念，闡述在創作構思之際的心物關係時，由於「境」不過為心識作用對象，甚至僅出於心識顯現而有，於是要說明創作構思時如何做到意能稱物而至於心物相得，或者達到「物無隱貌」之下的「神與物游」，甚至令外物得以應於目、會於心，從而把握文思的通塞關鍵等問題，都可以透過有關心境關係的探討，從而對此提出相應的解決辦法。

中唐詩境說集中從心境關係的角度去說明詩歌創作時的詩境問題，其中主要涉及的正是以往重點探討有關創作構思時的「遊心」問題。在「境」的觀念影響之下，因為「境」不過屬於心識作用的對象，所以要說明在創作過程中心與物之間的具體關係，以至要求在創作構思時達到「神與物游」或心物相得地步的話，便需要從心識方面入手解決問題。中唐詩境說所提出的「取境」之說，要求「必須安神淨慮」，在凝心淨慮之下令「方寸地虛，虛而萬景入」，可說是發展〈文賦〉「收視反聽，耽思傍訊」及「罄澄心以凝思」；與《文心雕龍》「陶鈞文思，貴在虛靜。疏瀹五藏，澡雪精神」的觀念，令內心處於虛靜狀態以利於創作。不過中唐詩境說較〈文賦〉與《文心雕龍》更進一步的是，這套詩境理論吸納了佛教的禪定方法，在凝心入

定、住心看淨的心境修證過程當中，使到心思得以澄明，從而令詩歌創作達致「神會於物」的心物相得境界。

「取境」時透過禪定方式凝心淨慮，在「意靜神王」之下以精思搜求於萬象，這種「冥搜」方法與〈文賦〉「收視反聽，耽思傍訊，精鶩八極，心遊萬仞」的構思方式頗為接近，所以謝榛（1495-1575）在《四溟詩話》中謂：「陸士衡〈文賦〉曰：『其始也收視反聽，耽思傍訊，精鶩八極，心游萬仞。』此但寫冥搜之狀爾。」[13] 然而事實上兩者分別在於，對「應感之會，通塞之紀」的問題，〈文賦〉無法提出確切的掌握方法。雖然〈文賦〉提出「收視反聽，耽思傍訊」及「罄澄心以凝思」的方法，以為有助於文思的生發。不過對於物來感心，心應於物的「應感之會」，如何令心物之間得以內外會通，亦即在意能稱物之下使文思通而不塞的問題，陸機卻自認未識其中原因竅妙所在。而《文心雕龍》針對物沿耳目而入於內心這一心物應感問題，提出「陶鈞文思，貴在虛靜，疏瀹五藏，澡雪精神」的方法，以求達到「神與物游」地步，從而解決文思通塞的問題。不過正如上文所指出的，對於「虛靜」何以能影響文思通塞，令入於內心的物得以一無隱貌，而最終抵於「神與物游」的地步，劉勰並未能進一步提出具體明確的說明。

相對來說中唐詩境說提出「取境」之說，認為在凝心淨慮之下可以「因定而得境」的見解，事實上為以往「意不稱物」與「應感之會，通塞之紀」等問題，指出了一條較為具體清晰的解決途徑。中唐詩境說所提出的「取境」之說，要求「置意作詩，即須凝心」，在凝心淨慮之下可以「精思一搜」而令「萬象不能藏其巧」，以至最終得以「神會於物」。由於運用了「境」的概念，所以對於心物之間的「應感之會」經過，中唐詩境說能夠較具體地加以刻劃，提出「目擊

---

13 謝榛：《四溟詩話》（北京市：人民文學出版社，1961年1月），卷4，頁119。

其物,便以心擊之,深穿其境」及「目睹其物,即入於心,心通其物,物通即言」的說明。在這段文藝創作構思的過程當中,詩人透過凝心淨慮在意靜神王之下,得以用精微的心思主動去搜求外在的物象,可見「取境」時內心一直就處於主導的位置。而中唐詩境說對於「取境」時「目擊其物,便以心擊之」的分析,亦足以說明心物之間在「應感之會」時,外物進入內心的一段經過。這段《文心雕龍》形容為「物沿耳目」而入於「胸臆」的心物相接過程,從「取境」觀念的角度去說明,便是心識透過耳目等感官作用於外物的經過。

在心物相接以後如何能做到「物無隱貌」而至於「神與物游」,中唐詩境說的「取境」之說對此有極為明確的說明。由對目擊之物「以心擊之」到「深穿其境」一段內心對境作用的階段,中唐詩境說講求的是「心通其物」,要求「視境於心」,以凝心淨慮下的精微之心照徹進入一心的物象,令「了然境象」於心上「猶如水中見日月」可以清晰地映現。中唐詩境說上述這種以心照境,令「心入於境」而「神會於物」的「取境」方法,正是《文心雕龍》所提出構思時做到「物無隱貌」而得以「神與物游」的要求;亦正是〈文賦〉所提出的意能稱物,令外物得以確然反映於心上的理想做法。雖然〈文賦〉也講求「玄覽」與澄心凝思;《文心雕龍》中亦講求以「虛靜」之心「陶鈞文思」,甚至〈神思〉中「獨照之匠,闚意象而運斤」,同樣涉及到一心「照」於意中之象的問題。然而中唐詩境說上述的「取境」之說,提出創作構思時應追求內心虛靜,令心識能了然照見入於心內的物象,從而達到神會於物的上述說明,對於在心物「應感之會」時,內心修養、意物相稱與心物相得三者的彼此關係,「取境」之說顯然較〈文賦〉與《文心雕龍》的闡述更具系統而又具體清晰得多。在佛教「取境」觀念影響之下,要做到如黃侃所稱構思時能夠「心境相得,見、相交融」,抵於「神與物游」境界的話,就要令心上所顯現的外物影像——「行相」,能如「水中見日月」般在心上瑩然了見

其象，而以上這種「神會於物」達到心境冥一的心理狀態，事實上又完全在於「因心而得」。以此之故中唐詩境說比〈文賦〉與《文心雕龍》更講求創作時對於內心的修養，要求詩人能做到心體清淨，在心如明鏡之下「取境」成詩，能鏡萬有於方寸而至於洞照萬象精微，在「神會於物」而意物相稱之下寫出奇逸之作。

總而言之，中唐詩境說所提出的這種「取境」方法，事實上足以在理論上補充〈文賦〉與《文心雕龍》所提出而又未能圓滿解決的「應感之會，通塞之紀」問題。一方面在於中唐詩境說採用了「境」的概念，將心外之物與心內之物明確區分，使到在說明外物沿耳目入於心內時，得以從心境關係的角度，更清楚仔細地剖析內心對於進入心內物象的種種複雜而又抽象細微的作用。另一方面在「境」觀念的影響下，中唐詩境說清楚地指出創作構思時心物內外的會通，主要關鍵在內而不在外，在於心而不在於物。「取境」說的「神會於物，因心而得」主張，正明確點出創作時要能心物相得，可以做到意物相稱或者「神與物游」而令文思通而不塞的話，就必須針對一心方面入手。中唐詩境說上述這種以心照境，令創作構思時心物之間得以內外會通的「取境」之說，實際上為解決以往文學理論中所面對的「應感之會，通塞之紀」問題，提供了一套具備完整理念而又明確可行的具體方法。

除此之外，中唐詩境說同時又提出了「造境」之說，對六朝以來的文學理論亦有一定的補充與發展。魏晉以來哲學上「言意之辨」的問題，一直影響著六朝的文學理論，〈文賦〉開篇論屬文之難，除了提到以上所舉出的「恆患意不稱物」之外，同時又謂難在「文不逮意」，更指出「若夫隨手之變，良難以辭逮。蓋所能言者，具於此云。」[14] 可見陸機論文亦有「言不盡意」的想法。《文心雕龍》論

---

14 陸機著，張少康校釋：《文賦集釋》（上海市：上海古籍出版社，1984年1月），頁1。

「神思」,終篇時謂:「至於思表纖旨,文外曲致;言所不追,筆固知止。至精而後闡其妙,至變而後通其數。伊摯不能言鼎,輪扁不能語斤,其微矣乎!」[15] 亦以為文學作品中的「思表纖旨,文外曲致」至精至妙,其入微之處實非言說所可表達。陸機與劉勰這種至變至精之意難以言傳的見解,顯然深受三國時荀粲「理之微者」在「象外之意,繫表之言」說法的影響。然而中唐詩境說所針對以至集中探討的,卻正是劉勰等人所以為「言所不追,筆固知止」的「思表纖旨」和「文外曲致」。皎然在《詩式.序》中開宗明義即指出「夫詩者,眾妙之華實,六經之菁英。雖非聖功,妙均於聖。」又在《詩議》中稱詩為「通幽含變之文」;劉禹錫在〈唐故尚書主客員外郎盧公集紀〉中亦指出「心之精微,發而為文;文之神妙,詠而為詩。」[16] 在在均可反映中唐詩境說諸家正以精微神妙論詩。在這種觀念之下,因為詩歌本身作為一種至精至微,甚至抵於神妙境的文學作品,其精微難能之處就如劉禹錫論詩為「文章之蘊」時所指出的,一方面在於「義得而言喪,故微而難能」;另一方面又在於「境生於象外,故精而寡和」。中唐詩境說提出「造境」之說,專門針對詩的精微難能立說,要求筆下所造之境能「境生於象外」,刻意追求「取之象外」的精微之境,可說是對六朝以來在「言意之辨」觀念影響下,認為「思表纖旨,文外曲致」非可以言傳這種文學理論的進一步發展甚至在觀念上的突破。

中唐詩境說所提出的「造境」之說,事實上與宗炳所提出得以「心取」言象之外微旨的觀念不無相通之處。然而中唐詩境說內的「造境」之說,不但指出這種可以「心取」之於象外的精微詩境自心

---

15 劉勰著,詹鍈義證:《文心雕龍義證》(上海市:上海古籍出版社,1989年8月),卷46,〈物色〉,頁1004-1005。

16 劉禹錫撰,瞿蛻園箋證:《劉禹錫集箋證》(上海市:上海古籍出版社,1989年10月),〈唐故尚書主客員外郎盧公集紀〉,卷19,頁505。

而出，同時更結合王弼「得意而忘象」之說，與《莊子》「神遇」的觀念，並且本於佛教境由心造的「心源」觀念，對「心取」的具體做法加以補充，要求在「象忘神遇」之下以一心創造出至精至微的詩境。正因這種象外精微之境在「象忘神遇」之下自「心源」而出，一方面是既然萬境悉由一心所造，所以萬象舒卷由心，可以極盡變態之能事，而有「須臾變態皆自我，象形類物無不可」的做法；另一方面是既然境皆得之於「象忘神遇」，故此皆合乎天理自然而足以工侔造化。在佛教「神變」的觀念影響下，這種透過「象忘神遇」令一心澹然無所營構，得以返照心源而創造出至精至變詩境的「造境」之法，雖然極盡精微變態之能事，然而因為「性起之法，萬象皆真」，所以即使如何變態亦不忌太過，故此能夠以一心隨意於筆下變化萬象，令天地入乎胸臆，三光為之迴旋，縱使恣意裁剪物象，驅馳造化於筆下，而又不失達到「文章得其微」的境界，更可藉此「性起之法」而得見萬象之真。

　　中唐詩境說所提出詩境的獲得與創造等有關詩歌創作的觀念，無論其中的「取境」之說或「造境」之說，同樣都在於針對心境間的作用而提出。對於以往文學觀念中有關創作構思時心物之間的作用問題，中唐詩境說透過對心境關係的探討，而得以進一步提出較為具體明確的剖析。中唐詩境說的「取境」之說，從心境關係的角度出發，提出可以藉著以心照境而達到神會於物的地步，為六朝以來文學理論中所面對的意物相稱以至心物會通的問題，指出一條具體而清晰的解決途徑。從文學理論在觀念上的發展來說，中唐詩境說上述這種對於詩歌創作的看法，將傳統以來「感於物而動」的創作觀念，一變而為向心外「取境」，甚至以一心創造詩境之說，將詩境的生成與獲得完全歸於一心的作用。這種以「心源」為本的文學見解，固然與隋唐以來哲學思想上普遍重視心性的觀念有關。然而相對於傳統以來「感於物而動」的文藝創作觀念，中唐詩境說上述這種針對心識作用而獲取

或創造詩境的觀點,明顯地有別於以往的文學創作觀念。而其中最大的分別又在於,中唐詩境說所講求的並非傳統以來在「感於物而動」觀念影響下,所提出的「情動於中,而形於言」[17] 這種以情志為主的創作要求;而是藉著詩歌創作的「取境」或「造境」以求返照「心源」,最終得以深入空寂而能夠觀心證性。中唐詩境說這種講求返照「心源」,最終追求在於見性而不在於抒情的詩歌創作觀念,對於當時及其後的詩歌創作以至文學創作觀念,無論在詩歌風格方面,以至詩歌的創作方式,甚至在詩歌理論方面都有較為顯著的影響。

二　中唐詩境說對傳統文學創作理論的影響

中唐詩境說講求心境作用的詩歌創作觀念,要求在苦思繹慮中「取境」於至險至難而獲得奇逸之作;甚至要求以一心裁剪萬象,「造境」於極盡變態之中,而得出至精至微的佳作。上述這種詩歌創作觀念直接影響著中唐時候韓孟詩派的詩歌創作,除了在〈城南聯句〉內,提出「腸胃繞萬象,精神驅五兵」[18] 的孟郊本人直接與中唐詩境說有關之外,其餘如韓愈在〈送無本師歸范陽〉一詩內所提出的「狂詞肆滂葩,低昂見舒慘。姦窮怪變得,往往造平澹。」[19] 又在〈城南聯句〉中謂:「搜奇摘海異,恣韻激天鯨」[20];並在〈詠雪贈張籍〉中謂:「雕刻文刀利,搜求智網恢」[21];盧仝(約西元795-835年)於〈寄贈含曦上人〉內,亦提出當「化物自一心」[22],而於筆下

---

17 孔穎達等疏證:《毛詩正義》,《十三經注疏》本,上冊,卷1,頁270。

18 孟郊:〈城南聯句〉,《全唐詩》(北京市:中華書局,1985年),卷791,頁8903。

19 韓愈:〈送無本師歸范陽〉,《全唐詩》,卷340,頁3810。

20 韓愈:〈城南聯句〉,《全唐詩》,卷791,頁8903。

21 韓愈:〈詠雪贈張籍〉,《全唐詩》,卷343,頁3845。

22 盧仝:〈寄贈含曦上人〉,《全唐詩》,卷389,頁4388。

「搜索通神鬼」[23]。李賀（西元791-817年）在〈高軒過〉中，稱許韓愈、皇甫湜（西元777？-835？年）「二十八宿羅心胸」[24]而能「筆補造化天無功」[25]。中唐時韓孟詩派上述這種講求苦吟，竭盡心智搜奇於象外，以至追求狂怪奇險，以一心雕塑萬象極盡變態，以求筆補造化的詩歌創作風格，顯然便與中唐詩境說上述「取境」與「造境」的主張有關。[26]

　　除了對詩歌創作風格產生影響之外，中唐詩境說這種汲取禪門修證方式，以禪法專注於境，刻意追求入定，然後以清淨心觀照萬境的創作方法，對於唐末五代以來的詩歌創作方式也產生了一定的影響。像晚唐時李山甫〔生卒不詳，光啟時〔西元885-888年〕任魏博節度使判官）在〈山中答劉書記寓懷〉中，提到作詩時須「窮搜萬籟息，危坐千峰靜」[27]，要求在靜坐中搜求萬象成詩，並要做到「骨將槁木齊，心同止水淨」[28]；又如齊己於〈渚宮莫問詩一十五首〉其十三內，提出作詩時需要「冥搜與真性，清淨裏尋思」[29]；以至李中〔生卒不詳，南唐時人〔西元937-975年〕）在〈宿青溪米處士幽居〉一詩內謂與友人「靜慮同搜句」[30]，在在都可見唐末五代以來詩壇上流行中唐詩境說所提倡的在凝心靜慮之下，以清淨之心觀照萬境的創作方法。

　　此外中唐詩境說這種詩歌觀念，除了影響中、晚唐到五代以來文學創作上的詩歌風格與作詩方法之外，又深深影響著唐末五代以來的

23　同上。

24　李賀：〈高軒過〉，《全唐詩》，卷393，頁4430。

25　同上。

26　中唐詩境說其中皎然詩學對韓孟詩派詩歌思想的影響，可參見蕭占鵬《韓孟詩派研究》中有關論述。蕭占鵬：《韓孟詩派研究》（臺北市：文津出版社，1994年11月），第4章，〈皎然詩學與韓孟詩派詩歌思想〉，頁73-86。

27　李山甫：〈山中答劉書記寓懷〉，《全唐詩》，卷643，頁7370。

28　同上。

29　齊己：〈渚宮莫問詩一十五首〉其十三，《全唐詩》，卷842，頁9513。

30　李中：〈宿青溪米處士幽居〉，《全唐詩》，卷749，頁8532。

詩歌理論。唐末時司空圖論詩,便指出「思與境偕,乃詩家之所尚
者。」[31] 又引戴叔倫「詩家之景,如藍田日暖,良玉生煙,可望而不
可置於眉睫之前也」[32] 的說法,而提出「象外之象,景外之景」[33] 之
說,認為詩境生成於象外。司空圖上述論詩見解,顯然與中唐詩境說
「心入於境,神會於物」及「境生於象外」等觀念有著密切的關係。
此外徐夤(生卒不詳,昭宗景福元年〔西元892年〕進士)在〈扣寂
寞以求其音賦〉內論創作構思,亦提出「運思於無形之景」[34],以為
應當「向無象以取象,無音而索音」[35] 搜求象外之象。並謂這種象外
之象「靡在疏而在靜,不由物以由心。」[36] 這種在靜中返求於一心,
取象於無象,運思於無形之景的創作理論,亦可上溯於中唐詩境說靜
慮成詩,與返照「心源」以求「境生於象外」的詩境觀念。

　　至於在晚唐五代詩格中的詩歌創作觀念,亦多有與中唐詩境說相
關的論調。如五代時王夢簡(生卒不詳)《詩格要律》論詩,即有:

　　夫初學詩者,先須澄心端思,然後遍覽物情。所以畫公云:
　　「放意須險,定句須難。雖取由我衷,而得若神授。」[37]

其「澄心端思」以「遍覽物情」之說,亦即中唐詩境說凝心靜慮觀照
萬物,以澄明心思搜求物象的見解而已。又徐夤《雅道機要》稱「為

---

31 司空圖:《司空表聖文集》,《四部叢刊初編》縮印本(上海市:商務印書館,1936
　年),卷1,〈與王駕評詩〉,頁8下。

32 同上,卷3,〈與極浦書〉,頁15下。

33 同上。

34 徐夤:〈扣寂寞以求其音賦〉,陸心源:《唐文拾遺》(北京市:中華書局,1983年),
　卷45,頁10883。

35 同上。

36 同上。

37 王夢簡:《詩格要律》,張伯偉編校:《全唐五代詩格校考》(西安市:陝西人民教育
　出版社,1996年7月),頁452。

詩須搜覓」，又謂當「令意在象前，象生意後」，更謂：

> 凡搜覓之際，宜放意深遠，體理玄微。不須急就，惟在積思，
> 孜孜在心，終有所得。[38]

徐夤以上搜覓之際要「放意深遠，體理玄微」，以至為詩搜覓「惟在
積思」說法，實同於中唐詩境說內皎然等所主張作詩需「先積精
思」，及「搜求於象」又進而將意象契合的創作觀念。此外虛中（生
卒不詳，與齊己為詩友）《流類手鑑》提出「詩道幽遠，理入玄微」，
並指出善詩之人須得：

> 心含造化，言含萬象。且天地、日月、草木、煙雲皆隨我用，
> 合我晦明。[39]

其說亦同於中唐詩境說以詩為通幽含變之文，及「造境」說之以一心
塑造萬象，驅馳造化於筆下的說法。

　　五代以後中唐詩境說上述有關詩歌創作的見解，仍然對後世文學
創作觀念有所影響。像宋代時蘇軾（1037-1101）在〈送參寥師〉中
就提出：

> 欲令詩語妙，無厭空且靜。靜故了群動，空故納萬境。[40]

其說正與中唐詩境說既以「妙」論詩，又以境論詩的詩歌觀念相同。

---

38 徐夤：《雅道機要》，張伯偉編校：《全唐五代詩格校考》，〈敘搜覓意〉，頁423。

39 虛中：《流類手鑑》，張伯偉編校：《全唐五代詩格校考》，頁396。

40 蘇軾著，王文誥輯註，孔凡禮點校：《蘇軾詩集》（北京市：中華書局，1992年），
　卷17，〈送參寥師〉，頁906。

尤其所點出的「空故納萬境」作詩主張，根據的正是中唐詩境說內劉禹錫所提出的「方寸地虛，虛而萬景入」[41]的詩境觀念。至於「欲令詩語妙，無厭空且靜」的說法，教人以空靜禪心納萬境於方寸，亦是發揮劉禹錫「因定而得境，故脩然以清；由慧而遣詞，故粹然以麗」[42]，及權德輿稱靈澈「靜得佳句」[43]而深入空寂等詩境說的以禪心賦詩理論。

明代時謝榛（1495-1575）在《四溟詩話》內提出作詩的冥搜之說，《四溟詩話》卷三內便提到：

> 凡詩債叢委，固有緩急，亦當權變。……難者雖緊要，且置之度外，易者雖不緊要，亦當冥心搜句，或成三二篇，則妙思種種出焉。[44]

所要求以「冥心搜句」而令「妙思種種出焉」成詩的觀點，可見亦不離於從皎然《詩式》中所點出在凝心淨慮下，以精思搜求於萬象，到徐寅等以搜覓成詩的一套以冥搜取境的詩學主張。

清代時王夫之（1619-1692）論詩提出了現量之說。於《薑齋詩話》卷二《夕堂永日緒論內編》內，王夫之即以佛教「現量」觀念論唐人詩：

> 「僧敲月下門」只是妄想揣摩，如說他人夢，縱令形容酷似，何嘗毫髮關心？知然者，以其沉吟「推敲」二字，就他作想也。若即景會心，則或「推」或「敲」，必居其一，因景因

---

41 劉禹錫：〈秋日過鴻舉法師寺院便送歸江陵引〉，劉禹錫撰，瞿蛻園箋證：《劉禹錫集箋證》（上海市：上海古籍出版社，1989年10月），卷29，頁956。

42 同上。

43 權德輿：〈送靈澈上人廬山迴歸沃洲序〉，《全唐文》，卷493，頁5027。

44 謝榛著，宛平校點：《四溟詩話》（北京市：人民文學出版社，1961年1月），卷3，頁66。

情，自然靈妙，何勞擬議哉？「長河落日圓」，初無定景；「隔
水問樵夫」，初非想得。則禪家所謂「現量」也。[45]

王氏於《薑齋詩話》內所提出的這一「因景因情，自然靈妙，何勞擬
議」的「現量」之說，正是皎然「取境」詩學理論中，以心識照知詩
境的「詩之量」而已，亦同於皎然《詩議》內所提出的「情浮於語，
偶象則發，不以力制，故皆合於語，而生自然」[46] 的取境詩論。

　　以上列舉自中唐以後，歷五代兩宋至明清以來在詩話詩論當中，
明顯密切關涉於中唐詩境說中與「境」有關的創作觀念，從韓孟詩派
的提倡苦吟竭智，以搜奇於象外的詩歌創作；到李山甫、齊己與李中
等人刻意追求於凝心靜慮之下，以觀照萬境而成詩；甚至戴叔倫與司
空圖等以「象外之象，景外之景」論詩，主張詩境生成於象外；或者
徐夤與王夢簡的教人作詩須取象於無象，一套為詩搜覓惟在積思的詩
歌創作要求；以至蘇軾所提出於禪定空靜中納萬境以求詩中妙語；或
者謝榛所提倡的於冥心之中搜句成篇；更或是王夫之的以佛學觀念現
量說詩，上述諸人所提出的詩歌創作觀念，無不都與中唐詩境說所主
張的「取境」或「造境」詩學理論密切相關，於此亦可見後世詩歌創
作理論中的詩境觀念，是如何廣泛及深刻地受中唐詩境說所影響。

---

45 王夫之撰，戴鴻森箋注：《薑齋詩話箋注》（北京市：人民文學出版社，1981年），
　　卷2，《夕堂永日緒論內編》，頁52。
46 〔日〕空海撰，王利器校注：《文鏡秘府論校注》（北京市：中國社會科學出版社，
　　1983年7月），南卷，《論文意》，頁311。

參考文獻

中文書目

丁福保編　《佛學大辭典》　北京市　文物出版社影印丁氏刊本　1984年

中國佛教協會編　《中國佛教》　北京市　知識出版社　1980年　第1輯

中國佛教協會編　《中國佛教》　北京市　知識出版社　1982年　第2輯

卞孝萱、卞敏　《劉禹錫評傳》　南京市　南京大學出版社　1996年1月

卞孝萱、吳汝煜　《劉禹錫》　上海市　上海古籍出版社　1980年1月

卞孝萱、屈守元　《劉禹錫研究》　貴陽市　貴州人民出版社　1989年4月

卞孝萱　《劉禹錫叢考》　成都市　巴蜀書社　1988年7月

孔凡禮點校　《蘇試詩集》　北京市　中華書局　1992年

尤信雄　《孟郊研究》　臺北市　文津出版社　1984年

文　瑩　《湘山野錄》　北京市　中華書局　1984年7月

方立天、李錦全　《佛學與現代新儒家》　瀋陽市　遼寧大學出版社　1994年2月

方立天　《中國佛教與傳統文化》　上海市　上海人民出版社　1988年

方立天　《佛教哲學》　北京市　中國人民大學出版社　1991年

方立天　《魏晉南北朝佛教論叢》　北京市　中華書局　1982年4月

毛亨傳　鄭玄箋　孔穎達等疏證　《毛詩正義》　阮元校刻《十三經
　　　　注疏》　北京市　中華書局影印世界書局縮印阮元刻本
　　　　1980年

王小舒　《神韻詩史研究》　臺北市　文津出版社　1994年6月

王元軍　《唐人書法與文化》　臺北市　東大圖書公司　1995年3月

王夫之　《相宗絡索》　載船山全書編輯委員會編校　《船山全書》
　　　　長沙市　岳麓出版社　1993年　第13冊

王夫之著　戴鴻森箋注　《薑齋詩話箋注》　北京市　人民文學出版
　　　　社　1981年

王文顏　《佛典疑偽經研究與考錄》　臺北市　文津出版社　1997年
　　　　4月

王定保著　《唐摭言》　上海市　上海古籍出版社　1978年

王拾遺　《元稹論稿》　西安市　陝西人民出版社　1994年1月

王國維著　佛雛校輯　《新訂《人間詞話》廣《人間詞話》》　上海
　　　　市　華東師範大學出版社　1990年

王國維著　徐調孚注　王幼安校訂　《人間詞話》　北京市　人民文
　　　　學出版社　1960年

王國維著　靳德峻箋證　蒲菁補箋　《人間詞話》　成都市　四川人
　　　　民出版社　1981年

王弼、韓康伯注　孔穎達等疏證　《周易正義》　《十三經注疏》本

王弼著　樓宇烈校釋　《王弼集校釋》　北京市　中華書局　1980年
　　　　1月

王欽若等編　《冊府元龜》　北京市　中華書局　1988年

王運熙、楊明　《隋唐五代文學批評史》　上海市　上海古籍出版社
　　　　1994年10月

王運熙　《樂府詩述論》　上海市　上海古籍出版社　1996年

王夢鷗　《古典文學論探索》　臺北市　正中書局　1984年2月

王夢鷗　《初唐詩學著述考》　臺北市　臺灣商務印書館　1977年

王　毅　《園林與中國文化》　上海市　上海人民出版社　1990年

世親著　玄奘譯　《俱舍論》　《佛藏要籍選刊》　上海市　上海古
　　　籍出版社　1994年

司空圖　《司空表聖文集》　《四部叢刊初編》縮印本　上海市　商
　　　務印書館　1936年

司馬光等編　《資治通鑑》　北京市　中華書局　1976年

司馬遷撰　司馬貞索隱　張守節正義　裴駰集解　《史記》　北京市
　　　中華書局　1959年9月

史仲文　《中國隋唐五代文學史》　北京市　人民出版社　1994年

永瑢等撰　《四庫全書總目》　北京市　中華書局影印浙江杭州本
　　　1983年

玄奘纂譯　《成唯識論》　上海市　上海古籍出版社影印清刻本
　　　1995年

玄奘譯　《大乘百法明門論解》　《大正新脩大藏經》　臺北市　中
　　　華佛教文化館影印日本大正新脩大藏經　1957年

玄奘譯　《成唯識論》　《佛藏要籍選刊》本

玄奘譯　《阿毘達磨俱舍論》　《佛藏要籍選刊》本

皮朝綱　《禪宗美學史稿》　成都市　電子科技大學出版社　1994年

皮錫瑞　《經學歷史》　臺北市　藝文印書館　缺年份

石峻等編　《中國佛教思想資料選編》　北京市　中華書局　1981年
　　　第1卷

石峻等編　《中國佛教思想資料選編》　北京市　中華書局，1983年
　　　第2卷　第1冊

石峻等編　《中國佛教思想資料選編》　北京市　中華書局　1983年
　　　第2卷　第2冊

石峻等編　《中國佛教思想資料選編》　北京市　中華書局　1983年
　　　　第2卷　第3冊

石峻等編　《中國佛教思想資料選編》　北京市　中華書局　1983年
　　　　第2卷　第4冊

石峻等編　《中國佛教思想資料選編》　北京市　中華書局　1987年
　　　　第3卷　第1冊

石峻等編　《中國佛教思想資料選編》　北京市　中華書局　1987年
　　　　第3卷　第2冊

石峻等編　《中國佛教思想資料選編》　北京市　中華書局，1989年
　　　　第3卷　第3冊

石峻等編　《中國佛教思想資料選編》　北京市　中華書局　1990年
　　　　第3卷　第4冊

伍蠡甫　《山水與美學》　上海市　上海文藝出版社　1985年

伍蠡甫　《名畫家論》　上海市　東方出版社　1988年

伏俊連　《敦煌賦校注》　蘭州市　甘肅人民出版社　1994年

任海天　《晚唐詩風》　哈爾濱市　黑龍江教育出版社　1998年3月

任繼愈　《漢唐佛教思想論集》　北京市　人民出版社　1963年

任繼愈主編　《中國佛教史》　北京市　中國社會科學出版社　1988年

任繼愈主編　《中國哲學發展史（隋唐）》　北京市　人民出版社
　　　　1994年5月

任繼愈主編　《中國哲學發展史（魏晉南北朝）》　北京市　人民出
　　　　版社　1988年

任繼愈主編　《中國道教史》　上海市　上海人民出版社　1990年

任繼愈編　《中國佛教史》　北京市　中國社會科學出版社　1988年

印順　《中國禪宗史》　南昌市　江西人民出版社　1990年

印順著　黃夏年主編　《印順集》　北京市　中國社會科學出版社
　　　　1995年12月

吉天保輯　《孫子集注》　《四部叢刊初編》縮印本

吉　藏　《三論玄義》　《佛藏要籍選刊》本

吉藏著　韓廷傑校釋　《三論玄義校釋》　北京市　中華書局　1987
　　　　年8月

成玄英疏　《道德經義疏》　載中華書局編　《四部要籍注疏叢刊·
　　　　老子》　北京市　中華書局影印蒙文通輯校本　1998年8月

成復旺、黃保真、蔡鍾翔　《中國文學理論史》　北京市　北京出版
　　　　社　1987年

成復旺　《中國古代的人學與美學》　北京市　中國人民大學出版社
　　　　1992年8月

成復旺　《神與物游──論中國傳統審美方式》　北京市　中國人民
　　　　大學出版社　1989年1月

成復旺等　《中國文學理論史》　北京市　北京出版社　1991年

朱光潛　《詩論》　北京市　生活·讀書·新知三聯書店　1984年

朱東潤　《中國文學論集》　北京市　中華書局　1983年

朱金城　《白居易年譜》　臺北市　文史哲出版社　1991年12月

朱金城　《白居易集箋校》　上海市　上海古籍出版社　1988年12月

朱德發　《中國山水詩論稿》　濟南市　山東友誼出版社　1994年12
　　　　月

牟正純　《佛光下的沉思──隋唐哲學》　瀋陽市　遼海出版社
　　　　1998年

牟宗三　《才性與玄理》　臺北市　臺灣學生書局　1993年

牟宗三　《中國哲學十九講》　臺北市　臺灣學生書局　1983年

牟宗三　《佛性與般若》　臺北市　臺灣學生書局　1993年

牟鍾鑑、胡孚琛、王薛玹　《道教通論──兼論道家學說》　濟南市
　　　　齊魯出版社　1991年11月

何休注　徐彥等疏證　《春秋公羊傳注疏》　《十三經注疏》本

何志明、潘運告編著　《唐五代畫論》　長沙市　湖南美術出版社
　　　　1997年4月

何法周　《韓愈新論》　開封市　河南大學出版社　1988年

何建明　《道家思想的歷史轉折》　武漢市　華中師範大學出版社
　　　　1997年12月

何晏集解　邢昺疏　《論語注疏》　《十三經注疏》本

何國詮　《中國禪學思想研究》　臺北市　文津出版社　1985年

何寄澎　《唐宋古文新探》　臺北市　大安出版社　1990年5月

余　蓋　《中國詩學史綱》　杭州市　浙江古籍出版社　1995年

佚　名　《攝大乘論抄》　《續大正新脩大藏經》　臺北市　中華佛
　　　　教文化館影印日本大正新脩大藏經　1957年

吳小林　《唐宋八大家》　合肥市　黃山書社　1984年

吳文治編　《柳宗元卷》　北京市　中華書局　1964年

吳企明　《唐音質疑錄》　上海市　上海古籍出版社　1986年

吳汝鈞　《佛教的概念與方法》　臺北市　臺灣商務印書館　1988年

吳汝鈞編　《佛教大辭典》　北京市　商務印書館國際有限公司
　　　　1992年

吳孟復等編　《中國畫論》　合肥市　安徽美術出版社　1995年

吳相洲　《中唐詩文新變》　臺北市　商鼎文化出版社　1996年

吳　筠　《宗玄集》　上海市　上海古籍出版社影印《四庫全書》本
　　　　1992年

吳鋼主編　《全唐文補遺》　西安市　三秦出版社　1994年　第1輯

呂大防等　《韓愈年譜》　北京市　中華書局　1993年

呂不韋著　高誘注　《呂氏春秋》　《四部叢刊初編》縮印本

呂武志　《唐末五代文研究》　臺北市　臺灣學生書局　1989年

呂建福　《中國密教史》　北京市　中國社會科學出版社　1995年

呂　溫　《呂和叔文集》　《四部叢刊初編》本

呂　　溫　《呂衡州集》　上海市　上海古籍出版社影印《四庫全書》
　　　　　本　1992年

呂　　澂　《中國佛學源流略講》　北京市　中華書局　1979年8月

呂澂著　李安等編　《呂澂佛學論著選集》　濟南市　齊魯書社
　　　　　1991年

呂澂著　黃夏年主編　《呂澂集》　北京市　中國社會科學出版社
　　　　　1995年

宋綬、宋敏求編　《唐大詔令集》　臺北市　鼎文書局　1978年

志　　磐　《佛祖統紀》　《佛藏要籍選刊》本

李文初、陳海烈　《歷代理詩精華》　廣州市　廣東高等教育出版社
　　　　　1996年

李文初　《中國山水文化》　廣州市　廣東高等教育出版社　1996年

李文初　《中國山水詩史》　廣州市　廣東高等教育出版社　1991年

李壯鷹　《詩式校注》　濟南市　齊魯書社　1986年

李壯鷹　《覆瓿存稿》　天津市　百花文藝出版社　1995年

李志慧　《唐代文苑風尚》　西安市　陝西人民出版社　1988年

李昉等編　《太平御覽》　北京市　中華書局　1963年

李昉等編　《太平廣記》　臺北市　藝文印書館　1970年

李昉等編　《文苑英華》　北京市　中華書局　1990年

李珍華、傅璇琮　《河岳英靈集研究》　北京市　中華書局　1992年

李珍華　《王昌齡研究》　西安市　太白文藝出版社　1994年

李　　浩　《唐代園林別業考論》　西安市　西北大學出版社　1996年

李　　浩　《唐詩美學》　西安市　陝西人民出版社　1992年

李從軍　《唐代文學演變史》　北京市　人民文學出版社　1993年10
　　　　　月

李道平纂疏　潘雨廷點校　《周易集解纂疏》　北京市　中華書局
　　　　　1994年3月

李榮注　《道德真經註》　《正統道藏》　臺北市　新文豐出版公司
　　　　1988年

李潤生注　《唯識二十論》　香港　博益出版社　1995年

李銳清　《滄浪詩話的詩歌理論研究》　香港　中文大學出版社
　　　　1992年

李澤厚　《美的歷程》　北京市　文物出版社　1989年

李　霞　《道家與禪宗》　合肥市　安徽大學出版社　1996年6月

杜　佑　《通典》　北京市　中華書局　1988年12月

杜甫著　（闕名）集注　《分門集注杜工部詩》　《四部叢刊初編》
　　　　縮印本

杜甫著　仇兆鰲注　《杜詩詳注》　北京市　中華書局　1979年

杜松柏　《禪學與唐宋詩學》　臺北市　黎明文化事業公司　1976年

杜預注　孔穎達等疏證　《春秋左傳正義》　《十三經注疏》本

杜曉勤　《齊梁詩歌嚮盛唐詩的嬗變》　臺北市　商鼎文化出版社
　　　　1996年

杜繼文、魏道儒　《中國禪宗通史》　南京市　江蘇古籍出版社
　　　　1993年

求那跋陀羅譯　《楞伽經》　《佛藏要籍選刊》本

求那跋陀羅譯　《雜阿含經》　上海市　上海古籍出版社影印磧砂藏
　　　　本　1995年

沈玉成、劉寧　《春秋左傳學史稿》　南京市　江蘇古籍出版社
　　　　1992年

汪裕雄　《意象探源》　合肥市　安徽教育出版社　1996年4月

辛文房著　周本淳校正　《唐才子傳校正》　南京市　江蘇古籍出版
　　　　社　1987年

邢東風　《禪悟之道——南宗禪學研究》　北京市　中國人民大學出
　　　　版社　1992年9月

阮元校刻　《十三經注疏》　北京市　中華書局影印世界書局縮印阮
　　元刻本　1980年

阮國華　《中華古代文論溯洄》　廣州市　學術研究社　1997年

佟培基編撰　《全唐詩重出誤收考》　西安市　陝西人民教育出版社
　　1996年8月

周叔迦　《唯識研究》　臺北市　天華出版事業公司　1979年

周叔迦著　黃夏年主編　《周叔迦》　北京市　中國社會科學出版社
　　1995年

周祖譔主編　《中國文學家大辭典》　北京市　中華書局　1992年
　　9月

周勛初主編　《唐詩大辭典》　南京市　江蘇古籍出版社　1990年
　　11月

周裕鍇　《中國禪宗與詩歌》　上海市　上海人民出版社　1992年
　　7月

周裕鍇　《文字禪與宋代詩學》　北京市　高等教育出版社　1998年
　　11月

周積寅編　《中國畫論輯要》　南京市　江蘇美術出版社　1985年
　　8月

孟二冬　《中唐詩歌之開拓與新變》　北京市　北京大學出版社
　　1998年9月

孟　郊　《孟東野詩集》　《四部叢刊初編》縮印本

孟軻著　趙岐注　《孟子》　《四部叢刊初編》縮印本

季羨林、吳亨根等　《禪與東方文化》　北京市　商務印書館國際有
　　限公司　1996年2月

宗白華　《藝境》　北京市　北京大學出版社　1987年

宗白華著　葉朗、彭鋒編選　《宗白華選集》　天津市　天津人民出
　　版社　1996年

宗密疏　《大方廣圓覺經大疏》　南京市　金陵刻經處刊本　缺年份

宗密疏　《圓覺經略疏》　上海市　上海古籍出版社影印明嘉興續藏
　　　　經本　1991年

尚　定　《走向盛唐》　北京市　中國社會科學出版社　1994年7月

林衡勛　《中國藝術意境論》　烏魯木齊市　新疆大學出版社　1993
　　　　年

林繼中　《唐詩與莊園文化》　桂林市　漓江出版社　1996年

法寶疏　《俱舍論疏》　《大正新脩大藏經》本

況周頤著　王幼安校訂　《蕙風詞話》　北京市　人民文學出版社
　　　　1982年

祁志祥　《中國美學的文化精神》　上海市　上海文藝出版社　1996年

祁志祥　《佛教美學》　上海市　上海人民出版社　1997年

舍爾巴茨基著　立人譯　《大乘佛學》　北京市　中國社會科學出版
　　　　社　1994年

舍爾巴茨基著　立人譯　《小乘佛學》　北京市　中國社會科學出版
　　　　社　1994年

侯外廬、邱漢生、張豈之主編　《宋明理學史》　北京市　人民出版
　　　　社　1984年

南京大學歷史系中國歷代人名辭典編寫組　《中國歷代人名辭典（增
　　　　訂本）》　南昌市　江西教育出版社　1989年

南開大學中文系古典文學教研室編　《意境縱橫探》　天津市　南開
　　　　大學出版社　1986年

南懷謹　《禪宗與道家》　上海市　復旦大學出版社　1996年

姜亮夫纂定　陶秋英校　《歷代人物年里碑傳綜表》　香港　中華書
　　　　局　1976年

姚柯夫編　《人間詞話及評論匯編》　北京市　書目文獻出版社
　　　　1983年12月

姚衛群　《佛教般若思想發展源流》　北京市　北京大學出版社
　　　1996年10月

施忠連　《現代新儒學在美國》　瀋陽市　遼寧大學出版社　1994年

柳宗元著　王國安箋釋　《柳宗元詩箋釋》　上海市　上海古籍出版
　　　社　1993年9月

柳宗元著　徐翠先選編　《柳宗元選集》　太原市　山西高校聯合出
　　　版社　1992年

柳宗元著　溫紹坤箋釋集評　《柳宗元詩歌箋釋集評》　北京市　中
　　　國廣播出版社　1994年12月

段醒民　《柳子厚寓言文學探微》　臺北市　文津出版社　1978年

洪修平、吳永和　《禪學與玄學》　杭州市　浙江人民出版社　1992
　　　年10月

洪修平　《中國禪學思想史綱》　南京市　南京大學出版社　1994年
　　　9月

洪順隆主編　《中外六朝文學研究文獻目錄──增訂版》　臺北市
　　　漢學研究中心　1992年

禹克坤　《中國詩歌的審美境界》　北京市　中國廣播電視出版社
　　　1992年

胡吉宣校釋　《玉篇校釋》　上海市　上海古籍出版社　1989年

胡經之　《文藝美學》　北京市　北京大學出版社　1989年11月

胡適著　黃夏年主編　《胡適集》　北京市　中國社會科學出版社
　　　1996年

胡震亨　《唐音癸籤》　上海市　上海古籍出版社　1981年5月

胡曉明　《中國詩學之精神》　南昌市　江西人民出版社　1990年

胡　耀　《佛教與音樂藝術》　天津市　天津人民出版社　1992年

范文瀾　《唐代佛教》　北京市　人民出版社　1979年4月

范甯集解　楊士勛等疏證　《春秋穀梁傳注疏》　《十三經注疏》本

計有功撰　王仲鏞校箋　《唐詩紀事校箋》　成都市　巴蜀書社
　　　1992年

郎保東　《文藝審美意象學》　天津市　南開大學出版社　1995年

韋昭注　《國語》　《四部叢刊初編》縮印本

韋應物著　陶敏、王友勝校注　《韋應物集校注》　上海市　上海古
　　　籍出版社　1998年11月

香港中文大學中國文化研究所編　《毛詩逐字索引》　香港　商務印
　　　書館　1995年4月

孫昌武　《中國文學中的維摩與觀音》　北京市　高等教等出版社
　　　1996年6月

孫昌武　《佛教與中國文學》　上海市　上海人民出版社　1988年

孫昌武　《柳宗元傳論》　北京市　人民文學出版社　1982年

孫昌武　《唐代文學與佛教》　西安市　陝西人民出版社　1985年8月

孫昌武　《禪思與詩情》　北京市　中華書局　1997年

孫昌武　《韓愈散文藝術論》　天津市　南開大學出版社　1986年7月

孫昌武　《韓愈選集》　上海市　上海古籍出版社　1996年6月

孫祖烈編　《佛學小辭典》　南京市　江蘇廣陵古籍刻印社影印民國
　　　刊本　1998年

孫耀煜　《中國古代文學原理》　南京市　江蘇教育出版社　1996年
　　　4月

師長泰　《王維研究》　西安市　三秦出版社　1996年

徐小躍　《禪與老莊》　杭州市　浙江人民出版社　1992年

徐中玉主編　《意境‧典型‧比興編》　北京市　中國社會科學出版
　　　社　1994年5月

徐書城　《中國畫之美》　北京市　中國社會科學出版社　1989年

徐復觀　《中國文學論集續篇》　臺北市　臺灣學生書局　1981年10
　　　月

徐復觀　《中國藝術精神》　臺北市　臺灣學生書局　1966年2月

真諦譯　高振農校釋　《大乘起信論校釋》　北京市　中華書局　1992年4月

真諦譯　《大乘唯識論》　《大正新脩大藏經》本

真諦譯　《阿毘達磨俱舍釋論》　《大正新脩大藏經》本

真諦譯　《轉識論》　《大正新脩大藏經》本

真諦譯　《攝大乘論》　《佛藏要籍選刊》本

神會著　楊曾文編校　《神會和尚禪話錄》　北京市　中華書局　1996年

荀況著　楊倞注　《荀子》　《四部叢刊初編》縮印本

袁行霈、孟二冬、丁放　《中國詩學通論》　合肥市　安徽教育出版社　1994年

袁行霈　《中國文學概論》　北京市　高等教育出版社　1990年

袁行霈　《中國詩歌藝術研究》　北京市　北京大學出版社　1996年

高志忠　《劉禹錫詩文繫年》　南寧市　廣西人民出版社　1988年

高海夫　《柳宗元散論》　西安市　陝西人民出版社　1985年3月

商鞅著　《商子》　《四部叢刊初編》縮印本

張中行　《佛教與中國文學》　合肥市　安徽教育出版社　1984年

張中行　《張中行作品集》　北京市　中國社會科學出版社　1995年

張少康、劉三富　《中國文學理論批評發展史》　北京市　北京大學出版社　1995年6月

張伯偉　《全唐五代詩格校考》　西安市　陝西人民教育出版社　1996年7月

張伯偉　《禪與詩學》　杭州市　浙江人民出版社　1992年9月

張志和　《玄真子外篇》　胡道靜等編　《道藏要籍選刊》　上海市　上海古籍出版社　1989年

張育英　《禪與藝術》　杭州市　浙江人民出版社　1992年

張彥遠　《歷代名畫記》　北京市　人民美術出版社　1963年

張風雷　《智顗評傳》　北京市　京華出版社　1995年

張修蓉　《中唐樂府詩研究》　臺北市　文津出版社　1985年

張國慶　《中國古代美學要題新論》　北京市　中國社會科學出版社　1994年11月

張　晧　《中國美學範疇與傳統文化》　武漢市　湖北教育出版社　1996年

張榮明　《道佛儒思想與中國傳統文化》　上海市　上海人民出版社　1994年3月

張樸民　《唐宋八大家評傳》　臺北市　臺灣學生書局　1974年

張　躍　《唐代後期儒學的新趨向》　臺北市　文津出版社　1993年4月

敏　澤　《中國文學理論批評史》　北京市　人民文學出版社　1981年5月

梁鴻飛　《中國隋唐五代宗教史》　北京市　人民出版社　1994年

皎　然　《杼山集》　上海市　上海古籍出版社影印《四庫全書》本　1992年

皎　然　《皎然集》　《四部叢刊初編》縮印本

皎然著　李壯鷹校注　《詩式校注》　濟南市　齊魯書社　1986年3月

皎然著　周維德校注　《詩式校注》　杭州市　浙江古籍出版社　1993年10月

許抗生　《三國兩晉玄佛道簡論》　濟南市　齊魯書社　1991年12月

許抗生等著　《魏晉玄學史》　西安市　陝西師範大學出版社　1989年

許抗生　《三國兩晉玄佛道簡論》　濟南市　齊魯書社　1991年12月

許慎著　段玉裁注　《說文解字注》　上海市　上海古籍出版社　1981年

許慎著　徐鉉校定　《說文解字》　《四部叢刊初編》縮印本

許學夷著　杜維沫校點　《詩源辯體》　北京市　人民文學出版社　1998年2月

許　總　《唐詩史》　南京市　江蘇教育出版社　1994年6月

許　總　《唐詩體派論》　臺北市　文津出版社　1982年

郭外岑　《意象文藝論》　蘭州市　敦煌文藝出版社　1997年

郭　因　《中國古典繪畫美學中的形神論》　合肥市　安徽人民出版社　1982年

郭　朋　《中國佛教思想史》　福州市　福建人民出版社　1994年

郭　朋　《漢魏兩晉南北朝佛教》　濟南市　齊魯書社　1986年

郭紹林　《唐代士大夫與佛教》　臺北市　文史哲出版社　1993年9月

郭紹虞編注　《中國歷代文論選》　上海市　上海古籍出版社　1979年

郭象注　成玄英疏　郭慶藩集釋　《莊子集釋》　北京市　中華書局　1961年7月

郭象注　成玄英疏　《南華真經》　《四部叢刊初編》本

郭預衡　《中國古代文學史長編》　北京市　北京師範學院　1993年

陳允吉　《唐音佛教辨思錄》　上海市　上海古籍出版社　1988年

陳友琴　《白居易資料彙編》　北京市　中華書局　1962年12月

陳伯海　《唐詩學引論》　上海市　東方出版社　1988年

陳　兵　《佛教禪學與東方文明》　上海市　上海人民出版社　1992年8月

陳良運　《中國詩學批評史》　南昌市　江西人民出版社　1995年

陳良運　《中國詩學體系論》　北京市　中國社會科學出版社　1992年

陳那撰　玄奘譯　《觀所緣緣論》　《佛藏要籍選刊》本

陳　洪　《佛教與中國古典文學》　天津市　天津人民出版社　1993年

陳英善　《天台性具思想》　臺北市　東大圖書公司　1997年8月

陳高華編　《隋唐畫家史料》　北京市　文物出版社　1987年

陳寅恪　《元白詩箋證稿》　香港　商務印書館　1962年

陳寅恪　《唐代政治史述論稿》　上海市　上海古籍出版社　1982年

陳勝林　《論韓愈陽山之貶及其文學評價》　天津市　百花文藝出版
　　　　社　1996年

陳植鍔　《詩歌意象論》　北京市　中國社會科學出版社　1990年

陳華昌　《唐代詩與畫的相關性研究》　南京市　江蘇美術出版社
　　　　1993年4月

陳傳席　《中國山水畫史》　南京市　江蘇美術出版社　1988年

陳　壽　《三國志》　北京市　中華書局　1959年12月

陳應鸞　《詩味論》　成都市　巴蜀書社　1996年10月

陳聽環、譚力行　《劉禹錫連州詩文箋注》　廣州市　廣東高等教育
　　　　出版社　1993年12月

陸德明　《經典釋文》　北京市　中華書局影印徐乾學通志堂經解本
　　　　1983年9月

陸機著　張少康校釋　《文賦集釋》　上海市　上海古籍出版社
　　　　1984年1月

陶潛著　李公煥箋　《箋注陶淵明集》　《四部叢刊初編》縮印本

景　審　〈一切經音義序〉　《佛藏要籍選刊》本

章權才　《魏晉南北朝隋唐經學史》　廣州市　廣東高等教育出版社
　　　　1996年

傅庚生　《中國文學批評通論》　香港　商務印書館發行　缺年份

傅道彬　《晚唐鐘聲──中國文化的精神原理》　北京市　東方出版
　　　　社　1996年6月

傅璇琮　《唐代詩人叢考》　北京市　中華書局　1980年1月

傅璇琮　《唐詩論學叢稿》　哈爾濱市　黑龍江人民出版社　1992年
　　　　11月

傅璇琮主編　《唐人選唐詩新編》　西安市　陝西人民教育出版社
　　　1996年7月

傅璇琮主編　《唐才子傳校箋》　北京市　中華書局　1987年　第1冊

傅璇琮主編　《唐才子傳校箋》　北京市　中華書局　1989年　第2冊

傅璇琮主編　《唐才子傳校築》　北京市　中華書局　1990年　第3冊

傅璇琮主編　《唐才子傳校箋》　北京市　中華書局　1990年　第4冊

傅璇琮主編　《唐才子傳校箋》　北京市　中華書局　1995年　第5冊

傅錫壬　《牛李黨爭與唐代文學》　臺北市　東大圖書公司　1984年

喬象鍾、陳鐵民　《唐代文學史》　北京市　人民文學出版社　1995
　　　年

嵇康　《嵇中散集》　《四部叢刊初編》縮印本

彭定求等編　《全唐詩》　北京市　中華書局　1985年

普光疏　《百法明門論疏》　金陵刻經處刊本

普光疏記　《俱舍論記》　《大正新脩大藏經》本

普　濟　《五燈會元》　北京市　中華書局　1984年1月

曾祖蔭　《中國古代文藝美學範疇》　臺北市　文津出版社　1987年
　　　8月

曾祖蔭　《中國佛教與美學》　武昌市　華中師範大學出版社　1991
　　　年

湯一介　《郭象與魏晉玄學》　武漢市　湖北人民出版社　1983年

湯用彤　《理學・佛學・玄學》　北京市　北京大學出版社　1991年

湯用彤　《隋唐及五代佛教史》　臺北市　慧炬出版社　1986年12月

湯用彤　《漢魏兩晉南北朝佛教史》　上海市　上海書店　1991年12
　　　月

湯用彤著　湯一介編　《湯用彤選集》　天津市　天津人民出版社
　　　1995年12月

湯用彤著　黃夏年主編　《湯用彤集》　北京市　中國社會科學出版
　　　社　1995年12月

程翔章、曹海東　《書畫同源》　武漢市　武漢測繪科技大學　1997
　　　年1月

菩提流支譯　《唯識論》　《大正新脩大藏經》本

覃召文　《禪月詩魂》　北京市　生活・讀書・新知三聯書店　1994
　　　年

黃　侃　《文心雕龍札記》　典文出版社　缺出版地及年份

黃　侃　《說文新附考原》、《說文箋識四種》　上海市　上海古籍出
　　　版社　1983年

黃河濤　《禪與中國藝術精神的嬗變》　北京市　商務印書館　1994
　　　年8月

黃奕珍　《宋代詩學中的晚唐觀》　臺北市　文津出版社　1998年5月

黃春貴　《唐代古文運動探究》　臺北市　八德教育文化出版社
　　　1980年

黃景進　《嚴羽及其詩論之研究》　臺北市　文史哲出版社　1986年
　　　2月

黃廣華　《中國古代藝術成象論》　南寧市　廣西教育出版社　1995
　　　年

黃懺華　《佛學概論》　揚州市　江蘇廣陵古籍刻印社　1992年

逯欽立輯校　《先秦漢魏晉南北朝詩》　北京市　中華書局　1983年

圓暉疏　《俱舍論頌疏》　《大正新脩大藏經》本

慈怡等編　《佛光大辭典》　北京市　書目文獻出版社影印臺灣佛光
　　　山出版社1989年第5版　缺年份

楊世明　《唐詩史》　重慶市　重慶出版社　1996年

楊廷福　《玄奘年譜》　北京市　中華書局　1988年

楊宗瑩　《白居易研究》　臺北市　文津出版社　1985年

楊曾文、鐮田茂雄編　《中日佛教學術會議論文集》　北京市　中國
　　　社會科學出版社　1997年5月

萬　曼　《唐集敘錄》　北京市　中華書局　1980年

葉紀彬　《中西典型理論述評》　上海市　華東師範大學出版社
　　　　1993年

葉嘉瑩　《嘉陵論詞叢稿》　上海市　上海古籍出版社　1980年

葉　朗　《中國美學史大綱》　上海市　上海人民出版社　1985年

葉慶炳　《唐詩散論》　臺北市　洪範出版社　1977年

葛兆光　《中國宗教與文學論集》　北京市　清華大學出版社　1998
　　　　年

葛兆光　《中國禪思想史》　北京市　北京大學出版社　1995年

葛兆光　《考槃在澗》　瀋陽市　遼寧教育出版社　1990年

葛兆光　《禪宗與中國文化》　上海市　上海人民出版社　1986年

董仲舒著　《春秋繁露》　《四部叢刊初編》縮印本

董誥等編　《全唐文》　北京市　中華書局　1987年

賈公彥等疏證　《周禮注疏》　《十三經注疏》本

賈公彥等疏證　《儀禮注疏》　《十三經注疏》本

賈晉華　《皎然年譜》　廈門市　廈門大學出版社　1992年8月

道　宣　《廣弘明集》　《佛藏要籍選刊》本

道　宣　《續高僧傳》　《佛藏要籍選刊》本

道　原　《景德傳燈錄》　《佛藏要籍選刊》本

鳩摩羅什、僧肇及竺道生等注　《注維摩詰所說經》　上海市　上海
　　　　古籍出版社影印民國間刊本　1990年

鳩摩羅什、慧遠　《鳩摩羅什法師大義章》　《大正新脩大藏經》本

鳩摩羅什譯　《中論》　《佛藏要籍選刊》本

僧伽跋摩及慧遠等譯　《雜阿毗曇心論》　《佛藏要籍選刊》本

僧　祐　《出三藏記集》　北京市　中華書局　1995年11月

僧　祐　《弘明集》　《佛藏要籍選刊》本

僧　肇　《肇論》　《佛藏要籍選刊》本

實叉難陀譯　《大方廣佛華嚴經》　《佛藏要籍選刊》本

廖平、蒙文通著　劉夢溪主編　《廖平、蒙文通卷》　石家莊市　河
　　北教育出版社　1996年

熊十力　《十力語要》　北京市　中華書局　1996年

熊十力　《佛家名相通釋》　上海市　東方出版中心　1996年

熊十力　《體用論》　北京市　中華書局　1994年2月

熊十力著　黃克劍等編　《熊十力集》　北京市　群言出版社　1993
　　年12月

熊十力著　劉夢溪主編　《熊十力卷》　石家莊市　河北教育出版社
　　1996年8月

蒙培元　《心靈超越與境界》　北京市　人民出版社　1998年12月

蒲震元　《中國藝術意境論》　北京市　北京大學出版社　1999年

劉安著　許慎注　《淮南鴻烈解》　《四部叢刊初編》縮印本

劉禹昌　《司空圖《詩品》義證及其它》　武漢市　武漢大學出版社
　　1993年11月

劉禹錫著　吳汝煜、李穎生注　《劉禹錫詩文選注》　上海市　上海
　　古籍出版社　1987年

劉禹錫著　吳汝煜選編　《劉禹錫選集》　濟南市　齊魯書社　1989
　　年11月

劉禹錫著　瞿蛻園箋證　《劉禹錫集箋證》　上海市　上海古籍出版
　　社　1989年10月

劉昫等撰　《舊唐書》　北京市　中華書局　1987年

劉義慶著　劉孝標注　余嘉錫箋證　《世說新語箋證》　北京市　中
　　華書局　1983年

劉綱紀　《藝術哲學》　武漢市　湖北人民出版社　1986年

劉勰著　詹鍈義證　《文心雕龍義證》　上海市　上海古籍出版社
　　1989年8月

慧皎著　湯用彤校注　《高僧傳》　北京市　中華書局　1992年10月

慧　琳　《一切經音義》　《佛藏要籍選刊》本

慧　遠　《大乘義章》　《大正新脩大藏經》本

慧遠等譯　《雜阿毗曇心論》　《佛藏要籍選刊》本

慧　嚴　《淨土概論》　臺北市　東大圖書公司　1998年

樓宇烈編　《中國佛教思想資料選編》　北京市　中華書局　1992年
　　　第4卷　第1冊

歐陽修等撰　《新唐書》　北京市　中華書局　1991年

歐陽竟無著　黃夏年主編　《歐陽竟無集》　北京市　中國社會科學
　　　出版社　1995年12月

潘桂明　《中國禪宗思想歷程》　北京市　今日中國出版社　1992年

潘桂明　《智顗評傳》　南京市　南京大學出版社　1996年2月

潘運告編著　《中晚唐五代書論》　長沙市　湖南美術出版社　1997
　　　年4月

潘運告編著　《張懷瓘書論》　長沙市　湖南美術出版社　1997年

蔣述卓　《佛經傳譯與中古文學思潮》　南昌市　江西人民出版社
　　　1990年9月

蔣　寅　《大歷詩人研究》　北京市　中華書局　1995年8月

鄭玄注　孔穎達等疏證　《禮記正義》　《十三經注疏》本

鄭谷著　傅義校注　《鄭谷詩集編年校注》　上海市　華東師範大學
　　　出版社　1993年

鄧國光　《文原》　澳門市　澳門大學出版中心　1997年1月

鄧國光　《摯虞研究》　香港　學衡出版社　1990年

魯西　《藝術意象論》　南寧市　廣西教育出版社　1995年

盧國龍　《中國重玄學》　北京市　人民中國出版社　1993年

窺基述記　《成唯識論述記》　上海市　上海古籍出版社影印日本大
　　　正藏刊本　1995年

窺基疏　《百法明門論解》　金陵刻經處刊本

蕭子顯　《南齊書》　北京市　中華書局　1972年1月

蕭　元　《初唐書論》　長沙市　湖南美術出版社　1997年4月

蕭占鵬　《韓孟詩派研究》　臺北市　文津出版社　1994年11月

蕭統編　李善、呂延濟、劉良、張銑、呂向、李周翰等注　《六臣註
　　　　文選》　《四部叢刊初編》縮印本

蕭統編　李善注　《文選》　北京市　中華書局影印胡刻家重刻宋刊
　　　　本　1977年

蕭瑞峰　《劉禹錫詩論》　長春市　吉林教育出版社　1994年

蕭麗華　《唐代詩歌與禪學》　臺北市　東大圖書公司　1997年9月

諶兆麟　《中國古代文藝理論體系初探》　長沙市　湖南師範大學出
　　　　版社　1997年

鮑彪校注　吳師道重校　《戰國策》　《四部叢刊初編》縮印本

戴叔倫著　蔣寅校注　《戴叔倫詩集校注》　上海市　上海古籍出版
　　　　社　1993年

戴德著　盧辯注　《大戴禮記》　《四部叢刊初編》縮印本

謝思煒　《禪宗與中國文學》　北京市　中國社會科學出版社　1993
　　　　年

謝　榛　《四溟詩話》　北京市　人民文學出版社　1961年1月

鍾嶸著　曹旭集注　《詩品集注》　上海市　上海古籍出版社　1994
　　　　年

韓廷傑　《唯識學概論》　臺北市　文津出版社　1993年

韓　非　《韓非子》　《四部叢刊初編》縮印本）

韓愈著　馬其昶校注　《韓昌黎文集校注》　上海市　上海古籍出版
　　　　社　1986年

韓　嬰　《韓詩外傳》　《四部叢刊初編》縮印本

聶振斌　《王國維美學思想》　瀋陽市　遼寧大學出版社　1997年

舊題真諦譯　《大乘起信論》　《佛藏要籍選刊》本

舊題陳應行編　《吟窗雜錄》　北京市　中華書局影印臺灣中央圖書
　　館藏明鈔本　1997年11月

顏真卿　《顏魯公集》　上海市　上海古籍出版社影印《四庫全書》
　　本　1992年

魏道儒　《中國華嚴宗通史》　南京市　江蘇古籍出版社　1998年

魏道儒　《中國禪宗通史》　南京市　江蘇古籍出版社　1993年

羅立乾　《鍾嶸詩歌美學》　臺北市　東大圖書公司　1990年3月

羅宗強　《隋唐五代文學思想史》　上海市　上海古籍出版社　1986
　　年

羅宗強　《道家道教古文論談片》　臺北市　文津出版社　1994年8月

羅宗強　《魏晉南北朝文學思想史》　北京市　中華書局　1996年10
　　月

羅根澤　《中國文學批評史》　上海市　上海古籍出版社　1984年3月

羅聯添　《唐代文學論集》　臺北市　臺灣學生書局　1989年5月

贊寧著　范祥雍點校　《宋高僧傳》　北京市　中華書局　1987年

嚴可均校輯　《全上古三代秦漢三國六朝文》　北京市　中華書局
　　1965年

蘇軾著　王文誥輯註　孔凡禮點校　《蘇軾詩集》　北京市　中華書
　　局　1982年2月

蘇軾著　孔凡禮點校　《蘇軾文集》　北京市　中華書局　1986年3月

釋靜、釋筠編撰　吳福祥、顧之川點校　《祖堂集》　長沙市　岳麓
　　書社　1996年

饒宗頤　《文轍》　臺北市　臺灣學生書局　1991年

顧野王　《大廣益會玉篇》　北京市　中華書局影印張氏澤存堂本
　　1987年

外文書目

〔日〕平野顯照著　張桐生譯　《唐代的文學與佛教》　臺北市　業
　　　強出版社　1987年

〔日〕日比宣正　《唐代天台宗學序說——湛然の著作に关する研
　　　究》　東京都　山喜房佛書林　1966年

〔日〕木村清孝著　李惠英譯　《中國華嚴思想史》　臺北市　東大
　　　圖書公司　1996年2月

〔日〕左藤幸治著　趙德宇譯　《禪與人生》　天津市　南開大學出
　　　版社　1992年

〔日〕忽滑谷快天著　朱謙之譯　《中國禪學思想史》　上海市　上
　　　海古籍出版社　1994年

〔日〕空海　《文鏡秘府論》　臺北市　學海出版社影印日本詩話叢
　　　書本　1974年

〔日〕空海著　王利器校注　《文鏡秘府論校注》　北京市　中國社
　　　會科學出版社　1983年7月

〔日〕柳田聖山　《初期禪宗史書の研究》　京都市　法藏館　1967年

〔日〕柳田聖山著　毛丹青譯　《禪與中國》　北京市　生活・讀
　　　書・新知三聯書店　1988年

〔日〕斯波六郎編　李慶譯　《文選索引》　上海市　上海古籍出版
　　　社　1997年

〔日〕圓仁著　顧承甫、何泉達點校　《入唐求法巡禮行記》　上海
　　　市　上海古籍出版社　1986年

〔日〕鈴木大拙著　謝思煒譯　《禪學入門》　北京市　生活・讀
　　　書・新知三聯書店　1988年

〔日〕鈴木哲雄　《唐五代禪宗史》　東京都　山喜房佛書林　1985
　　　年12月

〔日〕興膳宏著　彭恩華譯　《六朝文學論稿》　長沙市　岳麓書社　1986年

〔日〕興膳宏著　彭恩華譯　《興膳宏《文心雕龍》論文集》　濟南市　齊魯書社　1984年

〔美〕高友工、梅祖麟著　李世耀譯　武菲校　《唐詩的魅力》　上海市　上海古籍出版社　1990年

〔美〕斯蒂芬‧歐文（Stephen Owen）著　賈晉華譯　《盛唐詩》　哈爾濱市　黑龍江人民出版社　1992年

〔美〕斯蒂芬‧歐文（Stephen Owen）著　鄭學勤譯　《追憶——中國古典文學中的往事再現》　上海市　上海古籍出版社　1990年10月

Stephen Owen, *The End of the Chinese, 'Middle Ages'*, (Stanford: Stanford University Press, 1996).

中文論文

王水照　〈北宋洛陽文人集團與宋詩新貌的孕育〉　《中華文史論叢》　上海市　上海古籍出版社　1991年第48期　頁79-95

王守雪　〈「虛靜」的多維分析〉　《文藝理論研究》　1995年第6期　頁79-82

王金凌　〈皎然《詩論》研究〉　載呂正惠、蔡英俊編　《中國文學批評》　臺北市　臺灣學生書局　1992年第1集　頁231-279

王運熙　〈白居易詩論的全面考察〉　《中華文史論叢》　上海市　上海古籍出版社　1991年第48期　頁19-45

王達津　〈權德輿與中唐詩的「意境」說〉　《光明日報》　1985年1月1日　〈文學遺產〉　第668期

古　風　〈皎然的「取境」說〉　《文史知識》　1995年第5期　頁92-93、頁109

何寄澎　〈兩唐書王昌齡傳補正〉　《唐代文化研討會論文集》　臺
　　　　北市　文史哲出版社　1991年　頁543-558

吳文治　〈皎然《詩式》蠡談〉　《文藝理論研究》　1981年第4期
　　　　頁47-53

吳相洲　〈論盛中唐詩人構思方式的轉變對詩風新變的影響〉　《首
　　　　都師範大學學報》（社會科學版）　1997年第3期　頁76-85

吳健民　〈嚴羽詩歌理論述評〉　《徐州師範學院學報》　1996年第
　　　　1期　頁47-50、頁55

吳鳳梅　《王昌齡詩格之研究》　政治大學碩士論文　1979年

李文球　〈論司空圖的韻味說〉　《古代文學理論研究》　上海市
　　　　上海古籍出版社　第6輯　頁167-180

李　亮　〈山水隱逸與資生適性——以謝靈運為中心〉　載《中華文
　　　　史論叢》　上海市　上海古籍出版社　1992年第49期　頁
　　　　233-246

李建崑　〈皎然與吳中詩人之往來關係考〉　載中國古典文學研究會
　　　　編　《古典文學》　臺北市　臺灣學生書局　1992年第12集
　　　　頁91-114

李春青　〈論「中」在儒學思想中的核心位置〉　《北京師範大學學
　　　　報》　1996年第2期　頁70-78

李　暉　〈論唐詩的時間描寫〉　《北方論叢》　1994年第2期（總
　　　　124期）　頁44-49

阮國華　〈論王昌齡對意境理論的貢獻〉　《廣東民族學院學報》
　　　　（社會科學版）　1995年第2期　頁1-8

周勛初　〈元和文壇的新風貌〉　《中華文史論叢》　上海市　上海
　　　　古籍出版社　1991年第47輯　頁137-152

孟二冬　〈意境與禪玄〉　《北京大學學報》（哲學社會科學版）
　　　　1996年第4期　頁61-67

姚　垚　〈皎然年譜稿〉　《書目季刊》　1979年　第13卷第2期
　　　　頁27-42

施議對　〈論「意＋境＝意境」〉　《文學遺產》　1997年第5期　頁
　　　　93-102

查屏球　〈元、王集團與大曆京城詩風〉　《文學遺產》　1998年第
　　　　3期　頁24-33

胡　明　〈關於唐詩〉　《文學評論》　1999年第2期　頁41-60

范　寧　〈關於境界說〉　載姚柯夫編　《人間詞話及評論匯編》
　　　　北京市　書目文獻出版社　1983年　頁366-380

孫昌武　〈白居易與洪州禪〉　載南京大學中文系編　《文學研究》
　　　　南京市　南京大學出版社　1993年　第3輯　頁53-69

孫蓉蓉　〈論「隱秀」說〉　載南京大學中文系編　《文學研究》
　　　　南京市　南京大學出版社　1993年　第3輯　頁105-119

徐季子　〈蘇軾的詩論〉　《文藝理論研究》　1995年第6期　頁66-
　　　　70

徐庭筠　〈唐五代詩僧及其詩歌〉　載中國唐代文學會、西北大學中
　　　　文系編　《唐代文學研究》　太原市　山西人民出版社
　　　　1988年　第1輯　頁176-193

袁行霈　〈在沉淪中演進──試論晚唐詩歌創作趨向〉　《中華文史
　　　　論叢》　上海市　上海古籍出版社　1991年第48期　頁146

張少康　〈書《詩家一指》的產生時代與作者後〉　《北京大學學
　　　　報》　1995年第5期　頁45

張少康　〈皎然《詩式》版本新議〉　載北京大學中國傳統文化研究
　　　　中心編　《國學研究》　北京市　北京大學出版社　1994年
　　　　第2卷　頁131-142

張文勛　〈從佛學的「六根」「六境」說看藝術「境界」的審美心理
　　　　因素〉　《社會科學戰線》　1986年第2期　頁250-256

張宏生　〈關於江湖詩派學晚唐的若干問題〉　《中華文史論叢》
　　　　上海市　上海古籍出版社　1993年　第51輯　頁75-92

張其俊　〈拓開詩歌美學中「第二個三維審美空間」──司空圖「三
　　　　外說」新探〉　載《華中師範大學學報》專輯　1995年　頁
　　　　223-236

張　健　〈《詩家一指》的產生時代與作者──兼論《二十四詩品》
　　　　作者問題〉　載《北京大學學報》　1995年第5期　頁34-44

張傳峰　〈試論皎然詩論對孟郊創作的影響〉　《湖州師專學報》
　　　　1994年第4期　頁33-40,47

許　總　〈從意境論到品味論──司空圖詩論探微〉　《福建論壇》
　　　　1995年第6期　頁59-63

許　總　〈論元結及《篋中集》詩人的人生態度、文學思想與創作傾
　　　　向〉　《徐州師範學院學報》　1996年第1期　頁41-46

許　總　〈論貞元士風與詩風〉　《廣西師範大學學報》　1995年第
　　　　4期　頁1-7

陳仲義　〈打通「古典」與「現代」的一個奇妙出入口　禪思詩學〉
　　　　載《文藝理論研究》　1996年第2期　頁28-38

陳全得　〈論孟郊詩「清奇僻苦」之特色〉　載中國唐代學會編輯委
　　　　員會編　《第三屆中國唐代文化學術研討會論文集》　臺北
　　　　市　中國唐代學會　1997年　頁279-290

陳尚君、汪涌豪　〈司空圖《二十四詩品》辨偽〉　國家古籍整理出
　　　　版規劃小組編　《中國古籍研究》　上海市　上海古籍出版
　　　　社　1996年　第1卷　頁39-73

陳　洪　〈意境──藝術中的心理場現象〉　南開大學古典文學教研
　　　　室編　《意境縱橫探》　天津市　南開大學出版社　1986年
　　　　頁23-36

陳弱水　〈柳宗元與中唐儒家復興〉　《新史學》　第5卷第1期
　　　　1994年3月　頁1-49

陳國球　〈詩的本質與作用——皎然詩論初探〉　《廣州師院學報》
（社會科學版）　1997年第5期　頁66-70

陳祥耀　〈再說「意境」〉　載中國古代文學理論學會編　《古代文
學理論研究》　上海市　上海古籍出版社　1980年　第6輯
頁48-56

陳應鸞　〈詩味論之成因試探〉　《文藝理論研究》　1995年第1期
頁16-23

曾敏之　〈「境界」一探〉　載姚柯夫編　《人間詞話及評論匯編》
北京市　書目文獻出版社　1983年　頁224-225

程　傑　〈宋詩「平淡」美的理論和實踐〉　《學術研究》　1995年
第6期　頁117-121

傅璇琮、李珍華　〈談王昌齡的《詩格》〉　傅璇琮　《唐詩論學叢
稿》　哈爾濱市　黑龍江人民出版社　1992年　頁83-110

黃保真　〈皎然詩學評議〉　《古代文學理論研究》　上海市　上海
古籍出版社　第12輯　頁157-184

黃政樞　〈意象本質論〉　載南京大學中文系編　《文學研究》　南
京市　南京大學出版社　1992年　第1輯　頁226-242

黃景進　〈王昌齡的意境論〉　載逢甲大學中文系所編　《中國文學
理論與批評論文集》　臺北市　新文豐出版公司　1995年
頁77-110

黃景進　〈唐代意境論初探〉　載淡江大學編　《文學與美學》　臺
北市　文史哲出版社　1991年　頁143-167

葉　朗　〈中國傳統美學的現代意味〉　載北京大學中國傳統文化研
究中心編　《國學研究》　北京市　北京大學出版社　1994
年　第2卷　頁9-27

葛曉音　〈走出理窟的山水詩——兼論大謝體在唐代山水詩中的示範
意義〉　《中華文史論叢》　上海市　上海古籍出版社
1992年　第49輯　頁215-231

賈文昭　〈白居易論詩的審美特性〉　《文藝理論研究（滬）》
　　　　1986年第2期　頁70-76

賈晉華　〈《大曆年浙東聯唱集》考述〉　《文學遺產》　1989年增
　　　　刊18輯　1989年3月　頁99407

賈晉華　〈皎然論大曆江南詩人辨析〉　載《文學評論叢刊》　北京
　　　　市　中國社會科學出版社　1984年　第22輯　頁135-158

賈晉華　〈論韓孟集團〉　《中華文史論叢》　上海市　上海古籍出
　　　　版社　1993年　第51輯　頁61-73

鄔錫鑫　〈從「意象」到「意境」——中國古代文藝美學發展史的一
　　　　條線索及其啟示〉　《中國文化研究》　1995年（總第10
　　　　期）　頁94-101

廖明活　〈吉藏的二諦觀〉　載何丙郁編　《香港大學中文系集刊》
　　　　香港　香港大學中文系　1985年　頁88-117

熊　篤　〈中外詩學之「意象」論辨微〉　《重慶師範學院學報》
　　　　1995年第1期　頁25-34

趙昌平　〈八代自然崇尚和駢儷體詩文的關係〉　《中華文史論叢》
　　　　上海市　上海古籍出版社　1991年　第47輯　頁207-233

趙昌平　〈王維與山水詩由主玄趣向主禪趣的轉化〉　載何林夏等編
　　　　《趙昌平自選集》　桂林市　廣西師範大學出版社　1997年
　　　　頁111-130

趙昌平　〈吳中詩派與中唐詩歌〉　《中國社會科學》　1984年第4
　　　　期　頁191-212

趙昌平　〈從王維到皎然——貞元前後詩風演變與禪風轉化的關係〉
　　　　載何林夏等編　《趙昌平自選集》　桂林市　廣西師範大學
　　　　出版社　1997年　頁160-180

趙昌平　〈開元十五年前後——論盛唐詩的形成與分期〉　載何林夏
　　　　等編　《趙昌平自選集》　桂林市　廣西師範大學出版社
　　　　1997年　頁63-85

趙昌平　〈意興、意象、意脈──兼論唐詩研究中現代語言學批評的得失〉　載何林夏等編　《趙昌平自選集》　桂林市　廣西師範大學出版社　1997年　頁269-299

趙曉嵐　〈劉禹錫詩論新探〉　《求索》（長沙）　1994年　第2期　頁96-102

劉大楓　〈意境辨說〉　南開大學古典文學教研室編　《意境縱橫探》　天津市　南開大學出版社　1986年　頁50-51

劉　歡　〈劉禹錫意境理論新探〉　《西北大學學報》（哲學社會科學版）　第24卷總85期　1994年11月　頁25-28、81

蔣　寅　〈說意境的本質與存在方式〉　《古代文學理論研究》　1992年　第16輯　頁215-228

蔣　寅　《大曆浙東浙西聯句述論──兼論聯句的發生與發展》　載南京大學中文系編　《文學研究》　南京市　南京大學出版社　1992年　第2輯　頁121-139

蔣紹愚　〈白居易詩詞語詮釋〉　載北京大學中國傳統文化研究中心編　《國學研究》　北京市　北京大學出版社　1994年第2卷　頁277-295

鄭　琳　〈禪文學與地域特色關聯性的試探〉　載中國古典文學研究會編　《古典文學》　臺北市　臺灣學生書局　1992年第12集　頁17-57

蕭瑞峰　〈劉禹錫詩論初探〉　《杭州大學學報》　第17卷第2期　1987年6月　頁42-48、60

蕭瑞峰　〈論劉禹錫詩的藝術追求〉　《中州學刊》　1987年第6期　頁101-103

謝思煒　〈《新樂府》版本及序文考証〉　《北京師範大學學報》　1996年第3期（總第135期）　頁67-107

謝思煒　〈白居易與李商隱〉　《文學遺產》　1996年第3期　頁29-38

簡恩定　〈晚唐濃麗深婉詩風的形成〉　載淡江大學中文系編　《晚
　　　　唐的社會與文化》　臺北市　臺灣學生書局　1990年　頁
　　　　423-439

藍華增　〈皎然《詩式》論取「境」〉　載中國古代文學理論學會編
　　　　《古代文學理論研究》　上海市　上海古籍出版社　1980年
　　　　第2輯　頁203-216

鄺健行　〈吳體與齊梁體〉　載香港中文大學中國文化研究所編
　　　　《中國文化研究所學報》　1994年新第5期　頁23-32

曦　鍾　〈皎然詩說並未涉及「意境」〉　《光明日報》　1984年12
　　　　月11日

龔鵬程　〈論唐代的文學崇拜與文學社會〉　載淡江大學中文系編
　　　　《晚唐的社會與文化》　臺北市　臺灣學生書局　1990年
　　　　頁1-96

外文論文

〔日〕市原亨吉　〈中唐初期における江左の詩僧についつ〉　《東
　　　　方学报》　第28冊（1958年3月）　頁219-248

〔日〕赤井益久　〈中唐の「意境說」をめぐつて〉　《國學院雜
　　　　誌》　第92卷　第4號（1991年4月）　頁1-15

〔日〕橫山伊勢雄　〈關於詩人之「狂」──蘇軾的情況〉　載吉林
　　　　教育出版社編譯　《日本學者中國文學研究譯叢》　長春市
　　　　吉林教育出版社　1990年　第5輯　頁179-191

〔日〕橫山伊勢雄　張寅彭譯　〈梅堯臣的詩論──兼正梅堯臣「學
　　　　唐人平淡處」之論〉　《蘇州大學學報》　1996年第2期　頁
　　　　51-55

〔日〕興膳宏　〈王昌齡的創作論〉　載吉林教育出版社編譯　《日

本學者中國文學研究譯叢》　長春市　吉林教育出版社
1990年　第5輯　頁162-178

〔日〕興膳宏　〈空海與漢文學〉　《南開學報》　1995年第3期
頁20-29

〔日〕興膳宏　〈從四聲八病到四聲二元化〉　《中華文史論叢》
上海市　上海古籍出版社　1991年　第47輯　頁101-115

〔日〕興膳宏　〈皎然詩式の構造と理論〉　《中國文学報》（京都
京都大學大學院文學研究課中國語學中國文學研究室　1995
年4月　第50冊　頁68-80

〔美〕埃德溫・G・普利布蘭克（Edwin G. Pulleyblank）著　黃寶華
譯　〈新儒家、新法家和唐代知識分子的生活〉　載王元化
主編　《美國學者論唐代文學》　上海市　上海古籍出版社
1994年　頁237-297

後記

　　呈獻在各位面前的這本小書，是在我的博士論文基礎上加以修訂而成的著作。從通過博士論文答辯的一刻開始，便一直有出版這本小書的想法。這想法主要源於論文導師陳萬成教授，和答辯委員黃繼持教授的鼓勵和建議。黃教授是舊日香港中文大學老師，黃老師除在論文答辯會上多所褒揚嘉勉之外，更和指導教授陳萬成老師極力主張要把這部論文及早付梓。兩位老師所以有這樣的建議，大抵正如黃老師在論文評審報告中所指出的，這本以探討中唐詩境理論為核心，實際上廣泛牽涉到中國傳統文學創作理論的論文，其中頗多前人未發之蘊。事實上本書既直接關涉到文學創作上的主客與心物關係等研究上的重要課題，又與傳統文論觀念上的比興、神思、取象、取境、造境、冥搜、現量等學術研究上的重要課題息息相關。就縱向方面來說，這一論文從心物關係的問題上，向上追溯中唐詩境說與先秦兩漢以來文學理論上「感於物而動」，到六朝「神與物遊」等文學創作觀念的異同與關係；向下說明了五代到兩宋，甚至元明清以來，文學理論上的詩境與詩禪等觀念，如何受到中唐詩境說的巨大影響。從橫向方面來說，這一論文又闡述了文學上的詩境觀念，與先秦道家思想、玄學上言意之辨等問題的密切相關，以至隋唐以來儒、釋、道三教思想，與唐代詩學理論上詩境觀念的具體關係。正因文中所探討的詩境觀念問題，同時涉及到文學理論、哲學思想、文獻考訂、佛學名相，以至佛經繙繹與禪學觀念等等研究上的多個重大課題，而且就詩境的範疇界定和闡述，以至對詩境學說中的作用、用思，與取境、造境等概念與關係的理解，都提出了與現時學者不同的新觀點。兩位老師所

以會希望這本論文早日刊行，相信就從學術研究貢獻的角度上考慮，認為這論文足供研究相關課題的專家學者們取資參照，才會在論文評審通過後提出這一建議。

然而之所以一直未將論文付梓，實又有以下原因。朱子在〈鵝湖寺和陸子壽〉一詩中，提到治學之方當是「舊學商量加邃密，新知培養轉深沉」，向來讀書治學便時時以此自勵。最初認識這兩句是從蘇文擢老師的《邃加室詩文集》中來，蘇老師是香港國學名宿，以「邃加室」名其書齋，便是取上述朱子詩意。往日學習蒙老師多方啟導，不但得以在國學上打穩根基，也學會從文獻考查中細密地鑽研問題。一直緊記老師曾諄諄教誨過治學須戒驕躁，急功近利求成於朝夕並非治學正途。正是這種舊學商量以求益加邃密的觀念，令這本論文一直在學習路上反覆回睇思考，及至自信個人思想及所學稍為成熟然後始敢發表。

另一原因是基於論文中立說多有異乎時賢之處，是以一直就在思考是否當以此問世。論文之所以多有異說，事實上要追溯到構思之初的階段，其先原擬研究中唐詩人劉禹錫詩論，然而真正進一步研究劉禹錫詩論時，始發現實與中唐時皎然、權德輿、呂溫諸人，以至《文鏡秘府論》中所載王氏文論，及舊題王昌齡所撰《詩格》中以境論詩的詩學觀念頗為一致，同時詩人如劉商、李華、梁肅、武元衡、孟郊、白居易、戴叔倫等人，均競以佛教「境」觀念論詩，因知以境論詩實為中唐時文學理論的焦點所在。自諸人筆下以至《詩式》、《詩議》及《詩格》中所見，中唐詩境理論實有其獨特而深入的論析，是以論文便以「中唐詩境說研究」為題，探討有關中唐詩境學說的種種問題。

廣泛閱讀相關研究論著之後，在探究這課題的入手之初所面對的，是以往大多數專家學者筆下所論析的境界、意境甚至詩境等問題，在詞彙語義上既多未區分其先範疇義，與其後引申處所之義，甚

至佛教專指心識所感知對象之義。在文學觀念上，既有將歷來大凡提到境或詩境一詞者，一概列入到意境或詩境之說內；更多的是往往將王國維深受西方美學觀念影響的意境說，直接等同中唐時深受佛教境觀念影響的詩境之說，甚至以王氏本受康德與叔本華影響的文學上造境觀念，解釋中唐詩境說中的造境理論。正因上述種種問題足令研究有關課題出現偏差之故，是以在深信對中唐詩境理論須自具體與深入考訂中立說之下，研究工作便只得另闢蹊徑，唯有從最開始的詞義追溯上入手。從一九九二年暑假開始，在中文大學崇基圖書館中無分朝夕地翻閱字典詞書和大量的文獻材料，往後三年便一直在早期未有電腦檢索幫助下，一頁一頁的翻閱大藏經，並將有關材料複印收集。通過大量的資料搜集和較全面的文獻考察，然後下筆寫成論文〈原境──境概念的源出及其嬗變〉的部分。藉著對相關哲學與佛教文獻的廣泛追溯和長期研讀，在歸納經史學說與佛道思想等研究材料，將各種觀念加以比對分析後，然後得以寫成〈唐代對於境觀念的普遍重視及廣泛使用〉這一綜論三教對於佛教境觀念，從理解到吸納運用的說明部分。也因對文學理論及佛學名相語義的仔細辨析區分，及對其間涵義發展與嬗變的追溯，以至對詩學理論與佛教思想，甚至禪學觀念等不同概念的釐清與掌握，然後得以寫成論述中唐詩境說的形成，以至闡釋其中取境與造境之說特點與具體要求的各章。

正是這種一方面藉著對大量文獻及各種論點的歸納分析，一方面又細緻深入地比照辨析不同語義與概念的博取約治治學方法，最終令這論文得出研究範疇及焦點集中於中唐以境論詩諸說之上，而有別於其時學術界以意境說或境界說為研究對象的一般做法。同時在剖析詩境觀念的問題上，亦得以持之有據地提出在佛學與詩學觀念上，「取境」與「緣境」兩者實為一事；以至中唐詩境觀念上的「造境」，既不同於王國維造境之說，亦非一般學者所理解指作者心中一種主觀的詩境創造，而是密切關涉到六朝玄學與禪學的一種以禪法入詩的創作

要求等等異於時流的嶄新論點。

　　論文於一九九七年完成後，部分曾陸續在香港和內地的古代文論會議上發表[1]，經修訂後於一九九九年呈交並順利通過。由於在以往發表論文中提到這篇博士論文，從二〇〇〇年開始便有學界朋友告知，內地、臺灣及新加坡等地都有同行託代到香港大學複印這一論文供參考，也由此引起了學術界對這一論文的關注和論評。二〇〇五年時便有學者在論述詩境問題時，稱這論文是一直以來所見循思想史進路研究詩境問題的最好論著。更指出文中不但細緻分析與考察自先秦以來佛教文獻中「境」概念涵義演變，而追蹤其進入詩學領域的過程；又能指出佛教此一概念由吸納魏晉玄學進行演化而成；更以大量文獻確認中唐詩境觀念與佛教的關係。[2] 然而這種所謂循思想史進路，實質上是「原境」──也就是由「境」一詞詞義及概念上入手，全面考察追溯的研究方法，因其先兼任能仁書院佛學研究中心副教授而將論文送臺評審之後，二〇〇四年在臺北便又出現了同樣自先秦兩漢到六朝迄唐代詞義本義考訂，入手追溯「境」一詞實際涵義的論著。年來所見在內地論意境問題的，尤其不乏擷取這論文中材料與觀點的著作。由於撰論文時主要以原始文獻立說，論文也在香港大學可供公開複印，故此論文材料及研究方法，以至論述觀點等遭吸納襲用，自是難以避免的事，然而從另一角度而言，亦足見這本一直藏諸香港大學的博士論文，原來早對學術界不乏有所潤澤霑溉。論文這次得以付梓正式行世，相信就可讓更多對這研究課題具興趣的學者專家更方便取資參考。

1　見1997年3月香港浸會大學第二屆中國文學與宗教國際學術研討會論文〈中唐以境論詩之說與佛教思想關係〉；1997年11月第十屆中國古代文論國際學術研討會論文〈中唐以境論詩之說與天台宗思想的關係〉；2000年10月第十屆唐代文學國際學術研討會論文〈中唐詩學造境說與佛道思想〉；2000年11月中國古代文論研究的回顧與前瞻國際學術研討會論文〈中唐詩學造境說與詩之變〉。

2　見蕭馳〈中唐禪風與皎然詩境觀〉一文所述，載《中華文史論叢》總第79輯（2005年），頁36-84。

　　這本學術論著的得以出版，著實要衷心感謝許多良師益友的大力匡助，在他們的鼓勵支持和熱誠關懷下才得以實現。孫昌武教授和楊明教授兩位學術界前輩，都是我深所敬重欽佩的鴻儒巨擘，多年來在學習路上對我都多所提挈勗勉。像這次論文的出版，既因立說與時流多異，也因大學要求論文先須評述以往有關論著，故其中多有提出與學人商榷的觀點。論文付梓之際一直考慮當如何處理，為此特求教於兩位前輩。孫教授便以學術乃天下之公器，學術著作本身乃參與討論手段，是以任何問題總有討論切磋空間教我。楊教授則教我凡涉及學人觀點加以商榷、質疑，乃學術研究追求真理所必有、應有之事，對於論學觀點上提出不同意見一事實不必過慮。兩位前輩對此的啟導，與我一向以為學術既屬天下公器，故應本著放下個人主觀，以探求真相而上下求索的治學理念原來一致。論文所闡述原是往日對中唐詩境等問題在學習上的思考探索，其中所謂「商榷」者，也不過是個人就所見文獻反思後所提出的一隅之見。正如兩位前輩所闡明的，學術既為天下公器，在共同探求真相的大前提下，不同觀點的提出，正有助於大家深入考察以至彰明學術上的問題。亦以此之故，對其先篇中所提出斟酌於學者專家的不同意見，在付梓之際並未予以大幅修訂。

　　然而在這一事上，讓我學習到的，是從兩位前輩身上，不但體會到治學態度的嚴謹和學問上的真知灼見，令人衷心佩服與欽敬的，更是他們對待學問的坦蕩開闊胸襟與識見，處處具見學人風範之外，尤其感動是兩位前輩一份對待學問的真誠與過人的謙厚，在這學術界如斯紛擾躁亂的時代來說，可說就是照亮黑暗的明燈。故此要深深感謝的，正是兩位長輩在人格與風度上一向以來對於我的感召與影響。況且小書付梓，又蒙兩位欣然賜序，除對拙文多所推獎嘉勉外，孫教授更自文學創作思想與詩歌理論上觀照，點明其中研究意義所在之餘；又借用韓愈《原道》內所提出「求端」與「訊末」功夫，概括全書內容與特點所在。楊教授從綜述文學評論內創作構思與中唐詩境觀念問

題,由闡述歷來對物象與外境的文學理論而點出全書特色;更分別從詩學上與佛學上,彰明本書在內容及論證方法上的貢獻與意義。小書蒙兩位古代文論研究的碩學宗匠,以「平理若衡,照辭如鏡」的全面觀照析論以至印可,實是何其厚幸,多年來能向兩位溫厚長者親炙學習,更是感忭無已,藉著小書的出版,在此謹致以由衷的感謝。在小書付梓的一刻,同時要感謝萬卷樓出版社諸位同人,尤其是梁錦興先生和張晏瑞先生對個人研究成果的欣賞和支持,還有是楊芳綾女士在編輯工作上,一直對作者的體諒和熱心襄助,都是要在此一併感謝的。

希望藉著這本探討中唐詩境問題的小書出版,可以為現時不少有興趣研究詩境問題的專家學者們提供思考和討論的空間,能為詩學理論研究獻上一分微力,不負一眾良師益友的厚愛與期望。

劉衛林

戊戌孟冬謹識於馬鞍山致遠軒中

文學研究叢書·古典詩學叢刊 0804020

中唐詩境說研究

作　　　者	劉衛林
責任編輯	楊芳綾
特約校稿	林秋芬

發 行 人	陳滿銘
總 經 理	梁錦興
總 編 輯	陳滿銘
副總編輯	張晏瑞
編 輯 所	萬卷樓圖書股份有限公司
排 版	林曉敏
印 刷	森藍印刷事業有限公司
封面設計	斐類設計工作室

發　　　行　萬卷樓圖書股份有限公司
　　　臺北市羅斯福路二段 41 號 6 樓之 3
　　　電話 (02)23216565
　　　傳真 (02)23218698
　　　電郵 SERVICE@WANJUAN.COM.TW
香港經銷　香港聯合書刊物流有限公司
　　　電話 (852)21502100
　　　傳真 (852)23560735

ISBN　978-986-478-230-7

2019 年 1 月初版一刷

定價：新臺幣 480 元

如何購買本書：

1. 劃撥購書，請透過以下郵政劃撥帳號：
　　帳號：15624015
　　戶名：萬卷樓圖書股份有限公司

2. 轉帳購書，請透過以下帳戶
　　合作金庫銀行 古亭分行
　　戶名：萬卷樓圖書股份有限公司
　　帳號：0877717092596

3. 網路購書，請透過萬卷樓網站
　　網址 WWW.WANJUAN.COM.TW

大量購書，請直接聯繫我們，將有專人為
您服務。客服：(02)23216565 分機 610

如有缺頁、破損或裝訂錯誤，請寄回更換
版權所有·翻印必究
Copyright©2018 by WanJuanLou Books CO., Ltd.
All Right Reserved　　　　Printed in Taiwan

國家圖書館出版品預行編目資料

中唐詩境說研究 / 劉衛林著.
　-- 初版.-- 臺北市 ：萬卷樓, 2019.01
面 ； 公分.-
(文學研究叢書. 古典詩學叢刊 ；0804020)
ISBN 978-986-478-230-7(平裝)
1.唐詩 2.詩評
　　820.9104　　　　　107019569